マインクラフト

# MINECRAFT™

# さいはての村

マックス・ブルックス／作

北川由子／訳

MOJANG STUDIOS

TAKESHOBO

**MINECRAFT™ THE VILLAGE**

by

Max Brooks



This translation is published by arrangement with Del Rey,
an imprint of Random House, a division of Penguin Random House LLC
through Japan UNI Agency, Inc., Tokyo

# マインクラフト　さいはての村

# おもな登場人物

**ガイ**……突然《とつぜん》マインクラフトの世界に放《ほう》り込《こ》まれた男性《だんせい》。元の世界に帰る方法を探《さが》している。

**サマー**……ガイと同じく別の世界からやってきた女性《じょせい》。慎重《しんちょう》なガイとは反対に大胆《だいたん》に行動する。

# マインクラフト　さいはての村　もくじ

戦地の子どもたちへ。きみたちの子どもが知っているのは平和だけでありますように。

# はじめに

いまこれを書いているのはサマーよ。つまりはガイよりずっと現実的《げんじつてき》な彼《かれ》の仲間。次の旅の準備《じゅんび》をする時間をガイにあげるために、わたしがここを書いているの。心配しないで、この本もちゃんと彼《かれ》の物語だから。でも、あとでまたわたしが筆をとる部分もちょっと出てくるわ。それに、この冒険《ぼうけん》で学んだ新しい教訓についても書くことになりそう。だってガイがこれまで書いた二冊《さつ》の本と同じように、学ぶことはたくさんあったもの。

あなたがその二冊《さつ》をまだ読んでいないのなら、実は、そのおおまかな内容《ないよう》を紹介《しょうかい》するためにここを書いているの。いまから伝えることだけ知っておけば大丈夫《だいじょうぶ》。

ガイはある日突然《とつぜん》このカクカクの見知らぬ世界で目《め》を覚《さ》まし、どうすればいいのかもわからないままサバイバルするはめになった。そして一冊目《さつめ》の本には彼《かれ》の島でのサバイバル生活が描《えが》かれている。そこで彼《かれ》が発見したのは、火や道具の使い方だけじゃなく、自分自身についてもだった。どんなふうに考え、どんな行動を取るか、そう、言ってみれば、すべてがカクカクのこの世界で、きちんと〝角《かど》の取れた〟人間になるための生き方ってところ。

彼《かれ》は生きていくためのたくさんの教訓を島で学び、最後に学んだのが、進み続けることだった。

〝成長は居心地《いごこち》のよい場所にあるのではなく、そこから抜け出《ぬだ》すときにもたらされる〟っていうのが彼《かれ》の口癖《くちぐせ》。だから彼《かれ》はこの世界についてもっと知るために、そしてできればもといた世界へ帰る方法を見つけるために旅立った。ボートで海に出て、氷に覆《おお》われた新たな陸地にたどり着き、そこでわたしと出会ったの。

わたしもガイと同じで、ある日いきなり〝カクカク世界〟（正しくはないかもしれないけど、この世界の呼《よ》び方《かた》よ）に放《ほう》り込《こ》まれていて、生きていくために四苦八苦していた。もっとも、わたしはなにかひらめくたびに大感激《だいかんげき》して、それを本にまとめたりはしなかったけれど。さっきも言ったように、わたしは現実的《げんじつてき》で行動あるのみというタイプだから。一方ガイはあらゆることについて考《かんが》え込《こ》むし、自分の考えたことをよくしゃべる。ほんと、おしゃべりなのよ。

出会ったばかりのころは、お互《たが》いにあまりうまくいかなかった。友だちになるまでに長い時間がかかったわ。けれど、わたしの山と地底世界ネザーでの冒険《ぼうけん》を通《とお》して、わたしたちは切っても切れない絆《きずな》で結ばれた。だから、ガイが旅を続けると決めたとき、わたしは悩《なや》んだ末に彼《かれ》についていくことにしたの。この物語はそこから始まる。新たな旅の第一歩から。

それじゃあバトンを渡《わた》すわよ、ガイ……。

# 第1章　ふたりの旅へ

「目指す方角はほんとにこっちで正しいの？」

サマーは山の地下に作りあげた要塞《ようさい》みたいな家から足を踏《ふ》み出《だ》し、開口一番ぼくに問いかけた。いい質問《しつもん》だ。ぼくもいい答えを返せればよかったんだけど。

「わからないよ」ぼくは肩《かた》をすくめた。「でも、この方角へ進んできたおかげで、ぼくはきみと出会えた。だから間違《まちが》ってはいないはずだ」

ぼくらは雪に覆《おお》われた寒冷地帯《タイガ》の大地を踏《ふ》みしめ、凍《い》てつく風を背中《せなか》に受けながら西へ向かっていた。

「最初のときも、ぼくは西向きに泳いで自分の島にたどり着いた。住《す》み慣《な》れた島をあとにしたときだって、この方角へボートを漕《こ》いできみと出会った」

「だったら、この方角で間違《まちが》ってはいないわね」サマーはうなずいてから、目の前に広がる大地を見つめてきっぱりと言った。「日が沈《しず》むまでにたっぷり歩かなきゃ」

いまいるタイガを出て森へ入り、その端《はし》で野営《やえい》したあと、次のタイガへ進むというのが一日目の計画だ。二日目にはジャングルにたどり着くだろう。サマーは山の住まいからそこまでしか行ったことがなく、その先はまったく未知の世界だった。

単純《たんじゅん》な計画だから、トラブルにさえ見舞《みま》われなければ難《なん》なく実行できそうだ。けれども雪が降《ふ》り出《だ》して視界《しかい》が悪くなったせいで、早起きしているクリーパーや、木《き》の陰《かげ》にうまく隠《かく》れて生きながらえた夜のモンスターに気づけない恐《おそ》れはあった。

サマーが口をつぐんだのはそれが理由だった。ぼくらの決断《けつだん》についてこれ以上あれこれ悩《なや》むのをやめたからだけじゃなく（彼女《かのじょ》が悩《なや》むのをやめたのは本当だ）、どこに潜《ひそ》んでいるかわからない危険《きけん》に意識《いしき》を集中するためだ。

タイガで警戒《けいかい》すべきは、あたりをうろつくモンスターだけじゃない。地面に開いている穴《あな》の上にうっすらと雪が積もった〝雪の落とし穴《あな》〟がそこかしこにあって、ぼくはこの陸地にやってきた最初の夜に、その落とし穴《あな》にすっぽりはまってしまったんだ。

あのときを思い返すだけでもぞっとする。雪で見えなくなっていた穴《あな》の下は半分凍《こお》った水たまりになっていて、暗がりから矢を放ってくる人の骸骨《スケルトン》までいる始末だった。

このあたりには自然が生み出すそういう危険《きけん》がもっと潜《ひそ》んでいるはずだし、未知の危険《きけん》だって待《ま》ち構《かま》えているかもしれない。この世界は絶《た》えず変化している。サマーと出会ったあとも、少なくとも二度それを経験《けいけん》した。未知の動物、未知の植物。ネザーでは、まったく未知の環《かん》境《きょう》にいきなり放《ほう》り込《こ》まれ、ぼくらは危《あや》うく命を落としかけた。

タイガには、最近ほかに変化があったんだろうか？　あったとしても、ぼくらはまだそれを見かけていない。山の地下にいたときは、サマーの住まいをレッドストーンランプで〝ライトアップ〟するのに夢中《むちゅう》になっていたせいで、外へ出て近くの凍《こお》った川で水浴びをすることさえなかったんだ。なにか変化が起きていても、まったくおかしくない。

でも、別に心配はしていない。なにがあっても対処《たいしょ》できる自信はある。ぼくは島で学んだんだ。世界が変わったなら、自分も変わらなければならない、と。

ぼくはいつだってそうしてきた。最初の変化では、盾《たて》を作って左手に持てるようになったし、この前の変化では、いま右手に握《にぎ》られているクロスボウを使えるようになった。

この新たな武器《ぶき》はぼくのお気に入りだ。縦《たて》にして使う旧式《きゅうしき》の弓よりずっといい。まず、矢をセットしておけば簡単《かんたん》に発射《はっしゃ》できるから、弦《げん》を引く力も、そのための時間も不要なのだ。次に、ぼくにとってはこっちのほうが重要で、クロスボウはすばやい連射《れんしゃ》向きの武器《ぶき》じゃない。不便に聞こえるだろうけれど、いまは矢が底を突《つ》きかけているから、そのほうがいいんだ。

どうして新しく矢を作らないのかって？　そうききたくなるのも無理はない。ぼくが迷子《まいご》の旅人たちのために残してきた二冊《さつ》の本をきみがまだ読んでいないなら、なおさらだ。

食べもののために動物を殺《ころ》すのはやめた、とだけいまは言っておこう。

島にいたとき、飼《か》っていたニワトリを全部殺《ぜんぶころ》してしまってからというもの、ぼくは罪悪感《ざいあくかん》に耐《た》えきれなくなった。

あのときのことは考えないようにしているものの、だんだん考えずにはいられなくなってくる。手持ちの矢がなくなりかけていて、きみも知ってのとおり――この世界に来たばかりなら知らないかもしれないけれど――矢を作るにはニワトリの羽根が不可欠《ふかけつ》だから。

どうすればいいのかな？　またニワトリたちを殺《ころ》す？　それともサマーが殺《ころ》したやつの羽根を分けてもらう？　理想を貫《つらぬ》くために、ときには妥協《だきょう》しなきゃいけないことぐらい、とうの昔に学んでいる。でも、まだ妥協《だきょう》する決心がつかない。矢をなるべく節約して時間稼《じかんかせ》ぎをしているあいだに決断《けつだん》できるといいけれど。

話がすっかり脱線《だっせん》しているように見えるかもしれないね。きみをいらいらさせていないといいけれど。でも、これはこの物語に関係ない話じゃないんだ。ぼくがそうだったように、この理想と現実《げんじつ》の板挟《いたばさ》みがどれだけ大事なことかは、きみにもそのうちわかるだろう。とはいえ、この朝大事だったのは、目の前に潜《ひそ》んでいるかもしれない危険《きけん》のみだった。

幸い、危険《きけん》はなにもなかった。未知のモンスターも動物もいなかったし、未知の植物も、〝どうぞここで落下してください〟とでも書いてある玄関《げんかん》マットみたいなあの恐怖《きょうふ》の雪の落とし穴《あな》も、ありがたいことになかった。

初めてサマーと出会った雪小屋《イグルー》までなんのトラブルもなしにたどり着き、ぼくらは白い荒野《こうや》の縁《ふち》にある森へ入っていった。

この前の変化のあとに出現《しゅつげん》した甘い木の実《スイートベリー》の茂《しげ》みでひと休みし、おいしいおやつにありついた。食料をたっぷり持参していても、その場で調達できるときはそうするほうが賢明《けんめい》だ。ここでサマーがおなかをいっぱいにしておいてよかった。そうでなきゃ、そのあとで、のそのそやってきた食料源《しょくりょうげん》でサマーはおなかを満たそうとしたかもしれないから。

「モー」

現《あらわ》れたのは、ウシの群れだった。それは前にぼくが出会ったのと同じ群れで、どのウシも島に住んでいたときの大親友、モーにそっくりだった。うん、〝モー〟と鳴く親友をモーと名づけるのはオリジナリティにあふれているとは言いがたいけれど、サマーだってぼくが男《ガイ》だからという理由で、ガイと名前をつけたんだ。まあ、単純《たんじゅん》だけれど意味はある。彼女《かのじょ》をサマーと呼《よ》ぶことにしたのも、笑い声が夏《サマー》のそよ風みたいにあたたかいからだ。でも、ここまでは名前だけだったけれど、この本では苗字《みょうじ》までつけることになるからお楽しみに。

とはいえ、それはしばらく先の話。いま大事なのは目の前にいるウシと、その後ろにいる別の動物のこと。

「メー」

「やあ、みんな」ぼくはヒツジたちに挨拶《あいさつ》した。「久《ひさ》しぶりだね」

群れはみんなそろっていて、ぼくが親ヒツジに餌《えさ》をあげて出産を手伝ったブラウンの子羊、チップもいたからほっとした。

もしもヒツジの数が減《へ》っていたら、それはオオカミに食べられたってことだ。以前いたやつらはぼくらが退治《たいじ》したけれど、そのあとの変化でも新たにオオカミが戻《もど》ってくることはなかったようだ。よかった、よかった。

ちなみに、自然界のバランスを崩《くず》すのはよくないってことは、ぼくもわかっている。動物Bを食べる動物Aをすべて殺《ころ》してしまうと、やがて動物Bが爆発的《ばくはつてき》に増《ふ》えて、手に負えなくなるってことだ。

でも、それはぼくらがもといた世界での話らしい。ここでは、このヒツジの群れは自然には増《ふ》えていないから、ぼくが捕食動物を退治《たいじ》したおかげで逆にバランスが保《たも》てたようだ。

「お礼は結構《けっこう》だよ」ぼくはチップに言った。「ここの野生動物には新たな変化がなかったみたいで、安心したよ」白いキツネがさっと駆《か》け抜《ぬ》けたので、ぼくは顔を上げた。「考えてたんだけど、シロクマはもういることだし、この世界の次の変化でなにか現《あらわ》れるとしたらヒグマかな。それか……森に潜《ひそ》んでるって言われている謎《なぞ》の類人猿の名前はなんだっけ？　イエティ？　ビッグフット？」

「心配しすぎだって」サマーはベリーをもぐもぐ食べながらたしなめた。

「まあ、大丈夫《だいじょうぶ》か。ぼくもかなりのでか足《ビッグフット》だから」鼻を鳴らして笑った。「いまの冗談《じょうだん》、おもしろかっただろう？　ね？」

みんなぼくを見てぽかんとしている。サマーも、ウシも、ヒツジも。

「今日のお客さんはノリが悪いなあ」ぼくは肩《かた》をすくめた。「それじゃあ出発するか」

「ちょっとだけ待って」サマーがさえぎり、引き返して小さな丘《おか》をのぼり始めた。

「どこへ行くんだい？」ぼくは彼女《かのじょ》の背中《せなか》に向かって両手を振《ふ》りながら叫《さけ》んだ。「のんびりしてる暇《ひま》はないだろ」

「時間はかからないから」サマーは首をめぐらせて言った。

サマーはなぜ寄り道なんかするのだろうと不思議に思いつつ、ぼくは彼女《かのじょ》を呼《よ》び戻《もど》そうとした。そのとき、雪がやんでいるのに気がついた。そして丘《おか》のてっぺんに上がった彼女《かのじょ》を見て、なにをしているのか合点《がてん》がいった。

サマーは自分の山があるほうを向き、体をわずかに前へ押し出したり、後ろへ引いたりを繰《く》り返《かえ》している。この世界では、なぜか遠くのものに常に霧《きり》がかかっている。まったく見えなかったものが、一歩足を踏《ふ》み出《だ》すと突如《とつじょ》として見えたりするんだ。

サマーは自分の山が見えなくなる境目《さかいめ》に立って、見える、見えないを交互《こうご》にやっているらしい。

「お別れをしてるんだね」ぼくはチップに語りかけた。「シリーズものの本だったかな、そういう場面を読んだことがあるよ。あれっ、本じゃなくて映画《えいが》で観《み》たんだっけ？　そのときの俳《はい》優《ゆう》の名演技が目に焼《や》きついているな」

「メー？」ブラウンの子羊が問いかけてくる。

「うん、そうだよね。きみは観《み》たことないはずだ。小さい人たちが大冒険《だいぼうけん》に出かけるすごいファンタジー映画《えいが》で、最初のほうのシーンでそのすばらしい俳優《はいゆう》がこんなセリフを口にするんだ。

〝この一歩先は、いままで足を踏《ふ》み入《い》れたことのない土地です〟」

「メー」

「わかってるよ、サマーのいまの心境《しんきょう》はそれとはちょっと違《ちが》う」ぼくはチップに言った。「実《じっ》際《さい》のところ、サマーはわが家《や》をあとにしたわけじゃなく、本物のわが家《や》へ向けて出発したんだからね。でも、あの山は彼女《かのじょ》のすべてだったんだ。自分で山をくり抜《ぬ》き、家具を作り、照明《しょうめい》をつけて、あったかく過《す》ごせるようにした。あの山のおかげで彼女《かのじょ》はずっと安全に暮らしてこられた。それをいま、すべて捨てていこうとしてるんだ……」

「メー」チップに言い返され、胃がきりきりと痛《いた》んだ。

「〝本当にすべて捨てるならね〟ってどういう意味だい？　サマーはぼくと一緒《いっしょ》に行くことにしたんだ。そうふたりで約束《やくそく》したんだよ。サマーは――」

「メー」

ぼくはため息をついた。「痛《いた》いところを突《つ》くね。そうだよ、ぼくも島を離れたとき、出発を取りやめる理由をいくつも考えた。ついにボートで海へ出たときでさえ、船首をめぐらせて引き返そうとした。それに、思い返してみると、サマーとぼくの友情だって終わるところだったんだ、彼女《かのじょ》が住《す》み慣《な》れた居心地《いごこち》のいい場所から離れるのをいやがったせいで」

丘《おか》の上にひとりで立ち、東の方角を、過去《かこ》を、じっと見据《みす》えている友だちを、ぼくは見あげた。

「サマーと話してくる」ぼくはチップに言った。「彼女《かのじょ》が尻込《しりご》みしないようにしなきゃ。ぼくが学んだことを彼女《かのじょ》に思い出させてくるよ、成長は居心地《いごこち》のよい場所にあるのではなく、そこから抜《ぬ》け出《だ》すときにもたらされる、ってことをね！」

「モー！」ウシが会話に割《わ》り込《こ》んできた。

「だれがきみの意見を求めたんだい！」ぼくはむっとして言い返した。「じゃあ、ぼくにどうしろと？　彼女《かのじょ》が山へ帰るのを黙《だま》って見送れって？」

「モー」ウシの声は島の親友モーとそっくりで、モーと同じくらい賢明《けんめい》な忠告だった。

「そうだったね」ぼくはしぶしぶ認《みと》めた。「友だちはお互《たが》いの選択《せんたく》を尊重《そんちょう》する、だ」ぼくは丘《おか》に背《せ》を向け、サマーが本当にひとりきりになる時間を与えた。「サマーが出発したのは、自分でそう決めたから。つまり、前に進むかどうかも自分で決めるしかない。自分の人生なんだから、どうするかは自分で決めなくちゃ」

「ふうん、それはありがたいわね」

「えっ、あああ、やあ……」急いで振《ふ》り返《かえ》るとサマーがいた。「ぼくはただその……」

「わかってる」サマーはそっけなく言った。「丘《おか》の上までなにもかも聞こえてたから。そう、お別れをしてたの」

「ああ、ふ、ふうん……」ぼくは言葉に詰《つ》まった。

「じゃ、行きましょ」サマーは元気よく言ってずんずん森へ入っていく。「暗くなる前に次のタイガまでたどり着かなきゃ」

「そ、そうだよね、そのとおりだ」ぼくはあとについていきながら、もごもごと返した。

「それからね、ガイ」サマーは振《ふ》り返《かえ》らずに言った。「ありがとう」

ぼくは返事をしなかった。それが彼女《かのじょ》の望みだとわかっていたから。サマーは〝心をさらけ出す〟みたいなことが得意《とくい》じゃないんだ。この世界で目《め》を覚《さ》ましたばかりのころの話を聞いて、彼女《かのじょ》の気持ちをようやく完全に理解《りかい》できた。

二冊《さつ》目《め》の本にも書いたけれど、ぼくなら生《い》き延《の》びられただろうか。凍《い》てつくタイガで目覚《めざ》め、ゾンビの肉で食いつなぎ（毒消しの牛乳はなしだ）、毎日が次の日まで生《い》き延《の》びるための戦い。感情を持つゆとりなんてなかった。強さという分厚いコートで心をすっぽり覆《おお》わなきゃいけなかったんだ。だからぼくは黙《だま》っていた。茶化したりも、気持ちを尋《たず》ねたりもしなかった。彼女《かのじょ》が一緒《いっしょ》に来てくれただけで満足だ。

その満足感はものの数分で消えた。

「もう進めないわ」

ぼくらは森の端《はし》にたどり着く寸前だった。サマーは少し前にいて、低い尾根のてっぺんに立っている。

「ええっ？　なんで？」今度は自分を抑《おさ》えきれず、甲高《かんだか》いかすれ声が出た。話はついたはずなのに。どうして彼女《かのじょ》は急に心変わりしたんだ？

「自分の目で確《たし》かめれば」サマーは四角い腕《うで》で手招《てまね》きした。

急いでサマーの隣《となり》へ行くと、変わったのは彼女《かのじょ》の心ではなく、世界だったことがわかった。前まであったはずのタイガは消え、代わりに高い丘《おか》が壁《かべ》のように連なっている。ぼくらはあっけに取られて言葉も出ないまま、深緑色のトウヒの木と真っ白な雪のブロックが点々と散《ち》らばる急斜面《きゅうしゃめん》をしばらく見つめていた。

「暗くなる前にあれを越《こ》えるのは無理ね」サマーは考《かんが》え込《こ》んでから言うと、ベッドを置くのに適《てき》した場所を探《さが》してきょろきょろ見回してから、ぼくに尋《たず》ねた。「どうする？　イグルーを作る？　それとも洞窟《どうくつ》を掘《ほ》る？」

「ログハウスはどうかな？」ぼくは提案《ていあん》した。「そのほうが居心地《いごこち》がいいし、これから来る旅人にとって格好の目印になる。それに――」両腕《りょううで》を広げてあたりの木々を示す。「なるべくまわりの資源《しげん》を利用して、手持ちのストックは取っておくことに決めたよね？」

物資《ぶっし》はできるだけその場で調達する、というのが、ふたりの長期的方針だ。ぼくらは食料から道具、それに予備《よび》の松明《たいまつ》やブレイズロッドまでなんでも持っていたけれど、それだって無限《むげん》ではないから、いつ底を突《つ》くかはわからない。

「大賛成《だいさんせい》」サマーはうなずくと、変化し続けるこの世界に最近加わった、ネザライト製《せい》の斧《おの》をつかんだ。ネザライトは新たな素材《そざい》で、というか……合金？　それが正しい名称《めいしょう》じゃなかった？　異《こと》なる金属《きんぞく》を混ぜ合わせたものをそう呼《よ》ぶんだよね？　ぼくらは金の延べ棒《インゴット》に、ネザー要塞《ようさい》で入手した謎《なぞ》の鉱石《こうせき》の欠片《かけら》を混ぜ合わせたんだ。

ネザー要塞《ようさい》で発見した本にやり方が書かれていたおかげで、ぼくらは鍛冶台《かじだい》を作ってネザライトのインゴットとサマーのダイヤモンドの斧《おの》を合成させることができた。その結果《けっか》、マシンみたいに木を伐採《ばっさい》できる道具を手に入れたんだ。

「必要な分はあっという間に集まるわよ」木を切《き》り倒《たお》す音に負けじとサマーは声を張《は》りあげた。

「そのあいだに煙突《えんとつ》を作っておけば？」

さあ、今度はぼくがネザーでパワーアップされた道具を使う番だぞ。

魔法を付与《エンチャント》されたツルハシは、ネザライトを見つけた要塞《ようさい》の遺跡《いせき》にあったものだ。サマーの斧《おの》と同じく、すばやく効率的《こうりつてき》に作業できる。さらにツルハシの輝《かがや》きを見ていると、エンチャントされたアイテムがもっと見つかるかもしれないと感じられた。道具を自分でエンチャントする方法だってわかるかもしれない。

どっちにしても、それが判明《はんめい》するのはまだ先の話だ。いまは近くの丘《おか》で石をサクサク採掘《さいくつ》できるだけでもうれしい。一分もすると、ログハウスの煙突《えんとつ》を作るのに充分《じゅうぶん》な丸石が集まった。

「悪くないわね」サマーは七×九ブロックの壁《かべ》の一段目《だんめ》を並《なら》べて言った。「残りもすぐにできそうよ」本当にすぐにできた。まずは壁《かべ》、次にドアをひとつ、それからトウヒの板材で傾斜《けいしゃ》のゆるやかな三角屋根を作る。

「砂《すな》を探《さが》しに行ってくるよ」ぼくは最後の板材をはめ込《こ》んで言った。「窓《まど》ガラス用に」

「やめておいたほうがいいわ」サマーが止めた。「もうすぐ日が暮れるから、安全じゃない」

「安全を考えるからこそさ」ぼくは言い返した。「外の見えない木箱みたいな家じゃ、明日の朝、外でクリーパーが待《ま》ち構《かま》えていたとしてもわからないだろ?」

サマーはなにも言わずに考《かんが》え込《こ》んだあとで言った。「トラップドアの窓《まど》は?」

「へっ？」どういう意味だろう。

「ガラスじゃなく、トラップドアを窓《まど》にするの」サマーが説明した。「寒いときには閉めておいて、外が見たいときだけ開ければいいでしょ」

「グッドアイデアだよ」うんうん、とうなずいてから、きちんと理解《りかい》して言い直した。「これって、ほんとにグッドアイデアだ」

「それはどうも」サマーは煙突《えんとつ》の外側に取りつけたはしごからおりてくると、完成間近のログハウスへぼくを引き連れて入り、窓《まど》の取りつけ作業にかかった。

「考えたんだけど」ぼくは壁《かべ》に窓用《まどよう》の穴《あな》を開けながら言った。

「あらあら、意外」サマーは茶化した。「あなたが？　考える？」

「ハ、ハ、ハ」ぼくは冷ややかな笑い声をあげた。「でもまじめな話、高い丘《おか》が新たに出現《しゅつげん》して、この窓《まど》は前からあるものを利用して新しいものを作り出した。世界が変化すると、新たなアイテムを作れるようになるんじゃないかな」

「ありうるわね」サマーはトラップドアを窓枠《まどわく》にはめ込《こ》んで言った。「時間ができたら、さっそく実験《じっけん》するのが楽しみ」

「時間ならいまあるだろ？」ぼくはネザーラックのブロックを暖炉《だんろ》に入れて、火打石と打ち金で火をつけ、寒さを追《お》い払《はら》うために近づいた。

いや、ほんと寒いのなんのって。この世界で凍死《とうし》することはないかもしれないけど、筋肉はカチカチ、目はチクチク、歯はガチガチ、耳も鼻も指もじんわりと熱っぽくて感覚《かんかく》がないせいで快適《かいてき》とはほど遠いんだ！「あああ」背骨《せぼね》をボルトみたいにがっちり固定していた最後の寒気も炎《ほのお》に追《お》い払《はら》われ、ぼくはうめき声をあげた。

「ログハウスは完成したし、太陽は地平線の下。もうなにもすることはないね」

「眠《ねむ》ること以外はね」サマーは壁際《かべぎわ》に自分のベッドを出した。「あなたはどうか知らないけど、明日、充分《じゅうぶん》な休息も取らずにあんなとんでもない急斜面《きゅうしゃめん》に挑《いど》むつもりは、わたしはないから」

「異論《いろん》なし」ぼくはそう言うと、部屋の反対側に自分のベッドを出した。

「おやすみ、ガイ」サマーは毛布の下にもぐり込《こ》んだ。

「おやすみ、サマー」ぼくも頭を休ませようとする。

でも、そうしなかった。できなかったんだ。作製《クラフト》の新たな組み合わせを考えると、目がどうしても冴《さ》えてしまう。

振《ふ》り返《かえ》ってみると、この世界ではこれまでにも二度、変化があったけれど、そのときはどうだった？　ぼくらはなんの実験《じっけん》もしなかった。旅へ出発する前は、やることや課題で手いっぱいだったから。でもいまなら……。

ちょっと試すだけ。作業台に向かって静かに約束《やくそく》し、素材《そざい》を並《なら》べていった。後ろではサマーがグーグーと安らかないびきをかいている。ついにセーターを作れるかもしれないぞ、それか長袖《ながそで》のTシャツとか！

眠《ねむ》る前になにかひとつ、ふたつ、組み合わせてみるだけ。そう、それだけだ。

五分後、十回以上組み合わせてみたあとで「わっ！」と大声をあげた。サマーを起こしてしまったかと思ったが、まだ寝ている。

それは単純《たんじゅん》な組み合わせだった。棒《ぼう》と原木を三つずつ、そこに石炭ひとつを加えると、人類が最初に作り上げたもののひとつができあがった。

焚《た》き火《び》だ！

松明《たいまつ》と同じで、手で持っているあいだは火が消えて冷たいけれど、暖炉《だんろ》に置くと、ボッと炎《ほのお》が燃《も》えあがる。しかも松明《たいまつ》と同じで、この火は決して消えることがない！　あったかくて明るく、ネザーラックを燃《も》やすあの……そうだな……〝トイレっぽいにおい〟と言おうか、あれよりずっとくさくない。

「サマー！」ぼくは呼《よ》びかけた。「これを見てくれ！」

彼女《かのじょ》はぴくりともしなかった。揺《ゆ》り起《お》こすか（この世界でそれができたらだけれど）、ベッドを壊《こわ》すかしようとさえ考えた。サマーは間違《まちが》いなくカンカンになるだろうけど、こんなすごい大発明を共有しないでおくのはもったいない！　それとも、これはまだ序《じょ》の口《くち》とか？

焚《た》き火《び》が作れたってことは、ほかにもまだまだ発明ができるということか？　それとも、いままでたまたま正しい組み合わせがわからなかっただけなのか？

「とにかく、もっといろいろできるはずだよね」ぼくは眠《ねむ》っている友だちに話しかけた。「だからどんどんやってみなきゃ！」

有言実行、ぼくはそのとおりにした。ひと晩《ばん》がんばったかいがあって、光線銃《こうせんじゅう》や、背中《せなか》にロケットエンジンを背負《せお》って空を飛べるロケットベルトみたいなすごい発明品が誕生《たんじょう》した……と言えればよかったけれど、実際《じっさい》にできたのは新しい作業台が数種類で、どうやらどれもすぐには役立ちそうにない。

いくつかは、いまあるものの別バージョンみたいな見た目だ。収納用《しゅうのうよう》チェストを正方形の樽《たる》にしたようなやつ、石製《いしせい》の金床、それに火力が超アップしたかまど。これはもともとあったかまどを作業台の中央に置き、周囲《しゅうい》を鉄インゴットで囲《かこ》んで、下側には二度焼《にどや》きしたなめらかな石を敷きつめてみたらできた。

ほかはすでに作ったことのあるものをちょっぴりアップグレードした感じだ。羊毛製《ようもうせい》の旗に染料《せんりょう》でいろいろな模様《もよう》をつけられる作業台、丸ノコつきで石を別の形に変えられる石造《いしづく》りの台。

「〝まあ、いいよ、いいさ〟」ぼくはため息をついて、昔観《むかしみ》た映画《えいが》のセリフを口にした。「〝すごい、いいいい、くはないけど、まあ、いいさ〟」

そのへんにあるものをなんでもかんでも作業台にのせ続けていると、使い道のわからない新種の作業台がさらにふたつできた。ひとつ目はまたも収納用《しゅうのうよう》チェストに似《に》ているけれど、こっちは蓋《ふた》がなく、なにも入れられない。もうひとつは作業台にそっくりだけれど、側面にはノコギリやハンマーみたいないつもの道具ではなく、弓、矢、的が描《えが》かれている。

オーケー、時間切れだ。きみはこの世界での暮らしが長くて、すでにこの特殊な作業台をすべて使いこなせているとしたら、おめでとう。でも、ぼくの状況《じょうきょう》もわかってくれるよね？　図書館があってなんでも調べられるわけじゃない。試行錯誤《しこうさくご》し、失敗《しっぱい》を重ねて成功するしかないんだ。もっとも、いまのところは失敗《しっぱい》しかしていない気がするけれど。

このあたりで切りあげ、サマーにひと晩《ばん》の努力の成果《せいか》は、〝まったくの無駄《むだ》〟をぎりぎりまぬがれている程度《ていど》だった、と認《みと》めようとしたとき、最後に木材と紙を組み合わせたら、コンパスと地図が置かれた台ができあがった。製図台《せいずだい》に違《ちが》いない。

なんと、その上に手持ちの地図と紙をもう一枚のせるだけで、地図を大きくできるばかりか、いまやついに地図のコピーを取れるようになった！　これはすごいぞ。きみのようにこの世界へ迷《まよ》い込《こ》んでしまった人にとってはなおさらだ！　きみがいまこの本を読んでいるのは、ぼくらが残してきた地図のコピーをたどってきたからなんだろう。

「悪くないね」ぼくはふんふんと鼻歌を歌った。「ひと晩《ばん》の仕事としては悪くない」

「ふうん、忙《いそが》しくしてたのね」

振《ふ》り返《かえ》ると、サマーが角張《かくば》った手を上げて部屋いっぱいの新アイテムを示していた。「この新発明についてすべて聞かせてもらうのは……あとにしましょ」

サマーは窓《まど》のひとつへ近づいてトラップドアを開けた。「いまは、さっそくあの丘《おか》をのぼるわよ」

いつの間にかもう朝になっていた。クラフトに夢中《むちゅう》になりすぎて、ゾンビが朝日で焼《や》ける音（この世界ではそれがニワトリのコケコッコー代わりだ）も耳に入らなかった。「うん、そうだね」ぼくは地図のコピーとあの樽《たる》みたいな箱を片づけた。「じゃあ、行こうか」

正直、ちょっと眠《ねむ》かったけれど、朝の冷たい空気のおかげで目《め》が覚《さ》めた。

ぼくらは居心地《いごこち》のいいログハウスをあとにして、険《けわ》しい斜面《しゃめん》をのぼり始めた。ゆっくりとしかのぼれないのは、地形のせいだけじゃない。明け方の森は常に危険《きけん》がいっぱいだからだ。薄《うす》暗《ぐら》い場所がたくさんあるため、モンスターたちがそこらじゅうに身を潜《ひそ》められる。ぼくらはいつでも武器《ぶき》を使えるようにして、ゆっくりと慎重《しんちょう》にのぼった。そこにはモンスターとはまったく違《ちが》う、未知の脅威《きょうい》が隠《かく》れていたのを、ぼくらはまだ知らなかった。

丘《おか》のてっぺんにたどり着く直前、奇妙《きみょう》なことに、よく知っているにおいがぷんとした。奇《き》妙《みょう》に感じたのは、そのにおいが乾いた冷たい風に運ばれてくるはずがないからだ。というのも、そのにおいを初めてかいだのはサマーの山の家にいたときで、キッチンの天井の梁《はり》から漂ってきていた。つんとする、革っぽいにおいだ。

「あの木の……」ぼくは言いかけて、くんくんと空気のにおいをかいだ。

「あの木のにおいがするわね」サマーも同意した。「あと二、三歩で丘《おか》の向こう側が見えるわ」

丘《おか》のてっぺんまで来て向こう側が見えたとき、驚《おどろ》きのあまりぼくの四角い顎《あご》が膝《ひざ》まで落ちかけた。一面を緑に彩《いろど》る木々の中から、幅《はば》四ブロックもある巨木《きょぼく》が何本も突《つ》き出《で》ている。ツタが――うん、ツタに違《ちが》いない――天を衝《つ》く巨木《きょぼく》の幹《みき》を上まで這ったり、鮮《あざ》やかな緑の葉から網目《あみめ》状《じょう》に垂《た》れさがったりしている。

「ええ」サマーはぼくが口にしなかった質問《しつもん》に答えた。「あれがジャングルよ」

ぼくは早くあっち側へ行きたくなった。歯がガチガチ鳴って、鼻はつんと痛《いた》く、永久凍土《えいきゅうとうど》の寒さ祭りみたいな気候《きこう》ともこれでようやくおさらばできる。

「行くぞー！」ぼくは声をあげて斜面《しゃめん》をくだり始めた。自分では用心しているつもりでいた。モンスターにはしっかり目を光らせていたし、雪の落とし穴を警戒《けいかい》して、輝《かがや》く粉雪が多めの道を選んだことに、得意《とくい》になっていたくらいだ。

一歩足を踏《ふ》み出《だ》した。ただそれだけ。

それでぼくは落下した。雪の上にじゃなく、雪の中にズボッと！

全身、雪にのみ込《こ》まれていた。凍《こご》えて、息ができない。サマーを見あげると、視界《しかい》が……端《はし》から水色に凍《こお》りついていく！　視界《しかい》が狭《せば》まっていくぞ！　いったいなにが起きてるんだ？　まさか……いいや……この世界ではどんなに寒くても単につらいだけだ。それで死ぬなんてことは……。

パニックに襲《おそ》われた。雪に体がみるみる沈《しず》んでいく。パニックで考える力が働かない！　ぼくはじたばたして、パンチを繰《く》り出《だ》し、サマーの名前を叫《さけ》んだ。息をしようと、体を動かそうと、あわてふためいた。キックしたり、ジャンプしたり、のぼったり、泳いだりして雪の中から抜《ぬ》け出《だ》そうとした。

寒気が背筋《せすじ》を上がってきて胸に広がり、見えない手のようにぼくを揺《ゆ》さぶる。冷気が肺《はい》を貫《つらぬ》いて心臓《しんぞう》をわしづかみにし、そのあと……ふいにその感覚《かんかく》が消えた。なんだか……あったかい？　どうしてそんなことが？　この雪は特別なのかな？　はじめは凍《こご》えるけれど、それを通《とお》り越《こ》したら、あたたかくて心地よく、おだやかな気分になれるとか？　だっていまのぼくはたしかにおだやかな気分で、それにちょっぴり眠気《ねむけ》も感じるんだ。

もうじたばたしたくない。なにもしないで眠《ねむ》りたい。肌ざわりのいい薄手《うすで》の毛布にくるまれているみたいで、すごくいい気持ちで、安心感を覚《おぼ》える。

ちょっと眠《ねむ》るだけ。この心地よさにほんの数分浸《ひた》るだけ。頭の中でそう考えていた――いや、実際《じっさい》にはなにも考えていなかったんだ。考えることができなかった。

頭が麻痺《まひ》して活動を停止《ていし》していたせいで、このままだと凍死《とうし》するのに、それをぼくに警告《けいこく》できずにいた。

# 第2章　ジャングルの中の寺院

「ガイ！」

サマーの声だ。遠くから、くぐもった声が聞こえてくる。

「ガイ、どこにいるの!?」

サマーはぼくの上にいる。ガリッ、ガリッという音と彼女《かのじょ》の声がどんどん大きくなってくる。

「ガ、ガイ！」

日光がぴかっと光った——まぶしくて目が痛《いた》い。ぼくは懸命《けんめい》にまばたきして声を出そうとした。「サァア……」

「ガイ！」彼女《かのじょ》の顔が目の前にあった。あたたかな息がかかって、ふたりの目が合う。「ガイ、起きて！　眠《ねむ》っちゃだめ！　起きなさい！」

「ぼくは……」

凍《こお》っていた。唇も、舌も、脳《のう》みそも。

サマーは目をつぶると、ふーっと息《いき》を吐《は》いた。「ほんとにごめんなさい」そう言うと、ぼくの鼻にガツンとこぶしをお見舞《みま》いする。

その瞬間《しゅんかん》、鋭《するど》い痛《いた》みが走った。

「なにするんだ！」ぼくが意識《いしき》を取《と》り戻《もど》すと、体は盛大にガタガタ震《ふる》え出《だ》した。

「こっちよ！」サマーは声を張《は》りあげ、背後《はいご》を取《と》り囲《かこ》んでいる白い壁《かべ》を猛然《もうぜん》とかき分けた。

「急いで！」

ぼくは彼女《かのじょ》についていこうと足を半歩、よろよろと踏《ふ》み出《だ》した。でも、脚《あし》はまだ鉛《なまり》の重りみたいで、視界《しかい》は氷の結晶に囲《かこ》まれた丸でしかない。

「ゆ、ゆ、雪が……」ぼくは歯をガチガチ鳴らして言った。

「戦いなさい、ガイ！」サマーはシャベルで雪をかきながら叫《さけ》んだ。「戦うのよ！」

「ゆ……」ぼくがなにを言おうとしたのであれ、サマーにさえぎられた。「しゃべらないの！わたしについてくればいいから！」

ぼくはついていこうとした。戦った。でも、主人公が巨大ロボットを操縦《そうじゅう》しようとするアニメが頭に浮《う》かぶかい？　だったら、いまのぼくの魂《たましい》はそれだ。操作《そうさ》にもたつき、腹を立ててののしるロボット操縦者《そうじゅうしゃ》――しかも警告灯《けいこくとう》はすべて真っ赤に点滅《てんめつ》している。視界《しかい》は狭《せま》くなり、生命力がどんどん奪《うば》われていた。あと何秒で寒さに負けてしまうだろう？

**動け！　ついていくんだ！　戦え！**

光だ！　四角い空が見える。

サマーが雪の中から脱出《だっしゅつ》し、その数秒後にぼくも外へ出た！　頭上には日光、眼下《がんか》にはジャングルだ。

バン！　サマーにこぶしで背中《せなか》を叩《たた》かれ、ぼくはふらふらと丘《おか》をおり始めた。

「その調子よ！」彼女《かのじょ》の声が後ろから応援《おうえん》し、彼女《かのじょ》の体がぼくを前へ押し出す。

ぼくはつまずき、足を引きずりながら丘《おか》をくだりきった。すると天気がいきなり変わってあたたかくなった！

きみがこの世界に来たばかりなら、おかしな話に聞こえるだろうけれど、これは嘘《うそ》じゃない。脚《あし》がぽきりと折《お》れそうなほど寒かったのに、次の瞬間《しゅんかん》にはじっとりとしたあたたかい空気を浴びていたんだ。

「うーん……」ぼくは深く吸《す》った息を長々と吐《は》き出《だ》した。それから釣《つ》りあげられた魚みたいに体をぶるぶるさせて寒気を追い出した。

「いまのはなかなか驚《おどろ》いたわね」サマーが言った。「蒸《む》し風《ぶ》呂《ろ》みたいな生物群系《バイオーム》の隣《となり》だったのがせめてもの救《すく》いよ」

「ほ、ほんとだね」急な温度の変化にぼくはまだびっくりしていた。〝たとえ自分には理《り》解《かい》不《ふ》可能《かのう》でも、ルールはルール〟という島で学んだ教訓を忘《わす》れないようにしないと。

「ここでも本気で用心しなきゃいけないみたい」サマーはぼくらを取《と》り囲《かこ》む緑のジャングルを見回して続けた。「この新たな変化で、大地はわたしたちの敵《てき》に回ったみたいよ」

「でも、きみは前にもここへ来てるんだろ？」ぼくは尋《たず》ねた。「このジャングルを探検《たんけん》したことがあるんだよね」

「ある、とは言えないかな……」サマーは言いよどんだ。「全体を探検《たんけん》したってわけじゃなくて、端《はし》っこをちょっとつついた程度《ていど》」

「〝端《はし》っこ〟って？」

「このあたりぐらい？」サマーは、ぼくが彼女《かのじょ》のキッチンで見たのと同じカカオ豆がなっている木の下に立っていた。「カカオ豆を採《と》ったら、すぐに山へ引き返したから」

「そっか」ぼくはうなずいてクロスボウをぎゅっと握《にぎ》った。「つまりきみは、ぼくらの前に広がっているのは未知の大地だと言ってるんだね」

「わたしが言ってるのは――」サマーはジャングルに向き直った。「〝あえて挑《いど》む者が勝つ〟ってことよ」

それは彼女《かのじょ》の国の人たちがよく口にするモットーだそうで、ぼく自身が学んだ教訓に言《い》い換《か》えると――大きな報酬《ほうしゅう》には大きな危険《きけん》がつきもの、ということかな。ぼくは緑の迷路《めいろ》に飛《と》び込《こ》み、どんな危険《きけん》が待ち受けているだろうと心配しすぎないよう努力はした。

ジャングルにはなにが潜《ひそ》んでいるのかな？　ヘビ？　毒のある植物？　そうだ、病気はどうなんだろう？　もといた世界では、雑多な動植物がはびこる蒸《む》し暑《あつ》い地域《ちいき》から、たちの悪い伝《でん》染病《せんびょう》が発生することがよくあったよね？　水とか、コウモリとか、とりわけ蚊《か》のような虫から感染《かんせん》するんだ。これまでこの世界に虫はいなかったけれど、死の粉雪ブロックとともに新たにもたらされた可能性もないとは言えない。

もっとも、いまは少し雪でひんやりしたいくらいだ。またもや気温が極端《きょくたん》に変わり、ほんの数分歩いただけですでにげんなりしていたから。

暑い。それにべたべたしている。ぼくの島の地下洞窟《ちかどうくつ》で初めて溶岩《ようがん》の滝《たき》を発見したときのことを思い出す。

あれだって充分《じゅうぶん》に不快《ふかい》な体験《たいけん》だったものの、いまはべとべとしたしょっぱい汗が目にまで入り、しかもジャングルを歩いているせいでさらに大変だ。地面は低木の茂《しげ》みに、というか、正確《せいかく》には高さ一ブロックの小さな木に覆《おお》われ、同じ高さのブロックはふたつとして続かない。のぼってはおりるのを繰《く》り返《かえ》していると、息が切れて汗が噴《ふ》き出《だ》す。

「ほんと、ついてないな」ぼくはぶつくさ言った。「きっと暑さに苦しめられて病気にかかったあげく、下痢《げり》ピーで死ぬんだ」

「なんですって?」サマーが振《ふ》り返《かえ》って尋《たず》ねた。

「ううん、なんでもない」ぼくは恥《は》ずかしくなってもごもごとごまかした。「景色を楽しんでいるだけだよ」

「なかなかすごい景色よね」サマーは山を出発してから初めて少しだけ元気を取《と》り戻《もど》している

ようだ。「蒸《む》し風呂《ぶろ》の中にいるみたいでも、それだけの価値《かち》はあると思わない？」

思わない。それにサマーはどうしてこんなに陽気になれるのか、ぼくにはさっぱり理解《りかい》できなかった。タフな彼女《かのじょ》、不快感《ふかいかん》さえも笑い飛ばす強い彼女《かのじょ》が復活《ふっかつ》したんだ。変人め。

「お昼まではがんばって進むわよ」サマーは意気揚々《いきようよう》と声をあげた。「それから巨木《きょぼく》のどれかにのぼってランチ。涼しい風に当たりながら、あたりをざっと見回せるでしょ」

「これってのぼれるの？」ぼくは雲にも届《とど》きそうな近くの巨木《きょぼく》を見あげた。「はしごを作るのに延々《えんえん》と時間がかかりそうだ」

「その必要はなし」サマーが言った。「ツタをのぼるの」

そう聞いてほっとしたし、涼しい風に当たれるのもうれしかった。だけど涼むことを思《おも》い浮《う》かべたせいで、よけいにいまの蒸《む》し暑《あつ》さがつらくなった。

「ネザーのからっとした暑さが恋《こい》しくなるなんて、考えたこともなかったな」ぼくは足を止めて鎧《よろい》を脱《ぬ》ぎ始《はじ》めた。

「脱《ぬ》いじゃだめ」サマーが警告《けいこく》する。「ちょっとだけ涼しくなるために、大きな危険《きけん》に身をさらしてどうするのよ」

「この蒸《む》し暑《あつ》さだって充分《じゅうぶん》に危険《きけん》だよ」ぼくは反論《はんろん》して、完全に脱《ぬ》いでしまった。「オーブンに入れられたバターにでもなったみたいで、頭がぼーっとする」段々《だんだん》になっている地面を示す。「それに緑の踏《ふ》み台《だい》をのぼったりおりたりのエクササイズをずっと続けているのだって、体を冷やす役には立たないだろ」

「だったら、こうしましょう」サマーは足を止めると、鉄のインゴットをふたつ取り出してハサミをクラフトした。「初めてこれを作ったのは、ヒツジを見つけるずっと前のことだった」説明しながらそばの葉っぱのブロックへ向き直る。「だからわたしは長いこと……」

**チョキン。**

「枝や葉っぱを刈《か》り取《と》るためのハサミだと思ってたわ」

「これなら楽ちんだ！」ぼくは、緑のブロックを刈《か》り取《と》りながら進むサマーの後ろについた。

ゆっくりと、でも着実に、葉っぱのブロックが彼女《かのじょ》のバックパックへ飛《と》び込《こ》んでいく。進む道はトンネルになったり、溝になったりした。まだまだ汗の中を泳いでいる気分とはいえ、少なくとも溺《おぼ》れそうな感じではなくなった。おかげでこの魅力的《みりょくてき》なバイオームをよく観察《かんさつ》する余裕《よゆう》がちょっとばかりできた。

カカオ豆がほかにもなっていて、スイカが実《みの》っている場所もちらほらあった。ジャングルの木にまじってリンゴのなるオークの木もある。

「よかったね、食料も調達できそうだ」ぼくは言った。「これなら持ってきた食料に手をつけないですむ」

「わたしも同じことを考えてたわ」そう返すと同時に、サマーはいきなりぴたりと止まった。

なにか聞こえたぞ……。

「ピイッ」

かすかな短い音はコウモリの鳴き声に似《に》ているけれど、少し違《ちが》う。

足に嚙《か》みつくシルバーフィッシュの未知なるジャングル版じゃないかと思い、ぼくは下を見た。一方、サマーは上を見て声をあげた。「鳥よ！」

鳥！

カラフルなオウムたちが木から木へと飛び交っている。目《め》も覚《さ》めるような緑色、それに青色のオウム。レインボーカラー――頭は赤、翼《つばさ》は青と黄色の縞模様《しまもよう》――のやつまでいる。

「きれいだなあ」空を飛ぶ生き物を見て、なんだか急に心がなごんだ。この世界には鳥がいなかったから――ニワトリは別として――その分よけいに違和感《いわかん》を覚《おぼ》えた。もといた世界では、鳥なんてどこにでもいた。都会にだって。鳩《はと》が羽ばたいてポッポーと鳴く声はいまでも覚《おぼ》えている。パンくずをやるのは楽しかった。

「鳥がいるなんていいね」

ぼくの言葉に、サマーはすぐさまこう返した。「ディナーにもってこい」

「おいおい！」ぼくが冷ややかに言うと、サマーは名前の由来となった例の笑い声をあげた。

「からかっただけでしょ」

「どきっとしたよ」ぼくはふんと鼻で笑った。気の利《き》いたことを言い返そうとしたとき、左側でなにかがさっと動いた。小さななにかは葉っぱの陰《かげ》にすばやく隠《かく》れてしまった。

ぼくはくるりとそっちを向いてクロスボウを構《かま》えた。斑点《はんてん》のある黄色い体がちらりと見える。

「心配ないわ」サマーが言った。「ただのヤマネコよ」

「あっ、そうか」小型《こがた》のヤマネコについては島にいたときに本で読んだことがあるし、サマーもジャングルで見かけたと話していたのを思い出した。危険《きけん》な生き物ではないはずだ（少なくともぼくたちにとっては）、ぼくの記憶《きおく》が正しければ……。

「餌《え》づけできないかな?」ヤマネコが消えた場所から目を離さずに問いかけた。「本には魚をあげれば、なつくって書いてあったと思うんだけど」

「なつかせてどうするの?」サマーが問い返した。

「動物の友だちを作るんだよ」〝そんなのわかりきってるだろ〟って気持ちを精《せい》いっぱい込《こ》めて言った。

「きみもそのうち試してみるといい。ぼくなんてモーがいなかったら、あの島で生きていくのは絶対《ぜったい》に無理だったなあ」自分が学んだいちばん大事な教訓を引き合いに出す。

「〝友は心のよりどころ〟だよ」

サマーはふたたび歩き出した。「あなたに関して言えば、それは疑《うたが》わしいわね」

「ハ、ハ、ハ」ぼくは笑い飛ばした。「そうやって茶化したって、きみの本心はわかってるんだ……」

「ええ、ええ、そうでしょうよ」ずんずん進むサマーに置いていかれないよう、ぼくは足を速めた。

「そうさ」自分の洞察力《どうさつりょく》には大いに自信があったので、ぼくは続けた。「きみがいつも強がっているのは、心が傷《きず》つかないように守っているからだ。動物の友だちになにかあったらと心配するのがいやなんだろう……」

サマーがぴたりと止まった。触《ふ》れられたくないところに触《ふ》れてしまったかな。ぼくは一瞬《いっしゅん》不安になった。

「あれはなに？」サマーが手招《てまね》きした。

彼女《かのじょ》は葉っぱのブロックを二、三個刈《か》り取《と》り、大きな浅い池の岸に出ていた。彼女《かのじょ》が示すほうへ顔を向けると、ぼくの洞察力《どうさつりょく》に満ちたひとり語りを中断《ちゅうだん》させたものが目に入った。池の向こう側になにかの木立《こだち》がある。ぱっと見はサトウキビのようだった。だけど色がもっと黒っぽく、普通《ふつう》のサトウキビよりもずっと背《せ》が高い。

「前に見たことは？」ぼくは尋《たず》ねた。

サマーは首を横に振《ふ》った。

ブロック一個分の深さの池を歩いて渡《わた》り、いちばんそばの茎《くき》に恐《おそ》る恐《おそ》る近づいた。

ぼくは斧《おの》をかかげた。茎《くき》につかまれたり、なにかしらの毒をかけられたりするんじゃないかと、半分本気で心配していた。粉雪に殺《ころ》されかけたくらいだから、もうなにがあってもおかしくない。

斧《おの》で叩《たた》くと、一本目の茎《くき》はミニサイズになって足もとに落ちた。その点はサトウキビと同じだ。でも拾いあげても真っ白な甘《あま》い結晶《けっしょう》に変わることはなかったし、二本をくっつけると棒《ぼう》のようになった。

竹だ！　これは竹に違《ちが》いない。皮肉なことに、島で初めてサトウキビを見つけたとき、ぼくは竹だと勘違《かんちが》いした。それがいまこうして本物の竹を見つけたんだ。

「これがなにかは知ってるよ」ぼくはサマーに言った。

「わたしもあれがなにかは知ってる」彼女《かのじょ》は竹林の中をのそのそ歩いているなにかをじっと見つめて指し示していた。

クマだ。しかもただのクマじゃない。黒と白で、短くて丸っこいしっぽがあり、顔を見ればひと目でわかるクマ。

「パンダだ！」ぼくは思わず大はしゃぎした。「すごすぎる！」

「落ち着いて」サマーが注意する。「飛びついて抱きしめるのはなしよ。この世界のパンダがなにするか、わかったものじゃないでしょ？」

「すぐにわかるさ」ぼくはうきうきしながら大股《おおまた》で近づいていった。この世界のルールはもといた世界と同じではないという彼女《かのじょ》の言い分はわかるし、ぼく自身〝思《おも》い込《こ》みは禁物〟と学んでいる。

それに、そう、どの本にもパンダのことは載《の》っていなかったわけだから、おそらく出現《スポーン》したばかりなんだろう。つまり、どんな生き物かはまったくわからない。

でもさ、パンダだよ！　きみだってパンダと友だちになりたいよね！

「やあ、こんにちは」ぼくは竹の茎《くき》を差し出した。「これを食べるんだろ？」

パンダは巨大だった。シロクマサイズとまではいかないけれど、襲《おそ》われたら今日は最悪の一日になるだろう。

「ほら」少しずつ近づいた。「今日はまだなんにもいいことがないんだ」

パンダは黒く縁《ふち》どられた目をこっちへ向けると、のそのそとやってきて……。

パクッ。

パンダは竹をくわえると、大きな平たいお尻《しり》を地面につけて――この世界では驚異的《きょういてき》なことに、本当に座ったんだ！――おいしそうにパクパク食べてくれた。

しかも、おやつを食べ終えると、自分のかわいさはこんなものじゃないとばかりに、草の上で巨大な子犬みたいにごろんとでんぐり返しまでした。

「いまの見たかい！」ぼくはサマーも感激《かんげき》するだろうと思って叫《さけ》んだ。

でも、いかにもサマーらしい答えが返ってきた。

「パンダってどんな味かしら」

「サマー！」

ぼくはむっとしたけれど、彼女《かのじょ》が笑い出すのを見て、気分がふたたび上昇《じょうしょう》した。「もう一頭見つけよう」ぼくはきょろきょろ見回した。「繁殖《はんしょく》させて、そうだな、パンダ一家にするんだ。いいよね、時間がないなんて言わないで……」

言葉が尻《しり》すぼみになったのは、なにかに目を引かれたせいだ。コロコロした毛玉みたいなパンダのすぐ向こうに、ジャングルには似《に》つかわしくない色が見えた。一面が鮮《あざ》やかな緑の中でそこだけが灰色《はいいろ》だ。竹林の奥《おく》に目を凝《こ》らすと、灰色《はいいろ》のブロックは明らかに建造物《けんぞうぶつ》の形をしていた。

「あそこ」ぼくは顎《あご》で示した。「あれって家かな？」

「寺院に見えるわね」サマーが言った。「冒険《アドベンチャー》映画《えいが》に出てくるような寺院だとしたら、警戒《けいかい》したほうがいいわ」

その言葉を聞いて、ソフト帽《ぼう》をかぶって鞭《むち》を手にしているアクションヒーローの姿《すがた》がぼんやりと頭に浮《う》かんだ。「きみもあの映画《えいが》を観《み》てるんだ？」

「もちろん。わたしたちは別々の国に住んでいたらしいってだけで」サマーはふんと鼻を鳴らした。「別々の星に住んでいたわけじゃないわ」

「たまにそんな気がするときもあるけどね」ぼくはぼそりと言った。

竹林を進んで近づいていくと、苔《こけ》とツタに覆《おお》われた建造物《けんぞうぶつ》の全体像が見えてきた。横幅《よこはば》は島にあったぼくの家とほぼ同じ。四角い一階部分が二階を支《ささ》え、その上にピラミッド型《かた》の屋根、四隅《よすみ》に短い柱があった。だれも住んでいないらしい。なんの気配もなく、人工的な光も見えない。扉《とびら》のない入口から中をのぞくと、がらんとした部屋があるだけだった。

家具も宝物でいっぱいのチェストもなし。二階へ続く狭《せま》い階段《かいだん》がふたつ、そのあいだにある幅広《はばひろ》の中央階段《かいだん》の先は地下の暗闇《くらやみ》だ。

いつものようにサマーが先頭に立って左側の階段《かいだん》へ向かい、ぼくには右側をのぼるよう身振《みぶ》りで示した。そろそろと二階へ上がると、そこも一階と同じく空っぽで、そのあとぼくらはさらにゆっくりと地下へ向かった。

外の光は階段《かいだん》をおりきったところまでしか届《とど》いていない。サマーが床に松明《たいまつ》を設置《せっち》すると、階段《かいだん》下の幅《はば》二ブロックの狭苦《せまくる》しい空間が照《て》らし出《だ》された。

右側には廊下《ろうか》があり、次の角でさらに右に曲がっている。一方、左側は行き止まりで、壁《かべ》にレバーが三本ついていた。

「先に右側を調べましょう」サマーが提案《ていあん》した。「レバーをいじる前にね」

ぼくらは右側の廊下《ろうか》を曲がり角まで進み、もう一本松明《たいまつ》を置いた。

はじめは、さらに続く廊下《ろうか》しか見えなかった。モンスターの姿《すがた》も、目に見える危険《きけん》もなし。これが普通《ふつう》の状況《じょうきょう》なら、さっさと先へ進んでいただろう。けれど、あのレバーが気になっていた。

それに、もといた世界で観《み》た怖《こわ》い映画《えいが》のイメージがあったのかもしれない。ぼくの言っていることはわかるよね？　アドベンチャー映画《えいが》につきものの場面だ。グループの中でいちばんのおバカが、〝もう安全だな〟と言うなり、床の穴《あな》に落っこちるんだ。ぼくらはふたりともそういう場面を観《み》たことがあったに違《ちが》いない、だって頭の中では警報《けいほう》が鳴《な》り響《ひび》いていたんだから。「念のためにもう一本」サマーはそう言うと、腕《うで》を思いきり伸《の》ばし、もっと遠くにも松明《たいまつ》を設《せっ》置《ち》した。

「やっぱりなにかある！」彼女《かのじょ》が叫《さけ》んだ。廊下《ろうか》の突《つ》き当《あ》たりにあったのは、一ブロック分の立方体で、こちらを向いている面にまぬけな顔みたいなものが描《えが》かれている。中央より少し下に大きな穴《あな》が開いていて、その上に丸い点がふたつあるので、顔に見えるのだ。

「あれは発射装置《ディスペンサー》だ」ぼくは断言《だんげん》した。「なにが射《う》ち出《だ》されるか、わかったもんじゃない」

「そうね」サマーはうなずき、ちらりと振《ふ》り返《かえ》ってつけ加えた。「賭けてもいい、あの三本のレバーはその仕掛《しか》けの解除装置《かいじょそうち》よ」

というわけで、ぼくらは仕掛《しか》けを解除《かいじょ》しようと、さまざまな組み合わせでレバーを動かしてみた。なにを期待していたのかはわからない。光とか音で、もう安全だと知らせてくれること？　そんなことは起きなかった。

いらいらしながら数分間、試してみたあと、もうお手上げとばかりに、サマーは両手の角張《かくば》ったこぶしを振《ふ》りあげた。「だめだ」息《いき》を吐《は》き、足を踏《ふ》み鳴《な》らしながら廊下《ろうか》を引き返す。「そもそも解除《かいじょ》する必要なんて、ないんじゃない？」彼女《かのじょ》はディスペンサーの射線《しゃせん》をよけ、廊下《ろうか》の左側へ寄って近づいていった。「ガストの火の玉でも発射《はっしゃ》してくるのでなければ、心配することは——」

「ストップ！」ぼくが叫《さけ》んだので、彼女《かのじょ》はその場に凍《こお》りついた。「前方の壁《かべ》の右下のほう！」

まっすぐ前を向いていたサマーには見えていなかったのだ。でも、数歩後ろにいたぼくは、壁《かべ》にはめ込まれた鉄製《てつせい》のフックに気づいた。「あれが引き金だよ！」

ぼくの示す方向を、サマーの視線がたどった。「よく気づいたわね」彼女《かのじょ》の視線がフックから石造《いしづく》りの床へと移動する。「これが引き金の仕掛《しか》けみたい」

目を細めると、床にクモの糸がブロックふたつ分設置《せっち》されているのが確認《かくにん》できた。

「トリップワイヤーフックの罠《わな》か」ぼくはため息をついた。「だったら、糸を踏《ふ》まなければ作動しないから大丈夫《だいじょうぶ》だね」

どうしてそんなことを言ってしまったんだろう？　ぼくがその言葉を発するなり、サマーはひとつ目の糸のブロックをパンチした——そしてディスペンサーから発射《はっしゃ》された矢に肩《かた》を突《つ》き刺《さ》された。

「パンチもだめだったみたい……」彼女《かのじょ》は顔をしかめた。

「次はぼくがやるよ」自分から言ってふたつ目の糸を破壊《はかい》すると、今度はなにも起きなかった（そのせいでちょっぴり罪悪感《ざいあくかん》に駆《か》られた）。

「ぼくが先に行こう。また罠《わな》が仕掛《しか》けられていたら、今度はぼくが痛《いた》い思いをする番だ」

「ずいぶん勇敢《ゆうかん》ね」サマーはぼくの後ろへとさがった。

ぼくらはカタツムリのようにのろのろとディスペンサーに近づいた。「さがって」ぼくはツルハシを取り出し、壁《かべ》にくっついている矢の自動発射装置《じどうはっしゃそうち》を破壊《はかい》した。すると小さくなったディスペンサーがぼくのベルトへ飛んできただけでなく、中に入っていた八本の矢までついてきた。

「やったぞ」なくなりかけていた矢を補充《ほじゅう》できたのはラッキーだ。「これなら宝物の入ったチェストに負けず劣らずの大収穫《だいしゅうかく》だ」

「それは大げさなんじゃない」サマーはぼくらの右側を眺《なが》めて言った。

そっちへ顔を向けると、レッドストーン回路《かいろ》による次の罠《わな》のすぐ先、もうひとつのディスペンサーの下に、本物の宝物のチェストがあった。

「離れていて」ぼくはレッドストーン回路《かいろ》を壊《こわ》した。今度は罠《わな》は起動せず、さっきと同じで、ディスペンサーの中身は矢だった。「ますますいいな」ぼくがそう言うあいだに、サマーはチェストを開けた。

「たいそうな仕掛《しか》けのわりに、お宝はこれっぽっち？」サマーが不満をもらした。チェストの中身は金と鉄のインゴットが何個かだけだったのだ。

「そうじゃないかも」ぼくは廊下《ろうか》を振《ふ》り返《かえ》った。「まだあのレバーの正体がわかってない。この罠《わな》にはつながってなかったんだから、別の仕掛《しか》けがあるはずだ」

「巨大な石が転がってくるとか？」サマーが目だけで部屋を見回す。「それか壁《かべ》が迫ってきて、つぶされるとか？」

「あるいは」ぼくは楽観的《らっかんてき》に言い返した。「本物の宝物が見つかるとかね。たとえば、そうだな、魔力《まりょく》を秘めた黄金の小像とか――」別の映画《えいが》がぱっと頭に浮《う》かんだ。「巨大なエメラルドをめぐって男の人と女の人がジャングルで冒険《ぼうけん》する映画《えいが》を観《み》たことある？」

「ある気がするわね」サマーはぼくの脇《わき》を通《とお》り過《す》ぎた。「それについてはあとでゆっくりおしゃべりしましょ」階段《かいだん》に向き直る。「入口と窓《まど》をすべてブロックでふさいだら」

「えっ。まさかここで――」

「もうじき暗くなるわ」サマーは階段《かいだん》をのぼりかけていた。「外でモンスターにつかまりたくはないでしょ」

「ここで寝るのはいやだよ」ぼくは反対した。「息をするのだって大変じゃないか」ジャングルの蒸《む》し暑《あつ》さも大変だったけれど、寺院の中は本当に息が詰《つ》まりそうだった。

「ちょっと、文句はなしにして」サマーがたしなめた。「ひと晩《ばん》だけじゃない」

「そうだけど、必要もないのに、なんでひと晩《ばん》いやな思いをしなきゃいけないのさ」

「もっといいアイデアがあるの？」

「実は――」ぼくはサマーを連れて階段《かいだん》を上がり、寺院の外に出て、近くの巨大な木の下へ行った。「あるよ」葉っぱが生《お》い茂《しげ》っている部分は天に届《とど》きそうな高さにあり、そこまでは枝が一本もない。巨木《きょぼく》を見あげる彼女《かのじょ》の横で、ぼくは続けた。「この木はのぼることができるって、きみは言っただろ」ぼくはツタをつかんだ。「だから……」

見あげるだけで目がくらむほど高い木にのぼるのは、ほんとはちょっぴり怖《こわ》かった。だけど、ぼくのアイデアをサマーに納得《なっとく》させなきゃならない。どうか落ちませんように、どうか落ちませんように。

落ちたら死ぬか、死んだほうがましと思うくらいの赤《あか》っ恥《ぱじ》をかくかだと考えると、汗がどっと噴《ふ》き出《だ》した。そんな不安をサマーには気づかれなかったんだから、たいしたものだよね。いちばん下の枝までたどり着くと、ぼくは余裕《よゆう》しゃくしゃくでサマーを見おろしてみせた。「正式に招待《しょうたい》されるのを待ってるのかい?」二十回ほどパンチして幹《みき》のてっぺんまでのぼり、そこからは階段《かいだん》を作って葉っぱの外へ顔を出した。

そよ風だ！　乾いてひんやりしている。この世界では、風が常に東から西へと吹《ふ》くところがいい。背後《はいご》の雪の丘《おか》から冷たい風がこっちへ吹《ふ》いてきている。ぼくを殺《ころ》しかけたのを水に流してやってもいいよ。心の中でつぶやき、目を閉じて天然のエアコンを満喫《まんきつ》した。

「悪くないわね」サマーがぼくのすぐ後ろにやってきて言った。ぼくが振《ふ》り返《かえ》ると、彼女《かのじょ》はジャングルを通《とお》るときに刈《か》った葉っぱのブロックで階段《かいだん》の入口をふさいでいる。「念のためよ、ゾンビがのぼってこないように」

いつでも転《ころ》ばぬ先《さき》の杖《つえ》。それがサマーだ。さすがのゾンビとスケルトンもここまではのぼってこられないだろうし、クモだって葉っぱを伝って近づくことはできないだろう。ここにいれば安全だ。それに快適《かいてき》。いまは夕日とすばらしい景色を楽しむ以外にすることはない。

「ジャングルは思ってたより小さいんだね」ぼくはジャングルの端《はし》に沿《そ》って四角いこぶしを動かした。

ここまで半日がかりだったけれど、さえぎるもののないタイガならほんの数分で来られた距離《きょ》だったのを見て、不思議な気分になった。なんであれ、この先に未知の領域が広がっているというのも不思議だ。「あれも雪かな？」

「ここから見ただけじゃ、なんとも言えないわ」サマーは沈《しず》んでいく夕日の下に目を凝《こ》らした。ジャングルよりも明るいのはたしかで、木々は生えていない。でも、ぼくらが通《とお》ってきた雪原より暗い色に見える。「明日になればわかるでしょ」サマーは作業台をどんと出した。「あなたの新発明、便利な製図台《せいずだい》の出番よ」

「了解《りょうかい》」ぼくは板材四つと紙二枚を組み合わせて製図台《せいずだい》を作った。

「ぼくらがいまいるのはこの地図の端《はし》っこだから、そろそろ新しい地図を作らなきゃ」それに、あとから来る新たな旅人のためにこの地図のコピーも作らないと。

「ちょっと待って」サマーは木の上の四隅《よすみ》に松明《たいまつ》を設置《せっち》して言った。「ここでモンスターにいきなりスポーンされるのはいやだわ」

「安全すぎることはないもんね」ぼくも同意し、新しい地図を作る材料を取り出した。よし、まずはコンパスがいるから、レッドストーンの粉をひと山、それに鉄のインゴットを四本……。

バシッ！

なにかが肩《かた》に激《はげ》しくぶつかった。

ぼくはぐらつきながらも、剣《けん》へ手を伸《の》ばしつつ急いで振《ふ》り返《かえ》った。

なにもいない！　ゾンビも発生していないし、クモものぼってきていない。

「いまのはなにが……」

「ガイ、危《あぶ》ない！」サマーがあわてて注意したが、手遅れだった。

またもバシッとやられた、今度はうなじだ。鋭《するど》く冷たい小さな牙に襲《おそ》われ、クワオゥという かすかな鳴き声が聞こえた。

「上よ！」サマーはぼくの隣《となり》に駆《か》け寄《よ》り、弓を空へ向けた。

最初は星しか見えなかった。淡《あわ》い小さな光の点々が同じ方向へ動いている……でも、いくつかがこっちへ向かってくる！　白い星々にまじって、緑色の小さな点がふたつ飛び回っているのが見えるぞ。

　バサッ、バサッ。羽毛のない翼《つばさ》が羽ばたく音。

「あれよ！」サマーは近づいてくる顔へと矢を向けた。その顔はダークブルーの長方形で、緑色に輝《かがや》く目がどんどん大きくなってくる。

けれども〝フシュウウウウウ！〟という音はサマーの弓が〝ビン〟と鳴る音にさえぎられた。矢が命中し、緑の目をした生き物は〝カアアア！〟と鋭《するど》い苦痛《くつう》の声をあげて空へ上昇《じょうしょう》した。

　松明《たいまつ》の淡《あわ》い光《ひかり》で、ようやくそいつの全身が見えた。青みがかった体に骨《ほね》を思わせるような模《も》様《よう》の入ったコウモリみたいな生き物が必死で上空へ逃《に》げていく。

「よく矢が命中したね！」ぼくもクロスボウをつかんだ。

「どうにかね」サマーは次の矢をつがえている。「ほかにもいないか探《さが》して」

　ぼくは思わずつばをのみ込んだ。ほかにも？

　クロスボウを構《かま》えて空に目を走らせた。サマーの矢が当たった一体が旋回してまた襲《おそ》ってこようとしている。でも、ほかには……。

いた！　緑の目がもうふたつ、降下《こうか》してどんどん大きくなっていく。

かかってこい。ぼくは落《お》ち着《つ》き払《はら》って的に集中した。だけど集中しすぎて、自分が木の上にいるのをすっかり忘《わす》れていた。

「ガイ！」

遅すぎた。三度目の攻撃《こうげき》でぼくは前へと突《つ》き飛《と》ばされた。

木から落とされた！　下は真っ暗だ！

ボチャン！

落ちた先は池だった！　ぼくらは池の真上にいたんだ。水があったおかげで命拾いできた。

「フシュウウウウ！」

二番目のやつが——ひょっとしたら三番目かもしれない——またぼくめがけて急降下《きゅうこうか》してきた。

「今度はやられないぞ！」ぼくは叫《さけ》んでクロスボウを構《かま》えた。

狙《ねら》いを定め、息を吸《す》い込《こ》み、クロスボウの引き金に軽く手をかけて……。

発射《はっしゃ》！

矢が当たり、モンスターは痛《いた》みに悲鳴をあげた。飛んで逃《に》げていくのを眺《なが》めていたぼくは、そいつのすぐ後ろから次のやつが突《つ》っ込《こ》んでくるのを目にして凍《こお》りついた！

矢をまたセットする時間はないぞ！　伏せる？　盾《たて》を出す？

目の前まで迫ってきたそいつの平べったい目に見据《みす》えられ、ぼくはその場で動けなくなってしまった……でも、そいつの後ろになにかいるぞ？　きらりと光ったのは、ダイヤモンドの剣《けん》だ！

「カアアア！」モンスターは悲鳴をあげてポンと煙《けむり》になった！

サマーだ！　木から飛びおりて、空中でコウモリもどきを斬《き》ってくれたんだ！　やっぱりこのジャングルにもアクションヒーローはいたんだね。

「すごいよ！」隣《となり》に落下して水しぶきをあげるヒーローに向かって、ぼくはあえぎながら言った。

「数が……多すぎ」サマーは息を切らして言った。「寺院へ逃《に》げるわよ！」

あんな空飛ぶモンスターぐらいふたりで簡単《かんたん》にやっつけられると、ぼくは反論《はんろん》しかけた。でもその瞬間《しゅんかん》、地上に視線と意識《いしき》を引きつけられた。

上空の新たな脅威《きょうい》に気を取られて、地上に出るおなじみのモンスター軍団のことを忘《わす》れないようにと、サマーは注意したかったんだ。いまはぼくにも、スケルトンにゾンビ、それに血の色をしたクモの目が光るのが見えた。

「わかった、寺院へ行こう！」ぼくは同意した。彼女《かのじょ》のすぐ後ろから池の中をバシャバシャ走ると、なにかがバックパックの中へ飛《と》び込《こ》んできた。それはコウモリもどきが落としたもので、湿《しめ》っていてやわらかく、脳《のう》みそっぽい形だ。そのときはほとんど気にもとめなかったけど、のちのちぼくはそのアイテムに文字どおり命を救《すく》われることになる。

バサッ、バサッ。またあの羽ばたきが聞こえる。すぐ後ろに迫っていた。ぼくは振《ふ》り返《かえ》ることなく、クロスボウを剣《けん》と交換《こうかん》した。

「クワワワワワゥ！」

振《ふ》り向《む》きざまに剣《けん》を振《ふ》り、そいつの顔面に叩《たた》き込《こ》んだ。

「よっしゃあ！」歓声をあげると、〝よかったね〟とばかりにスケルトンの矢がぐさりと刺《さ》さった。

きみは忘《わす》れているかもしれないけれど、ぼくは鎧《よろい》を身につけていない。ジャングルに入ってすぐ脱《ぬ》いでしまい、襲撃《しゅうげき》されたときに装着《そうちゃく》する暇《ひま》がなかったんだ。だから、あと矢が二本刺《さ》さるか、ゾンビのパンチをいくつか食らっただけで、ぼくは一巻《いっかん》の終わりになってしまう！

「足を止めないで！」サマーが叫《さけ》んだ。ぼくが立ち止まって鎧《よろい》を身につけようかと思っているのを察《さっ》したらしい。「ゴールは目の前よ！」

本当だ。松明《たいまつ》のかすかな明かりが揺《ゆ》れているのが葉陰《はかげ》のすぐ先に見える。

でも、そこまでの最後の全力疾走《ぜんりょくしっそう》で、すべての障害物を乗《の》り越《こ》え、飛《と》び越《こ》し、よけなきゃいけない。しかもゾンビの〝グォオオ〟、スケルトンの〝カランカラン〟、クモの〝シュー〟に、いまや新たに〝バサッ、バサッ〟まで加わった、悪夢《あくむ》の交響曲《シンフォニー》が鳴《な》り響《ひび》いている。

あともう少し。小さな木の幹《みき》をよければゴールできる。だけど、それは木の幹《みき》ではなかった。チカチカと白く明滅《めいめつ》し……シューーッと音を立てている。

盾《たて》を出せ！

鉄と木で作られたバリアをかかげた瞬間《しゅんかん》、クリーパーが爆発《ばくはつ》した。

ケガはしなかったけれど、目はくらみ、耳鳴りが止まらない。きょろきょろ見回しても、松《たい》明《まつ》の光がどこにあるかわからなかった。寺院はどこだ？

「前に進んで！」サマーがぼくの背中《せなか》を突《つ》き飛《と》ばして前進させる。

頭と視界《しかい》がはっきりして、苔《こけ》に覆《おお》われた石造《いしづく》りの建物《たてもの》が見えた。

「ふさぐわよ！」サマーは葉っぱのブロックですでに戸口をふさいでいる。「窓《まど》も全部！」窓《まど》をふさぐと新鮮《しんせん》な空気が入らなくなるなんて気にしている場合じゃない。死の恐怖《きょうふ》ほど、優先《ゆうせん》順位《じゅんい》をはっきりさせるものはない。

あわてふためいて最後の窓《まど》をふさぎ、〝よし、もう大丈夫《だいじょうぶ》〟と言おうとした瞬間《しゅんかん》、案《あん》の定《じょう》というか、なんというか、ぼくは床に開いていた穴《あな》にスポンと落っこちた。

幸い、下は別の部屋だった。さらに幸運なことに、そこにあるのは新たな宝のチェストだけだ。

「おーい、サマー」ぼくは壁《かべ》に松明《たいまつ》を挿《さ》した。「これを見てくれ！」

「へぇえ……」サマーの顔が頭上に現《あらわ》れた。「こんな穴《あな》を見落としていたなんて信じられない」

「見落としたんじゃなく、レバーをいじったときに開いたのかも」

サマーはうなずき、ぼくの隣《となり》にぴょんと飛びおりた。「チェストのまわりの罠《わな》も解除《かいじょ》されてるといいけど」

それは考えていなかった。ぼくは急いで鎧《よろい》を身につけた。

「それじゃあ、お宝拝見といきましょ……」サマーはチェストを開いた。「えっ、これなに？」

彼女《かのじょ》の肩越《かたご》しにチェストをのぞき込むと、中には使い古した石のシャベルに、鉄のインゴットが二本、そしてなんとなんと、緑色の大きな宝石がひとつ入っている。

「エメラルドだ！」ぼくは叫《さけ》んだ。「映画《えいが》とおんなじだよ！」

サマーはそんな偶然の一致《いっち》に感激《かんげき》する様子もなく、あくまで現実的《げんじつてき》に、つややかな宝石を確《たし》かめていた。「ダイヤモンドみたいにそれなりの用途がありそう。もっと強度が高いのかな」

「なにが作れるか、さっそく調べよう！」ぼくは張《は》りきって作業台を出そうとした。

「ちゃんと休んでからね」サマーはツルハシを出すと、壁《かべ》を壊《こわ》して階段《かいだん》のそばに出られるようにした。「明日もジャングルを進むんだから、休息は必要よ」

「うん、わかった」階段《かいだん》をのぼる彼女《かのじょ》に向かって、ぼくはうなずいた。「ちょっとだけ素材《そざい》の組み合わせを試してみてからね」

今度は本当にそのつもりだった。前の晩《ばん》と違《ちが》って作れるものが限《かぎ》られていたからだ。これがダイヤモンドの代わりになるとしたら、いま作れるのはシャベルだけだけれど、試してみたところ、できなかった。ほかの組み合わせや、どの素材《そざい》を加えるか考えようとしたものの、ゆうべは眠《ねむ》っていないから、脳《のう》みそがかまど焼《や》きのレンガ並《な》みにカチカチになっている感じだ。

「明日にしよう」ぼくはあくびをしながら階段《かいだん》を上がった。サマーの隣《となり》にベッドを置くことにする。「明日になれば、なにか考えつくさ」

# 第３章　砂漠《さばく》にオアシスがないなら、作ればいいじゃないか

風が常《つね》に東から西へ吹《ふ》くことに加えて、この世界のいいところは、いつでも眠《ねむ》れることだ。近くにモンスターがいたら、話は別だけれど。でも、もといた世界と違《ちが》って、むしむしと寝苦しいのに、ぼくはすぐに眠《ねむ》りに落ちた。

翌朝、エメラルドではなにも作れなかったことをサマーに報告《ほうこく》すると、彼女《かのじょ》は肩《かた》をすくめて前向きにこう言った。「気にしないで、そのうち正しい答えを導《みちび》き出《だ》せるわ」

ぼくらは朝食をとって荷物をまとめたあと、入口をふさいでいた葉っぱを取《と》り払《はら》い、蒸《む》し風《ぶ》呂《ろ》みたいな寺院に別れを告げた。巨大な木の上に戻《もど》って置きっぱなしにしていた荷物を回収し(地図のコピーも作った)、ジャングルの終わりと思われる場所を目指して出発した。朝の光のもとで改めて上空から下を眺《なが》めてみると、ジャングルの先はどうもタイガではないようだった

けれど――銀世界ではなくベージュ一色なのだ――そんなことは気にしなかった。前進できるだけで満足だ。

勘違《かんちが》いしないでほしい。ジャングルのバイオームはすごくきれいで、いろいろなことを学べた。けれど、湿度《しつど》が高くて、むしむしべたべたする気候《きこう》はもうたくさんだ。しかも起きたら雨だったから、いまやべたべたどころかびしょびしょだ。生あたたかい水滴《すいてき》が鎧《よろい》の下をだらだら流れて服をぐしょぐしょに濡《ぬ》らし、ブーツの中にまで溜《た》まっている。前方はほとんど見えず、足を踏《ふ》み出《だ》すたび、濡《ぬ》れたスポンジにくるまれているみたいにびちゃびちゃした。

からっからの乾燥《かんそう》が恋《こい》しい。からっからなら、暑くても平気なのに。

こういうときに使う言い方があったよね？　願いごとをするときは慎重《しんちょう》に、だっけ？

葉っぱとツタを切《き》り払《はら》って数分ほど進むと、ゆうべ見えたジャングルの境界線《きょうかいせん》らしき場所が近づいてきた。まわりの空気が変わり始めたので、もうすぐだとわかる。湿度《しつど》がぐんぐん下がっている。だけど気温は相変わらずで、どうやらこの先にあるのはやっぱりタイガじゃないらしい。

「あら」サマーはぼくの前に出て前方を見つめた。「新世界に突入《とつにゅう》ね」

最後の緑の壁《かべ》を取《と》り払《はら》うと、目の前には砂漠《さばく》が広がっていた。

砂《すな》と砂岩《さがん》が砂丘《さきゅう》と谷を形作っている。さっきまで降《ふ》っていた雨はやんでいた。緑のブロックが終わるところでぴたりとやんだのだ。

「相変わらず激《はげ》しく気候《きこう》が変わるね」ぼくは水のない不毛の地にあぜんとした。「凍《い》てつく雪のあとは、むんむんとうだるような暑さ、そして今度は砂漠《さばく》か」

「いつまでたってもびっくりさせられるわね」それからサマーはつけ加えた。「あなたの次の質問《しつもん》への答えは、ノーよ。こんな場所を見るのは初めて」

それから作業台を出して鉄のインゴットを並《なら》べ始《はじ》める。「これまでは喉《のど》の渇《かわ》きで死ぬ危険《きけん》なんてなかったとしても」彼女《かのじょ》は鉄でバケツを作ってぼくに渡《わた》した。「水を持ち歩くべきでしょ。この前だってまさか雪の落とし穴《あな》にはまるとは思わなかったんだから」

「名案だね」ぼくは彼女《かのじょ》に続いて池まで引き返した。命を脅《おびや》かすような暑さではなくても、ネザーへ行ったときと同様に、冷たい飲みものはいつか助けになりそうだ。それに（瓶《びん》じゃなく）バケツに水を汲《く》んでおけば、どこでも無限水源《むげんすいげん》を作ることができる。

でも、どうだろう？　バケツに水を満たしながら考える。たしかに前は無限水源《むげんすいげん》を作れたけれど、そのあとこの世界は何度か変化した。砂漠《さばく》は新たに出現《しゅつげん》したバイオームだろうか？　ネザーのときみたいに、穴《あな》を掘《ほ》って水をそそいでも、蒸発《じょうはつ》するだけだったりして？　そんな疑問《ぎもん》は自分の胸にしまっておいた。せっかくいい気分なのに水を差すのはよくないから。

しばらくのあいだ、ぼくらの気分は上々だった。雨は曇《くも》り空《ぞら》へと変わり、見あげれば灰色《はいいろ》、見おろせば一面の砂《すな》。快適《かいてき》で過《す》ごしやすく、いい感じ……だった。太陽が顔をのぞかせるまでは。

ひーっ！

こんなに日陰《ひかげ》が恋《こい》しくなったことはない。これまで、ぬくぬくとあたたかい日光はいつも友だちだった。この世界では、太陽を直視しても目を傷《いた》めることさえない。でも、いまは……見た目は少しも変わらないのに、日差しがあまりに強烈《きょうれつ》で、空からガスバーナーで炙《あぶ》られているみたいだ！

腕《うで》も顔も、肌がむきだしの部分は余《あま》すところなくじりじり焼《や》かれている！　虫眼鏡《むしめがね》で日光を集めて紙を燃《も》やす実験《じっけん》をしたことはある？　いま、ぼくのうなじはまさにその状態《じょうたい》——焦《こ》げた紙だ！

なんでだろう。ぼくは心の中でうめいた。

タイガに初上陸して、羊毛のセーターさえ作れたらと思ったときと同じ気分だ。なんでこの世界では、つばの広い日よけ帽《ぼう》が作れないんだよ!?

「回り道するわよ」サマーは石に囲《かこ》まれた大きな穴《あな》をよけた。穴《あな》の中身は、いいかい、なんと溶岩《ようがん》だ。

「うわっ、最高だね」ぼくはぼやいた。「これぞぼくらの求めていたものだ。さらにアツアツの溶岩《ようがん》とは」

「少なくとも、からっとした暑さでしょ」サマーが言い返す。

「うん、まあ、そうだね」それがましなのかどうかわからないけれど、水を差したくなかった。

あー、水を差したくないけれど、浴びたいよ。冷たい水を頭からかぶったら気持ちいいだろうな。

まわりの風景に意識《いしき》を向け、なんでもいいから興味を引かれるものを頭にメモしようとしたけれど、ところどころにぽつぽつある枯《か》れてしぼんだ茶色い茂《しげ》みと、サボテンらしき背《せ》の低い緑の角柱ぐらいしか目に入らず、まるでいやがらせだった。

また、タイガと同じく、ウサギがいた。砂色《すないろ》の小さなウサギが焼《や》けつく砂《すな》の上をぴょんぴょん跳《は》ねている。寒冷地のおバカな仲間と同様に、ぼくの目の前で一匹が砂岩《さがん》の岩棚《いわだな》から跳《と》び出《だ》し、地面にぶつかって〝キュウ〟と痛《いた》そうな声で鳴いた。

「まぬけね」サマーは声をあげて笑った。「日光を避《さ》けるだけの脳《のう》みそもないんだから」

ぼくらもね。

気づくと太陽は真上にのぼっていた。朝と比べて、気温がかなり上昇《じょうしょう》している。もうジャングルやネザーよりもずっと暑い。溶岩《ようがん》に落ちたときを除《のぞ》けば、こうも暑いのは初めてだ。

「休憩《きゅうけい》して水を飲もうか?」ぼくは足を止めて自分のバケツへ手を伸《の》ばした。

「まだ早いわよ」サマーは立ち止まってぼくのほうを振《ふ》り返《かえ》ろうともせずに進んでいく。「砂《さ》漠《ばく》に入ったばかりでしょ」

「フライパンの上の目玉焼《めだまや》きになった気分だよ」

「あともう少しだけ」サマーは歩き続けた。「あの砂丘《さきゅう》を越《こ》えるまで」

ぼくは言い返さなかった。意気地《いくじ》なしとは思われたくない。口を閉じ、彼女《かのじょ》の後ろをとぼとぼ歩いて小さな砂丘《さきゅう》へ向かった。ところがそこにたどり着いても、サマーはどんどん先へ進んでいくじゃないか。

「サマー」ぼくは呼《よ》びかけた。「ここで休憩《きゅうけい》にするんじゃ――」

「次の砂丘《さきゅう》まで」彼女《かのじょ》は遠くの、もっと高い砂丘《さきゅう》を示した。「あそこからなら、砂漠《さばく》の終わりが見えるかもしれない。どのバイオームも一日あれば徒歩で横断《おうだん》できる距離《きょり》みたいでしょ。ひょっとしたら……なんて言うんだった？　オアシスみたいなのがあって、ヤシの木陰《こかげ》で水に飛《と》び込《こ》めるかもよ」

サマーの言っていることは理屈《りくつ》が通《とお》っている。でも彼女《かのじょ》を突《つ》き動《うご》かしているのは理屈《りくつ》ではない気がした。ふたりとも暑さにやられて、遠慮《えんりょ》がなくなっている。ぼくは立ち止まって考え、新たな問題を解決《かいけつ》する方法を見つけたいのに対して、サマーは前進と攻撃《こうげき》あるのみだ。ほかに水を飲むために休憩《きゅうけい》しようという約束《やくそく》を先延《さきの》ばしにする理由はないだろう？

喧嘩《けんか》になるのがいやで、ぼくはしばらく黙《だま》っていたけれど――そういう性分なんだ――次の小さな砂丘《さきゅう》でも、先には砂漠《さばく》があるばかりだったのに、彼女《かのじょ》がさらに進もうとするのを見て、思わず大声をあげた。「ここまでだ！」シャベルを取り出す。「水を飲んでひと休みするだけじゃなく、しっかり休憩《きゅうけい》を取ろう」

「ちょっと、ガイ」サマーが言い返した。「なにをごねて――」

「サマー」うだるような暑さにあおられていらだちをぶつけ合わないよう、ぼくは努めて、ほんとに努めて、優《やさ》しい声を出した。「こんなオーブンの中にいるみたいな状態《じょうたい》じゃ、目も頭も体もまともに働かない。それはきみだって同じはずだ。だから水を飲んで休憩《きゅうけい》し、もっといい方法を考え――」

「バカ言わないで」サマーは砂丘《さきゅう》をさっさとおりていく。「もうそんなに遠くないわよ。わたしたちに必要なのは前進だけでしょ」

「ただ〝前進〟するためにここにいるんじゃない！」ぼくは言い返した。「探検《たんけん》するためにここにいるんだろう。忘《わす》れたのかい？　きみの山から去ることにしたのは、ぼくが自分の島を去ったのと同じように、もといた世界へ戻《もど》る方法を見つけるためにほかならない」腕《うで》を振《ふ》って広大な砂漠《さばく》を示した。「その方法はここにあるかもしれないんだよ！　門《ポータル》があるとか……そうだな、ぼくらが見つけたような寺院にポータルを作る方法が記された本が埋《う》められているとかさ」お願いだ、とばかりに、彼女《かのじょ》に向かって両手を合わせる。「きみが砂漠《さばく》との戦いに勝ちたがっているのはわかる。でも、これは戦いじゃない。見逃《みのが》すことのできないチャンスだ」

するとサマーは足を止めた。振《ふ》り返《かえ》ろうとはしないものの、ぼくは気をよくして、さらに〝前進〟（つまり説得）することにした。

「ネザーでのことを思い出してほしい。あいだに雪を詰《つ》めた三層の壁《かべ》に覆《おお》われた別荘、〝アイスキューブ〟をきみが作ったときのことを。快適《かいてき》な前進《ぜんしん》基地《きち》なしでは遠征《えんせい》はうまくいかないとぼくに言ったよね。だったら……」ぼくはもう一度腕《うで》を振《ふ》った。「いまだってこれ以上ない遠《えん》征《せい》だ。きみの前進《ぜんしん》基地《きち》なしに成功できると思う？」

彼女《かのじょ》自身の言葉を織《お》りまぜて、ちょっぴりおだてる新たな作戦だ。うまくいくだろうか？

サマーはすぐには反応しなかった。口を閉じたまま動かない。あらゆる湿《しめ》り気《け》を干《ひ》あがらせるこの砂地獄《すなじごく》に足を踏《ふ》み入《い》れてから初めて、ぼくはひと粒《つぶ》の汗が頬を伝うのを感じた。

「それなら」サマーはくるりとこっちを向いた。「取りかかりましょう」なにか手に持っている。ジャングルで刈《か》り取《と》った葉っぱのブロックの山だ。ぼくが急いで砂丘《さきゅう》をおりていくと、サマーは十×十ブロックの敷地《しきち》の四隅《よすみ》に、葉っぱで柱を作り始めた。「あなたは池をお願い」水の入ったバケツをぼくに渡《わた》す。「わたしは涼める日陰《ひかげ》を作るから」彼女《かのじょ》の考えが読めたぞ。完《かん》璧《ぺき》なプランだ。この砂漠《さばく》に天然のオアシスがないなら、作ればいいじゃないか。

ほんの数分で、サマーは屋根つきの休憩所《きゅうけいじょ》を完成させ（正式な名前はなんだっけ？〝ああいうパーゴラッ〟みたいな……日陰棚《パーゴラ》かな？）、そのあいだにぼくは深さ一ブロック、広さ五×五ブロックの穴《あな》を掘《ほ》ってから二箇所《にかしょ》にバケツで水をそそぎ込んだ。すると水が広がり、穴《あな》いっぱいに満ちた。

「水浴びする？」サマーは防具《ぼうぐ》を脱《ぬ》いで水に飛《と》び込《こ》んだ。

「うーーん」ぼくも冷たい水に腰《こし》まで浸《つ》かって、うっとりした声を出した。「生きてるって感じだ」

「わたしを止めてくれてありがとう」サマーはちょっぴりばつが悪そうに言った。「竜巻《たつまき》みたいに突《つ》き進《すす》んじゃうことがあるのは、自分でもわかってるの」

「それがきみのいいところだよ」ぼくはバケツで水を汲《く》んで喉《のど》をうるおした。「いいチームじゃないか、きみとぼくで。ふたり一緒《いっしょ》ならなんにだって立ち向かえるさ」

「太陽熱調理器《ソーラークッカー》に放《ほう》り込《こ》まれた最初の夜でも、なんとかなるってわけね」サマーは情報《じょうほう》を収集するかのように、ゆっくりとあたりを見回した。「砂丘《さきゅう》の上に小屋を作るのはどう？　防御《ぼうぎょ》しやすいし、高所だから夜間は風通《かぜとお》しがいい。砂《すな》を圧縮《あっしゅく》して砂岩《さがん》にすれば、建築《けんちく》に必要な素材《そざい》はすべて手に入るわ」

「へえ、最高」ぼくはサマーのアクセントをまねして言った。

彼女《かのじょ》は笑い、水面を叩《たた》いてぼくに水をかけようとし、そのあと池から出て砂丘《さきゅう》のてっぺんまで上がっていった。

「ガイ？」サマーの声から笑いが消えたので、ぼくも急いで砂丘《さきゅう》にのぼった。「あれはなに？」

南西を凝視《ぎょうし》する彼女《かのじょ》の視線をたどって、ぼくはまぶしさに目を細めた。

それはとても小さく、だからこそふたりとも最初は見落としていたんだ。背《せ》の低い、長方形の物体で、人工のものか自然のものかは遠すぎてわからない。

「行って調べよう」ぼくたちは念のためにふたたび防具《ぼうぐ》を身につけると、焼《や》けつく砂漠《さばく》を横断《おうだん》し始めた。途中で、人工のものだとわかった。三×三ブロックの立方体で、東屋《あずまや》みたいな造《つく》りになっている。さわれるくらいそばまで来ると、床の中央に一ブロック分の水が溜《た》まっていた。

「井戸みたいね」サマーが言った。

「こいつは、いーどー」ぼくはすかさずダジャレで返した。

なぜだか彼女《かのじょ》は笑わなかった。「ここは、井戸以外の役目はないようね」井戸の外側を早足でぐるりと回り、ブロックをひとつひとつ調べる。「トラップドアにつながってるレバーやボタンはひとつもなし」シャベルを取り出し、井戸の下の砂《すな》ブロックをいくつか掘《ほ》り返《かえ》した。「それに秘密の通路もなし」

「でも水はあるよ」ぼくは自分のバケツの水を飲んで、井戸の水で補充《ほじゅう》した。「そういう目的で作られたものじゃないかな。ぼくらみたいな旅人が水を補給《ほきゅう》できるように」

「でも、その旅人はここからどこへ向かうの？」サマーはもう一度ゆっくりあたりを見回した。

「それは明日調べよう」太陽の位置から午後になってだいぶたつと気づき、ぼくは言った。

「いまは戻《もど》って、砂岩《さがん》の小屋を完成させないと」

サマーはうなずき、ぼくらは井戸をあとにしてオアシスへ向かった。気温は下がっていた――激変《げきへん》ではないにしても、うれしいことに、もう真昼のうだるような暑さは感じない。日差しが弱まったおかげで、目のまわりの筋肉がゆるみ、肌が〝黒焦《くろこ》げになる〟から〝キツネ色になる〟くらいに変わった。

ぐるりと見回すと、なんとも言えない美しい光景に思わず見入ってしまった。そう、嘘《うそ》じゃない。見渡《みわた》す限《かぎ》りの砂《すな》の中に、ぽつんぽつんと枯《か》れ木《き》やサボテンがある。

どこで観《み》たのかはきかないでほしいけど、とある映画《えいが》で白いローブをまとった男が砂漠《さばく》に惹《ひ》きつけられる理由を尋《たず》ねられて、〝清潔《せいけつ》だから〟と答えるシーンがあったのを覚《おぼ》えている。この砂《すな》の海を前にすると、ぼくも彼《かれ》に同意しないわけにはいかない。

「こうして見ると」ぼくはまわりを見回しながら言った。「砂漠《さばく》もそう悪いところじゃ……」

左側に……なにかがある。

ぼくは真南に顔を向けて動きを止めた。

「わたしにも見える」サマーが言った。ぼくらは遠くの、明らかに変な形をしている砂丘《さきゅう》に目を凝《こ》らした。さっきは井戸にばかり気を取られていたから、見落としてしまったのだろう。でもこの角度からだと、立ちのぼる陽炎《かげろう》のすぐ端《はし》に、砂岩《さがん》で作られたピラミッドがあるように見える。

二、三歩踏《ふ》み出《だ》すと、陽炎《かげろう》の向こうからピラミッドの両脇《りょうわき》にどっしりした塔《とう》が現《あらわ》れた。新たな寺院だろうか？

もしぼくがひとりきりなら、いまはこの場所を脳内地図《のうないちず》にしっかり記憶《きおく》するだけにしておく。それからベースキャンプへ戻《もど》って小屋を作り、おいしい夕食のあとぐっすり眠《ねむ》って、次の朝になってからここへ戻《もど》ってきただろう。でも、実際《じっさい》にはどうしたかわかるかい？

「突撃《タリホー》！」サマーはほとんどスキップするようにピラミッドへ向かっていった。

「それ行けー！」ぼくも続いた。

近づいてみると、直方体のふたつの塔《とう》のあいだには扉《とびら》のない正面入口がひとつあった。階段《かいだん》状《じょう》になっているピラミッドの側面をのぼると、二階部分の左右にもそれぞれ入口がある。

「ここからは用心して」サマーは入口のひとつから慎重《しんちょう》に中をのぞき込んだ。二階は広々としたひとつの部屋で、天井と床に穴《あな》が開いている以外、ほかにはなにもない。ぼくは中へ入って床の穴《あな》をのぞいた。下には大きな暗い部屋がある。

「動いてるものはないね」ぼくは報告《ほうこく》した。

「じゃあ行くわよ！」相棒《あいぼう》から威勢《いせい》のいい声が返ってきた。ぼくの先に立って片方の塔《とう》に入り、一緒《いっしょ》に松明《たいまつ》を設置《せっち》しながら階段《かいだん》をおりた。一階は砂《すな》に埋《う》もれていて、それを掘《ほ》り返《かえ》すと左右に出入口が現《あらわ》れた。右側はまだ砂《すな》に覆《おお》われているけれど（たぶん正面玄関《しょうめんげんかん》へ出るのだろう）、左側は上から見えた大きな暗い部屋につながっている。

その部屋に、そろそろと入っていった。サマーは弓を構《かま》え、ぼくはその後ろで松明《たいまつ》を置いていく。その部屋は予想以上に広く、柱がたくさんあって、その後ろに軍隊《ぐんたい》がまるまるひとつ隠《かく》れられそうだ。

「モンスター諸君」また床に罠《わな》が仕《し》掛《か》けられているんじゃないかと警戒《けいかい》し、ぼくは前方の暗がりをきょろきょろ見回しながら声を張《は》りあげた。「隠《かく》れているのはわかってるんだから、さっさと出てこい」

てっきり包帯をぐるぐる巻きにされたミイラが出てくるものと思っていた。だってそうだろ？　砂漠《さばく》の寺院だよ？　きみだっておんなじことを考えたよね。だけど、なんにも出てこなかった。罠《わな》さえ見当たらない。

「レバーはない？」サマーが尋《たず》ねた。「トラップドアは？」

「なにもなし」ぼくは最後の柱に松明《たいまつ》を据《す》えた。「チェストもね」

「なにかあるはずよ」サマーはいらいらした口調になった。「そうでなければ、こんな場所が存在する意味がないでしょ？」

「なんにもないかもしれない」ぼくは肩《かた》をすくめた。「砂漠《さばく》とジャングルじゃ、ルールが違《ちが》うんだ」

「そんなはずはない」サマーは隠《かく》されたレバーを探《さが》しに引き返した。「必ずどこかになにかある。探《さが》し方《かた》が悪いだけよ」

「探《さが》そうにも、なにもないだろ？」ぼくは言い返して砂岩《さがん》の部屋を眺《なが》めた。正確《せいかく》には、ほとんどが砂岩《さがん》でできている部屋だ。床には別のブロックが埋《う》め込《こ》まれ、なんらかの模様《もよう》になっている。床の中央に、オレンジ色のブロックで三×三の市松模様《いちまつもよう》が描《えが》かれ、中心だけがブルーのブロックになっている。

「あれはなんだろう？」ぼくは調べてみようとツルハシを出した。ブルーの粘土《ねんど》ブロックを壊《こわ》すなり、その下に見えたものにふたりとも息をのんだ。

穴《あな》だ！　底が見えないほど真っ暗で深い。

「うわーっ」ぼくは息を吸《す》い込《こ》んだ。「秘密の部屋かな」下の空間は一ブロック以上の広さがあるようだったので、ブルーのブロックの周囲《しゅうい》を八個分壊《こわ》してみたところ、床面積《ゆかめんせき》が市松模様《いちまつもよう》と同じく三×三ブロックの部屋が姿を現《あらわ》した。「思ったとおりだ」壊《こわ》した砂岩《さがん》がひゅんひゅんとバックパックへ飛《と》び込《こ》む。「すぐに地下へおりる階段《かいだん》を掘《ほ》れるよ」

「それか」意外にもサマーはバケツを取り出した。「これをやってみましょう」ブロックを壊《こわ》してできた穴《あな》に水をそそぐ。「滝《たき》のリフトよ。どう？」

リフト？　それってエレベーターのこと？

ぼくが黙《だま》っていると、疑問《ぎもん》を察《さっ》してサマーが説明してくれた。「島にあった家が火事になった話をしてくれたのを覚《おぼ》えてる？　そのときはトイレの水で自分を流して脱出《だっしゅつ》するしかなかったんでしょ？　それと同じ原理よ」

サマーはぼくの返事を待たずに足を踏《ふ》み出《だ》し、青い水の中へ消えた。

「サマー、待ってくれ！」ぼくは息を止めると、水の中へ――溺《おぼ》れること、高さ、それに未知という名のすべての恐《おそ》れの中へと飛《と》び込《こ》んだ。

頭上の明かりが薄《うす》れ、ぼくはゆっくりと、おだやかに落下していた。

あとどれぐらいで、下にたどり着くんだ？

島の坑道《こうどう》でモンスター相手にひとりで戦争を仕掛《しか》けたときのことが頭によみがえった。とりわけ、ゾンビの発生器《スポナー》の真上でＴＮＴ爆弾《ばくだん》をドカンと爆発《ばくはつ》させ、砂利《じゃり》の天井を崩落《ほうらく》させただけでなく、その上の海底にまで穴《あな》を開けて溺死《できし》しかけたことが。

ぼくはいまにもパニックを起こし、バタバタ泳いで水上まで戻《もど》ろうとしそうになった。

勇気を出せ。落ち着け。おまえならできる。

光だ！　サマーが腕《うで》を思いきり伸《の》ばして部屋の壁《かべ》に松明《たいまつ》をどんどん据《す》えつけている。水のカーテン越《ご》しになめらかな砂岩《さがん》の壁《かべ》が見えた。それに……あれは……床だ！　あともう少し。あそこまでなら息を止めていられそうだ。なにも心配いらないぞ。

サマーも床に気づいたらしく、松明《たいまつ》を設置《せっち》しながら下へ目をやった。その瞬間《しゅんかん》、なぜか松明《たいまつ》を持ったまま手を止め、目が床に釘づけになる。なにか見えたのかな？　なんだろう？　ぼくは彼女《かのじょ》の上にいるせいで、よく見えなかった。突然《とつぜん》、彼女《かのじょ》がぼくを見あげ、水の中でなにか叫《さけ》ぼうとした。上へと泳いでくると、ぼくを水柱の外へ押し出す。互《たが》いの頭が水の外へ出るやいなや、彼女《かのじょ》の叫《さけ》び声《ごえ》が聞こえた。「ジャンプして！」

ぼくは水柱から押し出され、壁《かべ》をこすりながら横向きに落下した。

床にぶつかったものの、水が薄《うす》く広がっていたおかげで衝撃《しょうげき》はやわらげられた。

サマーはぼくの目の前に落ちると、盾《たて》を持ちあげた……どんなモンスターが襲《おそ》ってくるっていうんだ？

でも質問《しつもん》したりはせず、ぼくも盾《たて》を構《かま》えた。一秒、二秒と緊迫《きんぱく》した時間が流れ、それから彼女《かのじょ》がほっと息《いき》を吐《つ》くのが聞こえた。

「大丈夫《だいじょうぶ》みたいね」サマーは自分の盾《たて》を下げた。

「なにがあったの？」ぼくは彼女《かのじょ》の隣《となり》に並《なら》んできいた。

サマーは後ろの壁《かべ》を振《ふ》り返《かえ》り、松明《たいまつ》を二本つけた。「あそこを見て」床の中央を示す。そこはぼくらが着地するはずだった場所だ。一瞬《いっしゅん》わからなかったが、やがてぼくにも見えた。そこだけミニブロック分くらいわずかに高くなっている。

感圧板《かんあつばん》だ！

「もう一度盾《たて》を構《かま》えておいて」サマーはツルハシをかざして言った。「罠《わな》自体になにか仕掛《しか》けてあるかもしれないから」

「だるいなあ」

ひとりごとを言っただけなのに、サマーはけげんそうにきき返した。「ケガでもした？」

「えっ、いや、なんでもないよ」

〝だるい〟はぼくにとってうんざりしたときにもらす言葉だけれど、彼女《かのじょ》はぼくが体調を崩《くず》したと受け取ったみたいだ。

「さっさとやろう」そう言って、盾《たて》の後ろにしゃがんだ。

ツルハシで一度叩《たた》くと感圧板《かんあつばん》は破壊《はかい》されたので、ぼくらはほっと息《いき》を吐《つ》いた。でもほっとしたのは、いまや宙《ちゅう》に浮《う》いている作動装置《さどうそうち》の下の床を掘《ほ》り返《かえ》すまでだった。

ＴＮＴ爆弾《ばくだん》だ！　全部で九個、ぼくがゾンビ発生部屋を吹《ふ》き飛《と》ばすために作った巨大爆弾《きょだいばくだん》そっくりに並《なら》んでいる。これが爆発《ばくはつ》していたら……水柱に入っていても助かっただろうか？　答えはわからないし、永遠《えいえん》にわかりたくもない。

ＴＮＴ爆弾《ばくだん》は起爆装置《きばくそうち》が作動しなければ爆発《ばくはつ》しないと頭ではわかっていても、サマーが爆弾《ばくだん》をパンチするのを眺《なが》めていると、ぼくの胃袋はひっくり返りそうになった。

「悪くない収穫《しゅうかく》ね」彼女《かのじょ》は爆弾《ばくだん》を集めて満足そうに言った。「ほかにもお土産《みやげ》があるようだし」彼女《かのじょ》の四角い目は、四方の壁《かべ》のくぼみにそれぞれはまっているチェストへさっと向けられた。中に入っていたのはお土産どころじゃなかった。

骨《ほね》とゾンビの肉（オエッ）のほかに、金のインゴット、金塊《きんかい》、鉄のインゴット、鉄塊《てっかい》、レッドストーン、ダイヤモンドがふたつ、それに……はい、ここで〝パンパカパーン〟とトランペットのファンファーレ……またまたエメラルドだ！

「これだ！」ぼくは緑色の宝石をかかげて言った。「きっともう一個あれば、クラフトのレシピが解放《かいほう》されるんだよ」

「なら、やってみましょう！」サマーも同意し、ぼくらは水エレベーターに乗り込んだ。

おりたときと同じく、サマーはぼくの少し先にいて、おりたときと同じく、先に危険《きけん》に気づいた。

ぼくが水の上に顔を出すと、サマーはよろよろ歩く二体の腐肉《ふにく》に矢を射《う》っていた。

夜になってる！　下にいたあいだに日が沈《しず》んでいたんだ。

「新種に遭遇《そうぐう》したみたい」彼女《かのじょ》は矢を連射《れんしゃ》してゾンビを片づけながら言った。「片方の格好を見た？」

「ううん」ぼくは首を横に振《ふ》った。「視界《しかい》に入ったときには、もう煙《けむり》になってた」でも、うめき声がちょっぴり違《ちが》っていたような？

「ま、いいわ」二体目も最初のやつと同じく煙《けむり》になったので、サマーは明るい声をあげた。

「ほかのやつらが出てくる前にここの入口をふさぎましょ」

ぼくは廊下《ろうか》からどかした砂《すな》でメインルームの戸口をふさいだ。天井に開いている穴《あな》を葉っぱでふさごうとしていたら、そこからチビゾンビが頭上に落ちてきた。

「ガァァア」そいつはうなって、ぼくのみぞおちにこぶしを命中させた。

「こりゃどうも」ぼくはうっと声をあげたあと、剣《けん》でチビゾンビを追《お》い払《はら》った。「すぐに始末してあげるよ」先に天井をふさごうとすると、今度は背中《せなか》をパンチされた。「わかった」ぼくは剣《けん》をぶんと振《ふ》って向き直った。「おまえが先だ」さらに剣《けん》をひと振《ふ》りし、さらに〝ガァァア〟と声があがったあと、部屋は静かになった。

「立派《りっぱ》な前進基地《ぜんしんきち》が手に入ったわね」サマーが言った。「楽に防御《ぼうぎょ》できるし、冷たいシャワーのような最新設備をいくつかつければ、しばらくいても大丈夫《だいじょうぶ》だわ」

「まあ、そうだね」ぼくは作業台を出した。

「まさかこれから……」サマーが言いかける。

「いくつか組み合わせを試すだけ」ぼくは約束《やくそく》した。

「しかたないわね」サマーはあきらめたようにため息をついたあと、ベッドを設置《せっち》した。「明日、充血《じゅうけつ》した目で旅することになっても知らないから」

「おやすみ、サマー」ぼくは会話を終わりにして、ふたつのエメラルドを作業台にのせた。

きっとすごいものができるぞ！

超便利な道具とか、新たな装置《そうち》とか。エメラルドは発明の鍵《かぎ》に違《ちが》いない。

結果《けっか》は……心底がっかりしただけだった。

「きみたちって、ほんとになんにも作れないの？」ぼくは宝石相手になじった。「それで全力を出してる？」道具と武器《ぶき》のレシピはすべて試し、何度かでたらめに組み合わせてもみた。無、ゼロ、だめ。こんなことってある？

実際《じっさい》そうなんだから、あるんだろう。最低の夜だ。しかもここは夜になってもオーブンの中みたいで、よけいにうんざりした。もっと前に気づくべきだったけれど、砂岩《さがん》は日中に陽光を吸収《きゅうしゅう》し、バッテリーみたいに熱を蓄積《ちくせき》してしまうんだ。

窓《まど》が必要だ。そう考えて、作業台で柵《フェンス》をふたつ作った。両側に窓《まど》を開けてこれをはめ込めば、風だけが通《とお》ってチビゾンビは入ってこられない。

トウヒのフェンスを手に、西側の壁《かべ》を一ブロック取《と》り払《はら》った。ひゃあ、冷たい風だな。ほんとに冷たいぞ。これじゃものの数分で、寺院の中は昼間のタイガ並《な》みに寒くなってしまう。

「はじめは暑すぎで、次は寒すぎ」ぼくはふたつのエメラルドに向かってしゃべった。「きみたちが温度自動調節器《サーモスタット》の材料で、快適《かいてき》な室温を保《たも》てたりしないなら、砂岩《さがん》に蓄積《ちくせき》された暑さに耐《た》えるしかないか」

宝石をポケットにしまい、砂岩《さがん》ブロックを持ちあげて壁《かべ》に戻《もど》そうとしたとき、ぼくは凍《こお》りついた――冷たい風のせいじゃない。暗い砂漠《さばく》の先でなにかが光っていた。その輝《かがや》きはぼくの魔《ま》法《ほう》のツルハシとそっくり同じだ。一瞬《いっしゅん》の輝《かがや》きはまたたく間に夜の闇《やみ》に消えてしまった。

ぼくは考えなしに行動した。入口まで走って砂《すな》のブロックを取《と》り払《はら》い、ピラミッドの頂上まで階段《かいだん》を駆《か》けあがる。そこからならあの光がふたたび見えた。星のように表面に輝《かがや》きが走っている。エンチャントされたアイテムに違《ちが》いない、ネザーの外では初めて見るぞ。これは大発見だ！　魔法《まほう》のアイテムがいまではどこにでもあり、もっと手に入れられることを意味している！　せめてどんなアイテムなのか確《たし》かめられたらいいのに。どんなモンスターがそれを手にしているのかも。

「望遠鏡《ぼうえんきょう》を買えるなら、いくらでも出すのに！」ぼくは砂漠《さばく》の風に向かって言った。

「シュー」と返事があった。

うわっ、やってきたな。

クモがピラミッドをこっちへのぼってきていた。剣《けん》を振《ふ》って突《つ》く。クモはまた飛びかかってこようとした。ぼくは再度剣《さいどけん》を振《ふ》ってそいつを始末した。「弱すぎて手ごたえがないぞ」ぼくは高らかに笑った。

「シュー……グルルル……カラン、コロン」まわりにはモンスター軍団が勢《せい》ぞろいだ――新たなクモ、スケルトン、もちろんゾンビも。でもサマーが言っていたように、ゾンビたちの多くはいままでと見た目が違《ちが》う。近づいてくる七体のうち少なくとも五体は、ぼろぼろの砂漠色《さばくいろ》の服をまとっている。皮膚《ひふ》も緑じゃなくて茶色のような？　とはいえ、それを確認《かくにん》するためにその場にじっとしているぼくじゃない。

「ああ、そういうことね」声を張《は》りあげた。「きみたちはディナーの時間で、メインコースはぼくってわけなんだろ」

とどまって戦う代わりに、てっぺんの穴《あな》からピラミッドの二階へ飛《と》び込《こ》み、その穴《あな》と入口ふたつをふさいでから、床の葉っぱのブロックを壊《こわ》してメインルームへ飛びおりた。

「サマー、きみは信じないだろうな！」眠《ねむ》っている相棒《あいぼう》に話しかけた。「ついに地上世界にも魔法《まほう》のアイテム登場だ！」

サマーからは、かなりゾンビっぽい〝ふがふがふが〟という返事が返ってきただけだった。

そうそう、彼女は自分がいびきをかくのを知らないから、これを読んだらびっくりするだろう。

ぼくは自分のベッドを出しながら、あのお宝が朝の光とともに消えないよう祈《いの》るしかなかった。

# 第４章　新たな村、新たな教訓

翌朝はベッドから飛び起き、サマーが文句を言い終える前に荷造《にづく》りをすべてすませていた。

「いったいなにを――」

「エンチャントされたアイテムだよ！」ぼくはベルトの中身を引っかき回して騒《さわ》いだ。「ゆうべ見たんだ、砂漠《さばく》にあるのを！」俊敏《しゅんびん》の魔法薬《ポーション》を手に取る。

それを一気に口へ流し込む。ぐびっ！

「行こう！」叫《さけ》んで砂《すな》の扉《とびら》を破《やぶ》り、彼女《かのじょ》を待たずに外へ飛び出す。「アイテムが消えてしまう前に！」

ぼくは広い砂漠《さばく》を走った。よく見ようと目を細めて祈《いの》る。

あともう少しだ。あとちょっと行けば見つかる。

前方にモンスターの姿《すがた》は影も形もなかった。日光に燃《も》やされた残骸《ざんがい》すらない。

でも、なにかあるぞ……いくつもある。

建造物《けんぞうぶつ》かな？　起伏《きふく》のある砂《すな》の上に背《せ》の低い小さな建物《たてもの》が複数《ふくすう》立ってるのか？

一分後にはそこへたどり着いていた。ぼくは……集落の真ん中に立っていた。

建物《たてもの》の数はおよそ六軒《けん》。平屋根の一階《かい》建《だ》てで、砂岩造《さがんづく》りや、砂岩《さがん》と赤い粘土《ねんど》の組み合わせだ。

ドアに鍵《かぎ》はなく、中へ入ると、六軒《けん》のうち三軒《けん》にはベッドが置かれていた。つまり、間違《まちが》いなく住居だ。

四番目の家には自動ドアらしきものがついていた。その上にある三つのボタンのどれかが機能していたら、自動で開いたんじゃないだろうか。

本当なら、罠《わな》かもしれないと警戒《けいかい》すべきだった。三つのボタンのひとつは、ピラミッドにあったようなTNT爆弾《ばくだん》を起爆《きばく》させていたかもしれないんだから。けれど、そう気づいたのは真ん中のボタンを押して中へ入ったあとのことだった。室内にはほかの家と同じくベッドが一台、それにパンがひとつ入っているだけのチェストしかない。

朝食だろうか。いつから入っていたのかはわからないけれど、パンはいまだに新鮮《しんせん》だった。

ぼくは外へ出て、十二×十二ブロックの、四つの角に低い塔《とう》がついた大きな建物《たてもの》に近づいた。ドアがついていなかったけれど、その気になれば中を調べることはできただろう。でも、その後ろの建物《たてもの》のほうが気になった。二階建《かいだ》てだったからかもしれない。あるいは、一階に三つ、二階にふたつ、合計五つもドアがあって、いかにも重要な建物《たてもの》という感じがしたからだろうか。結論《けつろん》から言うと、興味深いところは外観《がいかん》だけだった。

一階には水の入った大釜がひとつあったきりで、二階は完全に空っぽだ。バルコニーへ出てみたら、畑がふたつ見え、砂岩《さがん》ブロックで囲《かこ》まれた中に水の流れる灌漑水路《かんがいすいろ》で仕切られた土の畝《うね》があり、小麦が実《みの》ってニンジンが育っていた。収穫《しゅうかく》した小麦をまとめた干草《ほしくさ》の俵《たわら》らしきものが畑の横にいくつか積まれているのが目に入った。そこには、ジャングルのログハウスで偶然できあがった蓋《ふた》のない木の樽《たる》も置かれていた。畑の作物と関係があるアイテムかな？

その横の壁《かべ》のない建物《たてもの》はなんだろう？　日よけの屋根に、砂岩《さがん》のフェンス、草地の床、一段《だん》高いところには水が二ブロック張《は》られた囲《かこ》い……家畜小屋《かちくごや》かなにか？

さまざまな建物《たてもの》がある集落の中心に、不思議な小屋がもうひとつあり、ぼくはそこへ近づいてみた。砂岩《さがん》ブロックに囲《かこ》まれた中に水が入っていて、中央に低い柱が立っている。これも井戸かな？　あるいは壊《こわ》れた噴水《ふんすい》？　それに、北側の砂岩《さがん》の上にあるものはなんだろう？　灰色《はいいろ》の鉄棒《てつぼう》みたいなものに鐘《かね》の形をした黄色い金属《きんぞく》がさがっている。ほんとに鐘《かね》？　ぼくは鳴らさずにいられなかった。

カーン！

なにも起きない。だれも返事をしない。

びっくりすることでもないか。どの建物《たてもの》も、人がいなくなってからだいぶたつようだ。どの家もどこかしら壊《こわ》れ、隅《すみ》には坑道《こうどう》より分厚くクモの巣が張《は》っている。そんな景色を見て、ぼくは悲しい気分に襲《おそ》われた。だって、ここは人々がわが家《や》からやってきて、働いたり、お祈りをしたりする坑道《こうどう》や寺院じゃない。わ、が、家、だったんだ。ここは村だ。人々が暮らし、家族を育て、笑い、涙を流し、一緒《いっしょ》になって作りあげた集落だったんだ。なのに、いまはもうだれもいない。

いつまで人が住んでいたんだろう？　みんなどこへ行ってしまったんだ？　それに、どうしていなくなったのかな？

単に住人が引《ひ》っ越《こ》しただけとか？　もっといい場所を見つけて？　もといた世界でも、そういう場所の話を聞いたことがある気がする。はるか昔には人が住んでいたけれど、気候《きこう》の変化により砂漠《さばく》になってしまったため、住民たちは町を捨てたんだとか。ここもそういうこと？寺院や坑道《こうどう》もそうだったんだろうか？　ああいう場所を作った人たちはそこを捨てていったのか？　それとも、みんな死んでしまったとか？　そうじゃないといいな。そんなの寂《さび》しすぎる。

急にサマーの顔を見たくなり、ぼくは走って戻《もど》ろうかと思った。

ひとりぼっちでいるのが耐《た》えられなくなった。サマーを待っててあげればよかった。なにもアイテムを走って探《さが》しに来る必要はなかったんだ……。

「ウウウ！」すぐ近くからうめき声が聞こえた。ゾンビだ！

そうだ、エンチャントされたアイテムを手に入れなきゃ！

村の発見に気を取られてすっかり忘《わす》れていた。ぼくは外へ走り出て見回した。

「ウウウ！」村の外側を、死体がよろよろ歩いている。新種だ。砂色《すないろ》の服に茶色い皮膚《ひふ》、ゾンビよりもハスキーな低い声の砂漠《さばく》タイプ。

ぼくは立ち止まってよく観察《かんさつ》しようとも、砂漠《さばく》生まれのゾンビが新たな必殺技《ひっさつわざ》を隠《かく》し持《も》っている可能性を考えようともしなかった。でも、そうするべきだったんだ。そうしていたら、次に起きたことから身を守れていたかもしれない。

音のするほうへ走っていくと、どうしてそれまでそいつの姿《すがた》が見えなかったのかがわかった。村の先には川があり、浅い谷を蛇行《だこう》しながら流れていた。ぼくは左右を確認《かくにん》しつつ、剣《けん》を手にして谷を駆《か》けおりた。

剣《けん》で勢《いきお》いよく突《つ》いて、そいつを川に落とした。

「はっ」ぼくは鼻で笑ってやり、そいつが上がってきたところを攻撃《こうげき》しようと待《ま》ち構《かま》えた。

「どうした、来いよ」

「ウウウ」背後《はいご》で、別のハスキーなうめき声がした。

ひび割れて干《ひ》からびた歯が、ぼくのうなじにがぶりと嚙《か》みついた。

痛《いた》みが体を貫《つらぬ》き、それから……空腹感が襲《おそ》いかかってきた！

空腹に苦しんだことはもう何カ月もなかった。島にたどり着いてすぐのころ、食べるものに困ってゾンビ肉を口にして以来だ。ところがこいつに嚙《か》まれて毒が回ったのか、いままた猛烈《もうれつ》な飢《う》えに襲《おそ》われている！　島ではモーの牛乳をバケツに何杯《なんばい》も飲んで毒を中和できた。でもいまは……特効薬《とっこうやく》をなにも持っていない。食欲ばかりが湧《わ》きあがり、がつがつ食べて底なしの胃袋を満たしたくてたまらなかった。

「ウウウ！」振《ふ》り返《かえ》ると、腐《くさ》ったこぶしにつかまれそうになった。振《ふ》りおろした剣《けん》が、ビーフジャーキーに包丁の刃《は》を叩《たた》きつけたみたいに水分のない肉をへこませる。

そいつが煙《けむり》になって消えても喜《よろこ》んでいる暇《ひま》はなかった。なにか食べさせてくれ！　バックパックにクッキーが入っている！　ぼくはがつがつ食べてのみ込んだ。

「ゴボゴボォ！」

いまのはぼくの胃袋の音じゃない。川のほうから聞こえたぞ。砂漠《さばく》のゾンビを突《つ》き落《お》とした場所へ目をやると、そいつの姿《すがた》はもうなかった。代わりに違《ちが》うやつがいる。水ぶくれした明るめの青緑色のゾンビが、水に浮《う》かんでゆらゆらと岸へ向かってくる。

「いったいなにがあったんだ？」そう呻《うめ》いたとき、矢がぼくの頭上を通過《つうか》してそいつの目のあいだに刺《さ》さった。

「わたしもあなたに同じ質問《しつもん》をしようとしたところよ」

「サマー！」

「いったいどうしたの、ガイ……」

「心配して当然だよね！」ぼくは降参《こうさん》のしるしに両腕《りょううで》を上げた。

「魔法《まほう》のアイテムに目がくらんじゃったんだ」

「手に入れたんでしょうね？」

「ううん」うつむいて首を横に振《ふ》った。「あれを持っていたモンスターは、ぼくがここへたどり着く前に燃《も》えてしまったみたいだ。でも」村のほうへ両腕《りょううで》を振《ふ》る。「ここを見つけたよ」

「なかなかの発見ね」サマーは村を振《ふ》り返《かえ》った。「もうすべてを調べたの？」

「まだなんだ」ぼくは白状《はくじょう》した。「でも時間はいくらでもある、だってここなら最高の前進基《ぜんしんき》地《ち》になるだろ」

「そうね……」サマーはひとつひとつの建物《たてもの》に顔を向けて思案した。「クモの巣を取《と》り払《はら》って壁《かべ》の穴《あな》をふさげば使えそう」

「村全体を砂岩《さがん》の壁《かべ》で囲《かこ》うのもいいかもね」ぼくは提案《ていあん》した。「ほら、そうすれば夜でも安全に外を歩ける」

「あちこちに松明《たいまつ》を設置《せっち》すれば」サマーがつけ加える。「壁《かべ》の内側にはモンスターが発生しないわね」

「そうだよ！」どんどんいいアイデアに思えてきた。「ぼくが島でやったように！」

「たしかにここなら住みやすそう」サマーは自分自身とぼくに語りかけている。「食料は畑で採《と》れるし、毎日ここからあちこちへ遠征《えんせい》できる」

「一日の終わりには」ぼくは川を示した。「水浴びをして疲《つか》れを取るんだ」

「そうね……」サマーは川を振《ふ》り返《かえ》ってから、小声でつけ加えた。「それか……」

彼女《かのじょ》の考えていることはわかった。ぼくも同じことを考えていたから。「午前中は探索《たんさく》に出かけて、戻《もど》ってきたら、午後は村の修復《しゅうふく》をするとかね」

「いいじゃない」サマーはうなずくと、岸まで駆《か》けおりていった。数分後にはぼくらはそれぞれボートに乗って青いハイウェイをゆっくり進んでいた。

「歩くよりずっといいね」ぼくは言った。「速くて楽だ」

「たしか」サマーは口を開いた。「もといた世界でも、わたしの住んでいた国にはこういう小さな川や運河がいくつもあって……いろいろなことに使われていたわ。商取引、旅行、住居にもね」

「すてきだね」ぼくはハウスボートでの暮らしを想像《そうぞう》した。「ほかにも思い出せることはある？」

「いいえ」声がちょっと震《ふる》えたあと、彼女《かのじょ》は力強く言いきった。「目の前のことに集中するほうがいいもの」

ぼくはなにも言わず、沈黙《ちんもく》が流れるのに任せた。以前にサマーがもといた世界へ戻《もど》るのを不安がったために、ぼくらの友情は壊《こわ》れそうになった。きみが二冊目《さつめ》の本を読んでいないなら、とても緊迫《きんぱく》した場面だったと伝えておくよ。彼女《かのじょ》は、自分が本当は何者で、丸くてカクカクしていないもうひとつの世界ではどんな暮らしを送っていたのか知るのを恐《おそ》れていたし、いまも恐《おそ》れている。

その気持ちは理解《りかい》できた。だれもがなにかを恐《おそ》れているものだ。サマーは平気で崖《がけ》から飛びおりられるし、ブタゾンビの一団にも嬉々《きき》として突撃《とつげき》していくけれど、両方の危険《きけん》を合わせたよりも、もうひとりの自分を発見するほうがずっと怖《こわ》いんだ。

ぼく自身は、目の前のことを怖《こわ》がるので精《せい》いっぱいだ。もといた世界ではなにが待っているのか、不安に感じないわけじゃない。具体的にあることが気になり始めているけれど、それについてはあとで話そう。でもそのことも、未来にまつわるほかの心配ごとも、目の前のことに集中していないと、ネザーで水をまくのと同じで焼け石《やけいし》に水、なんの役にも立ちはしない。

現在《げんざい》目の前に広がっているのは相も変わらない光景だった。なんにもない砂丘《さきゅう》、サボテン、ところどころに落ちている枯れ枝《かれえだ》。川のほうも特筆すべきことはなし。サマーの山のそばにあった川から氷をなくしただけ、って感じ。川底にはうねった水草の塊《かたまり》が見え、たまに赤いサケの群れが泳いでいった。

水自体はありがたい資源《しげん》で、交通以外にも利用価値《りようかち》がある。いずれ太陽が高くのぼって気温が上昇《じょうしょう》したら、ひと休みして喉《のど》をうるおし、水浴びできる。日よけを作って、ひとつ目のオアシスみたいな場所にもできるだろう。サマーはまだ葉っぱのブロックを持っているかな？

お昼近くになり、ぼくがそろそろボートを止めようと言いかけたとき、サマーがいきなり声をあげた。「木よ！」

前方の川が曲がっているところにたしかに木が一本生えている。けれども近づいてみると、見慣《みな》れている木とはなんだか違《ちが》う。あんなふうに幹《みき》が斜《なな》めになった木を、ふたりとも見たことがなかった。幹《みき》の色だってぱっとしない。石みたいな灰色《はいいろ》だ。葉っぱも、シラカバやトウヒ、オーク、特にジャングルの鮮《あざ》やかな緑の葉と比べると、くすんだ緑で茶色っぽい。

ボートを漕《こ》いで近づくと、気温が下がっていくのが感じられた。タイガの寒風みたいに恐《おそ》ろしく寒いわけじゃないけれど、顔面にヘアドライヤーの熱風を当てられているようだったのが、おだやかで心地よくさえ感じられるそよ風に変化している。

ボートを岸につけて木があるところまでのぼると、奇妙《きみょう》なことに、快適《かいてき》な気候《きこう》なんだ！　暑すぎもせず、寒すぎもせず、じめじめでも、からからでもない。ぼくの島よりちょっぴりあたたかいかもしれないけれど、童話に出てくるクマの家に不法侵入《ふほうしんにゅう》する金髪の女の子みたいに、思わずくつろいだ声をあげていた。「こりゃいいや」

においも戻《もど》ってきていた。砂漠《さばく》は無臭《むしゅう》だって話はしたっけ？　ごめんごめん、言《い》い忘《わす》れていた。タイガにいたときと同じで、砂漠《さばく》でもぼくの鼻に出番はなかった。いまはふたたび仕事が回ってきて、木々や草、土のにおいをかいでいる。

谷の外へと首を伸《の》ばすと、まわりの土地もにおいと調和しているのがわかった。起伏《きふく》のある、茶色がかった緑の草地が広がり、幹《みき》が斜《なな》めになった木がところどころに生えている。その光景はぼくらの記憶《きおく》を呼《よ》び起《お》こした。特徴的な大地を見て、ぴんと来るものがあった。

ぼくは記憶《きおく》の中の霞《かすみ》がかった光景をなんとか思い出そうとした。「もといた世界でも、こういう場所を見たことがある」

「わたしも」サマーが言う。「たしかに見たことがある。そこに住んでいたんじゃないわ、それもたしかよ。だけどこんな場所に行ったことがある。〝サバンナ〟って呼《よ》ばれていたんじゃないかな。ただし、そこにいたのはこういう動物じゃなかったわ」彼女《かのじょ》が言っているのは草を食《は》んでいるウシやヒツジのことだ。

「だよね」ぼくは同意した。「もっと珍しい動物だった気がする、キリンとか縞馬《ジーブラ》とか」

「ゼブラよ」サマーはぼくの発音を訂正《ていせい》した。

あのね、これはきみだけに話すことだよ、いい？　サマーには読んでほしくない。ぼくらはもといた世界で別々の国に住んでいたらしいのに、話す言葉はすごく似《に》ているのはなぜだろうとずっと気になっていた。その謎《なぞ》を解明《かいめい》できたと思う。

なんて名前の言語であれ、生み出したのはぼくが住んでいた国の人たちで、サマーの国の人たちはあとからそれを学んでいる最中なんだろう。だから彼女《かのじょ》の使う単語や発音は変なんだ。それでつじつまが合うだろ？　でも、最初に断《ことわ》ったように、彼女《かのじょ》にはこの部分を読んでほしくない。だって真実を知れば、彼女《かのじょ》が傷《きず》つくのはわかっているからね。ぼくは友だち思いなんだ。

「ジーブラでもゼブラでも見つかるかもしれないよ」ぼくは遠くのほうを示して言った。「進み続ければね」もうお昼だから、そろそろ引き返す時間だ。でも未知の誘惑《ゆうわく》と、新たなバイオームを発見する（それに〝ゼブラ〟がもっと見つかるかもしれないという）興奮《こうふん》には、どうしても抗《あらが》えなかった。

川からあまり離れないようにして、ぼくらはサバンナを進み始めた。たぶん、もっと用心して歩くべきだったんだろう。もし本当に新たな珍しい動物が棲息《せいそく》しているとしたら、ライオンやトラみたいに危険《きけん》なやつかもしれない。トラってサバンナにいるんだっけ？　それとも別の場所と勘違《かんちが》いしている？

まあいいや。危険《きけん》に目を光らせているべきだけれど、ここはすごく快適《かいてき》だ。ひんやりとするそよ風、大地のにおい、ひん曲がった美しい木。幹《みき》が斜《なな》めに生えているから、灰色《はいいろ》の樹皮の下が露出しているところがあり、深みのあるオレンジ色の部分が見える。

これで家を建《た》てたらきれいだろうな。

小高い丘《おか》に囲《かこ》まれた広い平地にたどり着き、ぼくは空想した。ここなら、さっきの廃村《はいそん》よりもっといい前進基地《ぜんしんきち》が作れるぞ。気候《きこう》は温暖《おんだん》だし、作物を育てられる広い土地があるし、探検《たんけん》に出かけるときは川というハイウェイが使える。

具体的なアイデアが頭に浮《う》かび、どんな家になるかが目に見えるようだった。前方の小高い丘《おか》に囲《かこ》まれた広大な草原ではヒツジとウシが数頭のんびり草を食《は》んでいて、その脇《わき》に家を建《た》てて……。

って……あの家は想像《そうぞう》の産物じゃないぞ！

「ねえ、サマー」ぼくは足を速めて呼《よ》びかけた。やっぱりそうだ、本当に何軒《なんけん》か家がある！でも、砂漠《さばく》で見つけた家とは感じが違《ちが》う。こっちのは木材でできたオレンジ色の斜《なな》め屋根で、壁《かべ》は全面灰色《はいいろ》の木材か、なんらかの辛子色《からしいろ》のブロックとの組み合わせかだ。石かな、それとも粘土《ねんど》？　一軒《けん》は小さな池の上に建《た》てられた高床式の家だ。

村の中心には大きな池もあった。その中央に噴水《ふんすい》。いや、井戸だ。井戸がふたつ。ブロックで四角く囲《かこ》まれた井戸がふたつ並《なら》び、そのあいだに差しかけられた屋根から鐘《かね》がさがっている。

砂漠《さばく》の村と違《ちが》って、どの住居も壊《こわ》れていないのは双眼鏡《そうがんきょう》なしでもわかった。穴《あな》は開いていないし、クモの巣もかかっていない。

それが警告《けいこく》のサインだと気づくべきだった。明らかに人の手が加えられている畑の作物もそうだ。こうも興奮《こうふん》していなかったら、これらの情報《じょうほう》をつなぎ合わせていただろう。でも、そうはしなかった。衝動《しょうどう》に突《つ》き動《うご》かされているときは、慎重《しんちょう》に考えたりできなくなるんだ。

「行こう！」ぼくは走り出そうとした。「あれならすぐにぼくらの基地《きち》にできるぞ！」

「ストップ！」サマーがぼくの前へ飛び出した。「隠《かく》れて！」

足と心臓《しんぞう》がぴたりと止まり、ぼくは彼女《かのじょ》のあとから小さな丘《おか》の裏に隠《かく》れた。「なにを見たんだい？」

サマーは丘《おか》の上から向こうをのぞいた。「住民よ」

「ええええ!?」ぼくも彼女《かのじょ》の隣《となり》から頭を突《つ》き出《だ》した。

遠くで小さな人影《ひとかげ》が建物《たてもの》のあいだをうろうろしている。ゾンビじゃない、ネザーのピグリンでもない……。「人間だ！」ぼくは息をのんだ。

「わからないわよ」サマーが言った。「人型《ひとがた》の別の生き物かも。脚《あし》や腕《うで》、頭部、外見はまさに人間みたいだけど――」

「でもさ、見てごらんよ。ぼくらとおんなじじゃないか」

「いまのわたしたちが人間と言えるの？」

「ぼくの言いたいことはわかるだろう！」ぼくは興奮《こうふん》のあまり震《ふる》えていた。これですべてが変わるぞ！　この世界にも人が住んでいたんだ！　もう暗闇《くらやみ》の中をつまずきながら探検《たんけん》しなくていい。遺跡《いせき》や長年埋《う》もれていた本から答えを見つけようとしなくてもいい。ついに話を聞ける人たちが現《あらわ》れた。ぼくらの知りたいことを教えてくれるかもしれない人たちが、すぐそこにいる！

「飛び出さないで！」サマーはぼくの次の行動を察《さっ》したらしい。「彼《かれ》らが友好的かどうかわからないでしょ」

「そんなこと――」

「ガイ」サマーがさえぎった。「あなたはいつもなんて言ってる？」

ぼくはため息をついた。「見た目が自分に似《に》ていても、相手が友好的だとは限《かぎ》らない」

それはまだ島にいたときに身をもって学んだ教訓だ。この世界でぼくが最初に出会った〝人間〟は毒を投げつけてくる魔女《ウィッチ》だった。

あそこはウィッチの村かもしれないし、そうじゃなくても、ぼくらを見るなり攻撃《こうげき》してこないとだれが断言《だんげん》できる？

「ウィッチには見えない」彼《かれ》らの明るい色の服を見て、ぼくは言った。「紫《むらさき》のローブやとんがり帽《ぼう》は見当たらないよ」

「別のタイプなのかも」サマーはまだ疑《うたが》っている。「なにしろ、ここはまったく新たなバイオームよ。彼《かれ》らは地上に暮らして日中でも外を歩く、サバンナタイプのウィッチかもしれない」

反論《はんろん》はできなかった。肯定《こうてい》しようにも否定しようにも証拠《しょうこ》がない。

「どうすればいいと思う？」

サマーはすぐには返事をしなかった。「しばらく観察《かんさつ》しましょう。あなたも島でそうしたんじゃなかった？　ガラス張《ば》りの〝観察室《かんさつしつ》〟を作って遠くからモンスターの生態《せいたい》を調べたんでしょう？」

サマーの言っていることはもっともだ。逃《に》げ腰《ごし》になっているとしても、もっともなことに変わりはなかった。たしかに、あの村の住民についてはなにもわかっていない。何人いるのか、武器《ぶき》を所有しているのか、それになにより、敵《てき》なのか味方なのか。
「丘《おか》をくり抜《ぬ》くのはどうかな」ぼくはあきらめて息《いき》を吐《は》いた。「川の砂《すな》で窓《まど》ガラスを作っては
め込めば、そこから様子をうかがえる」
「この世界で双眼鏡《そうがんきょう》でも作れたらもっと簡単《かんたん》なのに」サマーがつぶやいた。
「ぼくも同じことを考えてたよ」バックパックのシャベルに手を伸《の》ばす。
「伏《ふ》せて！」サマーが小声で命じた。
ぼくらは体を伏《ふ》せた。
「なに？」ささやいたあとで、ぼくの甲高《かんだか》いささやき声は意外とうるさいのに気がつき、低い
小声に切《き》り替《か》えた。「なにが見えるんだい？」
サマーは弓を取り出した。「こっちへひとり来る」
その村人は赤いシャツに白っぽいズボン、緑色のスカートだかエプロンだかを身につけ、つ
ばの広い帽子《ぼうし》――砂漠《さばく》にいたときにほしかったつば広の麦《むぎ》わら帽《ぼう》だ――をかぶっていた。
だけど顔は……出《で》っ張《ぱ》った額《ひたい》、口の下まで伸《の》びている大きな茶色い鼻。あれはウィッチの顔
だ。

「じっとして」サマーが鋭《するど》くささやく。

「彼女《かのじょ》だか、彼《かれ》だか、とにかくあの人はこっちを見てないよ」あてもなく草原をうろうろする村人を見つめて、ぼくは言い返した。「それに武器《ぶき》も持ってないみたいだ」

「ウィッチだってポーションを持ってるようには見えなかったでしょ」サマーが指摘《してき》する。

「そして見えたときには手遅れだった」

「たしかにそうだった」ぼくはうめいた。「でもあの人、ひとりきりだよ」

「すぐ後ろには村じゅうの人間が控《ひか》えてるじゃない」

「なにかあったら逃《に》げればいいさ」ほかの村人たちが別の方向へふらふら散《ち》らばっているのを、ぼくは指し示した。「彼《かれ》らがこっちへ来る前に、ボートまで戻《もど》ってここから逃《に》げられる」

サマーはまったく信用していないような視線をこちらに投げたあと、自分の弓に矢をつがえて疑《うたが》わしげに言った。「危険《きけん》が大きいわ」

「でも報酬《ほうしゅう》も大きい」ぼくは反論《はんろん》した。

「ねえ、好奇心《こうきしん》についての教訓はないの?」

「あるよ、〝用心を怠《おこた》らなければ、好奇心《こうきしん》を持つのは悪くない〟ってやつ」ぼくは言い返した。

「それに、たったいま、新たな教訓を得た」

　近づいてくる村人をもう一度ちらりと見た。武器《ぶき》は持っていないようだし、攻撃的《こうげきてき》な歩き方ではない。ぼくらめがけてずんずん向かってくるわけではなく、無意識《むいしき》にこっちのほうへぶらぶら歩いているだけだ。「〝初めて会う人に対しては常《つね》に友好的に〟」

「〝ただし油断《ゆだん》は禁物《きんもつ》〟」サマーがつけ加える。

「もちろん」ぼくはうなずき、頭の中で新たな教訓の最後にそれをつけ加えた。「きみは隠《かく》れて待ってて。武器《ぶき》を持っているのを見られたら、ぼくらの意図に反して、争いを引き起こしてしまうかもしれない」

「用心してよ」サマーは弓の弦《つる》を引いた。「それにがんばって」彼女《かのじょ》は頭しか出していないから、村人からは弓が見えないはずだ。どんなときも策士《さくし》のサマーは、ぼくがひとりでないのを相手にわからせる一方、武器《ぶき》は見せないようにしている。

「なんてことないさ」ぼくは勇気を奮い起こして大きく息を吸《す》い込《こ》むと、村人から見えるようすっくと立ちあがった。「やあ、こんにちは！」

　村人はこっちに気づいていない。じっと地面を見ている。

「おじさん、おばさん、おにいさん、おねえさん、こんにちは！」もっと大きな声を出し、恐《おそ》る恐《おそ》る何歩か近づいた。「ぼくは……あの……仲よくしたくて挨拶《あいさつ》に来たんだ」

村人が顔を上げる。ぼくと目が合った。

「えっと、ぼく、友だち？　ぼく……ぼくの名前、ガイ……」村人が腕《うで》をきつく組んでいるのに、ぼくは気づいた。ウィッチと同じポーズだ。

あるいは、と自分に言い聞かせる。もといた世界でもなんとなく居心地《いごこち》の悪いときに普通の人がやるポーズ。

「危害《きがい》を加えるつもりは少しもないよ」胸の奥《おく》でドラムを叩《たた》きまくる心臓《しんぞう》の音に負けないよう、声を張《は》りあげた。「話がしたいだけだ。いいかな？」

村人はこっちへ一歩踏《ふ》み出《だ》した。いまや腕《うで》を思いきり伸《の》ばせば相手に届《とど》く距離《きょり》だ。ぼくは素手やポーションによる攻撃《こうげき》を警戒《けいかい》して身構《みがま》えた。「わかるかな？」声が震《ふる》える。「口を利《き》くことはできる？」

「ハアー。ハアー」

「えっ？　もう一度言ってもらえる？」自分の聞《き》き間違《まちが》いだと思った。

「ハアー」鼻にかかった甲高《かんだか》い声だ。

「あの……それってしゃべってるの？」ぼくはやんわりと問いかけた。「それとも、あれかな、くしゃみをしようとしてる？」

「ハアー」

サマーなんて比じゃないほど変なしゃべり方だ。

「ハアー」ぼくもまねしてみた。これはこの村ならではの挨拶《あいさつ》で、喧嘩《けんか》を売っているわけじゃありませんように。

「ハアー」村人はまたも鼻から声を出した。

このやりとりって意味がある？

「ハアー」とぼく。

するとまたも「ハアー」と返ってきた。

「う……うん……」ぼくはゆっくり言った。「刺激的《しげきてき》な会話をどうも。でも、どうやら意思疎通《いしそつう》には別の手段《しゅだん》が必要らしいね」

こういう場合、もといた世界ではどうするんだっけ？　言葉が通じない相手にはどうやって気持ちを伝える？　身振《みぶ》り手振《てぶ》り？

　そもそもまさしくこんな状況《じょうきょう》のために、もといた世界の人たちは手振《ハンドジェスチャー》りを作り出したんじゃなかったかな？　握手《あくしゅ》は体を使った最も一般的な挨拶《あいさつ》で、武器《ぶき》を持っていないことを相手に示す方法だったのでは？

　なのに……。ぱっと開くことのできない手にいらいらしながら思った。手だって立派《りっぱ》な武器《ぶき》になる！　かたく握《にぎ》りしめたこぶしは人類にとって最初のこん棒《ぼう》だ！　村人に向かってこぶしを突《つ》き出《だ》しただけでも、脅《おど》していると受け取られかねないのでは？　いまこそ手を開くことができたらよかったのに！

　いや、待てよ、できるさ！　クラフトをするときは左手が開くんだ。クラフト用の素材《そざい》を持たずにやれば……。

「よし、やってみよう」ぼくは危険《きけん》な距離《きょり》まで相手に近づいた。「これからぼくは左手を開く、それだけだよ、いいね？　問題はない？」

「ハアー」

「それはイエスと受け取るよ」

さらに近づき、左手を上げる。指が開いて……。

「ガイ！」背後《はいご》でサマーが甲高《かんだか》い声で叫《さけ》びながら、弓をきしませて矢を放とうとする。「気をつけて！」

# 第5章　初めての取引

「だめだよ！」ぼくは反射的《はんしゃてき》に村人の前に出てかばった。「攻撃《こうげき》しちゃだめだ！」

サマーは村人が近づいてきたのを敵意《てきい》と勘違《かんちが》いしていた。ところがぼくが左手を開くと、いつもの四マスのクラフト画面に代わって上下に並《なら》んだ横長のパネルがふたつ表示された。上のパネルの左側にはニンジン、下のパネルには小麦がひと束描《たばえが》かれている。どちらも右下に二十とあり、薄《うす》い灰色《はいいろ》の矢印が指す右側には、それぞれエメラルドが一個ずつ描《えが》かれていた。

「きみは」ぼくはバックパックの中から急いでニンジンを探《さが》した。「取引がしたいのかい？」

オレンジ色のニンジンを引っ張《ぱ》り出すなり、村人は握《にぎ》った手からエメラルドを出した。

「やっぱりそうだ！」

ぼくは二十本のニンジンと交換《こうかん》に、輝《かがや》く緑の宝石を手に入れた。

「サマー！」振《ふ》り返《かえ》って彼女《かのじょ》にお宝を見せた。「この人は友好的だよ！　取引がしたいんだって」

「驚いた《ブライミー》」サマーは息をのみ、ぼくの隣《となり》へ走ってきた。「これで少しは状況《じょうきょう》が変わるわね」

少しは!?　どうして彼女《かのじょ》は控《ひか》えめな言い方ばかりするのかな？

「もっとニンジンをあげるよ！」ぼくは叫《さけ》んだけれど、次のニンジンの束《たば》をつかむ前に、村人はふらふらと去ってしまった。

「集中力が短いようね」サマーは言った。「ほかにもなにかほしがる村人がいないか探《さが》しましょう」

彼女《かのじょ》はすぐに歩き出し、ぼくより先に次の村人をつかまえた。この村人は赤いシャツに白のオーバーオール、つばの短い茶色の帽子《ぼうし》といういでたちで、サマーが取引しようと手を開くと、白か黒の羊毛十八個と引《ひ》き換《か》えにエメラルドを一個くれるようだった。

サマーは〝ああもう《バガー》〟と、いつものようになぜか虫《バグ》をののしってから、ため息をついた。

「予備《よび》のベッド用に赤の羊毛が三つあるだけよ」

「ぼくもだ。ベッド用に黄色が三つだけ」がっかりだ。「でもさ」頭の上で電球がぱっと点灯するみたいにひらめいた。「きみはまだあのハサミを持ってるよね！」

「ヒツジね！」サマーはくるりと向きを変え、ぼくの横を走《はし》り抜《ぬ》けた。「あなたってほんとに天才よ、ガイ！」

「知ってるって」ぼくは少し遅れてのんびりとあとを追った。

思ったとおりにはいかなかった。ジャングルで道を切《き》り拓《ひら》くのに酷使したせいで、ハサミはヒツジの毛を少し刈《か》っただけで壊《こわ》れてしまった。とはいえ、新しいハサミをクラフトし、持っていたクモの糸も羊毛に変えると、すぐに充分《じゅうぶん》な数になった。

「さあ、行くわよ」サマーは羊毛を求めていた村人のところへ飛んでいった。

**チン！**

緑の宝石がもう一個、サマーの手の中で輝《かがや》いた。

「どっちの村人もエメラルドで支払《しはら》うなんて不思議だよね」ぼくはふとそう気がついた。「エメラルド自体にはなんの使い道もないみたいなのに」

「そこが重要なのかも」サマーは宝石をじっと見つめた。「これってお金《ボブ》なんじゃない」

「ボブってだれ？」

「違《ちが》うわよ、人の名前じゃなくて」サマーは首を横に振《ふ》った。「お金《クィッド》よ」

ぼくが黙《だま》っていると、こう続ける。「ほら、ポンドとか？」

「えっと、重さの単位のポンド？」

「だから違《ちが》うって言ってるでしょ」サマーはいらいらしながら息《いき》を吐《つ》いた。「おカネよ！」

「ああ」ぼくはようやく理解《りかい》してうなずいた。「ドルね」

エメラルドはこの世界の通貨ってこと？　サマーの勘《かん》は当たっているのかもしれない。「きみがなにを持ってるのか見せてくれる？」ぼくはくすんだオリーブ色のシャツを着た村人のほうへ歩いていった。

「ハアー」この村人はぽかんとぼくを見るだけで、組んだ腕《うで》をほどこうとしない。

「だめかい？　なにか怒《おこ》らせるようなことを言ったかな？」

「ハアー」

「わたしに任せて」サマーがぼくを押しのけて前に出た。「わたしの友人が失礼なことをしたのなら、本当に申しわけありませんでした。でも、あなたが取り扱っているものを見せていただき、なにかお取引させてもらえるとありがたいです」

村人はそこに突《つ》っ立《た》ったままだ。「ハアー」

「ねえ、ちょっと」サマーは自分のエメラルドを見せた。「なにかほしいものぐらい、あるでしょ」

「ハアー」

「しかたないさ」ぼくはそう言って、四番目の村人のほうへ向かった。「あの人は取引してくれそうだ」

サマーはまたぶつぶつ悪口を言いながら（ぼくの知らない言葉だったし、ここで繰《く》り返《かえ》すのはやめておく）、ぼくとともにつばのある茶色い帽子《ぼうし》をかぶった村人へ近づいた。

「やあ、こ――」けれども、ぼくが挨拶《あいさつ》を言い終える前に、村人は去ってしまった。「おーい！」

「あなたのせいじゃないわ」サマーは沈《しず》む夕日を示した。「わたしたちも屋内へ入らなきゃ」

まわりの村人はみんな自宅へ戻《もど》っていった。ドアがバタン、バタンと閉まる音を聞きながら、ぼくらはいちばん近くの小屋へ向かった。中には人がいる。サバンナの木で作られたドアの小《こ》窓越《まどご》しに人が動いているのが見えたんだ。隣《となり》の家もそうで、その隣《となり》も同じ。どの家もベッドに村人がきちんとおさまっている。もといた世界でよく見かけた〝満室〟というピカピカ光るネオンサインが思い出された。

「玄関前《げんかんまえ》に階段《かいだん》のある家に行きましょう」サマーは決然と言うと、高床式の家へ急いだ。ぼくが追いつく前に階段《かいだん》を駆《か》けおりてきて悪態《あくたい》をつく。「狭《せま》すぎ！　たった三ブロックの広さしかなくて、中は空っぽよ！」

「ベッドひとつだけなら置けるだろ」ぼくは言った。「きみはここを使うんだ」

「わたしがあなたを見捨てると本気で思ってるの⁉」彼女《かのじょ》が一蹴《いっしゅう》するのと同時に太陽が西の丘《おか》の向こうに消えた。

「穴掘《あなほ》りタイムよ！」ぼくらは村の外の浅い丘《おか》まで穴掘《あなほ》りに向かった。丘《おか》へたどり着いたときにはどちらもシャベルを取り出し、モンスターたちも出現《スポーン》していた。

「あなたは掘《ほ》って！」サマーが大声で指示した。「わたしは戦う！」接近《せっきん》してくる〝シュー〟という音を彼女《かのじょ》の斧《おの》のうなりが断《た》ち切《き》る。ぼくは振《ふ》り返《かえ》って加勢《かせい》したいという衝動《しょうどう》を必死に抑《おさ》えた。最初は土を、そのあとは石を掘《ほ》り続《つづ》ける。エンチャントされたツルハシに持《も》ち替《か》えたとき、防具《ぼうぐ》をつけた背中《せなか》に矢が当たり、顔をしかめた。

「ごめんなさい」サマーがぼくに声をかける。「二度目はないわ」

実際《じっさい》、二度目はなかった。スケルトンが弓を引く〝タン〟という音と、サマーの盾《たて》が矢をはじく〝カン〟という音が続く中で、ぼくは作業を続行し、ほぼ真っ暗な中でツルハシを振《ふ》るった。バックパックに飛《と》び込《こ》んでくる土と丸石が、狭《せま》いながらもスペースが空《あ》いたことを教えてくれた。

ぼくは彼女《かのじょ》の前に飛び出して叫《さけ》んだ。「穴に入って！」ひとつ目の土ブロックを入口に置く。

そこへクリーパーがきた！　ぼくの目の前でガタガタ震《ふる》えて点滅《てんめつ》している。つまり、爆発《ばくはつ》まであと数秒あるかないかだぞ！

ぼくも穴に飛び込んで、ふたつ目のブロックを入口にどんと叩《たた》きつけた。これで入口はふさがれた。もう安全だ。

「あの爆発魔《ばくはつま》もこっちが視界《しかい》から消えれば爆発《ばくはつ》しなくなるのはいいところね」サマーは床に松明《たいまつ》を据《す》えながら言った。

「ほんとだよ」ぼくは全身でほっとため息をついた。

「それは明日でいいから休みましょう」穴《あな》を広げ続けるぼくに、サマーが言った。

「休む!?」信じられない。「こんなときに休めるわけないよね？」こっちは朝まで語り明かすつもりなのに。「ぼくらは村《ヴィレッジ》を発見したんだ！　人々《ピープル》を！　村《ヴィレッジ・》人《ピープル》だよ！　V《ヴィ》、I《アイ》、L《エル》、L《エル》……」ぼんやり覚《おぼ》えている歌詞を口ずさんでみたところ、その曲をサマーはまったく知らなかった。

「おやすみ、ガイ」サマーはそれだけ言ってベッドに入ってしまった。

ぼくも自分の毛布にもぐり込むと、別の曲が記憶《きおく》の底から浮《う》かびあがった。島で思い出し、その後ずっとぼくの冒険《ぼうけん》について回っている曲が。歌詞はいまだによく思い出せないから、とりあえず即興《そっきょう》で作ってみよう。

「♫きみは気づいたらまったく新たなバイオームにいて、まったく新たな人たちに囲《かこ》まれている。そしてついに彼《かれ》らに教えてもらえるのかもしれない、そう……どうしてここへ来たのかを」

ぼくはどうしてここへ来たんだ？　どうすれば、もといた世界へ戻《もど》れるんだろう？

希望、好奇心《こうきしん》。夜にスポーンするモンスターみたいに、疑問《ぎもん》と空想が次々と頭の中に現《あらわ》れた。

やがて、ぼくらが土の壁《かべ》でモンスターをシャットアウトしたように、この世界は続々と湧《わ》き出《で》る考えを眠《ねむ》りによって閉め出した。

ザッ、ザッ、ザッ。

翌日の朝はその音で目《め》を覚《さ》ました。四角い目を開けると、サマーがまわりの石をツルハシで壊《こわ》している。「ちゃんとした避難所《ひなんじょ》にするのを手伝ってくれる？」

「あとでいい？」ぼくは口をとがらせ、自分のベッドを片づけた。「村人たちから学ぶことが山ほどあるじゃないか！」

「あの人たちはどこへも行かないでしょ」サマーが言った。「だからまずは眠《ねむ》れる場所をきちんと作らない？」

「まあ、たしかに」ぼくも魔法《まほう》のツルハシを取り出した。ここを新たな基地《きち》にするなら、最低《さいてい》限《げん》のものは用意しないと。

ぼくがスペースを広げているあいだに、サマーは作業台、かまど、収納用《しゅうのうよう》チェスト、醸造台《じょうぞうだい》からなる〝すてきな四人組《ファブ・フォー》〟（彼女《かのじょ》の呼《よ》び方《かた》だ）を並《なら》べた。

「あとは必要に応じてつけ加えたり、アップグレードしたりすればいいわね」サマーは道具から離れた。「それじゃあ、社交活動スタートよ！」

もう昼近くで、ぼくらはスキップするようにして村へと向かい（改めて見ると、村は川のほとりにあった）、すぐに友好的な〝ハアー〟の挨拶《あいさつ》に迎えられた。

「ええ、こんにちは」サマーは茶色の帽子《ぼうし》の村人に話しかけた。「お店はオープンしてる？」

彼女《かのじょ》が左手を差し出すと、石炭十個でエメラルド一個という取引が表示された。もうひとつの枠《スロット》にあるのはエメラルド三個で……バケツに入った魚一匹？

サマーは石炭を渡《わた》してエメラルドをもらい、そのあとぼくはエメラルド三つを支払《しはら》ってバケツ入りのぴちぴちした茶色い魚を手に入れた。ぴちぴちしているはずだよね？　ぼくの手にしたバケツの中身はカチンと凍《こお》っているみたいに動かないけれど。

「それ、どうするの？」サマーに尋《たず》ねられた。

「どうしよう」ぼくは肩《かた》をすくめた。「ペットにするとか？」

「朝ごはんにするとか」ぼくが怒《おこ》ってふんと息《いき》を吐《は》くと、彼女《かのじょ》は笑いをこらえた。

ぼくは魚を守って池まで持っていった。

「ぴちぴちしてなかったら」サマーはまだ笑いをこらえている。「お鍋《なべ》行きよ！」

ぴちぴちしてたぞ！　池に入れてやると、自由になった魚はうれしそうに泳いで水の中へ消えた。

「やっぱりペット用ってことだね」

「それならもう一度つかまえて、避難所《ひなんじょ》にガラスの水槽を作ればいいわ」

「それだと狭《せま》くてかわいそうだよ」小さな茶色い魚は水面へと戻《もど》ってきた。「ここなら、少なくとも繁殖《はんしょく》するスペースがある」

サマーはかぶりを振《ふ》ってくすくす笑った。「あなたって、ほんと生粋《きっすい》の動物愛護家《どうぶつあいごか》ね」

彼女《かのじょ》にからかわれても、ぼくは生き物のことが気になった。「一匹だけだと寂《さび》しそうだな」

「しかたないでしょ」サマーが斧《おの》を持ちあげてさらにからかう。「それかいっそ――」

「サマー！」ぼくは彼女《かのじょ》をたしなめてから、さっきの村人のところへ引き返した。「もう一匹ください、つがいにしたいので」今回は二段階《だんかい》の取引となり、いったん石炭三十個でエメラルド三つを買ってから、その三つでバケツに入った魚を購入《こうにゅう》した。

**チリン！**

すごく大きな音がして、ぼくは思わずあとずさった。

村人の身になにかが起きている。ピンク色のあぶくみたいな渦巻《うずま》きが全身から出ていた。

「えっ……きみ、大丈夫《だいじょうぶ》？」

「ハア！」村人は少しも変わらない様子で言った。変わらない、というのは外見のことだ。サマーは村人の中身に変化があったのを察《さっ》したらしく、前へ進み出て取引を持ちかけた。大当たりだ！　取引用のスロットがさらにふたつ追加されている。生ダラ十五尾でエメラルド一個か、エメラルド一個と生鮭《なまざけ》六尾で焼《や》きザケ六枚だ。

「見てごらん」ぼくは感動して言った。「レベルアップだ」

「えっ？」サマーは興味深いとばかりにぼくを見た。「コンピューターゲームみたいだって認《みと》めるの？」

「いやいや、違《ちが》うよ」彼女《かのじょ》の考えていることに気づいて、ぼくは否定した。

ネザーにいたときも、ぼくらはいまいるこの世界について口論《こうろん》したことがある。サマーは、ぼくらがコンピューターゲームの中に閉じ込められたんだと言って譲《ゆず》らず、ぼくは、この世界はぼくらに生きていくのに必要なことを学ばせるために、コンピューターゲームをまねして作られたんだと主張《しゅちょう》し、いまもそう信じている。神さまはいるのかとか、人は死んだらどうなるのかという、もといた世界でもよくある議論《ぎろん》と似《に》たようなもので、こういう議論《ぎろん》は結局のところ、どっちが正しいのか証明《しょうめい》しようがない。

だからって、自分の意見を曲げるつもりはない。彼女《かのじょ》のからかうような口調に対し、ぼくは四角いこぶしを上げて弁明《べんめい》した。

「コンピューターゲームみたいだって言ってるんじゃなくて、単にレベルアップしたって言ってるんだ、いいかい？　学べば学ぶほど進歩するってこと。ぼくらだってそうだ。これまで学んできたことはすべて、ぼくらを新たな知識《ちしき》レベルへ引きあげてくれたと言える。そうだろ？」

サマーの〝ふうん……〟という低い尻《しり》すぼみの返事は、〝どうかしらね。でもまあ、先を続けて〟という意味だろう。

「彼《かれ》らだって同じだよ」ぼくは新たにレベルアップした魚屋さんを見て続けた。「取引をすればするほど、彼《かれ》らも学ぶ。学べば学ぶほど、できることが増《ふ》える。ぼくらとまったく同じなんだ」

サマーの今回の〝ふうんん〟はかなり納得《なっとく》しているような響《ひび》きだったのに、村人を身振《みぶ》りで示しながら不満げな声を出した。「この釣《つ》り人《びと》が学んだのは、あまりぱっとしない取引ばかりよね」

ぼくは、はっとしてサマーを振《ふ》り返《かえ》った。「いまなんて言った？」

サマーは肩《かた》をすくめた。「だから取引するだけの価値《かち》がないって――」

「違《ちが》う、違《ちが》う」ぼくは彼女《かのじょ》をさえぎった。「取引のことじゃないよ。きみはこの村人のことをなんて言った？」

「釣《つ》り人《びと》よ。それがこの人の職業《しょくぎょう》なんでしょ」

「うわわわ……」毛根がぞわぞわして、ぼくは首を傾けた。

「なによ？」サマーが両腕《りょううで》を広げる。「どうしたの？」

ぼくは返事をしなかった。くるりと首を動かして次の村人を探《さが》す。いた！　つば広帽だ。ぼくらが最初に出会った村人で、いまは畑で働いている。仕事をしている！

「見てごらん！」ぼくはサマーに言った。村人が〝ハア〟と声をあげて実《みの》った小麦の束《たば》と種を収穫《しゅうかく》し、種の一部をふたたびまくのを観察《かんさつ》する。

「きみは庭師かい？」ぼくは村人に尋《たず》ねた。「それか農民？」

ぼくの質問《しつもん》に答えるかのように、村人は畑の脇《わき》に縦《たて》に置かれた蓋《ふた》のない樽《たる》へ歩み寄ると、残りの種を中へ入れ、ぼくらの目の前で、白い骨粉《こっぷん》を取り出した。

「あれは樽《たる》じゃない！　処理器《しょりき》だ！　えっと……なんて名前だっけ？　コンポスターだよ！　生ごみとかを堆肥《たいひ》に変えるやつ！」

「ハア！」村人が声をあげる。ぼくの洞察力《どうさつりょく》に感心しているに違《ちが》いない。

「つまり、きみは明らかに――」

「農民ね」サマーが締《し》めくくった。「そう騒《さわ》ぐほどのことでもないでしょ」

「騒《さわ》ぐほどのものでもない？」ぼくの頭は爆発寸前《ばくはつすんぜん》のクリーパーみたいになっていた。「見てごらんよ。村人たちをよく観察《かんさつ》して。みんな着ている服が違《ちが》う、職業《しょくぎょう》が違《ちが》うんだ。これは……」その言葉は脳《のう》みその奥《おく》からロケットみたいに飛び出してきた。火や道具のように人の暮らしをがらりと変える力のある強力な言葉だ。

「職業《しょくぎょう》の専門化《せんもんか》だ！　ぼくらふたりのやり方とはまったく違《ちが》う！　これまでぼくらは自分たちだけですべてやってきた、どんな仕事も、作業も。だからなにをやるにも時間がかかるんだ。一方、ここではだれもがひとつの仕事だけに専念している。そのおかげでより早く進歩できるんだ。もといた世界の仕組みもおんなじだ！　みんながみんな一から百まで自分で自分のことをやってのろのろ前進する代わりに、専門《せんもん》の職業《しょくぎょう》に細分化することで石器時代から鉄器時代へ、産業革命へと飛躍《ひやく》が可能になり……」

「ふうんん」サマーは少しも感動していない。「つまり、ここの人たちも専門《せんもん》の職業《しょくぎょう》を持っているってわけね。それで？　人が集まって暮らす社会では当たり前のことよ」

人が集まって暮らす社会。

その言葉を聞いて、ぼくは稲妻に打たれたみたいにはっとした。

「サマー」感激《かんげき》のあまり、頭がくらくらする。「そうだよ！」

「なにが？」

「だからそうなんだ！」ぼくは考えを整理しようと深呼吸《しんこきゅう》した。「それがぼくらがここにいる理由だ！　この……コンピューターゲームみたいな世界が謎《なぞ》の力によって作られた理由」

「ただのコンピューターゲームかもしれないでしょ」サマーがちくりと言う。

「かもしれないけどさ！」ぼくはうめいた。「これですべて納得《なっとく》がいく！　はじめはひとりきりだった理由も、次にぼくらが出会ったわけも、なぜそのあとでこの村を発見したのかも！」

もう一度息《いき》を吐《は》いた。ダラララ、と頭の中でドラムロールが鳴《な》り響《ひび》く。

「最初は自分の力で生きる方法を学ぶ。次に、友だちと暮らす方法を学ぶ。いまは……ジャジャーン！　社会での暮らし方を学ばなきゃいけないんだ！」

ぼくはなにを期待していたんだろう。花火が打ちあがるとか？

返ってきたのはサマーのつまらなそうな、そっけない反応だった。「またあなたの教訓が増《ふ》えるってこと？」

「そのとおり！」ぼくは高らかに宣言《せんげん》した。

「しかもただの教訓でも、友情を築くための教訓《フレンドシップ・レッスン》、すなわちフレッスンでもない。これからは地域における教訓《コミュニティ・レッスン》を学ぶんだ！　略してコミュネッスン……いや……それじゃ変だな。社会における教訓《ソサエティ・レッスン》！　略してセセッスン！　これも変か……グループ・レッスンの略だと〝グレッスン〟になって、攻撃《アグレッション》みたいに聞こえるし――」

「もう、なんだっていいわよ！」サマーがいらついて声をあげた。「〝ヴェッスン〟でいいじゃない？　村での教訓《ヴィレッジ・レッスン》の略で？　それで次の……なんて名前だったかしら？　教訓を垂《た》れるための寓話《ぐうわ》を書いた人。水拭《みずぶ》き掃除《そうじ》のときに使う道具のロボット版みたいな名前の、大昔の作家よ。とにかく、次のその人になるっていうあなたの野望がかなうんでしょ？」

ぼくは困惑《こんわく》して目を細くした。「水拭《みずぶ》き掃除《そうじ》のときに使う道具のロボット版って、I《アイ》モップとか？」

「違《ちが》う」サマーは鼻で笑った。「E《イー》モップ！　そうよ。イーモップの寓話《ぐうわ》。ヴェッスンと呼《よ》んで、イーモップの寓話《ぐうわ》みたいな本を書けばいいじゃない」

「いいね！」ぼくは舞《ま》いあがらんばかりだった。「ヴェッスンで決まりだ！　昨日学んだ、人と初めて会うときの教訓に続いて、たったいまふたつ目の教訓を得《え》た」

ぼくは恒例《こうれい》の勝利のダンス（ぴょんと跳《と》んでターン、もうひとつぴょん）を踊《おど》ってから宣言《せんげん》した。「〝職業《しょくぎょう》の専門化《せんもんか》はみんなを進歩させる！〟」

「拍手できないのが残念よ」サマーは皮肉っぽく返した。「もういいかしら、イーモップ。わたしたちの新たな隣人《りんじん》たちの専門化《せんもんか》を手伝わない？」

「そうだ！」ぼくはふたたびダンスした。「ぼくらと取引すればするほど、彼《かれ》らのレベルは上がり、彼《かれ》らの仕事の腕《うで》が上がるほど、売ってくれるものが増《ふ》える！」ぼくは農民に向き直った。

「まだ営業中《えいぎょうちゅう》かい？」取引スロットが現《あらわ》れた。ぼくはまだ取引できるほどニンジンを持っていなかったけれど、サマーのバックパックにはあり余《あま》っている。

チリン！

ピンクの渦巻《うずま》きが消えたあと、ぼくらは新たに売りに出されるようになったふたつのものに目を凝《こ》らした。エメラルド一個で、リンゴ四つかパンプキンパイ四つ。

さらなるヴェッスンだ。リンゴを買うサマーを眺《なが》めながら、ぼくは思った。

〝取引は世界の共通語〟

きみはなにかがほしい、ぼくもなにかがほしい、じゃあ、お互《たが》いに協力しよう。言葉はそもそもそうやって作られたんじゃないかな。遊びとか娯楽《ごらく》とかのためじゃなく、純粋《じゅんすい》に生きていくためのスキルとして。

〝オーケー、部族のみんな、この一週間はいまから言うようにして生《い》き抜《ぬ》くぞ。きみは木の実集め、きみはライオンが襲《おそ》ってこないか見張《みは》り、きみは火を熾《おこ》す係……〟って具合に。最初は、うーうー言いながら手を動かして伝えていたのが、やがて明確《めいかく》な言葉と文になったんだ。目覚《めざ》ましい飛躍《ひやく》だったんだろうな。計画を立て、アイデアを共有できるのは力だ。だれもがほかの人たちの言うことを理解《りかい》し、気持ちが通じ合い、部族として、社会として、ひとつになって行動する。

言葉の通じないふたつの部族が出会ったとしても、取引という意思疎通法《いしそつうほう》がある。食べもの、道具、なんであれ双方が生きていくために必要なものを交換《こうかん》する。まさにいまぼくらがやっているように！　お互《たが》いに言葉は理解《りかい》できないままかもしれないけれど（言葉を使っているのはぼくらだけで、村人たちは〝ハア〟ばっかり）、それぞれが必要なものを交換《こうかん》できるなら、問題ないよね？

それに〝うーうー〟からちゃんとした言葉になったのと同様、物々交換《ぶつぶつこうかん》からエメラルドでの取引は大進歩だ。

サマーもちょうど同じことを考えていたみたいで、ぼくにリンゴをくれたあとで言った。

「おかしなものね、またこうしてお金を使うようになるなんて」

おかしなものだけれど、笑えるっていう意味じゃない。ぼくらがひとりぼっちでいたあいだは、お金で買えるものは存在しなかった。必要なものはすべて、自分たちの両手で、育てるか作るかだった。出会ってからはお互《たが》いへの信頼《しんらい》と理解《りかい》に基《もと》づき、持ちものを共有するようになった。

それがここでは、この複雑《ふくざつ》な地域社会《ちいきしゃかい》では、どこのだれかもわからないサマーとぼくみたいな相手がいきなり現《あらわ》れても、エメラルドに価値《かち》がある、とみんなが認めて合意しているおかげで、取引が成り立つ。つまり、その合意があるからこそ、エメラルドに価値《かち》が生まれる。

もといた世界で、通貨《つうか》というシステムがどうしてあもややこしく、頭痛《ずつう》の種だったのか、ようやくわかりかけてきた。他国の通貨《つうか》の価値《かち》を軽《かろ》んじる国もあるだろうし、同額《どうがく》のお金で買えるものが日々変わるかもしれない。考えるだけで頭がくらくらした。けれど一方で、すべてが計画どおりに運んだ場合……。

「魔法《まほう》みたいだよね」ぼくは言った。「考えてみるとさ、ものを売ったり買ったりすることを通して、エメラルドはどんなものにも替《か》えられるし、どんなものでもエメラルドに戻《もど》せるんだから」

「取引するものをすべて持ち運ぶよりははるかに楽よね」サマーが言った。

「でも、お金って諸悪《しょあく》の根源《こんげん》じゃなかったっけ？　どこで耳にしたのかは覚《おぼ》えてないけど、よくそう言われてたな」

「わたしもそう聞いた気がする」サマーは考《かんが》え込《こ》んだあと、買ったばかりのリンゴをがぶりとかじった。「だけど、なぜそう言われるのかは見当もつかないわ」

ぼくもその理由を考えようとした。「島で初めて金とダイヤモンドを発見したとき、これで大金持ちだって大騒《おおさわ》ぎしたんだ。でも、もといた世界で大金持ちだとしても、ここでは違《ちが》う。あのときはどうしてあんなに騒《さわ》いだのかな。いまだによくわからないや」ぼくもリンゴをかじった。「この村で、お金がどういう使われ方をするか考えると、なおさらね」

「いますぐあれもこれも考えなくていいんじゃないかな」サマーの提案《ていあん》はこれ以上ないほど魅力的《みりょくてき》に思えた。あれこれ考えるのがぼくの生きがいとはいえ、いくつものヴェッスンを次々に考えついたあとでは、さすがに頭がパンクしそうだ。

「そうだね」ぼくは鐘《かね》の隣《となり》に立っているのにふと気がついた。「これにて授業終了《じゅぎょうしゅうりょう》」

カーン！

鐘《かね》を鳴らしたとたん、ハチの巣をつついたような騒《さわ》ぎになった！

「ハアー！　ハアー！」大あわての村人たちがそこらじゅうでバタバタと走り、家に入ったかと思うと出てきて、ぶつかり合った。出《で》っ張《ぱ》った額《ひたい》からは実際《じっさい》に汗の玉が飛んでいる。

「なにをやったのよ、ガイ？」サマーはぼくを責《せ》めるように尋《たず》ねた。

「わかるわけないだろ?」ぼくは言い返した。「この鐘《かね》はなにかを警告《けいこく》するために鳴らすものだったんだ!」

「それにしても、村人たちはなにをこんなに警戒《けいかい》しているのかしら?」サマーが尋《たず》ねる。

「あれかな?」カシャン、カシャンと角を曲がって現《あらわ》れたものに、ぼくは息をのんだ。

# 第６章　魔法《まほう》の書が高すぎる

それは巨大だった！　高さは家ぐらい、金属製《きんぞくせい》の大きな肩《かた》の幅《はば》も家と変わらない。そいつは鉄で作られた人型《ひとがた》ロボットで、長い腕《うで》を振《ふ》り、目は邪悪《じゃあく》そうな赤い色だ。

「わたしに任せて！」サマーはぼくを押しのけて弓を構《かま》えた。

「だめだよ、ストップ！」ぼくはあわてて彼女《かのじょ》を押し返した。「よく見て！　あいつの行動を見てごらんよ」

えっへん。あの瞬間《しゅんかん》、冷静でいることで平和を保《たも》てた自分を大いに誇《ほこ》りに思う。ぼくは観察《かんさつ》眼《がん》を発揮《はっき》して、鉄《てつ》の巨人《きょじん》は見た目の恐《おそ》ろしさに反して村人を襲《おそ》ってはいないと気づいたんだ。

村人のほうも、巨人《きょじん》を気にとめていないみたいだ。村人はせわしなく行ったり来たりし続け、その中を巨人《きょじん》は黙《だま》ってのっしのっしと歩いている。

「ああー」サマーは弓をおろした。「なるほどね」

「あれはなんだろう?」ぼくは彼女《かのじょ》とまわりの世界に向かって問いかけた。

「なんらかの機械よ」サマーが答える。「それか……あれはロボットスーツで、中に村人が入って操縦《そうじゅう》しているのかも」

断片的《だんぺんてき》な記憶《きおく》がいきなり頭の中にわっと押し寄せた。ライオンの形をしたロボットとか、人《ひと》型《がた》の戦士《せんし》に変形する戦闘機《せんとうき》とか、さまざまなマシンを人間が操縦《そうじゅう》するアニメを観《み》たことがある。戦闘用《せんとうよう》の強化服《パワードスーツ》を着た兵士《へいし》が巨大昆虫と戦う小説もなかったっけ?

「人が入ってるなら最高にかっこいいけど、正解《せいかい》はひとつ目のほうだろうな」

「中身は車輪とか歯車とか、そういうものだけってこと?」

「たぶんね。だけど、あれがどこから来たのかの説明にはなってない」

「あなたが鐘《かね》を鳴らしたから現《あらわ》れたんじゃないかな。あれは巨人《きょじん》を召喚《しょうかん》して村を守らせるための警鐘《けいしょう》なのよ」

「つまり巨人《きょじん》は軍隊《ぐんたい》の代わりか」

「それか警察《けいさつ》」

「そうだね、でも……」頭の中でなにかが引っかかっている。「鐘《かね》の音に呼《よ》び出《だ》されたのなら、砂漠《さばく》にあった無人の村で鳴らしたときはなぜ現《あらわ》れなかったんだろう？」

サマーは少しのあいだ考《かんが》え込《こ》んだ。「近くに村人がいるからか、鐘《かね》はまったくの無関係か」

ふたたび思案する。「わたしたちが見ていないだけで、この鉄製《てつせい》のおまわりさんは昨日もここにいたんじゃないの」

「じゃあ鐘《かね》は？」

「村人たちの反応からして」サマーは結論《けつろん》をくだした。「やっぱり警鐘《けいしょう》でしょ」

頭の中に引っかかっていたものが、いまや胃袋の底へとおりてきた。「でも、なんに対する警鐘《けいしょう》だ？」村人たちはもう落ち着きを取《と》り戻《もど》していたが、ロボットはカシャン、カシャンとパトロールを続けていた。

「夜のモンスター対策のはずはない。それだったら、ゆうべ鐘《かね》の音が聞こえたはずだ」ぼくは地平線へ目をやった。「恐《おそ》ろしい敵《てき》がほかにもいるんだ」

「だったら、その敵《てき》がやってくるまでは――」ぼくの心配をよそに、サマーはさっさと行動を起こした。「ビジネスに戻《もど》りましょ」

その誘《さそ》いに抗《あらが》えるかい？　まだ発見もしていないもののことを考えたり、心配したりしても始まらない。いま、まわりは実際《じっさい》の新発見であふれているのだから、なおさらだ。

ぼくはやる気満々で村人との取引を再開《さいかい》しようとした。ところがサマーは村人の小屋のひとつへ直行する。「ほら、急いで」彼女《かのじょ》のこぶしがドアをバンと開けるまで、あとせいぜいミニブロック一個分だ。「チェストかなにかあるか見てみま――」

「ちょっと、ちょっと！」ぼくは片腕《かたうで》を上げた。「だめだよ」

「えっ？」サマーは心から困惑《こんわく》しているような声を出した。

「放棄《ほうき》された寺院じゃないんだから、勝手に入っちゃだめだ」

「だれもいないわよ」サマーはドアを開けて言い返した。

「そういう問題じゃない！」反論《はんろん》したけれど効果《こうか》なし。

サマーが中へ入ってしまったので、ぼくも続いた。中を見ると、彼女《かのじょ》の言うとおりだった。部屋にはだれもいない。右側にある収納用《しゅうのうよう》チェスト以外、なにかわからないものばかりだ。

部屋の反対側、収納用《しゅうのうよう》チェストの真向かいには……ステージ上にある演説原稿や楽譜をのせる台みたいなもの、名前はなんだっけ？　書見台？　指揮台？　呼《よ》び方《かた》はどうでもいい。とにかくそれがあり、その隣《となり》の壁一面《かべいちめん》にはさまざまな色の細いブロックがぎっしり並《なら》んで、本棚《ほんだな》のようだ。

「ここって――」

ぼくが言いかけたのをさえぎり、サマーが断言《だんげん》した。「図書館よ、もしくは本屋ね」

彼女《かのじょ》はもうチェストを開けている。後ろからのぞき込むと、どのスロットにも違《ちが》う本が入っていた！

「本で世界は広くなる」ぼくは島で得た教訓をそっとつぶやいた。

「やっとまともなお宝に出会ったわね」サマーも同意し、〝野生の生き物〟という一冊《さつ》を引《ひ》っ張《ぱ》り出《だ》した。

「だめだって！」ぼくはサマーとチェストのあいだに腕《うで》を突《つ》き出《だ》した。「いけないよ！　人のものを勝手に盗《と》っちゃだめだ。山でぼくがきみの許可《きょか》なしにチェストをあさったとき、きみだって怒《おこ》っただろ？」

さすがにサマーも反論《はんろん》できなかった。ところが、無理やり言いわけを見つけ出す。「盗《と》るんじゃないわよ、ガイ。借りるだけ」ほんのちょっぴり見くだしたようにつけ加えた。「図書館ってそのための場所でしょ」

ぼくは言い返そうとした。ひと言で彼女《かのじょ》をやり込められたはずだけれど、タイミング悪く、でっかい鼻に眼鏡《めがね》をのせ、赤い縁《ふち》なし帽《ぼう》をかぶった村人が〝ハア〟と入ってきた。

「やっと貸し出し窓口《まどぐち》が開いたようね」サマーはわざとらしくため息をついた。「本を借りるのに貸し出しカードは必要？」

「ハア」

「いらないのね」彼女《かのじょ》は本をベルトにしまった。「すぐに返却するわ」

「ぼくは納得《なっとく》してないぞ」サマーは間違《まちが》っていないと承知のうえで、ぼくは抗議《こうぎ》した。そう、ただ意地を張《は》っていたんだ。誇《ほこ》れることじゃないけれど、そこでぼくがつまらない意地を張《は》らなかったら、次の出来事は起きなかったかもしれない。

「ちゃんと確認《かくにん》しよう。すみません、本当にいいんですか？」ぼくは司書に問いかけ、取引用の左手を差し出した。昨日緑のシャツの村人と会ったときと同じく、おそらくなにも起きないだろうと予想していた。司書がこんな取引を持ちかけてくるなんて、夢《ゆめ》にも思っていなかったんだ。

ひとつ目は紙二十四枚をエメラルド一個と交換《こうかん》。もうひとつは……。

「サマー」心臓《しんぞう》をドキドキさせつつ、ぼくはささやいた。「サマー、見てごらん！」

エメラルド七個と白紙らしい本一冊《さつ》を……。

「エンチャントの本と交換《こうかん》!?」サマーが小声で言った。

「魔法《まほう》のアイテムを購入《こうにゅう》できるんだ」それから、もっと大きな声で繰《く》り返《かえ》した。「魔法《まほう》のアイテムを買えるんだよ！」

「最高《ブリル》！」サマーも大声をあげた。「どうやって使うのかな、どんな魔法《まほう》が記されてるの？」

「答えを見つけよう！」ぼくはバックパックとベルトの中身を引っかき回した。「エメラルド七個なら持ってるし、なければ手に入れられる。なんの問題も……」

「それと白紙の本が一冊《さつ》、必要ね」サマーは興奮《こうふん》が冷めたような声を出した。

「それなら作れるぞ！」ぼくは興奮《こうふん》したまま続けた。「本を作る材料は？　紙だよね？」フェンスをはめてある窓《まど》から外を見た。「川のほうでサトウキビが育ってる。あれを収穫《しゅうかく》しよう、植《う》え直《なお》してさらに増《ふ》やすこともできる。どっちにしても紙はいくらでも手に入るよ」

「でも材料はそれだけじゃない」サマーの淡々《たんたん》とした声で、ぼくはようやくわれに返った。

「ウシの皮か……」言いながらぞくりと鳥肌が立った。最初に本を作ったときは、クリーパーに殺《ころ》されたモーの友だちの皮を使ったんだった。

ぼくのジレンマに気づいて、サマーが言った。

「ウサギの毛皮で代用できるわよ。あなたが二冊目《さつめ》の本を作ったときは、そっちを使ったでしょ？　ネザーでの冒険《ぼうけん》を書き記した本。あなたが山に残してきた本よ。二冊目《さつめ》は、わたしが狩りで集めてきたウサギの毛皮をすべて使って作ったじゃない。わたしがまた狩りをするわ。砂漠《さばく》へ行ってウサギを獲《と》って、わたしがシチューにして食べる。あなたはなにも見なくていい」

「うん」ぼくは口を開いた。「それでも罪《つみ》の意識《いしき》を感じるようなら、魔法《まほう》はあきらめる。本はきみが使えばいい。でも……」最悪の可能性に思《おも》い至《いた》り、吐《は》き気《け》とめまいに襲《おそ》われた。「もしも、なんらかの理由で、彼《かれ》が――」司書に向かってうなずいた。「ウサギの毛皮で作った本はだめで、ウシの皮で作った本しか受け取らなかったら……」ドアの外の草原で、大事な親友モーそっくりのウシたちが草を食《は》んでいる姿《すがた》を見つめる。「本を作るのにウシを殺《ころ》すしかないなら……」

「そのときはあきらめましょ」サマーは決然と言いきった。「そこまでする価値《かち》はないってことよ」

サマーがぼくに救《すく》いの手を差《さ》し伸《の》べてくれた！

「わたしは、あなたが動物の肉を食べないことをしょっちゅうからかってるけど、動物たちへの、中でもウシたちへの愛は尊重《そんちょう》しているの。それはわかっておいて。あの魔法《まほう》の書の代価《だいか》が動物の命なら、それは高すぎよ」彼女《かのじょ》はこぶしを突《つ》き出《だ》した。「わたしたちふたりともにとってね」

「ありがとう、サマー」鼻がつんとして、目から涙がぽろぽろこぼれた。ぼくは彼女《かのじょ》とこぶしをぶつけた。「お金は諸悪《しょあく》の根源《こんげん》だと言われてる理由が、いまわかった気がする」

悪いのはお金じゃない。お金のためならなんでもしようとすることが悪いんだ。それはぼく自身にもちょっぴり言えることだ。売ったり買ったりの取引に浮《う》かれてしまったのは間違《まちが》いない。ショッピングの楽しさに酔《よ》いしれていたんだ。

買うものからだけじゃなく、買うという行為がもたらす楽しさに。それに売ることの、お金を手に入れる行為そのものの楽しさに。

お金を貯《た》め込《こ》んで喜《よろこ》んだり、他人と比べて自分がお金持ちかどうかを気にしたりする気持ちもわかる気がした。〝いくら稼《かせ》いだか、それが人生の得点《とくてん》だ〟って公言した男が前に暮らしていた世界にいたっけ。人生はゲームで、たっぷりお金を稼《かせ》いだ自分は勝者だって言ってなかった？　でもゲームに勝ち続けるために、その男はどこまでやるんだろう？

おそらくそんな人間はサマーと違《ちが》って平気で限度《げんど》を超えてしまうんだ。その男や、彼《かれ》みたいな多くの人たちは、お金のためならなんでもやって、だれを傷《きず》つけようと、なにを壊《こわ》そうと平気でいる。ああいう男は、自分がいちばんたくさんエメラルドを持っていることを自慢するためだけに世界を丸ごと燃《も》やしてしまいかねない。

「お金自体が悪いんじゃない」ぼくは悲しい気持ちで言った。「お金のために人が見境《みさかい》なく取る行動が悪いんだ」

「がっかりしないで、ガイ。良心の呵責《かしゃく》なしにあの魔法《まほう》の書を手に入れる方法が、きっと見つかるわよ」サマーは司書を振《ふ》り返《かえ》った。「わたしにひとつ考えがあるの」

「ほんとに？」ぼくは明るい気分になり、彼女《かのじょ》について村の広場へ向かった。

「村人と取引をすればするほど、彼《かれ》らのレベルは上がるのよね？」

「うん」ぼくはうなずいた。

「そしてレベルが上がるほど、村人が取引する商品が増《ふ》えるんだよね？」

「うん……」

「それなら、司書にたくさん紙を買わせてレベルを上げれば、次は白紙の本を売るようになるかもしれない。エメラルドだけで魔法《まほう》の本を買えるようにだってなるかも！」

「うん！」これは堅実《けんじつ》な計画《プラン》、自分なりの〝やり方〟の六つのＰのひとつ目だ！　島と山でのぼくらの冒険《ぼうけん》について書かれた本を読んでいないかもしれないけれど、ここは大事なところなんだ。

　まだ島にいて、死なないようにするだけで精《せい》いっぱいだったころ、ぼくは自分の行動を決めるための方法、人生の指針が必要だと気がついた。そしてゆっくりと時間をかけて、たくさんの失敗《しっぱい》から学び、それを六つのＰにまとめたんだ。

　計画《プラン》：なにをすればいい？

準備《プリペア》：それを実行するにはなにが必要？

優先順位《プライオリタイズ》：まずなにをしなきゃいけない？

練習《プラクティス》：これは言わずもがな。

辛抱《ペイシェンス》：常に難《むずか》しい。

不屈の精神《パーシヴィアランス》：すぐにうまくいかなくても、うまくいくまでやり続けるか、計画《プラン》や準備《プリペア》を少しずつ改善《かいぜん》するかする！　どっちにしろ、〝不屈の精神《パーシヴィアランス》〟は、ぼくのいちばん最初の教訓〝絶《ぜっ》対《たい》にあきらめるな！〟をかっこよく言い直したものだ。

以来、この〝六つのＰ〟がぼくを導《みちび》いてくれた。

「あなたの紙の在庫は？」サマーが尋《たず》ねた。ふたつ目のＰ、準備《プリペア》についての確認《かくにん》だ。

「あんまりない」ぼくはしょんぼりして答えた。製図台《せいずだい》ふたつ、最初の地図のコピー、新たな土地の地図を作ったあとだから、残りは取引一回分の紙しかない。それで得《え》られたのはエメラルド一個で、取引レベルを上げることはできなかった。

「少し足踏《あしぶ》みするだけよ」相棒《あいぼう》はくじけることなく言った。「サトウキビを植えればすぐに解《かい》決《けつ》するわ」

ふたつのＰ、準備《プリペア》と優先順位《プライオリタイズ》をどうするかが決まった！

「川へ行くわよ！」サマーが宣言《せんげん》したので、ぼくらは岸辺へ急いだ。そこには三本のサトウキビがそれぞれ三ブロックの高さに育っていた。

「楽勝だね」ぼくは植え直すためにサトウキビを刈《か》り取《と》った。次のＰ、練習《プラクティス》も簡単《かんたん》だ！　サトウキビの植え直しは眠《ねむ》っていたってできる。道具も、畑の準備《じゅんび》もいらない。土を掘《ほ》り返《かえ》して水を引く必要もない。すぐ横に川があるんだから！　だから砂《すな》に植《う》えるだけでいい。

「することはもうないね」ぼくは胸《むね》を張《は》って言った。「あとはくつろいでサトウキビが育つのを眺《なが》めるだけだ」

実際《じっさい》、ぼくらはそうした。少なくとも一分間は。その場に無言で突《つ》っ立《た》って、いまは五番目のP、辛抱《ペイシェンス》のときだと自分たちに言い聞かせた！

このPはなんでいつも実行するのが難《むずか》しいのかな？

「ねえ……」ぼくは別の計画に心を移して言った。「サトウキビは放っておいても育つから、そのあいだにほかの村人たちと取引して、彼《かれ》らをレベルアップさせるのはどうかな」

「すばらしいアイデアね」サマーが言った。「紙を売ってくれる人がいるかも。白紙の本を持っている人だって！」

「そうだよ！」ぼくは歌うように言い、急いで村へ引き返した。

最初に見かけた農民は小さな畑を行ったり来たりしていた。「ほかを当たろう」ぼくは言った。ふたりともニンジンの在庫がほぼゼロだったから。

「小麦ならどう？」サマーが提案《ていあん》する。

「どういう意味？」ぼくは問い返した。「小麦は持ってきてないよね」

「持ってきてなくても大丈夫《だいじょうぶ》」サマーの視線が横へ向けられる。「あそこにトラック一台分あるようなものでしょ」畑の脇《わき》に、干草《ほしくさ》の俵《たわら》が積まれていた。

そこへ向かうサマーに、ぼくは声をかけた。「待った、だめだよ。あれはぼくらのじゃない」

「ええ、違《ちが》うけど――」彼女《かのじょ》は俵《たわら》までもうすぐだ。「平気よ」

「平気じゃないよ」ぼくは言《い》い張《は》って、そわそわと足を踏《ふ》み替《か》えた。「今度も〝借りる〟だけとか言うのはなし、そうじゃないんだから。それで取引したとしたら、ぼくらは盗《ぬす》んだものを使って買《か》いものをすることになる」

「なに言ってるの、ガイ」サマーは笑い飛ばした。「あなたって、トラブルを心配してばかりね」

「心配する正当な理由があるからだ！」ぼくはカシャン、カシャンと音を立てている強面《こわもて》のロボットを指し示した。「ルールを破《やぶ》るのもいけないことだけど、法律を破《やぶ》ることになるかもしれない！」黙《だま》り込《こ》んだ彼女《かのじょ》に向かって、つけ加えた。「ルールと違《ちが》って、法律《ほうりつ》には罰則《ばっそく》があるんだから」

「でも、ここには法律《ほうりつ》なんて存在しなかったら？」

ぼくはその場に凍《こお》りつき、首をかしげた。「えっ？」

「見ればわかるじゃない」サマーは続けた。「もといた世界では、人々が悪さをしないように法律《ほうりつ》が存在した。でもここでは――」村人たちを見回す。「悪さをする人なんかいないわ」

ぼくはもう一度ロボットを示した。「おまわりさんの鉄拳《てっけん》を恐《おそ》れているだけかもしれないだろ」

「あるいは」サマーの声から、自分の考えに納得《なっとく》しきっているのがわかる。「ここの村人が正しい行いをしたがる性質というだけかもしれない。いい？　もといた世界で人々が悪さをする理由はわたしにはわからない。環境《かんきょう》のせいかもしれないし、もともとの性格かもしれない。でも、原因はなんであれ、ここには悪さをする人は存在しない、だから法律《ほうりつ》は必要ないのよ」

ぼくが返事をする前に、それどころか返事が頭に浮《う》かぶ前に、サマーは干草《ほしくさ》の俵《たわら》をパンチして九束《たば》の小麦を手に入れていた。「ね？　なにも起きない」それでも、ぼくは悪いことが起きるんじゃないかと飛びあがって身構《みがま》えた。村人からの反応はなし。なにより、鉄の巨人《きょじん》からも反応がなかった。「ね？」サマーは繰《く》り返《かえ》すと、家のひとつに近づいて、壁《かべ》の粘土《ねんど》ブロックをひとつ叩《たた》いて壊《こわ》した。「なにも起きない」

信じられない。だれもなにもしない。サマーの言うとおりなのか？　この社会に法律《ほうりつ》は存在しないってこと？　だけど法律《ほうりつ》が社会を作りあげているのでは？　法律《ほうりつ》なしに社会が作れるものなのか？　この村の人たちは生まれつきの道徳観《どうとくかん》だけを頼《たよ》りに、みんなで平和に暮らし、意見の衝突《しょうとつ》もなしに持ちものも住む場所も共有しているわけ？

　この世界には普通では考えられないことがたくさんある――なにか食べるだけで傷《きず》が治《なお》る驚異的《きょういてき》な治癒力《ちゆりょく》、一瞬《いっしゅん》でなんでも作れる作製力《クラフトりょく》、魔法《まほう》、モンスター、めちゃくちゃな法則《ほうそく》が働く重力（幹《みき》を伐採《ばっさい》しても木の上の部分は宙《ちゅう》に浮《う》いている、などだ）――それでも、正しいからという理由だけで人々が正しいことをするのに、ぼくは圧倒的《あっとうてき》な違和感《いわかん》を覚《おぼ》えた。

　もといた世界でも、だれもが平和に暮らすところを想像《イマジン》して、みたいな歌があったはずだ。そんな暮らしを想像《そうぞう》するのは夢《ゆめ》があっていい。でも現実《げんじつ》には、まったく異《こと》なる道徳観《モラル》を持つ人間がたったひとり――あるいは、今回ならぼくらふたり――いるだけで、すべてがぶち壊《こわ》される。

　可能だからって、村人たちの家にあるものをなんでも盗《ぬす》んでいいのか？　なんなら彼《かれ》らの家を燃《も》やしたってかまわないのか？

　いきなり肩《かた》にずしりと重みを感じた。鎧《よろい》が鉛《なまり》でできているみたいに感じる。「サマー」ぼくはごくりと息をのんだ。「きみが正しいとして、だれも止めないからって、やりたい放題やってしまったら……」

「自分がされていやなことは、相手にもするべきじゃないって言いたいんでしょ」サマーは壊《こわ》した粘土《ねんど》ブロックを家に戻《もど》した。「もうなにも壊《こわ》さないわよ。それに使わせてもらう分の小麦は、あとで育て直して全部もとに戻《もど》すから」

「うん。きみを責《せ》めてるように聞こえたとしたら、ごめん」

「難《むずか》しい話はこれくらいにして、目の前の仕事に取りかかりましょ」サマーは干草《ほしくさ》の俵《たわら》をさらにふたつパンチすると、農民のところへ小麦を持っていった。エメラルド一個を手に入れたが、レベルアップはしなかった。

「やり続けるしかないわね」サマーはへこたれることなく、さらに小麦を集めに行った。農民と俵《たわら》のあいだを何往復《なんおうふく》もして、エメラルドが増《ふ》えれば増《ふ》えるほど――ぼくのあせりも増《ま》した。あの俵《たわら》をすべてもとに戻《もど》すのにどれだけ小麦を育てる必要があるだろう。頭の中で計算し、大《だい》規模《きぼ》農場並《な》みの畑を耕《たがや》す計画を立てていたら、サマーの腹立たしげな声が聞こえた。「ああ、もう！」

「どうしたの？」ぼくが視線を向けると、俵《たわら》はまだいくつか残っていた。

「閉店しちゃったわ！」サマーが息《いき》を吐《は》き出《だ》す。彼女《かのじょ》の取引スロットをのぞいてみたら、矢印に大きな赤い×印がついていた。

「うーん」ぼくは考《かんが》え込《こ》んだ。サマーはがっかりして腕《うで》を下げた。「需要《じゅよう》がなくなったんだね」

「えっ？」サマーはいぶかしげにぼくを横目で見た。

「すべての取引はそれで成り立ってるんじゃなかった？　需要《じゅよう》と供給《きょうきゅう》で？　なにかを求める人がいて、それを求めている量だけ提供《ていきょう》するのが、取引ってものだよ」

ぼくの意見に賛成《さんせい》するかのように、農民が〝ハア〟と返事をした。

「ぼくらは供給《きょうきゅう》する側で、少なくともいまは需要《じゅよう》がないんだ」一方、ほかの取引スロットはまだ開いているのに気がついた。ニンジンなら農民に買い取ってもらえるようだ。こちらには手持ちがない。でも……。

「供給《きょうきゅう》から需要《じゅよう》に取引を切《き》り替《か》えるのは？　ぼくらが食べものを買えばいい！」

エメラルドを何個か支払《しはら》って抱えきれないほどのパンとリンゴを手に入れたところで、次のレベルアップに成功した！

取引スロットがふたつ増《ふ》え、スイカ四個でエメラルドが一個手に入り、エメラルド三個でクッキー十八枚を買えるようになった。

「いいぞ！」ぼくは歓喜《かんき》の声をあげた。「どっちも取引可能だ！　スイカの薄切《うすぎ》りは持ってるから、それを植えてスイカをエメラルドに替《か》え、それでさらにクッキーを買える！」

「だけど本も紙もまだ出てこない」サマーはがっかりしているどころか、さらに決意を固めているようだ。「もっと高いレベルになるまでやるわよ」

「賛成《さんせい》。でも、ひとつ考えがある。今回は前より高くついた気がするんだ、だってレベルアップするまでの取引回数が多かったよね」ぼくは近くの村人へ目をやった。「ほかの人たちをレベルアップさせるほうが安くつくんじゃないかな」

「よく気づいたわね」サマーはハサミをかかげた。「わたしはヒツジの毛を刈《か》ってくる」

「じゃあ、ぼくは……」茶色い帽子《ぼうし》の村人が目に入った。「釣《つ》り人《びと》に石炭を売ってこよう」

ふた手に分かれ、ぼくは高床式の家に向かった。「すみませーん」積み重ねてある黒い塊《かたまり》をバックパックから探《さが》し出《だ》す。「きみはどうして石炭がほしいんだろう。釣《つ》った魚とかを焼《や》くためかな。でもとにかく、はい、どうぞ」

ぼくはすこぶるいい気分で、法律《ほうりつ》を破《やぶ》ることへの不安も薄《うす》れていた。サマーの言うとおりかもしれない。たしかにぼくはトラブルを恐《おそ》れすぎていたのかも。

そう考えながら、釣《つ》り人《びと》と取引をするために、腕《うで》を思いきり伸《の》ばした。

トラブルが起きたのはそのときだ。

さて、脳《のう》みそには右側と左側があって、それぞれ反対側の手の動きをつかさどっていることは知っているよね？　ところがそれが一瞬《いっしゅん》、ほんの一瞬《いっしゅん》だけ、ごっちゃになったらしい。こういうことは前にもあった。島にいたとき、誤ってヒツジを叩《たた》いてしまったんだ。

いまそれと同じことがスローモーションで起き、ぼくが振《ふ》りあげたこぶしが釣《つ》り人《びと》の鼻を直撃《ちょくげき》した。

「あっ！」ぼくは息をのみ、釣《つ》り人《びと》は怒《おこ》って〝ハア！〟と声をあげ、去っていった。

「ごめん！」ぼくは走ってあとを追った。「殴《なぐ》るつもりはなかったんだ！　ほら」ベルトのエメラルドに手を伸《の》ばす。「おわびにこれを……」

鉄製《てつせい》の巨大なこぶしが、ビル解体用《かいたいよう》の鉄球さながらに、ぼくめがけてぶんと飛んできた。

目の前が真っ白になり、骨《ほね》がミシッときしんだ。それから目を開けると、地面がものすごい勢《いきお》いで離れていくのが見えた。

「ガイ！」サマーの声が遠ざかって消える。

ぼくは大砲《たいほう》の弾《たま》のように宙《ちゅう》を飛んでいた。衝撃《しょうげき》と激痛《げきつう》、そしてこの村にも少なくともひとつは法律《ほうりつ》があったのだという知識とともに、ぐんぐん飛んでいく。

ここではものを壊《こわ》しても、盗《ぬす》んでも問題にはならない。けれども、決して村人を傷《きず》つけてはいけなかったんだ。

# 第7章　ショッピングが楽しくても、お金は賢《かしこ》く使うこと

「うっ！」ぼくは地面に叩《たた》きつけられた。全身の骨《ほね》がパックごと落とした卵みたいになった気がする。

「逃《に》げて、ガイ！」スクランブルエッグ状態《じょうたい》の脳《のう》みそをもとに戻《もど》そうとしていると、サマーが叫《さけ》ぶのが聞こえた。

ゴン！　またも巨大なこぶしに殴《なぐ》られ、ぼくはひっくり返った。今度こそは、よろよろと足を引きずりながら村の外へ逃《に》げた。

どこまで追いかけてくるんだろう？　クリーパーやクモみたいに、少し離れれば大丈夫《だいじょうぶ》かな？　それともゾンビみたいにしつこく追ってくる？　立ち止まって確認《かくにん》はできなかった。もう一度殴《なぐ》られたら体がもたない。草原の真ん中ぐらいまで来たところでスピードをゆるめ、耳

を澄《す》ました。カシャン、カシャンという音は聞こえない。追ってくる気配はなかった。後ろを振《ふ》り返《かえ》っても、巨人《きょじん》の姿《すがた》は見えない。どうやら鉄でできた巨人《きょじん》の裁きの手から逃《に》げきれたらしく、ぼくを追ってくるのはサマーだけだった。

「ガイ！」彼女《かのじょ》は治癒《ちゆ》のポーションを差し出した。

「ありがとう」ぼくは一気に飲《の》み干《ほ》した。「助かったよ」

「ほんとにごめんなさい」サマーは息を切らし、合わせる顔がないとばかりに、ぼくから目をそらした。

「きみが謝《あやま》ることないだろ」返事をするあいだにも、ばらばらになりそうだった体がしゃきっともとどおりになっていった。「いまのは事故だよ」

「そうだけど、わたしが法律《ほうりつ》や秩序《ちつじょ》を軽《かろ》んじるようなことを言わなかったら、あなただってもっと気をつけていたかもしれない」サマーはかぶりを振《ふ》った。「わたしは自分のほしいものを手に入れるために、都合のいい主張《しゅちょう》であなたを黙《だま》らせせちゃったわけね」

「う、嘘《うそ》だろ、サマー」ぼくは驚《おどろ》いたふりをした。「まさか自分の過《あやま》ちを認《みと》めて、反省しているのかい？」

サマーは笑い声をあげた。「まさか！」痛《いた》みの消えたぼくの肩《かた》をふざけてパンチする。「でも、あなたに痛《いた》い目を見させたことは本当に悪かったと思ってる。だから、その埋《う》め合《あ》わせをするわ」

彼女《かのじょ》はふたたび走り出し、村へ戻《もど》っていく。「心配しないで」ぼくの考えを察《さっ》して、大声で言う。「援護射撃《えんごしゃげき》は無用よ」

察《さっ》しがよすぎる、と思いつつ、ぼくは笑ってクロスボウを片づけた。サマーは鉄製《てっせい》の法執行《ほうしっこう》人《にん》のそばまで来てスピードを落とし、歩き始めた。巨人《きょじん》は攻撃《こうげき》してこない、彼女《かのじょ》に気づいてさえいない。「連帯責任《れんたいせきにん》というわけじゃないみたい」サマーはぼくに向かって声を張《は》りあげたあと、図書館へと消えた。

「驚《おどろ》きだね」ぼくは近くにいたウシに話しかけた。「少なくとも、ここのおまわりさんは犯罪《はんざい》者《しゃ》と見た目が同じという理由だけで罰することはないらしい」

「モー」ウシがむしゃむしゃ草を食《は》みながら返事をした。

「そうだね」ぼくは同意した。「ここにもヴェッスンがひとつありそうだ……」

ヴェッスンを考えつくより先に、もっと切実な疑問《ぎもん》が頭をよぎった。

「それはそうと」ごくりと息をのんだ。「ぼくにくだされた判決は具体的にどういうものなんだ？」

ウシが小さく鳴いた。「モー」

「うん」ぼくはうなずいた。「さっきのは死刑執行《しけいしっこう》って感じだったよね。村人を叩《たた》いただけなのに厳《きび》しすぎじゃないかな。ぼくは逃《に》げちゃったから、いまは……なんて言うんだっけ……追放？　古い西部劇《せいぶげき》で保安官《ほあんかん》に町から追い出されるやつ。それって、村へは永遠《えいえん》に立ち入り禁止《きんし》ってこと？　どれくらいの期間、社会に対して罪《つみ》を償《つぐな》えばいいのかな？」

サマーが草原に戻《もど》ってきたので、くよくよ考《かんが》え込《こ》んでいたぼくはわれに返った。彼女《かのじょ》は手になにか持って走っている。こっちへ近づいてくると、それは本だとわかった。目の前で彼女《かのじょ》がぴたりと足を止めたところで、本の題名が見えた。〝エンチャント〟。胸の不安を吹《ふ》き飛《と》ばすその言葉の下には、副題が書かれていた。〝エンチャント・アイテムの作り方〟。

「ええーっ。すごいよ、サマー！」

「図書館にもあるんじゃないかと思っただけ」いつものように、どうってことないとばかりに言う。「魔法《まほう》の書が売られているのを見たときにね」

「ぼくらはもうなにも買わなくていい、だって自分たちで作れるんだから！」とびっきりの感《かん》謝《しゃ》を込めて友だちを抱きしめられるようになる魔法《まほう》だって載《の》っているかもしれない。「きみはほんとにすごいな、サマー！」

「それは知ってる」サマーはうなずき、ぼくらは丘《おか》の避難所《ひなんじょ》へと引き返した。

自分で魔法《まほう》をかけられる。

まるで夢《ゆめ》みたいだ。買ったり、探《さが》し回《まわ》ったりしなくていいなんて。ふたたび昔ながらの自給自足《じきゅうじそく》だ！　道具、武器《ぶき》、防具《ぼうぐ》と、自分が持っているものをひととおり調べた。エンチャントの種類は選べるのかな？　魔法《まほう》を付けるときに自分で決めるとか？　答えはすべて本に記されている。もうすぐその答えがすべてわかるんだ！

「どうやって始めるんだい？」ドアを閉めるやいなや、ぼくは急《せ》かした。

「ええと……」サマーはページをめくった。「まずは〝エンチャント・テーブル〟が必要で、それを作るのにダイヤモンド……」

「オーケー」ぼくは確認《かくにん》した。「それはいっぱいある」

「黒曜石」

「それもオーケー」ネザーポータルを作るときのために取っておいてよかった。

「それから……」彼女《かのじょ》がうつむいた。

「なんだい？」

サマーがため息をついたあと、独特な意味不明の悪態《あくたい》をついた。

「なんなんだい!?」

「それから」彼女《かのじょ》はやっとのことで口に出した。「白紙の本をもう一冊《さつ》」

「ああもう《バガー》」サマーお得意《とくい》の悪態《あくたい》が、ぼくの口からも飛び出した。「冗談《じょうだん》だよね！」

ふたりともショックのあまりしばらく黙《だま》り込《こ》んだ。

「しかたないさ」ぼくはしょんぼりしながら言った。「きみがエンチャントしたいなら……」

「いいえ」サマーもがっかりしていたはずなのに、すばやく気持《き》ちを切り替《か》えて断言《だんげん》した。「ウシは殺《ころ》さない。最初の計画どおりよ」

「本を一冊《さつ》だけ手に入れるなら、それも可能だったかもしれない。でも、いろんなものをエンチャントするにはそのたびに本が必要なんだよね。それができればぼくらにとっては大きな前進だ」

「後退《こうたい》でもあるわよ！」サマーの返事に、ぼくは混乱して首をかしげた。「アイテムをエンチャントするのは科学的には前進かもしれないけど、道徳的には後退《こうたい》でしょ。司書との取引でもそうだったように、魔法《まほう》の書の代価《だいか》としては高すぎるもの」

友だちを抱きしめられればよかったのにと思うのは、今日これで二度目だ。

「プランAに戻《もど》るから」サマーは決意を新たに宣言《せんげん》した。「とりあえず、取引用アイテムを補充《ほじゅう》しましょ」

「残念だけど、それがよさそうだ」ぼくは残り少なくなってきた自分のアイテムに目をやった。取引に使うニンジンは在庫ゼロ、小麦もなし――農民に返す干草《ほしくさ》の俵《たわら》の分も用意しなければならない――釣り人《びと》からはたくさん儲《もう》けさせてもらったものの、そのせいで石炭が残りあとわずかだ。

その最後の資源《しげん》、石炭は中でもいちばん貴重《きちょう》だ。なにしろ、さまざまな用途がある。「これじゃ破産寸前《はさんすんぜん》だ」ぼくは意気消沈《いきしょうちん》した。「新しいヴェッスンはひとつ作れたけどね。〝ショッピングが楽しくても、お金は賢《かしこ》く使うこと〟」

「ええ」サマーが同意する。「とにかく、この世界では借金を背負《せお》わされることはないみたい」

これはほんとに助かった。もといた世界では借金が大きな問題になっていた。返せもしないローンを組み、支払《しはら》えなくなる人が大勢《おおぜい》いたんだ。どうしてもお金が必要だったとか、金貸しの巧妙な口車に乗せられたとか、本人たちに非がない場合もあっただろう。それでも借金《しゃっきん》まみれで行き着く先は、同じく地獄《じごく》だ。

「なにはともあれ、そういう意味では、この世界はぼくらをしっかり管理してくれてるね。食べすぎも寝すぎもない」

「眠《ねむ》りと言えば」沈《しず》んでいく夕日に気づき、サマーは戸締《とじ》まりを確認《かくにん》した。「明日の採掘《さいくつ》に備《そな》えて、ひと晩《ばん》ぐっすり眠《ねむ》るわよ」

「名案だね。まずは石炭、それからほかのものもすべて補充《ほじゅう》しよう」

もしきみが、〝へえ、このふたりってあんなにがっかりしてもすぐに立ち直るんだ〟と思っているなら、そのとおり。ぼくらは立ち直っていた。できるだけ早く気持ちを切り替《きか》えようと努力しているんだ。自分でエンチャントできると大興奮《だいこうふん》したのが、またもぬか喜《よろこ》びに終わったのはショックだったけれど、とにかくなにか生産的なことをするのが、それを乗り越《のこ》えるいちばんの方法だ。

サマーはぼくよりずっとそのことを心得《こころえ》ていたし、精神的《せいしんてき》に打ちのめされたからこそ――ぼくの場合は体もだったけれど――ぼくたちふたりはなんとしても成功してやろうと決意していた。

だからふたりとも今日一日のことはきれいさっぱり忘《わす》れ、次の日になると、ぼくはベッドから飛び出し、朝食をすませ、食料とポーションを荷物に詰《つ》め、親の仇《かたき》みたいに避難所《ひなんじょ》の奥《おく》の壁《かべ》をツルハシで壊《こわ》した。ぼくの計算では、下へと階段状《かいだんじょう》に採掘《さいくつ》していけば、すぐに石炭の鉱脈《こうみゃく》に当たるはずだった。

それなのに、さっさと明るい外へ出てしまったのは計算外だった。「あれっ？」ぼくは赤面してつぶやいた。「この丘《おか》ってこんなに幅《はば》が狭《せま》かったんだ」

ぼくは向きを変え、すぐに右側へ掘《ほ》り進《すす》もうとしたが、急にサマーに呼《よ》び止《と》められた。「ちょっと待って」

「どうしたの？」ぼくは振《ふ》り返《かえ》った。

「外が」彼女《かのじょ》がぼくの後ろを見つめている。

新たにできた丘《おか》の出口のほうを向くと、まったく異《こと》なるバイオームを見過《みす》ごしていたのに気がついた！　ほんとだ、木や草があって一見サバンナと変わらないのに、色が違《ちが》う！

草木はもっと明るい緑で、ぼくの島にあったものと同じ色だ。木々の種類も、リンゴのなるオークや斑点《はんてん》のあるシラカバだ！　あたり一面に花まで咲いている！　よく見かける赤いポピー、そして黄色い……名前はわからない黄色い花が青やピンクの花とともに咲き乱れている。背《せ》の高い茂《しげ》みには真っ赤なバラらしき花が咲き、同じ背丈《せたけ》の茂《しげ》みに咲いているのは……スミレだろうか？　花の種類は少しもわからなくても、ぼくとサマーはその美しさに感動した。

「採掘《さいくつ》はあと回しよ」サマーは言い放ち、ぼくを押しのけて太陽のもとに出た。「これはちょっと探検《たんけん》しなきゃね」

「うーん」ぼくは新たな谷の香りを吸《す》い込《こ》んだ。「鼻にとってはごちそうだね」

サマーもうっとりしながら胸いっぱいに息を吸《す》い込《こ》み、すぐには返事をしなかった。「だからもといた世界でも、みんなあちこちに花を飾《かざ》りたがっていたのね。なにかで読んだんだけど、昔はポケットに花を忍ばせて、病気のにおいや死臭《ししゅう》をごまかしていたんですって」

ぼくは横目でちらりと彼女《かのじょ》を見た。「そんなことを聞いたからって、最高の気分が台なしになったりしないよ」

そうさ、気にならない。サマーのばか笑いすらも、のどかな景色に彩《いろど》りを添《そ》えただけだ。すばらしい場所を発見する喜《よろこ》びに勝《まさ》るのは、それを分かち合うすばらしい友だちがいることだけ。

サマーの笑い声は音楽のように心地よく、別の音がすることにすぐには気づかなかった。

ブーン。

ん？

彼女《かのじょ》の笑い声がやんだところで、ぼくは平べったい耳を空へ向けた。

ブーン。

まただ、遠くからかすかに聞こえる……電動工具かなにかみたいな音？

「だれかビルでも建《た》ててるのかな？」サマーは村のほうを見た。「新たな建設《けんせつ》プロジェクトを見落としてたとか？」

この世界にいると、さまざまな能力を授《さず》かるが、〝驚異的《きょういてき》な聴力《ちょうりょく》〟はいまのところまだない。だから、あちこちから聞こえる気がするこの音の発生源《はっせいげん》を特定するのは無理だった。

「いきなりビルが建《た》っていても、この世界では驚《おどろ》くことじゃないな」そう言って村へ引き返そうとしたとき、黄色地に茶色の縞模様《しまもよう》が入っているずんぐりした小鳥が木《き》の陰《かげ》からふわふわ飛んできた。

でも、それは小鳥じゃなかった。

「ハチよ！」サマーが叫《さけ》んだ。もちろんそうだろう！　花がこんなに咲いているんだから、ハチがいて当然だ！

「あんまり近づいちゃだめだ」ブーンと近づいてくる縞模様《しまもよう》のドローンみたいなハチは、ウサギ並《な》みの大きさがある。ぼくは彼女《かのじょ》に注意した。「刺《さ》されたくないだろ」

「心配は無用よ」サマーはくすっと笑った。「わたしたちに関心なんてないみたい」

たしかに、大きな黒い目はぼくらを見向きもせず、ほぼ透明《とうめい》の白く短い翅《はね》で花の上を飛び回っている。脚《あし》も触角《しょっかく》も短いのが、なんともかわいらしい。

ジャングルのパンダ同様、こっちがなにもしなければ襲《おそ》ってこない未知の生き物を眺《なが》めるのは幸せな気分だった。ぼくはハチがゆっくり離れていくのを眺《なが》めるだけで満足だったけれど、当然サマーはあとを追わずにはいられない。

「なにを――」

「ほら、行くわよ」サマーはさっさと走っていく。「ハチの巣を見つけなきゃ！」

「なんのために？」

サマーは歌うように言った。「ハチミツのためでしょ！」

「あっ、そうか」急いで彼女《かのじょ》のあとを追いつつ、ぼくは言った。「でも甘《あま》いものならほかにもあるよ、リンゴにクッキーにケーキに……」

「わたしはハチミツが大好きなの」ジグザグにあちこちへ飛ぶハチのあとを、サマーはたどっている。「いまのいままで忘《わす》れてたわ。トーストにハチミツ、紅茶にもハチミツ、瓶《びん》からスプーンですくってそのまま食べてもおいしいの！」

反論《はんろん》はしなかった。これは役に立つかもしれない。〝わたしの過去《かこ》については質問《しつもん》しないで〟といつも言っているサマーが、こうしてみずから昔の記憶《きおく》を呼《よ》び覚《さ》ましている。これはとっておきの――まさにハチミツくらいとっておきの――機会かもしれない！

谷を進んであとをついていき、ハチがあちこちの花に止まるのを、根気強く見守った。「ハチの巣なんてないんじゃないかな」ぼくは言った。「もといた世界のハチとは生態《せいたい》が違《ちが》うのかもしれないよ」

「そうね……」しぶしぶ認《みと》めかけたサマーが前方を示して叫《さけ》んだ。「あれ！」

木立《こだち》の外れ、リンゴのなっている大きなオークの葉群《はむら》の下に、縞模様《しまもよう》の黄色い箱が見えた。

ぼくらはハチを追《お》い越《こ》し、近くで観察《かんさつ》した。「大当たりね」宣言《せんげん》するサマーのこぶしは、二箇所ある穴《あな》からどろりと垂《た》れる黄色いハチミツを得意《とくい》げに指していた。

「やったね」そう言いながらも、不安がぶり返した。「どうやれば安全にハチミツを集められるかな？」

「これで！」サマーは水用の空き瓶《びん》を取り出し、片方の穴《あな》の下へ差し出した。

気をつけて！　ぼくは無言で祈《いの》り、百万通《とお》りもの危険《きけん》を警戒《けいかい》した。ハチの群れが漫画みたいに巣から一気に出てくるところが目に浮《う》かぶ。針に毒はない？　ひと刺《さ》しで致命傷《ちめいしょう》になったら？　走ってウシたちがいるところまで戻《もど》り、牛乳をもらっておくべきでは？

こんな心配がぼくの頭の中を駆《か》けめぐった〇・五秒のあいだに、サマーはお目当てのものを手に入れていた。

「ひと口どうぞ！」彼女《かのじょ》は黄金色の液体を差し出した。

「いいよ、全部きみのだ」ぼくは遠慮《えんりょ》し、後ろへ警戒《けいかい》の目を向けてつけ加えた。「ハチが空き巣に気づく前に、ここを離れよう」

「それが賢明《けんめい》ね」サマーも同意し、ぼくらは谷を移動した。ここまで来れば安全だと思ったので立ち止まり、サマーに甘《あま》いご褒美《ほうび》の味見をさせる。瓶《びん》から口へハチミツが流れると、サマーはうーんと声をあげ、そのあといきなり黙《だま》り込《こ》んで凍《こお》りついた。目はまっすぐ前を凝視《ぎょうし》している。

実は毒入りのハチミツだった？　それとも悲しくてつらい記憶《きおく》がよみがえった？

「サマー、どう――」彼女《かのじょ》はこぶしを上げてぼくの言葉をさえぎった。彼女《かのじょ》が指すほうを振《ふ》り返《かえ》ると、谷の向かいにある丘《おか》に真っ暗な一角が広がっていた。

少し近づいて見あげたところ、ぼくらは圧倒《あっとう》された。モンスター級に大きく、見た目も恐《おそ》ろしい洞窟《どうくつ》だ。円形の入口は口みたいな形で、上にも下にも牙のようなものがびっしりついている。

「あれは石筍《せきじゅん》だ」そんな言葉を自分が知っていたことにわれながら感心した。

「初めて見るわ」サマーは静かに言うと、折《お》れた先端《せんたん》を拾いあげて観察《かんさつ》した。「明らかに石ね。一層ずつ作られたみたいに断面《だんめん》に筋が入ってる」

「あれから作られたんじゃないかな」ぼくは頭上の鍾乳石《しょうにゅうせき》（その呼《よ》び方《かた》で合ってるよね？）からしたたり落ちている水を指し示した。水が真下の石筍《せきじゅん》にまっすぐしたたっている場所もあれば、下の小さな四角いスペースに溜《た》まっている場所もある。上と下の先端《せんたん》がくっついて一本の柱に見える場所もいくつかあり、その光景は、サマーのハチミツの記憶《きおく》のように、ぼくがもといた世界で習得《しゅうとく》したらしい知識を呼《よ》び覚《さ》ました。

洞窟《どうくつ》の天井からしたたる水には鉱物《こうぶつ》が含まれ、長い歳月をかけて、その鉱物《こうぶつ》が固まって層になる。もといた世界では、そうして自然が洞窟《どうくつ》に牙を生えさせていた。この世界でもそれは同じで、ぼくらはその様子を見ているのだろう。

「中へ入るのは簡単《かんたん》じゃなさそう」天然の障害物が洞窟《どうくつ》の奥《おく》の、見えないところまで無数に続いているのを見て、サマーはささやいた。

ぼくなんて、この巨大な口の端《はし》に立っているだけでぞくりとした。とにかく広い洞窟《どうくつ》で、いまはまだ真昼なのに、奥《おく》は暗くて闇《やみ》に包まれている。とりあえず、入口のくだり坂は日光が足もとを照《て》らしてくれていた。

ぼくらは石筍《せきじゅん》が突《つ》き出《で》ている坂をそろそろとおり、残り少ない石炭を松明《たいまつ》のために消費せずにすむことに感謝《かんしゃ》した。それでも、水たまりにまんまと隠《かく》れていた鋭《するど》い石筍《せきじゅん》を、ぼくはうっかり踏《ふ》んでしまった。

腹立たしさにうなるぼくに、サマーが声をかける。「大丈夫《だいじょうぶ》？」

「うん」ほんとは痛《いた》いし、恥《は》ずかしい。「新たな地形に慣《な》れてるところってだけさ」

「たぶん」彼女《かのじょ》は控《ひか》えめに言った。「変化はこれだけじゃないでしょうね」

サマーの予言は的中した。少し先へ行くと、近くの岩に鉄の斑点《はんてん》入りのブロックが埋《う》まっているのに気がついた。普通の鉄鉱石《てっこうせき》より鉄《てつ》の粒《つぶ》がやや大きくて目立つ。掘《ほ》り出《だ》すと、ブロックごと取れるのではなく、鉄だけが出てきた。「へえ、おもしろいね」ぼくはピンク色がかった小さな塊《かたまり》を見てつぶやいた。

「こっちもおもしろいわよ」サマーは別の金属《きんぞく》が入った岩を見おろした。それは鉄でも金でもなく、これまで見たことのない金属《きんぞく》だった。やはり斑点《はんてん》があるけれど、オレンジ色でところどころ緑がまじっている。ぼくが掘《ほ》り出《だ》そうとしたとき、暗がりからゾンビの低いうめき声がした。

「お客さんみたいね」サマーはたいしたことじゃないとばかりに顔を上げて太陽の位置を確認《かくにん》

し、気軽な口調で言った。「ここでじっとしていましょう。どうせ向こうから勝手に出てくるわ」

彼女《かのじょ》が昔よく使っていた単純《たんじゅん》な作戦だ。この世界で目《め》を覚《さ》ましたばかりの数日間、寒さと飢《う》えに苦しみ、武器《ぶき》は木と石だけだったころ、サマーはのちに住まいとなる山の入口を発見し、そこからよろよろ出てきたゾンビが太陽に焼《や》かれるのを目撃《もくげき》した。彼女《かのじょ》はここでも同じことが可能だと考えているんだ。

やがて一体のゾンビが日差しの中へと足を踏《ふ》み出《だ》し、燃《も》えあがりながらも、地面から牙のように突《つ》き出《だ》した岩のあいだを通《とお》ってぼくらのほうへ来ようと奮闘《ふんとう》した。その姿《すがた》にぼくはちょっぴり同情しかけた。

「哀れなモンスター」ポンと煙《けむり》になったゾンビを見て、サマーは小さく笑った。「こっちが卑怯《ひきょう》なことをしている気分になる」

「グウウウ……グルルル……ガアアアア……」ゾンビのうめき声のあらゆるバージョンに、スケルトンがカランコロンと合いの手を入れる。この洞窟《どうくつ》はどれくらい広いんだ？　何体のモンスターがこっちへ向かっている？

暗視《あんし》のポーションを取り出そうとしたとき、洞窟《どうくつ》の暗闇《くらやみ》から三本の矢がうなりをあげて飛んできた。

「さがるわよ！」サマーが叫《さけ》んだ。「上にのぼって！」

ぼくらはきびすを返すと、ヤマアラシみたいな斜面《しゃめん》を飛《と》び跳《は》ねたり、牙をよけたり、よじのぼったりしながら急いでのぼった。

ぼくは心の中で針山に向かって叫《さけ》んだ。裏切者！　最初のゾンビは食い止めてくれたのに、今度は全力でぼくらを足止めしようとしてるな！

矢がひゅんひゅんとぼくの耳をかすめていく。よけたくても、そんな余裕《よゆう》はない。ジグザグに進むのは不可能《ふかのう》だ。

ふくらはぎに一本、続いて腰《こし》にも一本矢が当たって、ぼくは顔をしかめた。さらに狙《ねら》い澄《す》ました矢が肩甲骨《けんこうこつ》のあいだに命中して、ぼくは水たまりに倒《たお》れ込《こ》み、そこに隠《かく》れていた石筍《せきじゅん》までぐさりと刺《さ》さった。

「もう少しよ！」サマーが励《はげ》ます。「あとちょっとで――うっ」背後《はいご》からひゅんと飛んできた矢が彼女《かのじょ》の顔を石筍《せきじゅん》に叩《たた》きつけたのだ。

洞窟《どうくつ》の入口はすぐそこだ。飛《と》び跳《は》ね、牙をよけ、のぼる。最後に石の杭《くい》がもう一列並《なら》んでいるあいだを通《とお》り抜《ぬ》け、ひんやりとする外へ出てやわらかな草を踏《ふ》むと、その先にあるのは花々と自由だけだった！

「早く！」あと少しのところでなぜか立ち止まっているサマーを、ぼくは急き立てた。「安全な丘《おか》まで逃《に》げよう」

「だめよ」サマーは盾《たて》で矢を防《ふせ》いで言った。「このまま引きさがれない！」

彼女《かのじょ》の気持ちはわかる気もしたけれど、ぼくはあきらめさせようと説得《せっとく》にかかった。

「ねえ」ぼくの盾《たて》にも矢がカンと音を立てて当たったけれど、おだやかに語りかけた。「きみは退却《たいきゃく》させられた仕返しをしたいんだよね。でも、ぼくが島の地下にあった洞窟《どうくつ》で死にかけた話を思い出してほしい。ぼくを傷《きず》つけたモンスターたちに仕返しをすることで頭がいっぱいで、自分を傷《きず》つけていることに気づかなかったんだ」

「ガイ」サマーの声から、達人級の忍耐力《にんたいりょく》が伝わってくる。「これは仕返しじゃなくて作戦よ」ちらりと洞窟《どうくつ》の奥《おく》をのぞいて、次の矢が盾《たて》に当たったのも気にせずに続ける。

「わたしたちが外へ出てしまえば、連中は洞窟《どうくつ》の奥《おく》へ引き返して、わたしたちがまたやってくるのを待《ま》ち伏《ぶ》せするでしょう」ふたたび洞窟《どうくつ》の奥《おく》を確認《かくにん》し、もう一度盾《たて》で矢をかわす。「でもここでなら、わたしたちに有利《ゆうり》なやり方で戦える」

# 第8章　ウィッチのポーション

サマーがどういうつもりなのかぼくにはわからなかった。スケルトン三体、ゾンビ六体、クリーパー二体がこっちへ向かってくるのが見えているのだから、なおさらだ。まあ、クモの姿《すがた》はないけれど、それでも多勢《たぜい》に無勢《ぶぜい》だ。ネザーを探検中《たんけんちゅう》、ぼくがブタ型《がた》ゾンビをうっかり怒《おこ》らせてしまったときを除《のぞ》いたら、こんなに大勢《おおぜい》の敵《てき》を相手にするのは初めてだ。

「十一対二だよ」ぼくはクロスボウに矢をセットしながら小声で言った。

「十一対五よ」サマーが訂正《ていせい》する。「わたしたちには三つの味方がついているのを忘《わす》れないで。石筍《せきじゅん》、のぼり坂、そーれーにー……」

サマーは敵《てき》が安全な暗がりの外まで出てくるのを待った。

「日光！」

モンスターの一団は、クリーパーは別として、火炎放射器《かえんほうしゃき》を浴びせられたかのように体に火がついた。しかも、のぼり坂と石筍《せきじゅん》の迷路《めいろ》を通《とお》らなければいけない分、時間がかかり、ぼくらにたどり着く前に燃《も》えあがってしまう。

なるほど、これが彼女《かのじょ》の作戦か。感心しているぼくに、戦友が命令を飛ばす。「まずはスケルトンよ！　長距離攻撃《ちょうきょりこうげき》の弓使いを倒《たお》して！」

ぼくはいちばん近くの骨野郎《ほねやろう》をクロスボウで狙《ねら》った。息を吸《す》い込《こ》み、矢を発射《はっしゃ》。体脂肪ゼロの弓使いが反撃《はんげき》しようとしたちょうどそのとき、ぼくの矢が命中した。すでに燃《も》えあがっていたそいつは一瞬《いっしゅん》でポンと消えた。ぼくは〝ざまあみろ〟とは言わなかった。そんな暇《ひま》はない。

弓使いがもう一体、燃《も》えあがりながらも、友だちに向かって矢を放とうとしていた。

「サマー、伏《ふ》せろ！」ぼくは叫《さけ》んで、もう一度矢を発射《はっしゃ》した。これも命中したが、スケルトンは倒《たお》れなかった。まだそこまで太陽にやられていなかったんだ。しかも面倒《めんどう》なことに、ぼくの矢に押《お》し戻《もど》されて、安全な洞窟《どうくつ》の陰《かげ》まで後退《こうたい》してしまった。

サマーと違《ちが》って、ぼくはちゃんと筋の通《とお》った悪態《あくたい》をついた。けれども、これもサマーと違《ちが》って、自分の活躍《かつやく》でモンスターを片づけたわけではなかった。数秒後に、ビンと鳴りながら飛んでいった彼女《かのじょ》の矢が、スケルトンを宙《ちゅう》に浮《う》かぶ大腿骨《だいたいこつ》に変えたんだ。

「やるね」ぼくはそう言うと、次に危険《きけん》なターゲットに狙《ねら》いを定めた。クリーパー二体だ！

片方はいつの間にか爆発《ばくはつ》のカウントダウンに突入《とつにゅう》していた。点滅《てんめつ》しながらガタガタ揺《ゆ》れている！　爆発《ばくはつ》まであと何秒だ？　ぼくとサマーが同時に放った矢に突《つ》き飛《と》ばされ、そいつは坂を転げ落ちた。

ボン！

閃光《せんこう》。爆発音《ばくはつおん》。

「ケガはない？」ぼくは尋《たず》ねた。爆風《ばくふう》が届《とど》かなかったので、ダメージは負っていない。

「無傷《むきず》よ」サマーが返事をする。「でも……」彼女《かのじょ》が腕《うで》で示した坂の下へ目をやると、いまの爆発《ばくはつ》で石筍《せきじゅん》が数本吹《ふ》き飛《と》ばされていた。道が切《き》り拓《ひら》かれ、火のついたゾンビたちが通《とお》れるようになっている。

「敵《てき》の軍隊《ぐんたい》には爆薬《ばくやく》で道を切《き》り拓《ひら》く工兵がいるってわけね」サマーは冷笑し、いちばん近くのゾンビに矢を放った。

ぼくはクロスボウを構《かま》え、残り一体のクリーパーを探《さが》したけれど、見つからなかった。どこへ行った？　ゾンビたちの後ろか？　炎《ほのお》の壁《かべ》となって近づいてくるゾンビたちの後ろをのぞこうとして、貴重《きちょう》な数秒を無駄《むだ》にした。ゾンビを一体倒《たお》す暇《ひま》はあったんだ。そうしておくべきだった。だけど前にも説明したように、矢を節約中だったんだ。

「右よ！」サマーが叫《さけ》んだときには、よろよろと近づいてきたゾンビに、ぼくは一発お見舞《みま》いされていた。

パンチの勢《いきお》いはたいしたことないけれど、手が燃《も》えていたので……。

ぼくにも引火した！　炎《ほのお》が視界《しかい》を覆《おお》っていく。ジュージューと体を焼《や》く炎《ほのお》が引き金となり、これまで生きたまま焼《や》かれかけた体験《たいけん》が怒濤《どとう》のごとくよみがえった。皮肉にも、そのときのぼくはその場に〝凍《こお》りついて〟しまっていた。でも、それはほんの一瞬《いっしゅん》で、駆《か》けつけたサマーに背中《せなか》を突《つ》き飛《と》ばされ、よろめいて水たまりに倒《たお》れ込《こ》んだ。火が消え、視界《しかい》が晴れる。おかげで凍《こお》りついていた体が動くようになり、ぼくは助かった。

だって、目の前にもう一体クリーパーがいたんだから。シューッという音が爆発《ばくはつ》まであと一秒しかないのを告げ……。

熱風と鼓膜《こまく》を震《ふる》わす風圧《ふうあつ》に襲《おそ》われる瞬間《しゅんかん》、とっさにかざした盾《たて》が爆発《ばくはつ》の威力《いりょく》を吸収《きゅうしゅう》してくれた。ぼくはぎゅっと目をつぶり、瓦礫《がれき》がバックパックに飛《と》び込《こ》んでくるのを感じた。

ぼろぼろになった盾《たて》を下げ、四方を見回す。

「敵《てき》は全滅《ぜんめつ》したみたい」耳鳴りの向こうからサマーの声が聞こえた。「残っているのは骨《ほね》とゾンビの肉、それにクリーパーの残骸《ざんがい》だけ」彼女《かのじょ》はバックパックから、あのオレンジと緑の新たな金属塊《きんぞくかい》を取り出した。「これってなんだと思う?」

「さあ、なんだろう」ぼくは詰《つ》まった耳を治《なお》すために、あくびをしたり、つばをのみ込んだりした。「銅とか?」

「そうかもね」サマーが同意する。「銅って、水道管とか銅線とか一ペニー硬貨《こうか》とかの材料でしょ」

「きみの住んでいた国にもペニーって呼《よ》ばれる硬貨《こうか》があるんだ?」

「あるわよ、複数形《ふくすうけい》はペンスと言って……」

「なんだ、ペニーズじゃないのか。ふたりとも同じ呼《よ》び方《かた》をするものがひとつはあるのかと一瞬《いっしゅん》思ったのに」

サマーは笑いながら自分の肩《かた》をぼくの肩《かた》にぶつけると、銅《どう》の塊《かたまり》を暗視《あんし》のポーションに持《も》ち替《か》えた。「もっと集めに行きましょ」

ぼくもポーションをごくごくと飲んだ。すると目の前に広がる深い淵がゆっくり見えてきた。広大で、村を丸ごとすっぽりおさめてもまだ余裕《よゆう》がありそうだ。

「わたしが最初に見つけたのがこういう場所だったら、どんなに楽だったかしら」サマーは鍾《しょう》乳《にゅう》洞《どう》の端《はし》へゆっくり歩み寄って言った。「山を一からくり抜《ぬ》く苦労を味わわなくてすんだのに」

「苦労してよかったんだよ」ぼくは彼女《かのじょ》の隣《となり》へ向かった。「だって、山の住まいを自力で築《きず》いたからこそ、いまのきみがあるんだ。ひとりで島にいたおかげで、いまのぼくがあるようにね。リンゴのなるオークの木を伐採《ばっさい》し尽《つ》くして、すべてを燃料《ねんりょう》にしていなかったら、ぼくはいまだにリンゴだけで食いつないでいたかもしれない。それどころか、ぼくはいまもあの島にいて、きみは山の中にこもっていたかもしれないんだよ」島での教訓を思い返し、ぼくは厳《おごそ》かに締《し》めくくった。「失敗《しっぱい》は前進をうながす」

「どうもありがとう、イーモップ」サマーはからかった。「あなたの哲学的《てつがくてき》なアドバイスにはいつも感謝《かんしゃ》してるけど」両腕《りょううで》でそそり立つ洞窟《どうくつ》の壁《かべ》をさっと示す。「ここまでおりてきたのには、ほかの理由があるんじゃなかった？」

たしかにそこは石炭の宝庫だった！　なんて数だろう。石炭だけのところもあれば、鉄や銅かもしれない新たな金属《きんぞく》が隣《となり》に埋《う》もれているところもある。「そうだった」ぼくは同意して魔《ま》法《ほう》のツルハシをかかげた。「おしゃべりはやめて採掘《さいくつ》だ」

「モンスターにも目を光らせておかなきゃ」サマーは弓を採掘《さいくつ》道具に持《も》ち替《か》えてはいなかった。「あなたは採掘《さいくつ》、わたしは見張《みは》りよ」ぼくらの上とまわりに目を配る。「こういう開けた場所の厄介《やっかい》なところは、どこからでもモンスターが襲《おそ》ってきかねないってこと」

それは大げさな話じゃない。ネザーや、ぼくの島の地下峡谷《ちかきょうこく》みたいに、ここは三次元の全方向が危険地帯《きけんちたい》だ。どこから襲《おそ》われてもおかしくない。後ろ、前、右、左。さらには上や下からも！　ぼくは奥《おく》へ掘《ほ》り進《すす》めるほど、さらに危険《きけん》にさらされていく気がした。タイガでの最初の夜、自分が磁石みたいにモンスターを引き寄せたときの気分によく似《に》ている。暗視《あんし》のポーションの効果《こうか》が切れるまであとどれくらいだ？　おしゃべりでどれだけ時間を無駄《むだ》にした？

考えている時間はない。とにかく働け！

ぼくは働き続けた。高速で採掘《さいくつ》するぼくのかたわらで、サマーは危険《きけん》に目を光らせ、耳をそばだてている。

はじめのうち、安全かどうかばかり気にしていた。ゾンビのうめき声、スケルトンの矢、クリーパーの自爆攻撃《こうげき》を知らせるシューッという音がいつ襲《おそ》ってくるかと緊張《きんちょう》していたんだ。でも、なにも起きなかった。巨大なクモがかさかさとそばを通《とお》ったときも、連中は昼間はおとなしいことをサマーが思い出させてくれた。

ぼくはリラックスし始め、岩の採掘《さいくつ》に集中した。石炭、鉄、銅……銅がざくざく採《と》れる！　小さな塊《かたまり》が何十個もぼくらのバックパックへ飛《と》び込《こ》んでいった。こいつはきっと役に立つぞ。実験《じっけん》を始めるのが待ちきれない！

これで電線を作れるのかな？　レッドストーン回路《かいろ》より効率《こうりつ》がよかったりして？　トンネルを掘《ほ》る代わりに、どんなブロックにも直接《ちょくせつ》電線をつなげることができたら、家作りはどう変わるだろう？　それに水道管は？　電線みたいに、家のブロックに直接《ちょくせつ》くっつけられるとか？　しかもそんなのはまだまだ序《じょ》の口《くち》だとしたら？　銅でまったく新たな機械が作れるのかも？　給水ポンプは？　風車は？　そういえば銅は硬貨《こうか》の材料でもある！　銅十個とか百個をクラフトしてエメラルド一個分の価値《かち》になるとか？　そうなると村でのぼくらの購買力《こうばいりょく》はぐんとアップするってこと？ それにそのまま売るのはどうなんだ？ 村人の中には銅を買いたがる人もきっといる。ほかの金属《きんぞく》と組み合わせることだってできるはずだ――合金、そう、それだ。ぼくが島で初めて鉄を発見したときは、黄銅か青銅かなと思った。違《ちが》いはなんだろう？ それに合金を使ってなにができる？ 無数の可能性が発見されるのをじっと待っている。レッドストーンのガイドブックを島で三冊《さつ》発見したみたいに、銅だけについて書かれた本が図書館にあるかもしれない。

ぼくは頭の中でよだれを垂《た》らした。すぐに調べよう。このお宝をここから運び出したらすぐに。

血管に流れている暗視《あんし》のポーションにも頭の中の声が聞こえたらしく、昼から夜へ〝まもなく切《き》り替《か》わる〟ことを訴《うった》えるかのごとく、視界《しかい》がちかちかした。〝警告《けいこく》！ 警告《けいこく》！ 夜の闇《やみ》が到来《とうらい》するまであとわずか！ パニックを起こさないよう心の準備《じゅんび》を！〟とポーション自身が叫《さけ》んでいるかのようだ。もっとも、最後の部分はぼくひとりに対する警告《けいこく》で、サマーに対してじゃないのはたしかだ。

「ちょうどいいタイミングね」サマーは落《お》ち着《つ》き払《はら》って松明《たいまつ》を足もとに置いた。「採掘《さいくつ》した鉱《こう》石《せき》と岩でバックパックがはちきれそうになってる」

「だったら、今日はこれで終わりにしよう」ぼくはいまやはるか遠くに見える洞窟《どうくつ》の入口を振《ふ》り返《かえ》った。

「せっかく採掘《さいくつ》した石炭を松明《たいまつ》のためにたくさん使わなきゃいけないのは痛《いた》いわね」サマーは残念がった。「でも松明《たいまつ》を設置《せっち》しておけば、少なくとも今後は暗視《あんし》のポーションに頼《たよ》らずにすむ」

「こういうのを投資《とうし》って言うんだろ」ぼくは明かりの揺《ゆ》れる松明《たいまつ》を設置《せっち》していった。「のちのち多くを得《え》るために先に少しだけ――」

「フッフッフッフ！」

聞《き》き覚《おぼ》えのある鼻にかかった笑い声が暗闇《くらやみ》のどこか奥《おく》から聞こえる。ウィッチだ！

「動かないで」サマーが小声で指示を出す。「背中《せなか》合わせになるわよ！」ぼくらは武器《ぶき》をかかげて移動し、お互《たが》いの背中《せなか》を守った。

「フウウン！」

だいぶ近いようだが、声はどこから聞こえてくるんだ⁉　この世界には新たな変化がいろいろもたらされているから、新種のウィッチとか？

「もっと松明《たいまつ》がいる」ぼくはかすれた声で言った。「もっと明かりを！」ふたりとも腕《うで》を思いきり伸《の》ばして松明《たいまつ》を設置《せっち》し、見える範囲《はんい》を広げた。「これでこっそり近づいてくることはできないぞ」ぼくは自信満々で言った。「ウィッチが近づくより先に矢で攻撃《こうげき》できる」開けた場所ならそうだろう。でも、ここは身を隠《かく》すことのできる石筍《せきじゅん》に囲《かこ》まれているから……。

ぼくの左側、三ブロック先で……石筍《せきじゅん》が動いた！　いいや、石筍《せきじゅん》じゃない、その後ろのなにかが動いたんだ。紫色《むらさきいろ》の目が見える！

「あそこだ！」

ぼくの放った矢は石筍《せきじゅん》に邪魔された。

「フッフッフッフ！」

ガシャン！　ビシャッ！

ガラスと液体がぼくの体を覆《おお》った！

弱化のポーションだ！　両腕《りょううで》から完全に力が抜《ぬ》け、筋肉は働くのを放棄《ほうき》し、首は鉛《なまり》のように重い頭を支《ささ》えてだらりと垂《た》れた。

全身の力を振《ふ》り絞《しぼ》ってクロスボウの弦《げん》を引こうとしたけれど、まるで溝から象を引きあげるくらい重く感じた。

引け……引くんだ……。

ビン！

力が入りきらないうちに、指が弦《げん》から離れてしまった！　また最初からやり直しだ！

引《ひ》っ張《ぱ》れ！

「フッフッフッフ！」

またガシャンと音がして、ぼくの顔面に毒がビシャッとかかった。

毒がすべての臓器に染《し》み込《こ》み、吐《は》き気《け》が込みあげる。

「サマー！」

助けを求めて弱々しく叫《さけ》ぶと、苦しげな声が返ってきた。

「わたし……も！」

ポーションは手榴弾《しゅりゅうだん》みたいに飛《と》び散《ち》って、ふたりともにダメージを与えていた。

ぼくはクロスボウの弦《げん》を引くことに集中した。弦《げん》がこすれながらしなっていくものの、ゆっくりすぎる。これじゃ間に合わない！

ウィッチはいまや明かりの中まで出てきていた。手には怪《あや》しげな緑色のポーションを持っている。また毒だ！

逃《に》げる時間はない。食べものやポーションで回復《かいふく》する時間も……。

もうだめだ！

ビン！

サマーの矢だ！　勢《いきお》い不足《ぶそく》で致命傷《ちめいしょう》は与えられなかったけれど、ウィッチがバランスを崩《くず》したおかげでポーションは見当違《ちが》いの方向へ飛んでいった。ウィッチは後ろによろめきながらも、新たな瓶《びん》を取り出した！　今度はピンク色、治癒《ちゆ》のポーションだ。サマーの矢が与えたダメージを消し去ろうとしている！

「走って！」サマーにうながされ、ぼくらは洞窟《どうくつ》の出口へと急いだ。弱化のポーションは少なくとも脚《あし》には影響《えいきょう》を与えていない。けれど、足もとが真っ暗なせいでなかなか進めなかった。

水たまりやとがった石筍《せきじゅん》に足を取られながら、ぼくは後悔《こうかい》した。もっと松明《たいまつ》を設置《せっち》しておけばよかった。こんなときのために計画が必要なんだ！

「フッフウウウン！」ウィッチはまだ後ろにいる。足は遅いが、完全に回復《かいふく》したようだ。これだけ離れていれば、またポーションを投げつけられても届《とど》かないだろうか？

後ろでガラスの割れる音がしたので、ぼくは念のためにジャンプして、ポーションがかからないようにした。それから歯を食いしばって、のろのろと針山をのぼった。まるで悪夢《あくむ》の中にいるみたいだ。

すぐ後ろから得意《とくい》げな笑い声が聞こえた瞬間《しゅんかん》、サマーは挑発《ちょうはつ》の言葉を吐《は》いた。「ちゃんとついてきなさいよ！　すぐにやっつけてやるから！」

珍しく、タイミングがぼくらに味方した。日光に照《て》らされた洞窟《どうくつ》の境目《さかいめ》にたどり着くなり、弱化と毒のポーションの効果《こうか》が切れたんだ。ぼくは走り続けようとしたが、サマーは矢を持って振《ふ》り返《かえ》った。彼女《かのじょ》に楽しみをひとり占めさせるもんか。元気を取《と》り戻《もど》したぼくもクロスボウで力強く矢を射《う》とうとしたとき、とんがり帽のウィッチが暗がりから姿《すがた》を現《あらわ》した。

「ぼくとサマー、どっちに殺《ころ》されたいんだ、ウィッチ《フィッチ》？」ぼくはからかいの言葉を浴びせた。

ウィッチは二本の矢に貫《つらぬ》かれて日陰《ひかげ》のほうへひっくり返り、またも治癒《ちゆ》のポーションを取り出したが、ぼくらの二度目の一斉発射《いっせいはっしゃ》でついに倒《たお》れた。

「まったく、礼儀《れいぎ》ってものを知らないんだから」サマーは憤慨《ふんがい》したとばかりに、大げさに息《いき》を吐《は》いてみせた。「戦利品をなんにも残していかないなんて」

「自分が急にのろまになったような不快《ふかい》な体験《たいけん》はさせてくれただろ」ぼくがそう言うと、サマーは音楽のような笑い声をあげた。エネルギー補充《ほじゅう》のためにチョコレートチップクッキーを食べるときにはぴったりのＢＧＭだ。

「空はまだまだ明るい」ぼくは真昼の太陽を示した。「この銅鉱石《どうこうせき》を売りに行くのはどうかな？」

上機嫌《じょうきげん》で〝花の谷〟を抜《ぬ》けて丘《おか》をぐるりと回り、忙《いそが》しそうな小さな村へ直行した。最高の一日だ。モンスターたちは煙《けむり》と化し、ぼくらのバックパックはぱんぱんで、そのふたつの誇《ほこ》らしい事実がゆうべの落ち込んだ気分を吹《ふ》き飛《と》ばしてくれた。取引に実験《じっけん》、きっと有意《ゆうい》義《ぎ》な午後になる、とぼくがうきうきしていると……。

金属《きんぞく》の巨人《きょじん》が現《あらわ》れた。

「まずい」鉄のおまわりさんがカシャン、カシャンと姿《すがた》を見せたので、ぼくはごくりと息をのんだ。「自分が前科者なのを忘《わす》れてた」

「もう恩赦《おんしゃ》されたかもしれない」サマーが言った。「新たな一日が始まったんだから、やり直しのチャンスをくれるはずよ」

「そんなに寛大かな？」ぼくは生気のない赤い目で見つめられた。

「答えを確認《かくにん》する方法はひとつでしょ」サマーは胸《むね》を張《は》ってずんずん進み、取り残されたぼくのほうを振《ふ》り返《かえ》った。「確認《かくにん》できるのはあなただけよ」

勇気の炎《ほのお》を燃《も》やし続けるのも楽じゃない。

ぼくはつばをのみ込んでから、頭の中で逃《に》げ道《みち》を確認《かくにん》し、恐《おそ》ろしげな機械へガタガタ震《ふる》えながら近づいた。

「こんにちは、おまわりさん」ていねいに挨拶《あいさつ》し、法の番人の長い腕《うで》でふたたび殴《なぐ》られるのを覚悟する。だがロボットの腕《うで》は腰《こし》の横でぶらぶらと振《ふ》られているだけだった。「いや、なんでもないんです」

たじろぐぼくを残して、ロボットのおまわりさんはのんびり歩み去った。少なくとも、永遠《えいえん》に罰せられるわけではないらしい。許《ゆる》されない罪《つみ》を犯《おか》したわけじゃないから、それも当然だろう。人を殺《ころ》したわけでも、取り返しのつかないことをしたわけでもない。すでに罰を受けたから、もう社会復帰《しゃかいふっき》してもいいってことだ。

ここで新たなヴェッスン。ぼくは大きなため息をついた。

〝罪《つみ》の重さに見合う罰を〟

「ヒアッ！」

なんだ、なんだ⁉

「ヒアッ！」

ロボットの出した音じゃない。それは聞いたことのない、恐《おそ》ろしい音だった！

ぼくはさっと振《ふ》り返《かえ》った……なにがいるんだ？　新たなモンスター？　ブタ型《がた》のウマ？　ゾンビ化したクモ？

「ヒアッ！」

声の主たちは近くの家の横にいた。二頭の生き物だ。どちらも茶色で、長くまっすぐな首をしている。やや突《つ》き出《で》た鼻と足先はクリーム色だ。

「あれってなに？」サマーはぼくの隣《となり》であとずさった。「ウマとヒツジのミックス？」

「そうじゃないだろうけど」ぼくは二頭が鞍《くら》をつけているのに気がついた。でも以前見つけたものとは形が違《ちが》う。この鞍《くら》は……うーん……この世界で記憶《きおく》が書《か》き換《か》えられていないとしたら、人を乗せるための鞍《くら》というより、荷物を運ぶ鞍嚢《サドルバッグ》に見える。

「〝野生の生き物〟の本に載《の》ってるのかな？」ぼくがそうつぶやくと、サマーは図書館へ向かった。彼女《かのじょ》がいなくなったあと、ぼくは〝ウマ型《がた》ヒツジ〟が鞍《くら》をつけているだけじゃなく、リードでつながれているのに気づいた。見落としやすいけれど、長細い茶色の紐《ひも》が二本、カラフルな鞍《くら》から家の裏手へと……。

「ハ？」

新たな村人が家の裏手から出てきた。でも、これまで出会っただれとも格好が違《ちが》う。フードをかぶり、ウマ型《がた》ヒツジの鞍《くら》と色と模様《もよう》が同じのカラフルなローブを着ている。

「やあ、どうも」ぼくはこぶしを上げて歓迎《かんげい》した。「きみはここへは来たばかりなの？」

「ハ？」相手が問い返してきた。そう、問い返してきたんだ。語尾が上がって質問《しつもん》する口調だったのは間違《まちが》いない。

「ぼくの名前はガイ。それがきみの知りたいことならね」

「ハー？」違《ちが》ったらしい。

「オーケー、問題はないよ」ぼくは取引圏内《けんない》まで近づいた。「これは万国共通語だろ」

左手を開くと、ふたつではなく六つも取引スロットが現《あらわ》れた。こっちは買うことしかできないらしく、支払《しはら》いはすべてエメラルドだ。

青の染料《せんりょう》、青の氷、トウヒの苗木《なえぎ》、バケツに入った色鮮《いろあざ》やかな魚、火薬がひと山、茶色のキノコを売っているようだ。

「あっ、そうか」ぼくはかぶりを振《ふ》った。「なるほど、わかったぞ。きみは――」

「ラマよ」サマーが図書館から走ってきて声をあげた。「その二頭はラマですって！」

「そしてこの人は行商人だ！」ぼくはローブ姿《すがた》の訪問者《ほうもんしゃ》を示した。「言《い》い換《か》えれば訪問販売員《ほうもんはんばいいん》、さらに言《い》い換《か》えれば……」

「えっ、ほんとに？」サマーはぼくの隣《となり》に来て、取引スロットをのぞき込んでいる。「火薬を売ってくれるの!?」

「えっ、あ、うん」それがどんなにすごいことか、ひと目で気づかなかった自分が恥《は》ずかしい。行商人に出会ったことに浮《う》かれて、商品をそっちのけにするなんて、ぼくはほんとにだめだな。

「あとで補充《ほじゅう》したいときに便利だね」

「あとでじゃないわよ！」サマーは自分の持ちものを引っかき回した。「行商人なんて、いついなくなるかわからないんだから！」

サマーに言われて、ぼくはとある言葉を思い出した。それはもといた世界ではすごく重要で、みんな聖歌のように唱えていた。「期間限定《きかんげんてい》」そうつぶやくと、自分もエメラルドはないかとバックパックをあさった。「避難所に全部置いてきたみたいだ」

「わたしもよ」サマーは近くの村人のところへ走っていった。「だけど取引できる品物ならまだ山ほどある」

ところが緑のシャツを着た村人は取引をしようとせず、すぐにサマーはののしりの言葉を吐《は》いた。「あなたってなんの役にも立たないの!?」〝ハアー〟と答える村人相手に息巻く。「この村であなただけ無職なのはどういうこと？」

「ほかを当たろう」ぼくは機織《はたお》り職人《しょくにん》へと歩み寄った。「きみが羊毛を扱っているのは知ってるけど、ひょっとしたら銅も……なにかに使ったりしない？」

だめだった。たとえこの新たな鉱石《こうせき》を買ってもらえるとしても……それは次のレベルに上がったあとだと思い出すべきだった。

そうだ、紙ならある！　ぼくは川へ走った。サトウキビを収穫《しゅうかく》し、クラフトした紙を司書へ売り、何度かレベルアップさせながらエメラルドを稼《かせ》いで、火薬を買おう。

サトウキビはすっかり成長し、すでに倍の背丈《せたけ》に伸《の》びていた。でも収穫《しゅうかく》して数を数えているうちに、もう一度植え直すほうが、あとでより大きな収穫《しゅうかく》になると気づいた。

だけど火薬が……。そのあいだにせっかくのチャンスを逃《のが》したら？　収穫《しゅうかく》が拡大する前に行商人が村を離れたら？

期間限定《きかんげんてぃ》。

すぐに利益《りえき》をあげるか、長い目で見て投資《とうし》するか。そんなジレンマで頭を悩《なや》ませていたとき、ある考えがひらめいた。突拍子《とっぴょうし》もないけれど、すごい名案かもしれない！

行商人を引き止める方法を見つければ、収穫《しゅうかく》も待てるし、火薬も手に入るのでは？　バックパックへ目をやると、採掘《さいくつ》のときに出た不要な丸石であふれ返っていた。

頭に小屋を思《おも》い浮《う》かべる。すてきな場所というわけにはいかなくても、ベッドを備《そな》えたホテルみたいな場所を作って、ラマにはフェンスで囲《かこ》んだスペースを用意すれば、行商人もしばらく村にとどまるんじゃないかな。

試してみる価値《かち》はある。それに、信じられるかい？　丸石を手に岸辺から引き返すと、ぼくがやろうとしているまさにそのとおりのことをサマーがやっているのが見えたんだ！

「小さなホテルを作ろうと思って」サマーが言った。「うまくいけば行商人が旅に出るのをしばらく引き止められるかもしれない」

「ぼくもおんなじことを考えてたんだ！」そう言って手伝うために駆《か》け寄《よ》った。

「ええ、そうでしょうとも」彼女《かのじょ》はほんのちょっぴり皮肉っぽく返した。

「嘘《うそ》じゃないよ！」ぼくは言《い》い張《は》り、小さなホテルの屋根を丸石で完成させた。

サマーが笑い声をあげる。ぼくをからかっているな。そのあと彼女《かのじょ》は作業台とハサミをクラフトすると、ベッドに使う羊毛を刈《か》り取《と》りに走っていった。

ぼくは残ってホテルの仕上げをした。ドア、フェンスをはめた窓《まど》、二頭のラマを入れられる広さの囲《かこ》い。「リッツ・ホテルとまではいかないけど」ぼくは行商人に話しかけた。「ひと晩《ばん》かふた晩《ばん》、ここに泊まっていかないかい？」

返ってきたのは〝アー、ハア？〟だけで、〝おたくはなにか買うの、買わないの？〟ってきかれている気がした。

「はい、これ！」サマーが白の羊毛を持ってはずむように戻《もど》ってきた。

「ぼくがベッドを作るよ」太陽はだいぶ傾いていた。「引き止め失敗《しっぱい》の場合に備《そな》えて、きみは明るいうちに釣《つ》り人《びと》と取引し、石炭をエメラルドに換《か》えておけば？」

「わかったわ」サマーは刈《か》り取《と》ってきた羊毛をぼくが集めた石炭と交換《こうかん》した。「じゃあ、行ってくる」

ぼくは飛《と》び込《こ》んできた羊毛を手に、ホテルに設置《せっち》した作業台に向き直った。摘《つ》んでおいたポピーを赤の染料《せんりょう》に換《か》える手間を入れても、たいして時間はかからなかった。羊毛を染《そ》めたあと、板材の上に置き、完成したベッドを宙《ちゅう》からつかみ取り、向かいの壁際《かべぎわ》に設置《せっち》する。「悪くないね」うなずいて、松明《たいまつ》を一本置こうとしたとき、ふいにサマーの声がした。

最初はむっとしたような〝ちょっと〟、次に驚《おどろ》いた声で〝えっ〟、それから力の抜《ぬ》けた〝ああぁ〟。

「サマー？」ぼくは首をめぐらせた。「外でなにかあった？」

「あの、ああー」サマーの声は大きくて……ばつが悪そうにしている

「サマー？」ぼくが外へ出ると、今度は村人の〝ハアー〟という声が聞こえた。けれど、いつ

もよりずっと甲高《かんだか》い響《ひび》きだ。

サマーは村の中央、井戸と鐘《かね》があるところに立ち、まわりには村人が集まっていた。それは珍しいことではない。この時間に村人がここに集まっているのは前にも見かけた。でも次にぼくが見たものは……。

「ハッ！」とそいつが声をあげる。

「サマー……きみはなにをしたんだ？」

# 第9章　闇《やみ》に消えた行商人

新たな村人がそこにいた！　ほかの村人たちより体が小さく、大人たちを見あげている――間違《まちが》いなく子どもだ。

「サマー……」ぼくはわざと深刻《しんこく》な声を出した。別に怒《おこ》ってはいない。実のところ、こんなに興味をそそられることはなかったけれど、珍しくすっかり恥《は》じ入《い》っているサマーの声を聞いたら、思いっきりからかいたくなったんだ。

「わ、わたしは――」サマーはつっかえつっかえ言った。「釣り人《びと》に石炭を売っただけよ。そのあと交換《こうかん》したエメラルドで火薬を買おうとしたら、自分のバックパックに空きがないのに気づいて……」

「それで？」ぼくは厳《きび》しい口調できいた。彼女《かのじょ》は口ごもっている。ああー、おもしろい！

「それで……その……考えたのよ、中身を出せばいいかなって。一時的に、火薬を入れるスペースを空《あ》けるために。もちろん、出したものは消えてしまう前に回収するつもりだったわよ。それでこの前買ったパンをすべて外へ出したら――」村人たちをちらりと見る。「みんなが勝手に拾い始めたの」

村人たちにやめさせようとして〝ちょっと〟って言ってたんだな。

「そのあと農民とあの緑のシャツのニートがじっと見つめ合い出して、そしたらハートマークがわっと出てきて、こうなったの……」

「ハア！」村でいちばん幼い住民が相づちを打った。

もう我慢《がまん》できない。ぼくはげらげら笑い出した。「うん、そうだね、ぼうや！」笑いが止まらなかった。「サマーは仲人というわけだから、きみの両親のなれそめをぜひとも聞かせてもらおう！」

「んもう、ガイったら！」この世界では顔を赤くすることはできないから、代わりにサマーはぼくの肩《かた》をパンチした。「笑いすぎだって！」

ぼくは心から同意しかけたが、こっちをじっと見あげる子どもを見てこう言った。「おもしろがる話じゃないのかもしれない。いや、困っているきみを見ていることは大いに笑えるよ。でも、きみは新たな人間の命を作り出すのに手を貸したんだ。たとえ偶然でも、重大な行為だし、動物の繁殖《はんしょく》しかやっていなかったことを考えれば、これも大きなレベルアップだよ」

言葉を切って、村全体を見回した。「ぼくらはこの地域社会《ちいきしゃかい》の文化を丸ごと変えてしまったのかもしれない」

「そうかしら」サマーは自己弁護《じこべんご》した。「どのみちいずれはこうなったと思うわ。わたしは単にその工程《こうてい》を早めただけかも」

「その可能性もある」ぼくは認《みと》めた。「けれど、そうでない可能性だってある」自分の新たな家のまわりをぶらつき始めた子どもへもう一度目をやる。「ぼくらはなにも考えずにここへ飛《と》び込《こ》んだ。なにも考えずに彼《かれ》らに接《せっ》し、干渉《かんしょう》してきた。長期的にはどんな影響《えいきょう》を与えてしまうのか、ぼくらにはわからない。利益《りえき》以上に害をもたらすことだって、ないとは言えない」

もといた世界で観《み》たテレビドラマのことが急に頭によみがえった。未知の新世界を宇宙船《うちゅうせん》で探検《たんけん》していた乗組員たちは、その地の生態系《せいたいけい》に干渉《かんしょう》してはいけないという第一のルールを破《やぶ》らないよう細心の注意を払《はら》っていた。この村はぼくらが発見したときからすでにこうして姿《すがた》を変えている。それを目の当たりにすると、宇宙《うちゅう》でそういうルールが作られた理由も理解《りかい》できた。

「ぼくらはペースを落とす必要があるよ。最初の村人に接触《せっしょく》する前の、もともとの計画に戻《もど》ろう」

「観察室《かんさつしつ》を作る話のこと？」サマーが尋《たず》ねた。

「そう、観察《かんさつ》だ」ぼくは言った。「でも、いまからガラス張《ば》りの観察室《かんさつしつ》を作ったりはしない。いままでどおり村へ来て、挨拶《あいさつ》して、歩き回ってもいいけど、積極的になにかするのはもうやめよう。取引もおしまい。それに――」新築《しんちく》のホテルを示す。「建設《けんせつ》もこれ以上はなし。これからは耳を傾けて学ぶときだ」

ぼくらはそれを実行した。連続で数日間。朝はいちばんに村へ行き、ぶらぶら歩いて頭の中で注意深くメモを取ったら、隣人《りんじん》たちの行動について観察《かんさつ》したことをふたりで比較した。

すると、村人たちは一日のはじまりに村の中やそのまわりをぶらぶら散策《さんさく》することがわかった。景色を楽しんでいるのかな。あるいは、その日の仕事の計画を立てているのかもしれない――というのも、彼《かれ》らが次にするのが仕事なのだ。子どもと緑のシャツの〝ニート〟を除《のぞ》き、村人たちはそれぞれ特定の持ち場へまっすぐ向かった。以前ぼくが仮定したように、彼《かれ》らの職《しょく》業《ぎょう》はしっかりと専門化《せんもんか》されていた。農民は畑でのみ、司書は図書館でのみ仕事をする、といった具合だ。

専門化《せんもんか》された職業《しょくぎょう》の大半は、少なくともぼくらから見ると、勤勉に働いているようには見えなかった。機織《はたお》り職人《しょくにん》は三日間、午前中はなにもせずに機織《はたお》り機《き》をただじっと眺《なが》めていた。釣《つ》り人《びと》も同じで、魚を釣《つ》っているところは一度も見たことがない。司書は、図書館で本の貸し出しに訪《おとず》れる利用者を待つだけだったけれど、もともとそれが仕事なのだろう。

実際《じっさい》、ぼくらは図書館を訪《おとず》れて本を借りた。借りたのは鉱物《こうぶつ》の専門書《せんもんしょ》。いいニュースは、銅について書かれた章があったこと！　悪いニュースは、銅にはたいした使い道がなかったことだ。この世界では銅は電線にも、水道管にも、銅貨にもならない。

けれども新たに作れるものがふたつあるのがわかった。

そのうちひとつは、ぼくらがなによりほしかったものだ。でも、いま作れるのはそれではなく、特にほしくもないもののほう――銅のインゴット三つで作れる避雷針《ひらいしん》だった。

この器具はどこでもいいから置いておけば、嵐のときに雷《かみなり》を引き寄せてくれる。大発明だとは思う。だれだって雷《かみなり》には打たれたくないだろう？　でも救命胴衣《ライフジャケット》やシートベルトと同じで、起こりうる事故を回避《かいひ》するための安全器具を手に入れたところで、飛びあがって喜《よろこ》ぶのは難《むずか》しい。ぼくらが大興奮《だいこうふん》し、すぐには作れないとわかって大失望したのは、もうひとつの新アイテム、望遠鏡《ぼうえんきょう》のほうだった。

そう、そうなんだ！　ついに作り方がわかった！　遠くのものを見るためにいったい何カ月のあいだ目を細めてきただろう。いったい何度、こんなときに双眼鏡《そうがんきょう》があればと願っただろう。それがようやく、望遠鏡《ぼうえんきょう》に近い機能のものが作れることが判明《はんめい》した！　遠くのものが手もとにあるように見えるすばらしい機器が。

大失望したのはだからこそだ。ぼくらには作れないんだ！　銅のほかにも、望遠鏡《ぼうえんきょう》を作るには鉱物《こうぶつ》の本に〝アメジストの欠片《かけら》〟と書かれているものが必要らしい。挿絵《さしえ》からすると水晶《すいしょう》の一種らしく、これまでまったく見たことがないから、この世界に新たに加わったばかりなんだろう。とはいえ、それを見つけるのはあと回しだ。いまは、村人たちについてできるだけ多くを学ぶことが最優先《さいゆうせん》だった。

ぼくらが学んだもうひとつの重要な事実は、村人が食べものを拾うのは通常の暮らしの一部にすぎないということだ。農民が働いているのを観察《かんさつ》していると——ぼーっと立っているだけでなく、実際《じっさい》に働いている——収穫《しゅうかく》された食べものはあとで村人たちが集まるときにみんなで分け合っていた。

それが彼《かれ》らの午後の日課だ。太陽が傾き出すと、村じゅうの人々が噴水《ふんすい》に集まって〝ハア〟と声をかけ合い、農民は食べものを落とし、ほかの村人がそれを拾う。「なんだ、そういうことだったのね」小麦やニンジンがすばやく拾われるのを見て、サマーはほっと息《いき》を吐《つ》いた。「それにしても、子どもはまだあの新顔のぼうやしかいないのはなぜかしら?」

子どもが大人たちのあいだを飛《と》び跳《は》ね、〝ハア〟と声をあげるのをぼくは眺《なが》めた。あの子はなにを求めているんだろう……アドバイス? 褒《ほ》め言葉? やがて子どもは立ち止まると、信じられるかい? ずしん、ずしんと歩いていたアイアンゴーレムから花を一輪受け取ったんだ!

図書館の別の本によると、あのロボット警官《けいかん》は〝ゴーレム〟という名前だった。これも本で知ったんだけれど、どうやらゴーレムは村人たちの祈《いの》りの力で召喚《しょうかん》されるらしい。本当にもといた世界の警察《けいさつ》と同じで、〝市民を守って奉仕《ほうし》する〟ためにいるのだとわかって安心した。だけど、その本にも、図書館に所蔵されているどの本にも、村ではどうやって子どもが生まれるのかについての記述はいっさいなく、だからサマーとぼくはこんな会話を交わしたんだ。

「食べものの量となにか関係があるのかな」ぼくは意見を口にした。「農民が収穫《しゅうかく》できる小麦の量はほんのわずかなのに対して、この前きみはパンを大量に捨てたんだろう？　食料をたくさん蓄《たくわ》えてからじゃないと、安心して家庭を持てないのかもしれない。もといた世界でもみんなそうじゃなかった？　ちゃんと育てることができるのかよく考えてから、子どもを持つようにしてただろう？」

サマーは少しのあいだ考《かんが》え込《こ》んでからつけ加えた。「それでベッドの説明がつくかも」ぼくが無言で困惑《こんわく》した目を向けると、彼女《かのじょ》は続けた。「あそこにいる村人の数と村にあるベッドの数を比べてみて。わたしたちが行商人のために予備《よび》のベッドを置くまで、新たな村人が眠《ねむ》れる場所はなかったでしょう」

あっ、言われてみればたしかに。

ちなみに、結局、行商人を引き止めるのにベッドは必要なかった。こっちがちょっと火薬を買ったことで、彼《かれ》の商魂《しょうこん》に火がついたらしい。

じゃあ、彼は夜、どうしているのかって？　いい質問《しつもん》だ。答えは子どもの村人が誕生《たんじょう》した日にわかった。日が沈《しず》むと、子どもは新築《しんちく》のホテルへさっさと駆《か》け込《こ》み、行商人用のベッドを横取りしてしまった。

「もう一軒《けん》、家を建《た》てるかな」日没《にちぼつ》までの貴重《きちょう》な時間はあとわずかだったので、ぼくは思案した。「干渉《かんしょう》はやめようとは言ったけど……」

「心配しなくてもいいいんじゃない」サマーは丘《おか》の避難所《ひなんじょ》へ向かいながら小さく笑った。「あの行商人だって、ここまで旅してきてるんだから、奥《おく》の手《て》ぐらいあるわよ」

でも、どんな奥《おく》の手《て》だろう？

サマーがベッドに入った一方、ぼくは寝ないで窓《まど》から村を観察《かんさつ》した。避難所《ひなんじょ》は離れた丘《おか》の上にあるから、あまりよく見えない。絶対《ぜったい》にあの水晶《すいしょう》を見つけて望遠鏡《ぼうえんきょう》を作るぞ！　そう考えているうちに、屋根の上に星がのぼった。

行商人の姿《すがた》が見えた。ラマたちの隣《となり》に立ってのんきそうにしている。

ぼくは心配になった。おいおい、危《あぶ》ないよ。モンスターたちが出てくる前に避難《ひなん》しなきゃいない！　行商人が消えた！

……えええええ？

「サマー！」ぼくは窓《まど》から目を離さずに叫《さけ》んだ。「サマー、起きろ！」

彼女《かのじょ》はすやすやと眠《ねむ》り込《こ》んでいる。いつもなら、そのまま寝かせてあげただろう。でも、いまは非常事態《ひじょうじたい》だ！「ごめん」ぼくは彼女《かのじょ》が寝ているベッドをパンチで粉砕した。

「ガイ！」サマーが怒鳴《どな》る。「いったいどういう――」

「ぎょーしょーにんがきえた！」ぼくは早口でまくし立てたあと、息を吸《す》い込《こ》み、今度はゆっくり言った。「消えるのを見たんだよ！たしかにいたのに、次の瞬間《しゅんかん》には……」

サマーはぼくの横をすり抜《ぬ》けてドアへ向かった。「ほら、行くわよ！」弓をつかむ。「いまいましいゾンビ野郎に襲《おそ》われたのなら助けなきゃ！」

ぼくらは武器《ぶき》を持って村へと走った。モンスターがスポーンする音があちこちから聞こえる。行商人はもうモンスターにやられちゃったのかな？残っているのは煙《けむり》と宙《ちゅう》に浮《う》いたローブだけとか？

「どのあたりにいたの？」サマーが尋《たず》ねる。ぼくの右側ではクモがシューと音を立てていた。

「ラマのところだ！」ぼくは近づいてくるうめき声に負けないよう声を張《は》りあげた。「消える前までは、たしかにそこにいた！」

ラマはまだそこにいた。真っ昼間みたいにのんびりと立っている。けれども行商人の姿《すがた》は……。

「やっぱりいない！」ぼくはきょろきょろして叫《さけ》んだ。

「なにもないわよ！」ぼくの不安が的中して行商人はやられてしまったんじゃないかと、サマーは宙《ちゅう》に浮《う》いたアイテムを探《さが》している。

そのとき……。

「ハ？」

「えっ？　どこにいるんだい？」ぼくは左を見たり右を見たりした。

「ハー？」

ぼくらの隣《となり》にいるかのように大きな声だ。

「えっ、ちょっと待って」サマーはかぶりを振《ふ》って繰《く》り返《かえ》した。「ちょーっと待って！」バックパックから松明《たいまつ》を取り出してぼくらの足もとに設置《せっち》する。「謎《なぞ》が解《と》けたわ」

揺《ゆ》れる明かりに照《て》らされて見えたのは、宙《ちゅう》に浮《う》いているラマのリードだけでなく、そのまわりに灰色《はいいろ》の渦巻《うずま》きがぼんやりと湧《わ》きあがっている光景だった。

「ハー？」

「透明化《とうめいか》のポーションを使っているのよ」サマーは首を横に振《ふ》った。「それでモンスターに襲《おそ》われないようにしてるんだわ」

ぼくは姿《すがた》の見えない行商人に向き直ってからかった。「だったら、どうしてそれを売らないんだい？」次にサマーのほうを向き、今度はもっとまじめに問いかける。「というか、ぼくらもこれを作るべきなんじゃないか？」

「作るだけの価値《かち》がないわよ」サマーは一蹴《いっしゅう》した。「完全に見えなくなるには、防具《ぼうぐ》をいっさい身につけず、手にもなんにも持たないようにしないといけないの」

ひいいっ！　モンスター軍団の真ったただ中にいるときに、武器《ぶき》も持たずにほぼ丸裸《まるはだか》で、いきなり姿《すがた》が見えてしまったらと思わず想像《そうぞう》した。「どうもありがとう、おかげで今夜は悪い夢《ゆめ》を見ることが決定だ」

サマーがくすくす笑ったそのとき、ぼくらのあいだを矢がひゅんと飛んでいった。

スケルトンだ！

シューという音、うめき声、たまに飛んでくる矢を気にしつつ丘《おか》まで走って戻《もど》りながら、ぼくはさまざまな考えが頭の中をめぐるのを止められなかった。

学ぶことは、まだまだあるんだ。避難所《ひなんじょ》へ入ってドアを叩《たた》き閉《し》めたときにそう思った。まさか翌日に次の重要なヴェッスンを学ぶことになるとも知らずに。

朝食後、ぼくらはその日も観察《かんさつ》し、学び、なにより本を読むために村へ向かった。まずは図書館を訪《おとず》れるつもりだったのに、見覚《みおぼ》えのない村人にいきなり止められた。無地の栗色のシャツに白いズボンという服装《ふくそう》で、頭にはオリーブ色のヘッドバンドをしている。

「や、や、やあ」ぼくは口ごもりながら挨拶《あいさつ》した。「おはよう、えっと……」

「あの子ね」サマーはぼくらのあいだに進み出ると、新成人に向かって満足げにうなずきかけた。「すっかり大きくなって」

「ええっ？」ぼくは〝ハアー〟と声をあげる新たな村人の中に、あの遊び好きな子どもの面影を探《さが》そうとした。「こんなに早く大人に？」

「ほかのルールとも一致《いっち》してるでしょ」サマーは肩《かた》をすくめた。「一日の時間が短いこと、植物や動物がすぐに成長することとともね」

「うん、当然と言えば当然か」ぼくはそう認《みと》めたあと、ちょっぴり寂《さび》しくなって言った。「ちっちゃかったころがなんだか懐《なつ》かしいね。あちこち走り回ってさ。まるで村がひとつの家族みたいに、だれにでもしゃべりかけてた」

「子どもをひとり育てるには村全体の協力が必要、でしょ」サマーは天気の話をするみたいにあっさりと言った。

これはヴェッスンにはならない。前にも耳にしたことがある格言だ。でも、彼女《かのじょ》がその格言を思い出させたことがきっかけで、ぼくの世界を揺《ゆ》るがす一連の出来事が起こった。

「それじゃあ」ぼくは新成人に手が届《とど》くところまで近づいた。「もうきみも大人なら、どんな取引ができるのかな」

できなかった。手が開きさえしない。

「ついてないわね」サマーはふんと息《いき》を吐《は》いた。「親と同じくニートになるなんて」

「やめなよ」ぼくはぴしゃりと言った。「そういうのはよくない。親があれだからっていう先《せん》入観《にゅうかん》で人を決めつけるべきじゃないよ。人はみんなはじめはまっさらなんだ」うん、これはヴェッスンと言える。たいしていいやつじゃないけど。でも信じて、もっといいのがすぐに出てくるから。

「先入観《せんにゅうかん》で人を決めつけてなんかいないわよ」サマーが言い返した。「見たとおりを口にしてるだけ。村になんの貢献《こうけん》もせず、まわりに全部やってもらうつもりのなまけ者がもうひとり増《ふ》えたってことだもの」近くでぶらぶらしている緑のシャツの村人をちらりと見る。「自分の親みたいにね」

「そうだけど……」絶対《ぜったい》にサマーが間違《まちが》っている。「あのニートだけを責《せ》めることはできないよ、もうひとりの親、農民のこともだ。子どもをひとり育てるには村全体の協力が必要って、いまきみが言ったんだろう？　最低限《さいていげん》のものを与えてやる責任《せきにん》はみんなにあるんじゃないかな？　食べるものとか、住まいとか、教育とかを？」

最後の言葉にぼくははっとした。

そうだ、教育だ。

醸造台《じょうぞうだい》のポーションみたいに、ぼくの頭の中でなにかがボコボコと湧《わ》きあがる。

「わたしが言ってるのもそこよ！」サマーはいらいらと両腕《りょううで》を投げ出した。「村全体がこの子の世話をしていたじゃない。だけど、この子はもう大人だわ」すっかり大きくなった村人に向き直る。「つまり自分の世話は自分でしなきゃいけないの。そうしないことを選択《せんたく》するなら、ええ、それはほかのだれでもなく自分自身の責任《せきにん》でしょ」

厳《きび》しい言葉だけれど、筋は通《とお》っている。でも、なにかが足りない。ぼくが考えつこうとしているなにかが。「選択《せんたく》ではなかったら？」ぼくは問いかけた。「もしもここにいるぼくらの新たな友人が……オーケー、ニートさんと呼《よ》ぼう、もっといい名前を思いつくまでね……仕事をしたくても、なんらかの理由ですることができなかったら？」

「もーしーくーは……」サマーは大げさに言葉を伸《の》ばした。「単に本人たちが仕事をしたくないなら？　この世界で〝したくない〟と〝できない〟の区別をどうやってつけるの？」

〝したくない〟と〝できない〟……。それだ！

「〝したくない〟と〝できない〟」ぼくは口走った。

「それがどうしたの？」

「説明している暇《ひま》はないよ！」ぼくは避難所《ひなんじょ》へとダッシュした。「とにかくきみに見せよう」

「な、な、なにをするつもり!?」サマーがぼくの後ろから声を張《は》りあげた。

返事ができなかった。待っていられないんだ。ぼくは丸石の山をつかみ、サマーに放り投げた。「ほら」走って村へ戻《もど》る。

村の端《はし》にたどり着くと、すぐにひとつ目のブロックを地面に叩《たた》きつけた。「ここだ！」

「なにを……」サマーが問いかけようとした。

「いいから手伝って」ぼくは新たな家のために土台を並《なら》べていった。「さっさと作れば、その分早くわかるから」

サマーは反論《はんろん》しなかった。いまはぼくの言うとおりにしておいて、あとでバカにするほうが手っ取り早いと考えたのだろう。

大ざっぱに壁《かべ》と天井、窓用《まどよう》の穴《あな》をこしらえ、最後に作業台と収納用《しゅうのうよう》チェストを作りあげた。

「これでいい？」サマーは奥《おく》の壁《かべ》に作業台と収納用《しゅうのうよう》チェストを並《なら》べて尋《たず》ねた。

「うん」ぼくは答えた。「でも、チェストを一ブロックそっちへずらしてくれ」

「ベッドを置くためのスペース？」

ぼくは首を横に振《ふ》り、作業台と収納用《しゅうのうよう》チェストのあいだを空《あ》けてもらっているあいだに、作業台の上に木材四つと鉄のインゴットふたつを置いた。

「あああー」できあがった鍛冶《かじ》台をぼくが隙間《すきま》に置くのを見て、サマーが歌うように言った。

「なにをする気かわかったわ」

「予想どおりうまくいくといいけど」ぼくはサマーを連れて外に出た。これ以上ない絶好《ぜっこう》のタイミングだ。ちょうど朝の散歩《さんぽ》が終了《しゅうりょう》したところ。村人たちはみんな仕事へ向かっている――のんきにぶらついているニートひとりを除《のぞ》いて。

そこへ新たな村人がもうひとり、ぼくの狙《ねら》いどおりやってきた。ぼくらの脇《わき》を通《とお》って家に入り、できたてほやほやの作業場へ近づく。

すると緑色の光がキラキラと舞《ま》い、栗色のシャツの上にいきなり黒いエプロンが現《あらわ》れた。「こうすればいいいんだよ！」ぼくは恒例《こうれい》のハッピーダンスを踊《おど》って叫《さけ》んだ。「こうすれば働きたい村人なら、仕事につくんだ！」

そう、これがぼくの言いたかった重要なヴェッスンだ。

〝だれにでも平等にチャンスを与えれば、働きたくない人と働けない人の区別がつく！〟チャンス。その言葉には大きな力がある。ちなみにぼくの住んでいた国は、だれもが夢《ゆめ》をかなえる力を手に入れられる〝チャンスの国〟と呼《よ》ばれていたと思う。実際《じっさい》にそのとおりかどうかは定かではない。でも、そうあるべきだとは思う。だれにだって、もっといい自分になるチャンスや選択肢《せんたくし》があるべきだ。かつては無職だった村人にそれが与えられたように。

今日一日の成果がこのヴェッスンだけでは物足りないって？　いやいや、新たな取引相手というおまけがついてきた。

「興味深いわね」新米職人《しんまいしょくにん》から、エメラルド一個で石のクワ一本か、石炭十五個でエメラルド一個という取引を持ちかけられ、サマーはつぶやいた。

「クワはいらないわ」作戦を練りながら言う。「でも、いまは石炭ならまさに売るほどある」

黒い塊《かたまり》を渡《わた》して緑の宝石をもらうと、紫《むらさき》の渦巻《うずま》きが飛んで……。

「いいぞ、いいぞ」ぼくは大喜《おおよろこ》びした。職人《しょくにん》が新たに提案《ていあん》したのは、エメラルド三十六個で鐘《かね》を一個か、鉄のインゴット四つでエメラルド一個という取引だ。

「鉄ならいくらでもある」銀色をした長方形の金属《きんぞく》をどんどんあげると……もうわかるよね、次のレベルに到達《とうたつ》だ！

その新たなレベルでの取引を見て、ふたりとも一瞬《いっしゅん》息をのんだ。

「あれって、ほんとにあれなの？」サマーは質問《しつもん》になっていない質問《しつもん》をした。彼女《かのじょ》が言っているのは火打石三十個で手に入るエメラルドのことじゃない。もうひとつの取引のほう、エメラルド二十個で手に入る鉄のシャベルのことだ。

輝く鉄のシャベルだった！

「エンチャントされてる！」ぼくはそっと息《いき》を吐《は》いた。「エンチャントされたアイテムを買えるんだ！」

「もっと鉄を出して！」サマーが命じた。「もっと鉄を売るのよ！」ところが、そこで店じまいとなり、ぼくらの新米職人《しんまいしょくにん》はそれ以上鉄を買おうとしなかった。

（ちなみに、次の日になればまた売ってくれることをここに記しておこう。でも、ぼくらがそれを学ぶのはまだ先のことで、いまは知っていたところで役には立たなかった）

「石炭！」ぼくは残っていたものをかき集めた。

四十五個をエメラルド三個と交換《こうかん》。それを持っているエメラルドと合わせたら、ミステリアスな魔法《まほう》のお宝の代金ぴったりになった。

「どうだい！」エンチャントされたシャベルはぼくの手の上でかすかに振動《しんどう》し、それが腕《うで》にまで伝わってきた。「これでなにができるのかな？」

「ただ持ってないで掘《ほ》ってみなさいよ！」

「ああ、そうだよね」ぼくはふたりのあいだの地面にシャベルを突《つ》き立《た》てた。ワオ。サクサク掘《ほ》れるぞ！　ネザーで見つけたツルハシと同じだ。しかもこっちのほうがずっといい！　それに少しも摩耗しない！　いや、ちょっとはするけれど、これだけ土を掘《ほ》ったらもっとぼろぼろになっているところだ。

「信じられないな」ほぼ無傷《むきず》の刃《は》に目を丸くした。「効率性《こうりつせい》も耐久性《たいきゅうせい》もすごいよ！」そしてぼくは掘《ほ》り返《かえ》した土をもとに戻《もど》したあと、村人を見あげて心からお礼を言った。「ありがとう、スミスさん」

「スミス？」サマーが尋《たず》ねる。「どこからそんな名前が出てきたの？」

「だってそれが職業名《しょくぎょうめい》だよね？　鍛冶職人《ブラックスミス》とか道具職人《ツールスミス》とか、職人《しょくにん》はなんとかスミスっていうだろ。単に〝きみ〟とか〝おじさん〟より正確《せいかく》で、ていねいだと思うよ」

「スミス、ねえ」サマーは知らない味のキャンディみたいにその言葉を口の中で転《ころ》がした。「そう言われると――」ほかの村人たちを見回す。「もといた世界でも、農民《ファーマー》とか機織り職人《ウィーヴァー》って名前の人を知っていた気がする」少し考《かんが》え込《こ》む。「粉屋《ミラー》、パン屋《ベイカー》、鍛冶屋《スミス》」ゆっくり言ったあと、ふたたび考える。「そうやってついたファミリーネームもあるのかしら？　家業がその家族を示す名前にそのままなったとか？」

「きみも」ぼくは笑いをこらえて言った。「イーモップになれそうだね」

サマーはくすくす笑ってぼくの肩《かた》を突《つ》いた。それから、沈《しず》みかけた太陽を見あげて言う。

「そろそろ家に帰らなきゃ。明日はやることがいっぱいあるわよ。石炭と鉄をたっぷり補充《ほじゅう》しなきゃね」

ぼくは輝《かがや》くシャベルをかかげた。「採掘再開《さいくつさいかい》だ！」

# 第10章　パニックになると思考は停止《ていし》する

翌朝ぼくらは荷造《にづく》りをし、準備万端《じゅんびばんたん》で〝モンスター口洞窟《マウス・ケイヴ》〟へ向かった。この前みたいにモンスターがわらわら現《あらわ》れ、この前みたいにぼくらも坂のてっぺんに陣取《じんど》って矢で応戦した。ほとんどサマーが戦ってくれた。ぼくの矢は残りわずかで、遅かれ早かれ苦渋の選択《せんたく》をしなきゃいけないのが思い出された。

とはいえ選択《せんたく》するのは今日じゃないし、残りの矢だって必要なら使わなきゃいけない。サマーの攻撃《こうげき》を邪魔するスケルトン二体に、ぼくはクロスボウで矢を射《う》ち込《こ》んだ。シューと音を立てながら迫ってきたクリーパーに矢を放ち、爆発《ばくはつ》するその体を坂をのぼってきたゾンビコンビの真上に落としてやったりもした。残りの生きる屍《しかばね》どもは、剣《けん》で始末した。〝刃《やいば》は再装填《さいそうてん》の必要がない〟と言ったどなたかは、ぼくがその事実にどれほど感謝《かんしゃ》しているか、知る由《よし》もないだろう。

しばらくは緊張《きんちょう》しながら防戦《ぼうせん》するだけだったけれど、ある程度《ていど》やっつけたあとは、攻撃《こうげき》に転じた。待《ま》ち構《かま》えているモンスターはまだうようよいる。日中おとなしいはずのクモも、日光を浴びていなければ凶暴化《きょうぼうか》するんだ。暗視《あんし》のポーションを飲む前から、暗闇《くらやみ》でやつらの目が点々と光っているのが見えた。「クモが闇《やみ》の中でモンスターに変身する前に片づけておこう」

「なんだかズルをしている気分」ポーションでターゲットの位置が見えるようになると、サマーは言った。「樽《たる》の中を泳ぐ魚を撃《う》つみたい（**無抵抗《むていこう》の相手を攻撃《こうげき》する、つまり失敗《しっぱい》しようがないこと、たやすくできることのたとえ**）」

「どうしてそんなことをするんだろう？」ぼくはたとえ話の魚がかわいそうになった。

サマーは壁《かべ》に張《は》りついている一体目のクモに矢を向けた。「フィッシュ・アンド・チップス（**フライドポテトを添《そ》えた魚フライのことで、代表的なイギリス料理**）のためでしょ」

モンスター駆除《くじょ》を終えると、石炭と鉄の採掘《さいくつ》に取りかかった。うまくいけば水晶《すいしょう》も見つかるかもしれない。

石炭と鉄は少しだけ見つかったが、たいした量じゃなかった。こんなに巨大な洞窟《どうくつ》のわりに、前回がんばったときに掘《ほ》り尽《つ》くしてしまったらしい。採掘《さいくつ》した石炭と鉄の量を比べてみると、そもそも鉄のほうが少なかった。

「ひょっとして、この世界の新たな変化によって、鉄の一部が銅になったのかな?」ぼくはサマーに問いかけた。「それとも、レッドストーンやラピスラズリが埋《う》まっている地下深くへ沈《しず》められたとか?」

「すぐにわかるわよ」サマーは洞窟《どうくつ》の奥《おく》に立って答えた。なにかを見おろしているけれど、なんだろう? 暗視《あんし》のポーションの効果《こうか》が切れたので、二本目を手に取ったぼくに、サマーが言った。「もうちょっと待って。これから行く場所で必要になるから」

サマーがぼくらのあいだに松明《たいまつ》を置いてくれたので、彼女《かのじょ》の話がようやく理解《りかい》できた。壁面《へきめん》に接《せっ》するはずの地面に細長く裂《さ》け目《め》ができている。裂《さ》け目《め》があると知らなければ、うっかり見落としかねない。裂《さ》け目《め》の下は天井の低い斜面《しゃめん》になっていて、真っ暗な地底へとくだっていた。

こんな地形はこれまでふたりとも見たことがない。落ち着かない気分になるので、ぼくはこの場所を好きになれなかった。いままで自分は閉所恐怖症《へいしょきょうふしょう》だと思ったことはない。ネザーでも、サマーの山の中でも、地下を何度も冒険《ぼうけん》したときも、へっちゃらだった。自分の島で過《す》ごした最初の夜に、土のブロック一個でゾンビと隔《へだ》てられ、ほとんど生《い》き埋《う》め状態《じょうたい》だったときも。あのときだってパニックを起こしたりしなかったけれど、横にだだっ広い斜面《しゃめん》と、それにそっくりな天井にこうして挟《はさ》まれると……天井と地面がだんだん近づいてきて、いまにもぼくを〝ぺちゃっ〟とつぶしてしまいそうな気がする。

自分のプライドのために言っておくと、そんな恐《おそ》れにも、やがて打ち勝つことができると信じてはいたよ。でも、ありがたいことに、打ち勝つ必要もなかった。松明《たいまつ》を置きながらびくびくと斜面《しゃめん》をおりていくと、数分後にサマーがいきなり立ち止まった。「なにこれ」

突き当《つ　あ》たりは、カクカクした黒っぽい模様《もよう》が並《なら》ぶ灰色《はいいろ》の石壁《いしかべ》だ。

「黒曜石ではないね」ぼくは近づき、松明《たいまつ》の明かりで調べた。「黒曜石なら、もっと黒々しているはず」

サマーは平らな顔を石壁《いしかべ》にくっつきそうなほど近づけた。「前に見たことがある。どこでだったかは思い出せないわ」

「玄武岩《げんぶがん》だ！」ぼくは叫《さけ》んだ。「覚《おぼ》えてない？　ネザーが変化したときに〝玄武岩《げんぶがん》の三角州《デルタ》〟っていう小さなバイオームがあっただろ」

サマーはうなずいた。「だけど、それがどうしてここにあるの？」

ぼくは魔法《まほう》のツルハシに手を伸《の》ばした。「調べてみよう」

ブロックをひとつ取り出すと、奥《おく》にはさらに黒いブロックがあり、その先から今度は白いブロックが出てきた。

「これも初めて見るな」ぼくは手の中へ落ちてきた白いブロックを調べた。閃緑岩《せんりょくがん》ではない。ネザークォーツとも違《ちが》うし、巨大なネザーの化石を形作っていた骨《ほね》ブロックでもない。このブロックには淡《あわ》い斑点《はんてん》、つまり白とごく薄《うす》い灰色《はいいろ》のさざ波模様《なみもよう》があり、松明《たいまつ》の明かりを特定の角度から当てると、水晶《すいしょう》みたいに反射《はんしゃ》した。

「アメジストじゃないわよね」サマーは舌打ちした。「色が違《ちが》うもの」

彼女《かのじょ》の言うとおりだ。ぼくはもといた世界で宝石鑑定士《ほうせきかんていし》ではなかったかもしれないけれど、少なくともいま探《さが》している水晶《すいしょう》の色は知っている。紫色《むらさきいろ》のはずだ。

そう、ちょうどそこにあるブロックみたいな……待てよ、これだ！　白いブロックのすぐ後ろにあった！　透《す》き通《とお》った紫色《むらさきいろ》のブロックがダイヤモンドにも匹敵《ひってき》する輝《かがや》きを放っている！

「やったぞ！」ぼくは叫《さけ》び、われを忘《わす》れてツルハシを振《ふ》るった。「水晶《すいしょう》の都《みやこ》だ！」ラベンダー色のブロックが次々にバックパックへ飛《と》び込《こ》み、頭の中では、この思いがけない宝物についての空想が次々に展開《てんかい》された。「望遠鏡《ぼうえんきょう》以外に、これを使ってなにが作れるんだろうね」後ろにいるサマーに話しかける。「アメジスト同士《どうし》を組み合わせるのかな、それともほかの素材《そざい》と組み合わせるのかな……そういえば、スーパーヒーローが出てくるシリーズで、男が水晶《すいしょう》を海に投げ込む場面がなかったっけ……」

ぼくはもう一度ツルハシを振《ふ》るって、ぴたりと動きを止めた。アメジストの壁《かべ》に穴《あな》が開いた。その先は真っ暗だ。穴《あな》に松明《たいまつ》を挿《さ》すと……。

「わあっ……」

「まさか水晶《すいしょう》の要塞《ようさい》でも発見したの？」サマーが皮肉っぽく言った。

「ええと……」ぼくは通《とお》れるぐらいまで穴《あな》を広げた。「そうなのかも？」

数秒後、ぼくらは小さな洞窟《どうくつ》に立っていた。内側は球状《きゅうじょう》で、一面アメジストでできている！

それに、あるのはブロックだけじゃない。ぼくらのすねほども長さがあるとがった水晶《すいしょう》が、平たいブロックのあちこちから芽生《めば》えていた。しかもアメジストが歌っている！　本当だよ、作り話じゃない。輝《かがや》くアメジストの床を歩くと、キン、コン、カンって音がするんだ！

「ぼくがスーパーヒーローだったら」両腕《りょううで》を広げて言った。「絶対《ぜったい》にここを秘密基地《ひみつきち》にするな」

「すごいわね」サマーも認《みと》めた。「あれの巨大版《きょだいばん》ってところかしら……」記憶《きおく》の中にある言葉を探《さが》す。「あれよ、なんの変哲《へんてつ》もない丸い石を割ってみると、内側にびっしり水晶《すいしょう》が生えてるやつ。晶洞《ジオード》、そう、それだわ。わたしたちは巨大《きょだい》ジオードの中に立ってるのよ」

「次から次に変化が見つかるね」ぼくはおもちゃ屋へ行った子どもの気分だった。「銅、さざ波模様《なみもよう》の石、今度はこれだ！」わくわくして首をめぐらし、見落としているものがないよう松明《たいまつ》を設置《せっち》した。「もっとすごいものがあるはずだよ。クラフトできる新たな鉱物《こうぶつ》とかね。飛行機《エアプレーン》ってなにからできてるんだっけ？　アルミナム？　アルミナムって天然の素材《そざい》？」

「まず」サマーは紫色《むらさきいろ》の水晶《すいしょう》の欠片《かけら》をパンチして言った。「発音は〝エアプレーン〟じゃなくてエアロプレーン、アルミナムじゃなくてアルミニウムよ。次に――」まだ破片《はへん》を集めながら続ける。「ひとまずここにあるものを集めましょう。それで作れるものを作って、成功をお祝いし、そのあとまたここへ戻《もど》ってきて、次の探検《たんけん》を始めればいいじゃない」

「なんでそんな先まで待つんだい？」ぼくは両腕《りょううで》を広げて尋《たず》ねた。「いますぐここを前進基地《ぜんしんきち》にすればいいじゃないか」彼女《かのじょ》が返事をする前にまくし立てる。「採掘《さいくつ》は続けるんだろ？　この下になにが待ってるかはだれにもわからない」輝《かがや》く紫《むらさき》の床《ゆか》へと、視線を下げた。「この場所を住めるようにしようよ、ひと休みできる避難所《ひなんじょ》に。それに先へ行く前に……」ぼくは作業台を置くと、アメジストの欠片《かけら》をかかげて叫《さけ》んだ。「望遠鏡《ぼうえんきょう》を作ろう！」

「あのね」サマーがそっけなく言う。「あなたがしゃべっているあいだに一個作れたわよ」

「そりゃ、そうだけど……」ぼくは言いかけたものの、どんなにうまく反論《はんろん》しても、そのあいだにクラフトできたのにと、またやり込められるだけだと気づいた。だから言葉をぐっとのみ込んでかまどを出し、ここへ来る途中で集めた石炭をくべて銅鉱石《どうこうせき》を製錬《せいれん》した。ほどなくオレンジ色に輝《かがや》くインゴットができあがり、今度はそれを作業台にのせ、その上にアメジストの欠片《かけら》を一個置いた。

「やったね」ぼくはうなずき、新たな発明品をかかげた。本物の望遠鏡《ぼうえんきょう》だ。伸《の》ばすときにグリッと音までする。「ひゃー」レンズいっぱいにサマーの顔がアップで見え、ぼくは笑った。「きみものぞいてみて！」

サマーは望遠鏡《ぼうえんきょう》を受け取ると、ぼくの顔へは向けずに、通《とお》ってきた地下道へ向けた。「ほんとにすごい」望遠鏡《ぼうえんきょう》を下げ、沈《しず》んだ声でつけ加える。「でも残念ながら、ここじゃ出番はないわね」

「なにを言ってるんだい？　ここにはモンスターがいくらでもいるだろ？」ぼくは反対側の壁《かべ》にツルハシを振《ふ》るい始めた。「こっちにもっといるはずだよ！　上のモンスター・マウス・ケイヴにいっぱいいいたようにね！　望遠鏡《ぼうえんきょう》で観察《かんさつ》すれば、どこにいるかも……」

壁《かべ》に穴《あな》が開いた。

「ほらね！　見てごらんよ」

サマーはぼくの横まで歩み寄り、望遠鏡《ぼうえんきょう》を穴《あな》に当ててのぞき込んだ。「これで見るには」望《ぼう》遠鏡《えんきょう》をぼくに返してからかった。「暗視装置《あんしそうち》が必要ね」

彼女《かのじょ》の言っていることはすぐにわかった。ぼくが見つけた新たな洞窟《どうくつ》は真っ暗だったんだ。なんにも見えない——壁《かべ》も、床も、松明《たいまつ》を置けそうなブロックさえ見えなかった。

サマーはふんと息《いき》を吐《は》き、ぼくと同じく好奇心《こうきしん》に屈《くっ》した。「このペースで掘《ほ》り進《すす》めると、この世界の裏側に出てしまいそう」

「それって可能なのかな」ふたりで底のない闇《やみ》を見つめて、ぼくは考《かんが》え込《こ》んだ。しばらく押し黙《だま》ってから、ようやく口を開く。「とりあえず引き返そうか。ジオードの入口まで戻《もど》ってから、外側に沿《そ》って階段状《かいだんじょう》に採掘《さいくつ》していこう」

「それか」サマーは水の入ったバケツを出した。

「また水エレベーター？」彼女《かのじょ》の返事はわかっていたものの、ぼくはごねた。

「水〝リフト〟よ」青いブロックをそそぐ。

「しかたないな」ぼくは折《お》れた。「せめて暗視《あんし》のポーションを飲んで……」

けれどサマーはもういない。青い水柱に乗って真っ暗な未知の世界へ流れていってしまった。

ぼくは「絶対《ぜったい》に後悔《こうかい》するよ」とかなんとか独創的で気の利《き》いたことを口にしたと思う。そのあと彼女《かのじょ》に続いて飛《と》び込《こ》んだ。

息を止めて、おりていく。なんにも見えない。今回は、水流沿《すいりゅうぞ》いに松明《たいまつ》を設置《せっち》しようにも壁《かべ》が遠すぎた。でも、やろうとはしたんだ、松明《たいまつ》を持っている手を伸《の》ばして四方八方を見回した。だめだ。ほんとになにもない。どれくらい息を止めていられるだろう？　ジャンプするまであとどれくらいかな？　下にある水で着地の衝撃《しょうげき》はやわらぐだろうか？　高すぎない？　いまはどれくらいの高さにいるんだ？

ぼくは下を見た。底が見えるのを期待しながらも、どうせなにも見えないだろうと思っていたら、なにか見える……あれはイカか？　まさか。地底にイカはいない。それにイカは灰色《はいいろ》っぽい黒じゃなかったか？　どうしてあれは……あの二体は……あんなにキラキラ光っているんだ？

きっと目の錯覚《さっかく》だ。水が見せているまぼろしだよ、それか……。

腰《こし》の左側に矢が当たり、ぼくは水柱から押し出された。

落ちる！

見えない！

バシャ！

落下した先はまたもや水中だった。今度は巨大な地底湖の中だ！　しかも鋭《するど》い歯を持つ発光するイカと向き合っている。

「ゴボガボゴボッ！」ぼくは大あわてで水の上を目指した。この新種が川や海に棲《す》んでいる親《しん》戚《せき》みたいに無害なのか、洞窟《どうくつ》グモみたいに毒の攻撃《こうげき》をしてくるのか、このままのんびり確《たし》かめるつもりはない。ぼくは水から顔を突《つ》き出《だ》し、大きく息を吸《す》い込《こ》んでサマーを見つけようとした。

ビシッ！

新たな矢がぼくの隣《となり》の水面を叩《たた》いた。頭上の崖《がけ》から放たれたらしい、高角度からの攻撃《こうげき》だ。

水にもぐれ！　逃《に》げろ！

ふたたび水中にもぐり、青っぽい水越《ご》しに陸地の輪郭を探《さが》して目を凝《こ》らした。あそこだ！　ひと息で行くには遠すぎる？　やってみるしかない。ぼくは全力で水をかいたけれど、一直線に泳ぐというミスを犯した。

次の矢が背中《せなか》に命中し、水の底へと押し込まれ、肺《はい》から空気が押し出された。

ジグザグに動いてよけるんだ。けれども次の矢をかろうじてよけたところで、最後の空気が口からボコッと出ていった。

浮上《ふじょう》だ！　呼吸《こきゅう》しろ！　水から顔を突《つ》き出《だ》し、息を吸《す》おうとしたら、次の矢が後頭部に当たって、逆に〝うっ〟と息《いき》を吐《は》いてしまった。

ふたたび水にもぐって一直線に泳ぐ。もう息を止めているのも限界《げんかい》で、矢をよける余裕《よゆう》はない。

次の矢は肩《かた》に当たった。傷口《きずぐち》はズキズキし、肺《はい》は燃《も》えあがりそうだ。

足が水底についた！　冷たくてかたい石に触《ふ》れたので、水中の斜面《しゃめん》をどんどんのぼっていった。ふたたび闇《やみ》の中《なか》へ頭を出し、深々と息を吸《す》い込《こ》むと、後ろから声がした。

「止まらないで！」

サマーだ！　彼女《かのじょ》はいつ湖に飛《と》び込《こ》んだんだ？

ぼくは尋《たず》ねたりはしなかった。ずぶ濡《ぬ》れで岸に上がって松明《たいまつ》を設置《せっち》したところ、自分たちが立っているのは、切り立った岩壁《いわかべ》に囲《かこ》まれた細い陸地だとわかった。矢はもう飛んでこない。サマーがぼくの考えを代弁《だいべん》した。「矢が届《とど》く範囲《はんい》から外れたようね。たぶん湖の向こう側から攻撃《こうげき》していたのよ」

「スケルトンは泳げるのかな？」ぼくは思い出そうとした。

「次の行動を起こす前に」サマーの手でポーションがきらりと光る。「そろそろ暗視《あんし》のポーションを追加しましょ」

ぼくもポーションを取り出し、金属《きんぞく》とニンジンの味がする微炭酸《びたんさん》の魔法薬《まほうやく》をぐびりと飲んだ。鼻からげっぷを出してまばたきすると、あたり一面の様子が見えてきた。

「うわあ……」ネザーほど広くはないが、ここと比べたらモンスター・マウス・ケイヴなんてネコの額《ひたい》だ。地底湖の向こう側にはどこまでも続いていそうな洞窟《どうくつ》がある。湖のすぐ先では、一本のばかでかい柱が天井を支《ささ》えていた――もちろん、本当に支《ささ》えが必要なわけじゃない、ここではもといた世界の自然の法則《ほうそく》は滅多《めった》に適用《てきよう》されないのだから。よく見ようと望遠鏡《ぼうえんきょう》を持ちあげると、その柱の途中にくっついているスケルトンが……クモにまたがっている！

い、いいだから上から矢が飛んできたのか。

「あのぞっとする組み合わせを見るのはこれが初めてじゃないけど」もし可能なら、サマーは自分の顎《あご》をなでていたに違《ちが》いない。「このバイオームでは間違《まちが》いなく初めてね」

「どうやって向こう岸へ行こう？　泳ぐのも、矢で攻撃《こうげき》するのも無理だ。トンネルを掘《ほ》ってぐるりと迂回するのは時間がかかりすぎるし……」

「正式な海戦といきましょうよ」サマーは作業台をどんと置いた。「たしか、わたしの先祖は海戦を得意《とくい》としていたはずよ」ボートを作って湖に浮《う》かべると、しびれを切らしたようにぼくのほうを見てボートを指し示す。「ほら、あなたも。暗視《あんし》の効果《こうか》は丸一日続くわけじゃないんだから」

ぼくもボートを作った。サマーがふんふんと鼻歌を歌っているのが聞こえる。「♫なんとかかんとか」彼女《かのじょ》は歌詞を思い出そうとしていた。「それになんとかの波が……」

〝波が〟のところで、ぼくはボートを水に浮《う》かべた。「新曲かい？　ぼくが初めてガストを倒《たお》したときは、きみが歌いながらおとりになってくれたよね」

「それでいきましょう」サマーはボートを出して、みずから敵《てき》の注意を引きつけ始めた。ガスト戦のときのように、彼女《かのじょ》が〝走れ、ウサギ〟を歌い、ぼくが慎重《しんちょう》に狙《ねら》いを定める。自慢はしないさ——うーん、ちょっとはするかな。ふわふわ浮遊《ふゆう》するガストに当てるより簡単《かんたん》だったとしても、クロスボウのほうが弓より手が安定するとしても、そんなことがなんだい。見事な一発だったことに変わりはないんだ。

ぼくは弦《げん》を引いたあと、鞍《くら》から落ちるスケルトンから目を離さず、地底湖の落下地点まで急いでオールを漕《こ》いだ。クロスボウから剣《けん》に持《も》ち替《か》えたら、きみが〝うわぁ、すごいや、ほんとに超一流のスケルトンキラーだね〟と言う暇《ひま》もないほどすばやく、モンスターを切《き》り刻《きざ》んでやった。ね、いまきみは思わずそう言っただろ？

「次はおまえだ！」ぼくは宣言《せんげん》すると、クモのいる柱へとボートを漕《こ》いだ。

「ガイ！」サマーが後ろから警告《けいこく》の声を発した。

「問題《ノー・プロブレム》ない」ぼくは叫《さけ》び返《かえ》した。「あいつが近づいてくるまで待つよ。それともきみが倒《たお》したいなら……」

「ストップ！」サマーが叫《さけ》ぶ。次の言葉が耳に入った瞬間《しゅんかん》、ぼくの胃袋は喉《のど》まで一気にジャンプした。「その先は滝《たき》よ！」

向こう岸へ目をやると、向こう岸がない！　湖は陸に囲《かこ》まれているのではなかった。滝《たき》につながっていたんだ！

ぼくはボートを止めようとした。Uターンして、なんとか滝《たき》から離れるんだ！

間に合わない！

滝《たき》へ落ちていく！

ぼくは目をつぶり、衝撃《しょうげき》に備《そな》えた！

「うわぁあああああーーー！」

そして……。

「ああーー、あれ？」

下を見て、まわりを見て、落下していないことに気がついた。誤解《ごかい》しないでほしいんだけれど、落下するにはしていたんだ。でもサマーの作った水エレベーターと同じで、速度がゆっくりだった。

サマーと言えば……。

「ガイ！」彼女《かのじょ》の歯切れのいいあわてた声が上の地底湖から聞こえた。「ガイ！　返事をして！」

「ぼくは大丈夫《だいじょうぶ》だよ」笑いながら返事をする。「おりてきてごらん」

滝《たき》の水は徐々《じょじょ》に減《へ》り、ぼくのボートはゆっくり着地すると、意外や意外、石の床を進み出した。

「ほら、見てごらんよ」サマーを見あげる。「地面の上をボートで進めるんだ。そんなこと、夢にも思わなかった」

「ガァァァァァァァァァァァ」だれかさんの不満の声が返ってきた。

どうしてそれまで気づかなかったんだろう。クモ、スケルトン、クリーパー、ゾンビ、それに足の速いチビゾンビが一体……こいつ、ニワトリに乗ってるぞ。滝《たき》とボートに気を取られていなければ、ぼくだって落ち着いて対処《たいしょ》できたはずなんだ。こんなふうに、パニックに陥《おちい》ったりせずに。

「上に戻《もど》れ！」ぼくはサマーに叫《さけ》んだ。「戻《もど》るんだよ！」ぼくはあわてふためくあまり、地面の上でオールを動かして滝《たき》をのぼろうとまでした。矢がひゅんと耳をかすめ、それでようやく頭のスイッチが入った。

パニックになると思考は停止《ていし》する。

ぼくはボートからおりてクロスボウを構《かま》え、いちばん近くにいる敵《てき》に向き直った。チビゾンビはいまにも襲《おそ》いかかろうとしている。ぼくの矢がそいつをニワトリの上から突《つ》き落《お》とした。

「きみは向こうへ行くんだ！」たぶん巻き込まれただけのニワトリに向かって命じ、チビゾンビへの二発目をセットした。

ところが、ぼくが弦《げん》を引く間もなく、次の矢がぼくの背後《はいご》、上から飛んできて、ニワトリに命中してしまった。

「サマー！」彼女《かのじょ》は滝《たき》をおりてきていた。水から頭を出して呼吸《こきゅう》できるだけでなく、滝《たき》をくだりながら矢を放てることもなにかの拍子に発見したらしい。ぼくの守護天使《しゅごてんし》から降《ふ》りそそぐ矢が近くのモンスターたちを次々に倒《たお》し、作戦を立てる貴重《きちょう》な時間を稼《かせ》いでくれた。

「上へは戻《もど》れない！」サマーが叫《さけ》ぶ。「滝《たき》をのぼる途中でスケルトンに矢を射《う》ち込《こ》まれるわ」

ぼくは前方と両脇《りょうわき》の地形に目を走らせた。モンスター・マウス・ケイヴみたいに身を隠《かく》せる石筍《せきじゅん》つきの斜面《しゃめん》もない。でも後方は……。振《ふ》り返《かえ》って流れ落ちる滝《たき》のカーテンを透かし見ると、その向こう側に別の深い洞窟《どうくつ》があった。

「あっちだ！」ぼくは叫《さけ》んで、バシャバシャ水をはねあげ、急いでしりぞいた。サマーが滝《たき》から飛びおりてミニブロックの深さの水に無事着地し、すぐにぼくのあとに続く。

水を蹴散《けち》らし、足をすべらせ、ゆるやかな斜面《しゃめん》になっているトンネルを駆《か》けおりた。一瞬《いっしゅん》、ぼくは暗視《あんし》の効果《こうか》に異変《いへん》が起きたのかと思った。まわりにある石が黒っぽく、少し玄武岩《げんぶがん》に似《に》ているように見えたから。ポーションが切れかけているのかと思ったけれど、サマーから後ろのトンネルを封鎖《ふうさ》しようと提案《ていあん》されたおかげで、まわりにあるのはまったく新たな素材《そざい》だとわかった。モンスターたちを足止めするのに使った丸石より明らかに色が黒い。地面からブロックを一個掘《ほ》り出《だ》すのにも時間がかかった。

「黒い石？」ぼくは首をひねった。「ネザーで見つけて道具やかまどを作ったのと同じやつかな？」

「似《に》ているけど――」サマーは首を横に振《ふ》った。「違《ちが》うわ」あとからそれが〝深層岩《ディープスレート》〟と呼《よ》ばれていることを図書館で知ったけれど、いまは名前は重要じゃない。いま重要なのは、ぼくらはまったく新たな世界に出会うほど地下深くにいるということだ。

「いやな感じだな」ぼくはゆっくり見回した。「暗すぎるよ。暗視《あんし》のポーションの効果《こうか》が切れたとき、丸石のようには松明《たいまつ》の明かりを反射《はんしゃ》しないかもしれない」

「そうね、だったらこれ以上時間を無駄《むだ》にするのはやめましょ」サマーが冗談《じょうだん》を飛ばす。「前進よ……そう……下へ向かって」

たいして遠くへは行けなかった。深層岩《ディープスレート》のトンネルを一分も進むか進まないかのうちに視《し》界《かい》が点滅《てんめつ》し始めた。「自分へのメモ」ぼくは松明《たいまつ》へ手を伸《の》ばした。「次回は暗視《あんし》のジュースをケチらずにたくさん持ってくること」火のついた松明《たいまつ》を壁《かべ》に挿《さ》す前《まえ》に、ぼくらは前方のかすかな光に気がついた。

「溶岩《ようがん》ね」サマーが言った。「これだけ深いんだもの、それ以外はありえない」

「坑道《こうどう》の可能性もあるよ。あれがどろどろに溶けた岩なら、熱さを感じているはずだろ？」

サマーは返事をしなかった。ぼくの言うとおりだというしるしだ。

二、三歩でトンネルの曲がり角にたどり着いた。そこから先はくだり坂ではなく、まっすぐで狭《せま》い道だ。一本の松明《たいまつ》がはっきりと見えた。ちょっと離れてはいるけれど、柱と横板で作られた坑道《こうどう》の入口は見間違《みまちが》いようがない。
「ほらね」ぼくは陽気に鼻歌を歌い、相棒《あいぼう》を押しのけて前に出た。

松明《たいまつ》に照《て》らされた横木をふんぞり返ってくぐったぼくは、木製《もくせい》の通路が別の広いスペースにつながっているのを見て、急停止《きゅうていし》した。

交差する木製《もくせい》の橋の輪郭《りんかく》がおぼろげに見て取れた。ぼくの島の地下にあった採鉱場《さいこうじょう》と同じだ。ただし、ここでは光を吸収《きゅうしゅう》する深層岩《ディープスレート》に取《と》り囲《かこ》まれている。

「あれが見える?」サマーがぼくの後ろから尋《たず》ねた。

「うん」前方にあるランタンふたつに向かってうなずく。「ネザーの天守跡にあったやつみたいに鎖《くさり》にぶらさがってるね」

サマーはいらだたしげに息《いき》を吐《は》いた。「それじゃなくて」ぼくの前に出て指し示す。「もっと前方よ、少し右側」

ぐっと目を細めると、白っぽい大きな四角形が見えた。「なんだあれ?」けれど望遠鏡《ぼうえんきょう》をのぞき込むと、問題は視力ではなく、認識力《にんしきりょく》だったのがわかった。洞窟《どうくつ》グモがあたり一面にびっしりと巣を張《は》ることは知っている。一度なんてクモの巣に宙《ちゅう》づりになって死にかけたぐらいだ。でも、あのときのクモ屋敷は壁《かべ》に囲《かこ》まれた坑道《こうどう》に作られていた。開けた橋の上じゃない。

「きっとあそこに発生器《スポナー》があるんだ」ぼくはぶるりと体を震《ふる》わせた。「あそこは避《さ》けよう」

「わたしの考えはその逆よ」サマーは明るく言った。

「正気？」ぼくは彼女《かのじょ》のアクセントをまねした。

「正気も正気よ」サマーはくすりと笑った。「機織《はたお》り職人《しょくにん》が買い取ってくれる白の羊毛をクモの糸で作れるなら、まさにあなたの言う〝大当たり〟を見つけたわけでしょ」

「そうだけどおお」賛成《さんせい》しかねるとばかりに語尾を伸《の》ばした。

「まさか」サマーが尋《たず》ねる。「怖《こわ》いんじゃないわよね？」

「えっ、いや、違《ちが》うよ！」もちろん怖《こわ》いけれど、気が進まない理由はそれじゃない。「代価《だいか》に見合わないだろ。クモの巣を破壊《はかい》したら、ぼくらのダイヤモンドの剣《けん》だって傷《いた》んでくる。経験《けいけん》からわかってるじゃないか。しかもダイヤモンドはまだひとつも見つけて――」

「鉄ならどう？」サマーはそう言うと、ぼくの脇《わき》をすり抜《ぬ》けてトンネルの壁《かべ》に埋《う》まっているものに近づいた。しかもそれはすごいものだった。斑点《はんてん》のある普通の鉄鉱石《てっこうせき》が埋《う》まっているだけじゃなく、ひと区画丸々オレンジ色の鉄の原石だったんだ。

「これなら」サマーはもったいぶって言葉を切ってから振《ふ》り返《かえ》った。「代価《だいか》に見合う投資《とうし》よね」

「そうだね」ぼくは肩《かた》をすくめてお宝を掘《ほ》り出《だ》しにかかり、彼女《かのじょ》は作業台とかまどを出した。

やっぱり気は進まないけれど、彼女《かのじょ》の理屈《りくつ》に反論《はんろん》するのは難《むずか》しい。

「必要なのは刃《は》にするインゴットふたつだけ」サマーは鉄鉱石《てっこうせき》をかまどにふたつ放《ほう》り込《こ》んだ。「あとは燃料《ねんりょう》にする木材。それは坑道《こうどう》の支柱《しちゅう》からすぐに用意できる――しかもついでに、支柱《しちゅう》は剣《けん》の持ち手にもなるわ。クモの巣から得《え》られる利益《りえき》に対してごくわずかな投資《とうし》でしょ」

ぼくはなにか言い返そうとした。頭の中を探《さぐ》ったものの、出てきそうで、なにも出てこない。

サマーはまだぼくが半信半疑《はんしんはんぎ》なのを察《さっ》したらしく、急いで言葉を継《つ》いだ。「あなたの美しいツルハシが壊《こわ》れる心配なら、しなくていいわよ。下まで掘《ほ》っていくつもりはないから」空《から》のバケツを持ちあげる。「また水リフトを使いましょ」彼女《かのじょ》は空のバケツでトンネルのさらに奥《おく》を示した。「わたしの聞《き》き間違《まちが》いじゃなければ、あれは泉の湧《わ》き出《で》る音よ」

ぼくにも聞こえた。近くの暗闇《くらやみ》のどこかに水源《すいげん》があるらしい。

「行きましょうか？」サマーはザーザー音のするほうへ向かっていった。

ぼくは頭を高速回転させた。考えろ。なにが気になっているんだ？　これから飛《と》び込《こ》む状況《じょうきょう》について、どんな不安があるんだ？

サマーはぼくの少し先で、トンネルが短いくだりの階段《かいだん》になっているところに松明《たいまつ》を設置《せっち》していた。「なにあれ？」

彼女《かのじょ》は壁《かべ》の穴《あな》から噴《ふ》き出《だ》す水のことではなく、水の中にいるもののことを言っていた。ぼくらは四角い目を二度ぱちぱちさせた。

生き物だ。小さくてピンク色で、手脚《てあし》が四本としっぽがある。それは青いカーペットみたいな水の中を泳いで、いや、歩いてかな、のぼったりくだったりしていた。少なくともいまは、こっちに全然気づいていないようだ。

「あれってカニアラシ？」彼女《かのじょ》がぽかんとしていたので、ぼくは言い足した。「ぼくがシルバーフィッシュにつけたあだ名だよ」

「ああ」サマーがうなずく。「石の中に棲《す》んでいて、噛《か》みついてくる、たちの悪いチビのことね」

ぼくは有害そうな生き物を示した。「あれは新種の両生類バージョンかな？　ミズアラシとか？」

「だとしても」サマーは思案しながら言った。「襲《おそ》ってくるようには見えないけれど」

「エレベーターのために水を奪《うば》ったりしたら、どうなるかわからない」

「たしかに」

サマーは慎重《しんちょう》に近づき、湧《わ》き出《で》る水へとバケツを持ちあげた。ぼくは剣《けん》を構《かま》えた。ぼくらはどんなことが起きても、対処《たいしょ》できるつもりだった。

その考えは間違《まちが》っていた。

「えっ、ちょっと……」サマーは口走って振《ふ》り返《かえ》り、水だけでなくその生き物までバケツに入っているのをぼくに見せた！「水を汲《く》もうとした瞬間《しゅんかん》に勝手に入ってきちゃって——」

「捨てて、捨てて！」危険《きけん》かもしれない生き物を友だちが手にしていたせいで、ぼくはあわてふためいた。「もう一度やり直すんだ」

「でも……」サマーはいたずらを思いついたときの例の声を出した。「シルバーフィッシュぐらい攻撃的《こうげきてき》な生き物なら、水ごと洞窟《どうくつ》グモにぶちまければ、わたしたちに代わって退治《たいじ》してくれるんじゃない」

「それは卑怯《ひきょう》だよ」ぼくはうめいた。「モンスター同士《どうし》を戦わせるなんて」

「自然とそうなるときもあるでしょ」サマーは早くも階段《かいだん》を引き返し始めている。「スケルトン同士《どうし》が矢で攻撃《こうげき》し合ったりとか」

「そうだけど、それとは話が違《ちが》う」ぼくは反対した。「それに、もしもそいつが危険《きけん》でなかったら、きみは無害な生き物を傷《きず》つけて――」

「シュウウウッ！」

すべてがあっという間の出来事だった。ぼくの一歩前にいたサマーは、緑色がかった小さなクモと向き合っていた。

もう一度〝シュウウッ〟と音がして噛《か》みつかれ、ぼくの友だちは毒に侵《おか》されて、ふらふらとこっちへあとずさった。

「ぼくに任せろ」閃光《せんこう》のごとく剣《けん》を引《ひ》き抜《ぬ》いた。

鋭《するど》いダイヤモンドがルビー色の目をとらえる。クモは耳ざわりな声をあげて、ぴょんと飛びすさったあと、ささっと進み出てもう一度攻撃《こうげき》しようとした。「そうはいかないぞ！」ぼくは吐《は》き捨《す》てると、そいつを斬《き》りつけて煙《けむり》に変えた。

勝《か》ち誇《ほこ》っている暇《ひま》はない。入口をふさがないと！　いまのクモがスポナーからここまでやってきたのなら、きっとほかのやつらもあとからついてくる。ぼくは橋のおり口へと急ぎ、全速力で丸石ブロックを積みあげた。「大丈夫《だいじょうぶ》かい、相棒《あいぼう》？」呼《よ》びかけると、腹立たしげな声が返ってきた。「いまいましい牛乳を持ってくるのを忘《わす》れたわ！」

「とにかくなにか食べるんだ」ぼくは彼女《かのじょ》に手を貸そうと振《ふ》り返《かえ》った。「なんでもいいから」

「もう食べてる」サマーはよろよろとぼくのほうへ来た。毒の渦巻《うずま》きはもう出ていないが、パンで傷《きず》が治《なお》るまでもう少しかかるだろう。

「見えない代価《だいか》！」ずっと思い出そうとしていた言葉がぱっと頭に浮《う》かび、ぼくは大声で言った。「ぼくらはそれを計算に入れてなかったんだ！」

これはヴェッスンとは言えない。村で暮らす知恵ではなく、財産の管理法だから。でも、みずから学んだことにはそれだけの価値《かち》がある。

〝投資《とうし》をするときは、見えない代価《だいか》を必ず計算に入れる！〟

「あのクモの糸を手に入れる代価《だいか》は鉄のインゴットふたつじゃすまない」ぼくはサマーのうめ

き声を聞き流し、もったいぶって説明した。「たとえば、クモの毒から回復《かいふく》するには牛乳がたっぷりいるし、念のために食べものも必要だ。矢もいるけど、ぼくはもう矢の補充《ほじゅう》ができない。それに時間だ、時間がすごくかかる。同じ時間をかけるなら、ヒツジから羊毛を刈《か》り取《と》るほうがずっと安全だよ」

「ご講釈《こうしゃく》をどうも、教授《きょうじゅ》」サマーはため息をつき、暗い坑道《こうどう》をゆっくり見回した。「ガイ大学で次の講義《こうぎ》が予定されていないなら、手に入れたものだけ持って、村へ引き返すのが賢明《けんめい》じゃない？」

「かまわないけど」彼女《かのじょ》にからかわれて、ぼくはちょっとむっとした。「外へ出るにはしっかり計画を立てなきゃ」封鎖《ふうさ》したトンネルへ目をやり、ここから村までのあいだにある障害物をすべて考えてみた。「まずはこの坑道《こうどう》、その上には別の洞窟《どうくつ》、さらに上には地底湖、そのまた上には……」

「またそれ？」サマーはくすっと笑った。「あなたはいつも考えすぎなのよ。簡単《かんたん》な解決策《かいけつさく》が目の前にあるのに」

「へえ、そう」ぼくは両腕《りょううで》を上げ、大げさな身振《みぶ》りでまわりを示した。「その〝簡単《かんたん》な解決策《かいけつさく》〟

とやらはいったいどこにあるんだい？」

サマーはなにも言わずに、こぶしを天井へ向けた。

「ああ、なるほど」ぼくは両腕《りょううで》を下げてのろのろと言った。「上までひたすらトンネルを掘《ほ》ればいいのか」

これまではぼくの島でも、ネザーでも、その脱出法《だっしゅつほう》は選択肢《せんたくし》になかった。天井が通常のブロックなのは今回が初めてだ。ネザーみたいに溶岩溜《ようがんだ》まりがあったり、地底湖みたいに水があったりするかもしれないけれど、とにかく試すだけの価値《かち》はある。

「じゃあ、始めようか」ぼくは声をあげると、壁《かべ》に向かってツルハシを振《ふ》りかぶった。

# 第11章　青と緑の惑星《わくせい》はどんどん小さくなっている

溶岩《ようがん》にも水にも行き当たらなかった。大変なのは、単調な作業が続いたことだけだ。ぼくが先頭になり、松明《たいまつ》を置いてはブロックをいくつか採掘《さいくつ》。その後ろでサマーは後方を見張《みは》って松《たい》明《まつ》を回収。途中で何度か鉱脈《こうみゃく》を見つけた。大半は石炭と銅で、鉄とレッドストーンが少々。延々《えんえん》と掘《ほ》り進《すす》んで地上にたどり着いたときには、ふたりともこの作業にうんざりしていた。

とはいえ、最後の土の層を突《つ》き破《やぶ》り、澄《す》んだまぶしい日差しの中へ出てみると、そこにはうれしい驚《おどろ》きがあった。村だ！　ぼくらは村に戻《もど》っていた。

「いつの間にかUターンしてたんだね」ぼくは隣《となり》へ出てきたサマーに言った。「次からは地図を持っていったほうがいいな。それに時計もあれば、帰ってみたらモンスターだらけの夜中だったってことにもならない。きみもそう思うだろ、サマー。サマー？」

彼女《かのじょ》はすでに意気揚々《いきようよう》と村人たちのほうへ向かっていた。「ショッピングに行くわよ！」

あの変なトカゲっぽいやつをほしがる人はいないかと、サマーが水入りのバケツを差し出す。ほしがる人はいなかった。幸い、まだ村に滞在《たいざい》している行商人さえほしがらない（どうして〝幸い〟なのかはすぐにわかるよ）。

「ほしい人はいないの？」サマーは鼻を鳴らした。「ひとりも？」

「びっくりすることじゃないだろ」ぼくはたしなめた。「村の人たちが売り買いするアイテムはもうすべて知ってるんだから」

「そうだけど」サマーはいらいらと息《いき》を吐《は》いた。「この世界はわたしたちに変な生き物をつかまえさせておきながら、なんの使い道も与えないわけ？　それじゃなんの意味があるの？」

「いまは使い道がなくても」ぼくはなぐさめた。「のちのち役に立つかもしれない。お互《たが》い、そういう経験《けいけん》を何度もしてきただろ？」

サマーはまた息《いき》を吐《は》いたが、今度は同意の意味だ。「となると」バケツの中の生き物にしゃべりかける。「もうしばらく一緒《いっしょ》にいてもらうわよ。ただし、この貴重《きちょう》な道具は返してもらう」

小さな池へと向かい、バケツの中身を空《あ》ける。「ほら、行って」

ここで話を戻《もど》すよ。ぼくが茶色の魚を二匹飼《か》ったのは覚《おぼ》えてる？　そう、あの二匹はまだその池の中でのんびり泳いでいる。

それが……。

洞窟《どうくつ》トカゲが誘導装置《ゆうどうそうち》つきの魚雷《ぎょらい》みたいなスピードと殺傷力《さっしょうりょく》で魚たちに襲《おそ》いかかったので、ぼくらはふたりとも〝あっ〟と驚《おどろ》きの声をあげた。ただし、その理由はまったく別だ。ぼくは恐怖《きょうふ》から、サマーは興奮《こうふん》からだった。

「この子、肉食なのね」狩り好きの友だちはぷかぷか浮《う》かぶ魚の残骸《ざんがい》をすくいあげた。しばらくはただじっとそれを見ていたが、頭が回転している音がぼくにも聞こえるようだった。

「サマー？」ぼくは怪《あや》しんで尋《たず》ねた。「なにを考えてるんだい？」

彼女《かのじょ》は「すぐに戻《もど》るわ」と返事をすると、図書館へ飛んでいって、一分後には〝野生の生き物〟の本を持って飛び出してきた。「〝ウーパールーパー〟っていうんですって」平らな鼻をページにくっつけるようにして説明する。「生きた魚を食べるそうよ」

「オオカミがヒツジを食べるみたいにか」サマーの住んでいた山の近くの森では、まさにそのとおりのことが起きた。血なまぐさい記憶《きおく》がよみがえったので、ぼくは顔をしかめた。

「そう！」サマーは本をぴしゃりと閉じ、川へ走っていった。

「今度はなにをたくらんでるんだい？」

「うまくいったら話してあげる」サマーは池へと急いで戻《もど》ってきた。ぼくはじっとしていた。彼女《かのじょ》のあとを追わなかったし、それ以上の質問《しつもん》もしなかった。彼女《かのじょ》が「うん……うん、これならうまくいきそう！」と叫《さけ》んだときもだ。ぼくが少しだけ体を近づけたところ、サマーがウーパールーパーに語りかける声が聞こえた。その口調はこのうえなく愛情がこもっていて、動物に向かってそんな声を出すのは聞いたことがないほどだった。

「わたしたちにあなたを見つけさせてくれてありがとう、ウーパー。これからわたしたちはビジネスパートナーよ。きっとあなたを満足させられるわ」

こうしてぼくらはビジネスパートナーになり、ぼくらのビジネスは……そう、日課になった！　きみがこれまでの二冊《さつ》の本を読んでいるなら、生活がパターン化する場面がときおり描《えが》かれているのは知っているよね。読んでいなくても、あせらないで。映画《えいが》とかで、実際《じっさい》には長い期間の出来事を印象的《いんしょうてき》な短いシーンだけをつなぎ合わせて、短縮《たんしゅく》しているのを観《み》たことあるかな。ここからはそんな感じだ。自分の好きな音楽をつけたってかまわないよ。

ぼくとサマーが釣り人《つりびと》のところへ行って石炭を売り、鉄インゴットで鍛冶屋《かじや》のレベルを上げ、両方の取引で手に入れたエメラルドを使ってホテル用のベッドを買うことで、機織り職人《はたおりしょくにん》のビジネスマンとしての経験値《けいけんち》を上げるところを思い浮《おもう》かべてほしい。

ちなみに、ぼくらはホテルと呼《よ》んでいるけれど、厳密《げんみつ》には正しくない。一時的な宿泊施設《しゅくはくしせつ》であるホテルと違《ちが》って、ぼくらはここを定住用の住まいにするつもりなんだ。正しい呼《よ》び方《かた》はなんだっけ？　寮《りょう》？　合宿所？　なんでもいいけれど、とにかくぼくらは完成したホテルに満足した。

二階建《かいだ》てで、フェンスをはめた窓《まど》がたくさんあって風通《かぜとお》しがよく、床とドア、傾斜《けいしゃ》した屋根には、図書館の本によるとアカシアと呼《よ》ばれる近くの木材を使った。アカシアの赤錆色《あかさびいろ》は丸石の灰色《はいいろ》とのコントラストが美しい。カラフルなベッドを加えて絵画を飾《かざ》ると、きたるベビーブームのための準備《じゅんび》はこれ以上なく完璧《かんぺき》に整った。

実際《じっさい》はここまですごく時間がかかっている——だから話を短縮《たんしゅく》するよ。

村の人口を増《ふ》やすには、もっと食料を育てる必要があったので、ぼくらは村からある程度《ていど》離れた一角に小麦とニンジンを数列植えた。成長速度を上げるために松明《たいまつ》で夜も明るさを確保《かくほ》し、すぐそばまで水を引いたけれど、いちばん活躍《かつやく》したのはコンポスターだ。苗木《なえぎ》とか種とかの余《あま》った有機物を中へ入れると、ジャジャーン、肥料《ひりょう》になる骨粉《こっぷん》のできあがりだ！

そのおかげで作物がぐんぐん成長するところを思《おも》い浮《う》かべてほしい。倒《たお》したスケルトンや、サマーの〝養魚場〟からもらった骨《ほね》を追加し、さらに効果倍増《こうかばいぞう》だ。そう、彼女《かのじょ》は養魚場を始めたんだ。ぼくらの新しい友だちウーパーに彼女《かのじょ》が売り込んでいたビジネスとはそれのことだった。

サマーは活きのいいサケの群れが出現《スポーン》する正確《せいかく》な地点を見つけると、川の両側の流れを堰《せ》き止《と》め、陸に接《せっ》している側も壁《かべ》で囲《かこ》い込《こ》んだ。そこへ肉食魚を投入したら、あとはそいつが群れを全滅《ぜんめつ》させるのを眺《なが》めているだけ。生鮭《なまざけ》になったものを集めて釣《つ》り人《びと》に売るんだ。

サマーのビジネスは効率的《こうりつてき》だし、儲《もう》かったことは間違《まちが》いない。それに、うん、その儲《もう》けを分けてもらったから、ぼくは自分の理想をちょっぴり曲げたことになる。だけど、どんなことがあっても、本を作るためにウシを殺《ころ》すつもりは絶対《ぜったい》になかった。その結果《けっか》どうなったのかは、きみにもすぐにわかるよ。

とにかく、いまは短縮《たんしゅく》バージョンで見ていこう。ぼくらが収穫《しゅうかく》した作物で農民がレベルアップレ、おかげで新たな子どもたちの誕生《たんじょう》を祝う〝バースデー〟ケーキが買えるようになるところを想像《そうぞう》してほしい。しかも子どもたちは続々と誕生《たんじょう》したんだ！　一時はちびっ子集団が村じゅうを走り回っていたぐらいだ。子どもたちは本当にかわいくて、大人たちみんなに〝ハア〟と挨拶《あいさつ》し、家に飛《と》び込《こ》んでは、外へ飛《と》び出《だ》し、ベッドの上でジャンプして遊んでいた。

子どもでいるのは悪くないね。だれだって、なんの悩《なや》みもなしに一日じゅう遊んでいたいだろ？　ただし、永遠《えいえん》に子どものままではいられない。生きていれば、いやでもじきに悩《なや》みが押し寄せてくるんだ。

だからサマーとぼくは、子どもたちが将来《しょうらい》に仕事を見つけるチャンスをあげるべく、大急ぎで作業した。鍛冶屋《かじや》のときのように、ひと部屋だけの小さな小屋をいくつも作り、それぞれに作業台を設置《せっち》した。「もうひとつ、この世界のいいところは」矢と弓が描《えが》かれた台を最後の小屋に置きながら、ぼくはサマーに言った。「学校がないことだね」外へ目をやり、家から家へと走り回る子どもたちを眺《なが》める。「ここでは子ども時代には、ただ子どもでいればいい。そこからすぐに」作業台へ目を戻《もど》す。「職業訓練《しょくぎょうくんれん》だ」

「彼《かれ》らが働きたいならね」サマーは気のない返事をした。「ニート世代を作り出してないとい

よう」

「ひとりかふたりはニートになるかもしれないけど、彼《かれ》らの多くは地域社会《ちいきしゃかい》に貢献《こうけん》すると信じよう」

「答えはすぐにわかるわよ」

本当にすぐにわかった。

ひとり目の子どもは大人になるとすぐ、地図が描《えが》かれた台のある小屋へふらふら入り、出てきたときには金縁《きんぶち》の片眼鏡《かためがね》をかけていた。「言ったよね？」ぼくはサマーをつついた。新たな商人が提示《ていじ》した取引は、紙二十四枚でエメラルド一個か、エメラルド七個で白紙の地図一枚だ。

「この村人は地図製作者《ちずせいさくしゃ》……つまり製図家《せいずか》になりたいんだ。それが職業名《しょくぎょうめい》だよね？」

サマーは肩《かた》をすくめて自分も取引をした。具体的にはどんな職業《しょくぎょう》があるのか、それを説明してある本はまだ見つかっていなかったけれど、すぐに明らかになるはずだ。

それからの二週間は就職説明会のようなもので、まだ職についていない新人たちが新たな仕事を手に入れていった。溶鉱炉《ようこうろ》（最初はパワーアップしたかまどだと思っていたやつだ）を使うと、防具《ぼうぐ》を売る村人が誕生《たんじょう》した。この防具鍛冶《ぼうぐかじ》との取引は、はじめは興味を引かれなかった

――ちょっと高すぎる、と思ったぐらいだ。だって、鉄のレギンスひとつにエメラルド七個、鉄の胸当《チェストプレート》てひとつにエメラルド九個だよ？　それってぼったくりじゃないか。とはいえ、それらを買っていけばそのうち商品も増《ふ》えるだろう。

次の作業台を、道具鍛冶用《どうぐかじよう》だとぼくらは勘違《かんちが》いした。これを使って誕生《たんじょう》した職人《しょくにん》に石炭を売ってエメラルドを買うことができたし、エメラルドで鉄《てつ》の斧《おの》を買えたからだ。「この道具鍛冶《どうぐかじ》はもうひとりの職人《しょくにん》ほど腕《うで》がよくないのかも」サマーは彼《かれ》の眼帯《アイパッチ》を指し示した。「ちょっと抜《ぬ》けてそうじゃない？」

ぼくは賛同できずに考《かんが》え込《こ》んだ。「これは道具じゃなくて、武器《ぶき》じゃないかな」

「この〝ぬけさく〟さんは武器鍛冶《ぶきかじ》だってこと？」

「斧《おの》だって武器《ぶき》だよ」ぼくは言い返した。「ぼくが最初にクモを倒《たお》したとき使ったのも斧《おの》だったし、ネザーのブタ兵士《へいし》たちも斧《おの》で武装《ぶそう》していただろ」

そのとき、興味深い考えがひらめいた。「ひょっとすると」ぼくは頭をフル回転させながら行ったり来たりした。「すべての武器《ぶき》は最初は道具だったのかもしれない。ほら、ぼくら人類の草創期までさかのぼるとさ。畑に出て、いつも頼《たよ》りにしている斧《おの》で木を切っていたら、野生の動物とか、悪人とかに襲《おそ》われたとする。きみは自分を守らなきゃいけないけど、斧《おの》と剣《けん》の両方は持っていないから……」

「その理論《りろん》が正しいか、間違《まちが》っているかは、彼《かれ》らが進歩していくうちに証明《しょうめい》されるでしょ」サマーが言った。

たとえ証明《しょうめい》されなくても、ぼくは自分の考えを誇《ほこ》らしく思った。でも、それは翌日考えついたヴェッスンとは比べものにもならなかったんだ。

村へ向かったぼくが、丸ノコのついた台がある小屋の前を通ると、黒いエプロンをつけた村人が挨拶《あいさつ》に出てきた。「おはよう」ぼくは声をかけ、〝ハアー〟と、粘土《ねんど》十個でエメラルド一個か、エメラルド一個でレンガ十個かの取引を持ちかけられた。

「つまりきみは……レンガ職人《しょくにん》か（まだ石工《メイソン》という正しい職業名《しょくぎょうめい》を知らなくて、あとでサマーが教えてくれた）。悪いけど、いまレンガはいらないんだ。それにきみに売れる粘土《ねんど》も持ってない。ぼくの島の入り江《ラグーン》と違《ちが》って、ここにはあんまり――」

ひらめきの予感がして、ぼくは言葉を切った。「でも、きみは粘土《ねんど》なしでもレンガを作れるんだよね？　できあがったレンガがここにあるんだから！　しかも代価《だいか》をもらえるなら、いくらでもレンガを出せる」この世界の奇妙《きみょう》な新事実に気づき、ぼくはかぶりを振《ふ》った。たとえ自分には理解不可能《りかいふかのう》でも、ルールはルール。

「どういうことかはぼくにはわからない。きみたちはみんな、なにもないところから売りものを作り出すけど、その方法はぼくには理解《りかい》できない。でも、もといた世界でのもの作りのやり方《かた》について、すごく考えさせられるんだ。

原材料から商品が完成するまでの流れについて。一歩引いて、その流れ全体を見てみると、すごいことだよね。家を作っているレンガは、何百キロも、何千キロも離れたところで作られたのかもしれない。レンガになった粘土《ねんど》はさらに何千キロも離れたところで採《と》れたのかもしれない。レンガだけじゃない。なにもかもだ。いろんなものが世界中を移動しているから、みんなどこででも暮らせるし、なにかがなくて困ることもない」

「ハア」

石工が言葉を挟《はさ》んだので、ぼくはそれに応じた。「うん、きみの言うとおりだ。みんな、ではないね。商品を手に入れるにはお金を払《はら》わなきゃいけない。世界中からすてきなものをいろいろ取り寄せることは可能でも、懐《ふところ》にそんな余裕《よゆう》のない人だってきっと大勢《おおぜい》いる。でも、お金や職業《しょくぎょう》の専門化《せんもんか》についていままで学んだことを考えてみると……この流通網《りゅうつうもう》とかネットワークとかは……つまり、世界中で商品を運んでいる船とか飛行機とかトラックとかそういうものはすべて、職業《しょくぎょう》の専門化《せんもんか》をさらに推《お》し進《すす》めているんだ。だって、どんな専門職《せんもんしょく》の人が仕事で特殊なものが必要になったとしても、地球上のどこからでも注文できるかもしれないんだよ。そういう取引ネットワークが発展《はってん》すればするほど、人間は専門的《せんもんてき》なスキルを磨《みが》くことができるんだ」

この発見に頭がくらくらした。人々がどんどんつながり、青と緑の小さな惑星《わくせい》がもっともっと小さく思えるようになるところを思《おも》い浮《う》かべようとした。ついでに、もといた世界で自分が暮らしていた家がどんなふうだったかも思い出そうとしたけれど、だめだった――でも、地元で採《と》れる原料のみで作られたものなんて、家にはひとつもなかっただろう。「そう考えるとすごいね」ぼくは自分の鉄のブーツを見おろして静かに言った。

だけど顔を上げたときには、石工はぶらぶら歩み去っていた。「うん、気持ちはわかるよ」ぼくは村人の背中《せなか》に向かって話しかけた。「いまのぼくの話をしばらくひとりでじっくり嚙《か》みしめたいんだね」

ぼくはというと、もちろんひとりきりで物思いにふけってなんかいられなかった。こんなに意義《いぎ》深い考えをひとり占めするのは許《ゆる》されない。

「サマー！」川岸へ走りながら声を張《は》りあげる。「聞いてくれ！」

「ねえ、おかしいのよ」サマーがさえぎって話し始めた。「今日見たら、ウーパーが村の池に入ってしまっていたの」両生類のペットへ目をやる。「多少は陸地も歩けるようだとは思っていたのよ」養魚場を取《と》り囲《かこ》む石塀《いしべい》に向かってうなずきかけながら続ける。「だから囲《かこ》い全体をブロック一個分、水位より高くしていたのに」石塀《いしべい》を調べてから、思案するようにウーパールーパーにふたたび目をやった。「いったいどうやって脱走《だっそう》したの？」

「うん、うん、うん」ぼくは熱心にうなずいてみせた。「すごく気になるよ。でもね、ぼくの話は聞いておかないと損《そん》するよ！」ぼくが自分のひらめきを披露《ひろう》すると、サマーはただ礼儀正《れいぎただ》しくうなずき、要所要所で〝ふうん〟と相づちを打ちながらも、水面から目を離さなかった。いまはちょうどその日の〝漁獲《ぎょかく》タイム〟で、水の中ではサケが続々とスポーンし、ウーパールーパーは食事の真っ最中だ。ぼくは大虐殺《だいぎゃくさつ》には目を向けないようにした。

逃《に》げ回《まわ》る魚たちめがけてウーパーがすばやく襲《おそ》いかかり、サマーは川へ入って生鮭《なまざけ》をすくっている。幸い、彼女《かのじょ》が川岸に上がってきたところで、ぼくの演説もちょうど終わった。

「それで、きみはどう思う？」この四角い体を曲げてお辞儀《じぎ》ができたらいいのにと思いながら尋《たず》ねた。

「なかなかおもしろいんじゃない」サマーは川岸の作業場へと——そんなものがあるのに、ぼくはいま初めて気づいた——歩いていった。リンゴのなっているオークの木三本の下に、作業台、かまど、収納用《しゅうのうよう》チェストが並《なら》んでいるという、すっきりした造《つく》りだ。「すべてがつながっているってアイデアは気に入ったわ」そう言いながら、生鮭《なまざけ》をかまどに入れる。「だけど糸が切れたときはどうなるの？」

「へっ？」ぼくの鋭《するど》い頭脳《ずのう》から出てきた言葉はそれだけだった。

「ネットワークが途《と》切《ぎ》れたら」サマーは生鮭《なまざけ》の下に石炭《せきたん》の塊《かたまり》を入れてさらに質問《しつもん》した。「なんらかの理由で、そのすばらしい取引経路《とりひきけいろ》がすべて切断《せつだん》され、みんな孤立《こりつ》してしまったら？」

「あっ」それは考えていなかった。「ええと……」

どうした、天才ガイ、考えろ！

「……なんでも自分で作る生活に戻《もど》らなきゃいけないかな」

「ほんとに？」サケの焼《や》けるにおいが漂い、サマーは挑《いど》むように問いかけた。「なんでも？」

「え……う、ううん……」ぼくは言葉に詰《つ》まった。「それは無理だよ。でも、ほら、少なくとも最低限《さいていげん》のことはなんとかできるんじゃないかな。別に、車を一から作れなきゃいけないってわけじゃない。だいたいの仕組みさえわかっていれば、壊れたとしても直すことができる。ほかのものについてもそうだ、たとえば自分の体なんかも。応急処置《おうきゅうしょち》のやり方とか、最低限《さいていげん》のことはできるようにしておく。ほら、ネットワークが復活《ふっかつ》するまではね。そういうスキルを持っておくことに加えて、緊急時《きんきゅうじ》の備《そな》えがあるべきかな。食料とか医療品《いりょうひん》とか、それに……えっと……ここではトイレは必要ないけど、いつかもといた世界へ戻《もど》れたら、いちばん必要になるのはトイレットペーパーだよね」

「なるほど」サマーはかまどへ手を伸《の》ばした。「ランチにする？」

焼《や》いた魚を見て、ぼくは尻込《しりご》みした。「まさかぼくに……」

「ガイ！」サマーはぴしゃりと言い、チェストからリンゴを一個出してくれた。「あなたはこっち。道具の材料用に育てているオークに実《みの》ったおまけよ」

「ああ、そっか」ぼくはおいしい果実にかじりついた。「ごめんね」この世界で初めて口にした食物のクローンを胃袋が消化しているあいだに、頭は新たなヴェッスンを消化していた。〝人に頼《たよ》ってもかまわないが、常に自分でできるようにしておく〟

翌朝、ぼくらはさらに新たな仕事が誕生《たんじょう》するのを目撃《もくげき》した。しかも、これを上回るサプライズなんてないだろう。ぼくらが村へ行く代わりに、村がぼくらのところへ来たんだ。まだ避難《ひなん》所《じょ》にいたぼくらが採掘《さいくつ》の準備《じゅんび》をしていると、いきなりドアがバンと開いて、無職の村人がずかずか入ってきた。

「やあ、おはよう」

ぼくが上機嫌《じょうきげん》で挨拶《あいさつ》したのに対して、相棒《あいぼう》は嚙《か》みつくように吐《は》き捨《す》てた。

「ちょっと！　ノックもできないの？」

「できないのは知ってるよね」ぼくは村人をかばった。「彼《かれ》らは朝の散歩《さんぽ》をしてるだけだよ」

「それは知ってるけど」サマーはしぶしぶ認《みと》めた。「驚《おどろ》かされるのはいやなの……」

戸口から丘《おか》の向こうを眺《なが》める。「わたしたちがホテルを建《た》てたせいで、散歩《さんぽ》の範囲《はんい》が広がったんだわ」彼女《かのじょ》はドアへ目をやった。「レッドストーン回路《かいろ》を使う鉄のドアにして、ボタンをベルトに入れて持ち歩くようにすれば、鍵《かぎ》つきドアにいちばん近い形になるわね」

「そうカリカリしないで」ぼくはついたしなめた。「なにか壊《こわ》されたり盗《ぬす》まれたりするわけじゃないし、ぼくらだって毎日のように彼《かれ》らの家に勝手に入ってるよ」

サマーはふんと息《いき》を吐《は》いてうなずき、村人に向き直った。「いいわ、どうぞ見ていって」直方体の腕《うで》で四角い部屋を示す。「でも、わたしのベッドの上でジャンプするのは絶対《ぜったい》にだめよ」

村人はジャンプはしなかった――大人はやらないらしい――それに室内を見ることさえしなかった。代わりに隣人《りんじん》は〝ハア〟と醸造台《じょうぞうだい》へ直行し、しばらくじっと眺《なが》めていたかと思うと……ポン……服が紫色《むらさきいろ》のローブに変わり、緑色のキラキラが舞《ま》い散《ち》った！

「ええええっ？」ぼくは息をのんだ。

「うちの醸造台《じょうぞうだい》に紐《ひも》づけされて醸造家《じょうぞうか》か薬剤師《やくざいし》になったようね」サマーはくすりと笑った。

「まさかそんな職業《しょくぎょう》まであるなんて思わなかった」

「でも薬剤師《やくざいし》になったのなら、薬はどこにあるんだい？」なにを売ってくれるんだろうと、ぼくはのぞき込んで尋《たず》ねた。

エメラルド一個でレッドストーンダストふた山、ゾンビの肉三十二枚でエメラルド一個。

「うーん、がっかりだな」ぼくは意気消沈《いきしょうちん》した。「別に、なんていうか、魔法《まほう》のポーションを期待してたわけじゃないけどさ」

「忘《わす》れないで」サマーは収納用《しゅうのうよう》チェストのひとつを開けて言った。「これはまだはじまりよ」

腐《くさ》った肉六十四枚を取り出す。「この戦利品に感謝《かんしゃ》する日が来るとは思わなかったわ」何回か取引をしてレベルアップの渦巻《うずま》きが飛んだあと、薬剤師《やくざいし》は金のインゴットを買うようになり、商品にもラピスラズリが増《ふ》えた。金なら、ぼくの島とサマーの山で採《と》れたものがたくさんある。

これまで金はさまざまなポーションの材料としてちょっぴり必要になるだけだった。もといた世界では昔から取引に使われているものの代表格なのに、ここでは取引できるようになるまでこんなに時間がかかるとは！　黄色の金属《きんぞく》は緑の宝石に交換《こうかん》された。そろそろ次のレベルアップが来るぞ。「ラピスラズリを買ってみよう」ぼくは提案《ていあん》した。「経験値《けいけんち》の足しにもなるしね」

エメラルド一個を売却《ばいきゃく》し、青い石を一個購入《こうにゅう》。そしてチリンとレベルがアップ。

ウサギの足四本でエメラルドが一個買えるようになった。

「狩《ハンティング》りに行っている時間がない」サマーは自分を責《せ》めるように言った。

「探索《ハンティング》と言えば……」ぼくの関心は、新たに提示《ていじ》されたふたつ目の取引のほうに向けられて

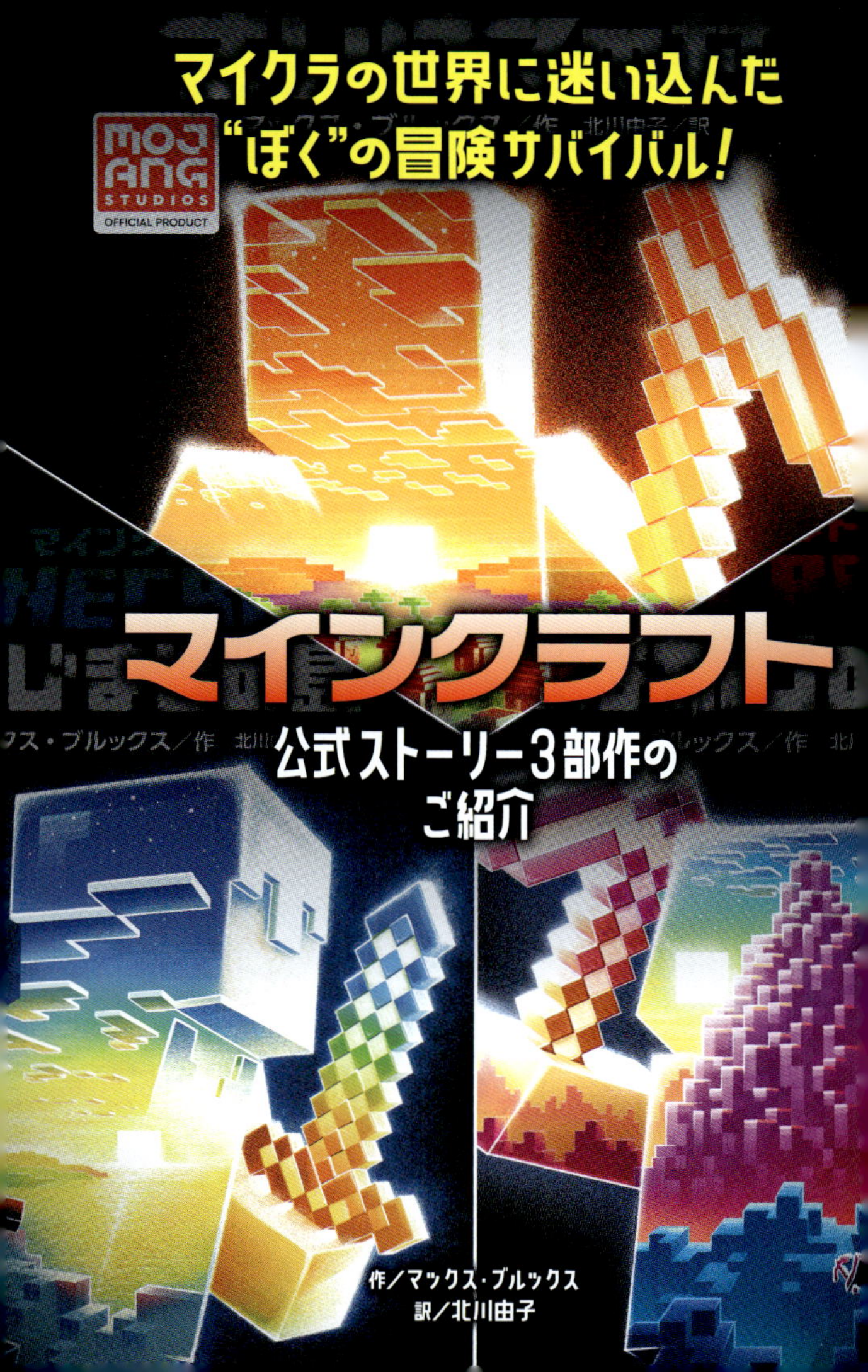
マイクラの世界に迷い込んだ
“ぼく”の冒険サバイバル！
MOJANG STUDIOS
OFFICIAL PRODUCT
マインクラフト
公式ストーリー3部作の
ご紹介
作／マックス・ブルックス
訳／北川由子

すべてはここから始まった!

## 『マインクラフト はじまりの島』

すべてが四角いブロックでできた世界にいきなり放り出された「ぼく」。流れついた島で木や石ブロックを手に入れ、さまざまなものをクラフトして生きのびろ。マインクラフトにも人生にも役立つ教訓が学べる、サバイバル冒険ストーリー第1弾!

四六判上製/360ページ ISBN9784801915343

# 『マインクラフト つながりの山』

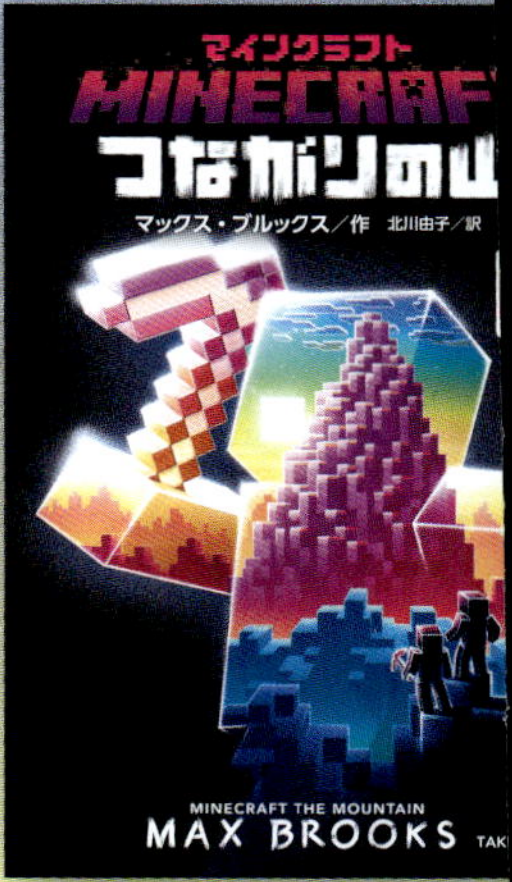


## ついに見つけた仲間と ネザーにいどめ！

島での安全な生活を捨ててオーバーワールドに旅立った「ぼく」はついにサマーという女性の仲間を見つける。同じ世界から来た彼女と仲間になって、「ぼく」はネザーへ素材を取りにいくが、人と協力する冒険は一人きりとは色々ちがっていて…!? ドキドキのマインクラフト冒険小説第2弾！

四六判上製/392ページ
ISBN 9784801929265

# 『マインクラフト さいはての村

## 邪悪な連中から おだやかな人々を守りき

元の世界へ帰る方法を探してサマー
旅立った「ぼく」とサマーは、さまざ
地を通った先で、のどかな村にたどり
村人たちと交易し、二人は社会の中
る秘訣を学ぶが、やがて村は略奪者
襲撃にさらされてしまう…！ 異世界
バイバルする「ぼく」が新たな可能
つける３部作最終回！

四六判上製/544ページ
ISBN 9784801942813

いた。

探索《たんさく》に何カ月もかかった品物のグロウストーンに。

これを手に入れるためだけに、ぼくらはネザーを冒険《ぼうけん》して自分たちの命と友情を終わらせかけたんだ。それがいまはこうして目の前にあって、代価《だいか》さえ支払《しはら》えばいくらでも手に入る。

「もう、いまになって！」サマーは笑った。「数カ月前に現《あらわ》れてくれれば、こっちも大助かりだったのに！」

「まあ、明るい面を見ようよ」ぼくは大笑いした。「文字どおりにね！　これで部屋の照明《しょうめい》を松明《たいまつ》から高性能のレッドストーンランプに変えられる」

「もっといろいろなものに利用しなくちゃ」サマーは窮屈《きゅうくつ》で殺風景《さっぷうけい》な避難所《ひなんじょ》を身振《みぶ》りで示した。

「しばらくここにいるなら、ちゃんとした家を作らない？　それか、せっかく都市みたいになってきたんだから、集合住宅《フラット》を作って、それぞれの部屋に住めるようにするとか」

「なにを平《フラット》らにするんだい？」

サマーは口をつぐみ、ぼくをじろりとにらんだ。「からかってる？」

「うん、村人からいいいいい買ってるよ」ぼくの返答に、サマーはあのすてきな笑い声をあげた。

「では、集合住宅建設《アパートけんせつ》にかかろう」ぼくは宣言《せんげん》した。「それにせっかくなら」ぼくは別のチェストを開けた。「この溜《た》まってる深層岩《ディープスレート》を使わない？　たくさんあるし、ぼくのツルハシの感覚《かんかく》が正しければ、丸石よりちょっと頑丈《がんじょう》なはずだ」

「でも、ちょっと暗くて不気味じゃない？」サマーは反論《はんろん》した。「ネザー要塞《ようさい》に住んでいるみたいにならないかな？」

「壁《かべ》に使う分には気にならないよ」ぼくは約束《やくそく》した。「装飾《そうしょく》や窓《まど》をつけるし、床材は別のブロックを使えば……きみも絶対《ぜったい》に気に入るさ。ぼくを信じて」

サマーは肩《かた》をすくめた。「あなたがそう言うのなら、ミスター・スレート」

「ミスター・スレート」頭の中でふいに記憶《きおく》がよみがえり、ぼくは繰《く》り返《かえ》した。「それって名前だよね」

「名前だったらどうなの？」

「彼《かれ》の名前だよ」頭にかかった靄越《もやご》しに思い出す。「もといた世界で彼《かれ》はとても厳格《げんかく》な指導者《しどうしゃ》なんだ、いや、指導者《しどうしゃ》だったんだ、遠い昔の。場所はどこだったかな……」ふーっと息《いき》を吐《は》いて記憶《きおく》を吹《ふ》き払《はら》った。「まあいいや。大事なのは、ぼくらの最終目的を思い出させてくれたってことさ」ぼくはすべてを見回した。避難所《ひなんじょ》、去っていく村人、彼《かれ》が向かっている村。「新しいアパートを建設《けんせつ》し、村をレベルアップさせ、必要なことをすべて学びはしても、最終的な目的は、もといた世界へ帰る方法を見つけることなのを、決して忘《わす》れちゃいけない」

サマーの返事は、心からほっとできるものだった。

「オーケー、じゃあ、ぐずぐずしてないで」収納《しゅうのう》していた黒い石の山をつかんで言う。「始めるわよ、ミスター・スレート」

ここでふたたび短縮《たんしゅく》バージョン！　丘《おか》の上に十二×十二ブロックの四階建《かいだ》てアパート、スレート・ハウスが建《た》つところを思《おも》い浮《う》かべてほしい。一階は収納《しゅうのう》スペースで、チェストが並《なら》んでいるだけ。チェストの使い方は完全にわかるからね！

二階は作業スペース。避難所《ひなんじょ》にあった道具はすべてここへ引《ひ》っ越《こ》しさせ、村にもある製図台《せいずだい》や溶鉱炉《ようこうろ》、村の薬剤師《やくざいし》にあげた醸造台《じょうぞうだい》の代わりを置いた。いまのところ、照明《しょうめい》にレッドストーンランプを使えるのはこの階のみで、続くふたつの階は昔ながらの松明《たいまつ》で我慢《がまん》した。

上の二階はぼくらの私室で、それぞれベッドがひとつとチェストがあり、絵画や棚にのせた鉢植《はちう》えの花など、自分たちの好きなものが飾《かざ》ってある。もっとも、いろいろ飾《かざ》るスペースはそれほどない。なにせ四つある壁《かべ》のうち三つは一面ガラス張《ば》りの窓《まど》なんだ（風通《かぜとお》しのために向かい合った位置にトラップドアの窓《まど》をふたつつけてある）。眺《なが》めは最高だ。すばらしい見晴らしは、フェンスで囲《かこ》んだルーフデッキに勝るとも劣らない。

ここでぼくらは、サマーが言うところの〝家づくりにおける方向性の違《ちが》い〟で初めて口論《こうろん》になった。サマーは溶岩《ようがん》を利用したアツアツのお風呂を屋上に設置《せっち》したがり、ぼくはとんでもないと考えた。

「ぼくの一軒目《けんめ》の家がどうなったか話したのを忘《わす》れたのかい？」ひとりでに声が甲高《かんだか》くなってしまう。「クリーパーの爆発《ばくはつ》で大火事になったのを？　ここでも屋上にスポーンして、溶岩《ようがん》を入れてあるガラスを吹《ふ》き飛《と》ばしたらどうなる？」

「ガラス製《せい》にしなきゃいいのよ」不屈《ふくつ》のライバル、サマーが言い返す。「黒曜石ならクリーパーの爆発《ばくはつ》にもびくともしないでしょ。溶岩《ようがん》に水を流せば作れるから、溶岩《ようがん》を汲《く》みに行くときに作れるわ」

「溶岩《ようがん》は砂漠《さばく》でしか見かけてない」ぼくは反論《はんろん》した。「汲《く》みに行くだけで一日無駄《むだ》になるよ」

サマーはただ笑うだけだ。「あのね、ガイ、あなたはあとでわたしに感謝《かんしゃ》するわよ」

うん、たしかにそうなった。第一に、肌寒いサバンナの夜に屋上で熱いお風呂に浸《つ》かるのは極上の気分だから。第二の理由もあるけれど、これについてはもっとあとで説明しよう。

一方、別のものについては、彼女《かのじょ》に感謝《かんしゃ》しなかった。新たな水リフト、文明の利器のアップグレード版だ。ぼくらの丘《おか》は川沿《かわぞ》いにあり、サマーは〝水死の罠《エレベーター》〟を飛《と》び込《こ》み板《いた》の先に作ると言って聞かなかった。いいや、きみの聞《き》き間違《まちが》いじゃない、飛《と》び込《こ》み板《いた》だ。青いリボンみたいな細い小川の真上まで、屋上から板六枚を突《つ》き出《だ》したしろもの。

「どれだけ時間の節約になるか考えてみて」彼女《かのじょ》は最後の板を置きながら目を輝《かがや》かせた。「ここまで泳いで上がれるようになるし、ここから下へは飛《と》び込《こ》めるようになるのよ」

「そうだけど、ぼくは階段《かいだん》でいい」

「よーい、どん！」サマーはくるりと後ろを向くなり、板の端《はし》からジャンプした。朝の太陽に向かって飛びあがったあと、どんどん下へ落ちていく。ぼくは心臓《しんぞう》がドキドキして顔はくしゃくしゃになった。ドボンという音のあとでようやく、恐《おそ》る恐《おそ》る川を見おろす。「あなたもやってみて！」遠くに小さく見えるサマーが声を張《は》りあげる。「ほんと最高《ブリル》！」

「ぼくは階段《かいだん》でいい」そう繰《く》り返《かえ》し、サマーが川から出て機織《はたお》り職人《しょくにん》と取引をしに行くのを眺《なが》めた。背《せ》を向けようとしたとき、彼女《かのじょ》が意味のわからない言葉を叫《さけ》ぶのが聞こえた。

「どうしたんだーい？」きき返したけれど、遠すぎて返事は聞き取れなかった。大事なことらしく、サマーはぴょんぴょん跳《と》んで両腕《りょううで》を振《ふ》り、機織《はたお》り職人《しょくにん》を指している。でもあれって機織《はたお》り職人《しょくにん》だっけ？　遠目にも茶色の帽子《ぼうし》は確認《かくにん》できるものの、服が白ではないような？

ベルトの望遠鏡《ぼうえんきょう》を取ってのぞくと、サマーが話している相手は機織《はたお》り職人《しょくにん》ではなく、まったく新しい村人なのが見て取れた。ズボンと茶色の帽子《ぼうし》についている小さな飾《かざ》りだけが白い。サマーは単に腕《うで》を振《ふ》っているのではなく、手に持っているなにかをぼくに見せようとしていた。

矢だ！

「嘘《うそ》だろ！」ぼくは叫《さけ》ぶと、板から飛《と》び込《こ》もうとして……やめ、くるりと背《せ》を向けて階段《かいだん》を駆《か》けおりた。

「ずいぶん時間がかかったわね」息を切らして丘《おか》をくだってきたぼくに、サマーは嫌味《いやみ》を言った。

ぼくは息が苦しくて気の利《き》いた反論《はんろん》をするどころじゃなかったので、あえぎながらただこう返した。「さっきのは見間違《みまちが》いだったのかな？　ほんとに――」

「新品の矢よ」サマーはひと束《たば》の矢を差し出し、村人に向かってうなずきかけた。「新入りの店主、ミスター・矢師《フレッチャー》に感謝《かんしゃ》なさい」

「ハアー」帽子《ぼうし》に羽根飾《はねかざ》りをつけた村人が相づちを打つ。

「あなたが森でクラフトした台があったでしょ」サマーは説明した。「弓と矢が描《えが》かれているけど、なんの使い道もなかったやつ。新しい作業場にそれの複製《ふくせい》を置いたのを覚《おぼ》えてる？」

ぼくはまだあえぎながらうなずいた。

「あれは矢細工台《やざいくだい》だったみたい」サマーは続けた。「矢作りを指す言葉が矢細工《やざいく》で合ってるならね」腕《うで》を振《ふ》りながら、取引の内容《ないよう》を説明する。「エメラルド一個で十六本。それが価格よ」

「本当に作れるの？」そんなうまい話があるわけない、とぼくは思った。「殺《ころ》すんじゃないのかい——」

「ニワトリを？」サマーはふたたびさえぎった。「まさか！　ほかの村人たちと同じよ。なんにもないところから矢が出てきたわ」ぼくに矢の束《たば》を放る。「ラベルの説明が見えない？　〝この矢は動物を傷《きず》つけずに作られています〟」

ラベルなんてなかったけれど、ぼくはげらげら笑い出した。ああ、よかった！　もう残りの矢の数を気にせずにすむ！　またニワトリを殺《ころ》さなきゃいけないのかと悩《なや》むこともなくなる。「胸《むね》を張《は》って使える代用品が見つかるなんて考えもしなかった」ぼくは息を継《つ》いだ。「もといた世界でも、革が使われていない革っぽい製品《せいひん》を着たり、牛肉の入ってないハンバーガーを食べたりしてる人がいるのと同じだね」

「ちょっと時間がかかるし、ちょっぴり面倒《めんどう》かもしれないけど」サマーが言った。「責任《せきにん》ある買いものをする方法は必ずあるってことよ」

「ええっ、サマー」ぼくはびっくりしたふりをした。「それって、きみが考えついた新たなヴェッスンかい？」

「最初で最後のね」彼女《かのじょ》はきっぱりと言い、ぼくは笑い転げた。

矢師は〝毎度あり〟の代わりに〝ハア〟と挨拶《あいさつ》して、自分の作業場へ戻《もど》っていった。

「ありがとう、フレッチ」ぼくは矢師の背中《せなか》にお礼を言った。

「それに、わたしたちに思い出させてくれて感謝《かんしゃ》するわ」サマーがつけ加える。

「思い出させる？」ぼくは彼女《かのじょ》に向き直って尋《たず》ねた。「なにを？」

「わたしたちがそもそもやろうとしていたことよ。愚《おろ》かにも、すっかり忘《わす》れていたけど」サマーは自分自身に少し腹を立てているようだ。「ずっと忙《いそが》しかったから無理もないわ。採掘《さいくつ》に村の新世代の育成、スレート・ハウスの建築《けんちく》、それに……」

「サマー」ぼくはさえぎった。「いったいなんの話をしてるんだい？」

サマーは頭をぐいと川へ向けた――より正確《せいかく》には、背《せ》の高い、鮮《あざ》やかな緑の作物に、だ。

「ああああーー」それでぴんと来た。ぼくも忘《わす》れていた自分にあきれた。「司書との取引か」

サマーがうなずく。「司書からエンチャントの本を買わないと」

自分の忘《わす》れっぽさにはうんざりするが、ひとつだけよかったことがあるとしたら、ぼくらが植えて、さらに植え直したサトウキビがもうすっかり成長していたことだ。これでようやく眼《め》鏡《がね》の司書を次のレベルに引きあげられる。ところが実行してみると……。

「もう、なんなのよ！《ゴードン・ブリーディン・ベネット》」サマーはののしりの声をあげた。新たな取引画面に示されたのはエメラルド一個でランタンひとつか、エメラルド九個で飾《かざ》りの本棚《ほんだな》ブロックらしきものひとつだったのだ。

「この世の終わりじゃないさ」ぼくは前向きになろうとした。「取引を続ければいいだけだよ」

二番目のアイテムを見て言う。「それに、ほら、この本棚《ほんだな》のブロックはスレート・ハウスに飾《かざ》るのによさそうだ」

ぼくはエメラルド九個を支払《しはら》って（高すぎだよ！）、新しい装飾品《そうしょくひん》を手に入れ、アパートへ戻《もど》った。サマーは〝水死の罠《エレベーター》〟を使ってぼくより先に帰宅していた。「きみの部屋に置こう」

ぼくは彼女《かのじょ》を元気づけるために言った。

「エメラルド九個分なんて」ぼくが近くの壁際《かべぎわ》に本棚《ほんだな》をおろす横で、サマーはぶつぶつ言った。

「それならランタンを九個買うほうがましよ」

「ほら、どうかな？」ぼくはカラフルな本棚《ほんだな》を設置《せっち》してあとずさった。

「うーん」サマーはじっと見たあと、奥《おく》の一角を指さした。「あっちのほうがいいかな」

ぼくは本棚《ほんだな》をパンチし出した。いつもみたいに小さくなってアイテム化するものと思っていたら、九回か十回パンチしたところで本棚《ほんだな》ブロックは消えてしまった。

代わりに宙《ちゅう》に浮《う》いていたのは、三冊《さつ》の……。

「本よ」

「本だ！」

サマーがささやいたのに対して、ぼくは遠慮《えんりょ》なく叫《さけ》んだ。

ぼくらの喜《よろこ》びようは世界トップクラスの大騒《おおさわ》ぎだった。ふたりで部屋じゅうを走り回り、熱に浮《う》かされたみたいにお互《たが》いに向かってしゃべりまくったんだから。

「シショノトコロヘモドラナイト――」

「エメラルドガモウナイ――」

「ウレルモノナラナンデモイイカラホラホラホラ！」

チェストの中身をひっくり返し、丘《おか》を駆《か》けおりて、手当たり次第《しだい》に村人と交渉《こうしょう》し、持っているものをすべて差し出した。最終的に手に入れたエメラルドを合わせてみると、ちょうど七個になった。ぼくらは宝石と白紙の本一冊《さつ》を持って大喜《おおよろこ》びで司書のもとへ急いだ。

ポン！

ぼくは本を手にしていた。それは光《ひか》り輝《かがや》き、小刻《こきざ》みに振動《しんどう》している。表紙には題名が記されていた。〝火炎《フレイム》〟

「スレート・ハウスへ戻《もど》ろう！」

電光石火の速さで丘《おか》を駆《か》けあがり、作業室へ飛《と》び込《こ》んだ。

「で、このあとはどうするんだろう？」使い方がわからないという現実《げんじつ》にぶち当たって、ぼくの心臓《しんぞう》の動きはようやくゆっくりになった。

「ほかのアイテムと組み合わせるんじゃないのかな」サマーが言った。「あなたの剣《けん》でやってみて！」

「だめだよ」うろうろ歩いていたぼくはぴたりと足を止め、サマーに向き直った。「きみの弓でやるんだ」彼女《かのじょ》に反論《はんろん》する隙《すき》を与えなかった。「本のことはきみが思い出したんだから、きみの弓に使わなきゃ」

「ありがとう、ガイ」サマーは少し声を震《ふる》わせ、作業台へ足を踏《ふ》み出《だ》した。彼女《かのじょ》が中央のマスに弓を置き、ぼくは隣《となり》に炎《ほのお》の本をのせた。なにも起きないので、本を弓の下へと移動させ、次に上へやり、最後は斜《なな》めのマスをすべて試す。

「なんで……」ぼくは言いかけた。

「金床でやってみましょう」サマーは弓をつかんで金床の右側のスロットに投げ入れた。ぼくは本を左側に置いた。なにも起きない。「入《い》れ替《か》えて！」本を右へ、弓を左へ。すると……。

ダラララと頭の中でドラムのとどろきが聞こえた気がした。サマーが持ちあげた弓はいまや輝《かがや》きを放っている。「チリチリしてて、ほんの少しだけあったかい」

「試してみよう！」ぼくはドアへと急いだ。「屋上で！　ほら！」

外へ飛び出すと、もう夕方で肌寒かった。「村の方角はだめだよ！」ぼくは川を指さした。「火事になるといけない」

「いくわよ！」サマーは飛《と》び込《こ》み板《いた》の上まで進み、暗くなっていく青い空へ矢じりを向けた。

ヒュン！

炎《ほのお》の矢だ！　矢は流れ星みたいに煙《けむり》の尾を引いて川の中へ消えていった。

〝わあ〟とか〝イエーイ〟とか、ぼくが豊富な語彙力《ごいりょく》で成功の喜《よろこ》びを表現《ひょうげん》しようとしたら、サマーがくるりとこっちを向いた。興奮《こうふん》にうわずった声で言う。「今度はあなたの番よ！　なにかエンチャントしなきゃ」

「朝になったらでいいよ」ぼくはため息をついた。「司書はもう寝ちゃったはずだ」

「なに言ってるの！」サマーはぼくの脇《わき》をすばやくすり抜《ぬ》けてドアへ向かった。「エンチャント・テーブルを作れるじゃない！　覚《おぼ》えてる？　これまで作りたくても作れなかったのは、白紙の本がなかったからでしょ！」

「ああ、サマー」ぼくは彼女《かのじょ》を追いかけて階段《かいだん》をおりながら叫《さけ》んだ。「きみって人は、しみじみ、つくづく、文句なく、圧倒的《あっとうてき》にすごいよ！」

「それは知ってる！」

黒曜石四個、ダイヤモンド二個、そしていちばん上に白紙の本を一冊《さつ》。できあがったのは赤と黒の箱で、その上に開いた本が一冊《さつ》浮《う》かんでいた。ページからは不思議な文字だか記号だかが舞《ま》いあがったり、舞《ま》いおりたりしていて、神秘的な道具をさらに神秘的に見せている。近づくと、空っぽのスロットがいくつかあるのが見えた。右側には横長で空っぽのスロットが三列、左側には小さな四角いスロットがふたつ。左側の片方にくっきりと描《えが》かれているのはラピスラズリの輪郭だ。

ぼくはチェストから青い石を持ってきて右側のスロットに入れ、残り一冊《さつ》となった白紙の本を持ちあげた。けれども、そこで手を止めた。自分のしようとしていることについて「うーん」と考《かんが》え込《こ》む。

「ここへ来てなんなの!?」サマーは映画《えいが》の展開《てんかい》が気になるところで一時停止《いちじていし》されたみたいに嚙《か》みついてきた。

「皮肉なもんだよね」ぼくは本を持ちあげた。「これを手に入れるためにさんざん苦労したのにさ」本をベルトにしまう。「きみが弓をエンチャントするところを見たら、ぼくもいろいろな段階《だんかい》を踏《ふ》む手間を省《はぶ》きたくなっちゃった」

「もう、じれったいわね！」サマーはまるでクリーパーみたいにぶるぶる震《ふる》えていた。「ぐだぐだ言ってないでさっさと試しなさいよ！」

左のスロットにクロスボウを入れたぼくは、右側に表示されたすごい選択肢《せんたくし》にあんぐりと口を開けた。〝貫通《かんつう》〟とは、おそらく矢の攻撃力《こうげきりょく》が上がるんだろう。〝耐久力《たいきゅうりょく》〟はその名のとおりに耐久力《たいきゅうりょく》アップ。三番目の〝拡散《かくさん》〟はいろいろな意味に取れる。

「これにしてみよう」ぼくは三番目を選んだ。

ラピスラズリが消え、ぼくの手の中にクロスボウが飛《と》び込《こ》んできた。光を放ち、チリチリしている。

ふたたび屋上へ！

もう夜になり、星空に満月がのぼりかけていた。どこへ向けようか。ターゲットはどこにいる？

「シュッ！」

振《ふ》り向《む》くと、クモがちょうどルーフデッキにのぼってきていた。ぼくは反射的《はんしゃてき》にクロスボウを持ちあげて発射《はっしゃ》した。すると一本じゃなく、三本の矢が飛び出したんだ！〝拡散《かくさん》〟でぼくのクロスボウはこの世界版の散弾銃《ショットガン》に生まれ変わった！

クモはシューッと声をあげて建物《たてもの》の壁《かべ》から四階下の地面に落下し、草の上でポンと消えた。

「こいつは勝負の流れを変えるゲームチェンジャーだ！」ぼくは輝《かがや》く武器《ぶき》をかかげて叫《さけ》んだ。

サマーも自分の弓を持ちあげてぼくのクロスボウと触《ふ》れ合《あ》わせた。「わたしたちもレベルアップしたね」

「もっとやらなきゃ！」ぼくは勢《いきお》い込《こ》んでしゃべった。「なにもかもエンチャントするんだ！道具も、防具《ぼうぐ》も全部ね！　いますぐやろう！」

サマーは首を横に振《ふ》った。「ラピスラズリ切れよ」

「問題ないさ！」ぼくは興奮《こうふん》してぴょんぴょん跳《は》ねた。「薬剤師《やくざいし》を起こして、もっと売ってもらおう」

「なにと引《ひ》き換《か》えるの？」サマーが反論《はんろん》する。「エメラルドだってもうないわ」

「いーまーはーねー！」ぼくは歌うように節をつけて言い、踊《おど》りながらぐるぐる回った。「朝まで待ったら、村人と取引して、緑色の石っころをいくつか手に入れ、そうするとジャジャーン……」

「あるいは、明日はおとなしく採掘《さいくつ》に行くこともできるわよ」相棒《あいぼう》が提案《ていあん》する。「そうすれば取引用の鉱石《こうせき》が手に入るだけじゃなく、ラピスラズリも掘《ほ》り当《あ》てられるかもしれない」

「あーっ、わかったぞ」ぼくは鼻を鳴らしてからかった。「きみはその弓を使いたくてうずうずしてるんだな！」

「そんなことは……」サマーはきまりが悪そうに言った。「ちょっとだけあるかも」ぼくらはともに笑い、星空のもとで祝い続けた。踊《おど》って、歌って、たまに川へ向けて（ぼくの場合は罪悪感《ざいあくかん》なしに補充《ほじゅう》できる）矢を放って。この冒険《ぼうけん》が始まって以来最高の、すばらしい夜だった。

ぼくらはふたりとも、楽しい時間がいきなり終わりになるなんて想像《そうぞう》もしていなかった。

# 第12章　村人の悲劇《ひげき》

不吉《ふきつ》な前兆《ぜんちょう》、つまりこれからなにか悪いことが起きるときには前触《まえぶ》れがあるなんて、ぼくは信じていない。そんなのは古くさい迷信《めいしん》で、本当だと思ったことはなかった。でも、あの朝目《め》覚《ざ》めたとき、この世界の天候《てんこう》がまたも奇妙《きみょう》に変化していたことを、不幸の前兆《ぜんちょう》だと信じるべきだったのかもしれない。

空は曇《くも》っていた。ジャングルを抜《ぬ》けて砂漠《さばく》へ足を踏《ふ》み出《だ》して以来、初めての曇《くも》り空《ぞら》だった。ジャングルの雨が砂漠《さばく》に入るとぴたりとやんだように、ここでは花の谷にだけ雨が降《ふ》っていた。天候《てんこう》の違《ちが》いはアパートからでもわかった。換気用《かんきよう》の窓《まど》から湿《しめ》った空気が流れ込み、いい香りが運ばれてきたからだ。

窓《まど》の前で深呼吸《しんこきゅう》をして花の香りのする空気を楽しんでいると、遠くに人影《ひとかげ》が見えた気がした。

花の谷にかかった霧《きり》のカーテンのちょうど境目《さかいめ》に、小さな黒い人影《ひとかげ》が点々とある。人間かな？　村人？　まさか。花の谷はいちばん近い場所でさえ、村人の朝の散歩《さんぽ》コースからは外れている。

望遠鏡《ぼうえんきょう》で確《たし》かめようとしたけれど、収納用《しゅうのうよう》チェストの中だと気づいた。取ってきたときには、人影《ひとかげ》は消えていた。そのとき部屋のドアが開いたので、この異変《いへん》はぼくの頭から消えてしまった。

「おはよう、ガイ」サマーが元気よく挨拶《あいさつ》し、パンを差し出した。「朝ごはんはどう？」

「ありがとう」ぼくはパンをもらってほおばり、彼女《かのじょ》は焼《や》いた魚を食べた。

「すっかり様変《さまが》わりしたわね」サマーは眼下《がんか》の村を示した。「新しい家に、工房《こうぼう》、それに交易《こうえき》所《じょ》……」交易所《こうえきじょ》とは、ぼくらが最近作ったひと部屋だけの小さな小屋のことだ。壁《かべ》の端《はし》から端《はし》まで収納用《しゅうのうよう》チェストが置かれ、中には取引用のアイテムがしまわれている。

村に交易所《こうえきじょ》を新築《しんちく》したおかげで、スレート・ハウスへ行き来する回数がぐんと減《へ》っただけじゃない。ほかの小屋と並《なら》んで自分たちの仕事場ができたことで、この場所に愛着が湧《わ》いた。ぼくらはもうただのよそ者、部外者ではなく、村の一員だった。「がんばったかいあって、もう立派《りっぱ》な町よ」サマーは誇《ほこ》らしげに言った。

「移民《いみん》ふたりの仕事にしては悪くないよね」それからぼくはつけ加えた。「外国人労働者って言うべきかな。まあ、そういう人たちを指す呼《よ》び方《かた》ならなんでもいいんだけど」

「呼《よ》び方《かた》はどうあれ」サマーが言った。「新しい人たちが加わって、斬新《ざんしん》なアイデアや無限《むげん》のエネルギーが生まれたことは、評価《ひょうか》できるんじゃないかな」

「うん」ぼくは差し出されたクッキーをもらって同意した。「ぼくの住んでいたところでは、それはとても重要なことだった気がする。移民《いみん》のおかげで、ぼくらはパワーアップできたんだ」

新たなヴェッスン〝移民《いみん》は村をパワーアップする〟だ。

サマーもビスケットを食べながら言った。「そろそろ取りかかりましょうか？」

今日は採掘《さいくつ》へ行く予定だった。

「いいね」ぼくは防具《ぼうぐ》へ手を伸《の》ばした。「先に畑で収穫《しゅうかく》してくるから、そのあいだにポーションを作ってもらえるかい？」

サマーは了解《りょうかい》とばかりにぼくとこぶしをぶつけ合ったあと、注意をうながした。「でも金の残りが少ないから、なにを作るかよく考えなきゃね」金は主要な素材《そざい》のひとつなんだ。

きみがこの世界でまだなにも醸造《じょうぞう》したことがないなら、覚《おぼ》えておいてほしい。治癒《ちゆ》のポーションの材料となるきらめくスイカ、それに暗視《あんし》のポーションの材料となる金のニンジン、このふたつを作るには金が欠かせない。

夜明け色の金属《きんぞく》を薬剤師《やくざいし》に大量に売ってしまう前に、そのことを思い出すべきだったのに、いまとなっては手遅れだ……。

〝買いものをするときは必ず予算を決めておこう！〟もヴェッスンに加えなきゃ。

「作れるものを作ればいいよ」ぼくはしかたないというように手を振《ふ》り、ドアへ向かった。「地下へ行けば、きっとたくさん手に入るさ」

それから、これ以上なくうきうきした気分で丘《おか》をくだった。宝を掘《ほ》り当《あ》てるのを想像《そうぞう》しながら自分たちの畑へ近づくと、緑に囲《かこ》まれた花の谷に面している部分は、もうすっかり作物が成長していた。

ぼくは大量の小麦とニンジンにパンチした。必要以上の収穫《しゅうかく》だ。さっそくちょっと農民に売ってくるか。

村へ行くと、農業のエキスパートの姿《すがた》は見当たらなかった。たぶんぶらついているんだな。いまは朝の散歩《さんぽ》の時間だもんね。ぼくはスレート・ハウスへ戻《もど》り、必要なものをすべて荷造《にづく》りしたあと、もう一度急いで作物を売ってくる、とサマーに告げた。

「早く帰ってきてね」彼女《かのじょ》がぼくの背中《せなか》へ声をかける。「地下だって地上同様にモンスターがスポーンするんだから」

「一瞬《いっしゅん》で戻《もど》るさ」ぼくは約束《やくそく》して、ふたたび丘《おか》を駆《か》けおりた。もうお昼だから、農民は畑にいるだろう。ところが畑に人影《ひとかげ》はなく、その瞬間《しゅんかん》ぼくは初めて胸騒《むなさわ》ぎを覚《おぼ》えた。

「おーい、農民さん」家から家へと声をかけて回る。「どこにいるんだい？　だれか農民さんを見なかった？　農民さんだよ？」

自分でもバカみたいだと思った。村人たちは返事ができないんだから。とはいえ、完全にとは言わないまでも、ぼくは半《なか》ばパニックに陥《おちい》っていた。

「ガイ！」サマーがいらいらしながら大股《おおまた》でぼくの後ろへやってきた。「なにをぐずぐずしてるの？　とっくの昔に出発できてたのに」

「農民さんが見つからないんだ」ぼくは畑に目を向けた。「働いているはずの時間なのに」

「ニート以外はね」サマーが鼻を鳴らす。

「いまそれは関係ないだろ」冗談《じょうだん》につきあう気になれず、ぼくは嚙《か》みついた。「農民さんがどこにもいないんだ。なにかがおかしい。ぼくにはわかるんだ。ネザーできみと喧嘩《けんか》してひとりで山へ戻《もど》ったあと、きみが帰ってこなかったときとおんなじ胸騒《むなさわ》ぎがする」

サマーは考《かんが》え込《こ》むと、ぼくの言うとおり農民がいないことを目で確認《かくにん》した。「心配しすぎ、って言いたいところだけど、たしかに行方不明みたい」一体のゴーレムをちらりと見る。村人の数が増《ふ》えると、どういうわけだかゴーレムもさらにスポーンした。「おまわりさんたちはだれも警部《けいぶ》に昇進《しょうしん》してないようだから」サマーはツルハシを弓に持《も》ち替《か》えた。「捜査《そうさ》はわたしたちの仕事ね」

その日はふたりで捜索《そうさく》に明け暮れた。村じゅうを探《さが》してから、川の向こう側、花の谷、いまではキノコ農場になっているかつての丘《おか》の避難所《ひなんじょ》まで調べた。なのに農民の痕跡《こんせき》はまるでなかった。具体的にどんな〝痕跡《こんせき》〟なのかわかっているわけではなかったけれど。

手がかりと言えそうなものが、一日の終わりにひとつだけ見つかった。ヒツジとウシが草を食《は》んでいるサバンナのど真ん中に穴《あな》が開いていたのだ。

「この前を十回以上通《とお》ってるはずなんだけどな」穴《あな》の手前がブロック二個分盛りあがっているせいで見落としていたらしい。「農民さんがいるとしたら、もうここしかない」

「そうね」サマーが同意する。「おそらく朝の散歩《さんぽ》のときに曲がるところを間違《まちが》えて中へ落ちてしまって、暗がりで立ち往生してるんでしょ。ここの村人たちの頭は、収納用《しゅうのうよう》チェストの中でいちばん新しい道具並《な》みにすぐれているわけじゃなさそうだから」

ぼくは村人たちを弁護《べんご》しようとしたけれど、ふと顔を上げると太陽は沈《しず》みかけていた。「スレート・ハウスまで戻《もど》って、採掘《さいくつ》のために準備《じゅんび》しておいたものを全部取ってこよう……」

サマーはさっさと穴《あな》の中へおりていった。

「ちょっと待った」ぼくは叫《さけ》んだ。「せめて暗視《あんし》のポーションをぼくにも渡《わた》してくれよ」

「持ってきてないわ」サマーは大股《おおまた》で闇《やみ》の中《なか》へ入っていった。

「ふーん、そっか」ぼくは皮肉を言った。「ほかにも持ってきてないものがあるんじゃない？ 予備《よび》の矢は？ 松明《たいまつ》用の石炭は？」

「わたしに突《つ》っかからないでよ」サマーはたしなめながら壁《かべ》に松明《たいまつ》を設置《せっち》した。「あなただって、わたしを助けにネザーへ戻《もど》ってきたときは、ほとんど丸腰《まるごし》だったじゃない」

「そうだけど」ぼくは思い出してぶるりと震《ふる》えた。「そのせいで脱出《だっしゅつ》するのも命からがらだっただろ」

「えーっ、なあに？」サマーが明るく言う。「聞こえなかったわ。いまできることを必死でやっているから。怖気《おじけ》づいて震《ふる》えてるだけのだれかさんと違《ちが》ってね」

ぼくは心の中でぷーっとふくれた。だったらもういいさ！　やみくもに突《つ》っ込《こ》んでいって、真っ先に矢を食らえばいいんだ。

そんなことを考えたのをすぐさまひどく後悔《こうかい》した。というのも、暗闇《くらやみ》から矢がひゅんと飛んできて、友だちのおなかに刺《さ》さったからだ。

サマーは痛《いた》みと怒《いか》りに襲《おそ》われてうなり、ぼくは盾《たて》をかかげて彼女《かのじょ》の前に飛び出した。「ごめんねごめんねごめんね！」

「なにが？」サマーが尋《たず》ねた。ぼくの盾《たて》に次の矢が当たる。

「な、なんでもないよ」ぼくは口ごもった。「その――」

「なんでもないなら、どいてちょうだい。あなたが邪魔で矢を射《う》てないわ」

ぼくが体をずらすと、耳が熱くなるくらいすぐそばに炎《ほのお》の矢が現《あらわ》れた。

「どうやって射《う》つんだい？」ぼくは尋《たず》ねた。「なんにも見えないのに！」

「こうすれば見えるようになる」サマーは豪語《ごうご》した。飛んでいった矢が……石の床に当たったのかな？　奥《おく》の壁《かべ》？　炎《ほのお》が照《て》らし出《だ》すのは矢そのものだけで、まわりは見えるようにならない。炎《ほのお》の矢が遠くまで飛ぶ松明《たいまつ》みたいになるとでも、サマーは思ったんだろうか？

「無理だって！」ぼくは飛んできた次の矢を盾《たて》で防《ふせ》いだ。「炎《ほのお》の矢じゃ……」

その瞬間《しゅんかん》、口を閉じた。遠くで炎《ほのお》の矢が……またたいた？　そうとしか言いようがない。炎《ほのお》の矢の前をなにかが横切ったせいで、ほんの一瞬《いっしゅん》暗くなったんだ。

スケルトンだ！　そうか、これがサマーの計画だったんだ。ガイコツ野郎が炎《ほのお》の矢とぼくらのあいだをカランコロンと横切るたび、方向とスピードを見極めるチャンスが生まれる。

「なるほどね！」次の矢をつがえる彼女《かのじょ》に向かって、ぼくは言った。

「いまのはお詫びの言葉だと受け取るわ」サマーが放った矢は見事命中し、スケルトンは火炎《かえん》放射器《ほうしゃき》で攻撃《こうげき》されたみたいに燃《も》えあがった。

「大当たり！」スケルトンが苦しみながら炎《ほのお》のダンスを踊《おど》るのを見て、ぼくは叫《さけ》んだ。

「あなたもいかが?」サマーは礼儀正《れいぎただ》しく攻撃《こうげき》の順番を譲《ゆず》ってくれた。

「お気づかいありがとう」ぼくはクロスボウをかかげた。一度に放たれた三本の矢は、炎《ほのお》を消しただけじゃなく、スケルトンも倒《たお》した。「よしよし、武器《ぶき》はちゃんと強化されてるぞ」浮遊《ふゆう》している矢と脚《あし》の骨《ほね》を拾いあげる。

「松明《たいまつ》の節約にもなったでしょ」サマーは炎《ほのお》がゆらめく松明《たいまつ》を置いた。「この先も無駄使《むだづか》いはできないわ」

ぼくらはできるだけ松明《たいまつ》を使わないようにして、くねくね曲がったトンネルを進んだ。幸い、高低差はあまりなかった。松明《たいまつ》のおかげでまわりの様子がなんとなくわかるとはいえ、間隔《かんかく》をかなり空《あ》けて設置《せっち》しなきゃいけないから、視界《しかい》はネザーくらい悪かった。

ネザーと言えば……。

「なんだか、あったかくない?」数分後、サマーが言った。

「だよね」ぼくは足を止めると、首を傾けて耳を澄《す》ました。「それに近くでボコボコ音がする」

「溶岩《ようがん》よ」サマーはぼくの隣《となり》で立ち止まり、耳をそばだてた。「しかも大量の」

トンネルはわずかに曲がっていて、前方がかすかに明るい。「溶岩湖《ようがんこ》じゃないかな」ぼくは言った。「ぼくの島の地下みたいな地形なら、この先は地下峡谷《ちかきょうこく》になってるのかもしれない」

サマーは同意し、歩く速度をゆるめて慎重《しんちょう》に進んだ。

「フゥヴヴウウ」

その音を耳にして、ぼくらは凍《こお》りついた。

「ゾンビだ」ぼくはクロスボウを構《かま》えた。

「ええ、でも……」サマーは角張《かくば》ったこぶしを上げた。

また聞こえた。「ハアーヴヴウウ」

「なんだか違《ちが》う」彼女《かのじょ》がささやいた。「ゾンビよりも音が低い気がするわ。もっと太い音っていうか」

ぼくはうなずき、前と後ろを見た。子どもゾンビではないし、砂漠《さばく》のハスキーなタイプでもなく、ゴボゴボうめいている溺《ドラウンド》れたやつでさえない。ゾンビファミリーの新顔なのは明らかだけれど、どこにいるんだ？

そうこうしているうちに足音が聞こえてきた。どんどん大きくなって近づいている。「地獄《じごく》みたいな地形のせいで音が反響《はんきょう》するから」サマーがぶつぶつ言う。「どこから聞こえてくるのかわからない」

「前からじゃないかな」ぼくは明るいほうを指した。武器《ぶき》を構《かま》え、目を凝《こ》らし、なるべく足音を忍ばせてトンネルを進む。一分ほどで崖《がけ》の上に出た。案《あん》の定《じょう》、ぼくの島みたいに、沸騰《ふっとう》する溶岩湖《ようがんこ》の上に地下峡谷《ちかきょうこく》が広がっている。

「フゥヴヴウー」

どこにいる？　この隣《となり》のトンネルか？　それとも向かい側？　陸橋でも見落とした？

「フゥヴヴウー」

上？　ほかに出入口があるのか？

「フゥヴヴウー！」

「ガイ！　危《あぶ》ない！」

振《ふ》り返《かえ》るのがのろすぎた。ぼくの顔にくっつかんばかりにしてゾンビの顔があった。ぼろぼろの服、緑色の皮膚《ひふ》。相手がパンチしようと両腕《りょううで》を上げたとき、ぼくは気がついた……。帽子《ぼうし》をかぶっている。麦《むぎ》わら帽《ぼう》だ！

「農民さ――」そこまでしか言えなかった。炎《ほのお》の矢が不死者《アンデッド》になったぼくの友だちを崖《がけ》から突《つ》き落《お》としてしまったのだ。

　あわてて見おろすと、燃《も》えあがる農民の体がつややかな赤い輝《かがや》きの下に消えるのがかろうじて見えた。

「ごめんなさい」サマーは後悔《こうかい》に喉《のど》を詰《つ》まらせている。「なにもかも一瞬《いっしゅん》の出来事だったの！　触《ふ》れられたり、噛《か》まれたりしたら、あなたも彼《かれ》みたいにゾンビになると思って！」

「きみは正しいことをしたんだ」ぼくは自信のある声でなぐさめることができているよう願った。「でも」もう一度溶岩《ようがん》をちらりと見る。「どうしてこんなことに？　どうして農民さんがゾンビなんかになったんだ？」

「いつものゾンビに触《ふ》れられたとか？　わたしたちはダメージを受けるだけだけど、村人の場合はゾンビ化してしまうのかも」

「だとしたら」ぼくらの頭上、幾層もの岩と土の向こう側にある村へと顔を上げた。「農民さんはどうやってゾンビに襲《おそ》われたんだ？　村人たちはみんな暗くなる前に家の中へ入る。それに常にゴーレムがパトロールしているのに」

「たぶん――」サマーは言葉を切った。いま自分がせざるを得《え》なかったことを忘《わす》れようとしている。「運が悪かったんじゃない？　日が沈《しず》む前に家に戻《もど》れず、たまたまどのゴーレムも近くに居合《いあ》わせなかったときに、ゾンビ野郎と鉢合《はちあ》わせたのよ」

「調査しなきゃ」ずっと困惑《こんわく》していたぼくは決意を固めた。「今夜から――いや、もうじき夜が明けるから、明日の夜から。行商人を調べたときみたいに起きていよう。どんなふうに村人たちに危険《きけん》が迫るのかわかるまで、監視《かんし》を続けるんだ」

翌晩《よくばん》はぼくの部屋の角にある窓辺《まどべ》に立ち、ふたりで起きていた。望遠鏡《ぼうえんきょう》を手に観察《かんさつ》し続けた――けれど、なにも起きなかった。村人たちはみんなベッドへ向かい、行商人は飲んでも飲んでもなくならないらしい透明化《とうめいか》のポーションをまたも飲み、ゴーレムはきちんと寝ずの番を続けていた。

予想どおり、村のそばではモンスターたちがスポーンして、予想どおり、ゴーレムたちがそれをどんどん叩《たた》いて撃退《げきたい》する。なにも変わったところはない。農民があんな悲惨《ひさん》な最期を遂《と》げることになった理由や状況《じょうきょう》を説明できるものはなにもなかった。

「滅多《めった》に起きない災難《さいなん》だったのよ」サマーが言った。「気の毒な村人が道を間違《まちが》えて恐《おそ》ろしい洞窟《どうくつ》に迷《まよ》い込《こ》んでしまっただけで、そんなことは普通ならまず起きないわ」

「そうだね。でも簡単《かんたん》にあきらめるのはやめよう。あんなことがしょっちゅう起きてたら、ぼくらだってとっくに気がついていた」もう夜が明けようとしていて、ぼくは思わずあくびをした。「滅多《めった》に起きない災難《さいなん》かもしれないけど、あと幾晩《いくばん》かは監視《かんし》を続けよう」

サマーも同意し、次の夜もぼくらは窓辺《まどべ》で見張《みは》りをした。今度はあることが起きた。コウモリみたいなやつがまた飛んできたんだ。

「お久《ひさ》しぶり」ぼくは言った。そいつらは降下《こうか》してきたり、窓《まど》の外を飛び回ったりしている。

「きみらはジャングルにしかいないのかと思っていたのに」

「睡眠《すいみん》と関係があるんじゃないかな」サマーはあくびをした。「三日連続で徹夜《てつや》するのはジャングル以来これが初めてでしょ。わたしたちが疲《つか》れているのを感知できるのかも。サメが血のにおいを感知するみたいに」

サメって血のにおいがわかるんだ？　想像《そうぞう》すると、胃がキュウと音を立てた。

「なんで戻《もど》ってきたのかはわからないけど、こいつらは村人がゾンビ化したこととは関係なさそうだ」その瞬間《しゅんかん》、緑の目のモンスターはシャーッと甲高《かんだか》い音を立てて、ガラスからほんの半ブロックのところまで急降下《きゅうこうか》してきた。「ほらね、ぼくらにしか関心がないみたいだ。村にはまったく近づこうとしない」

サマーは弓をかかげた。「的を射《い》る練習をしようかしら」

「矢がもったいない」ぼくは角張《かくば》ったこぶしを上げて注意した。「それに弓だって使いすぎると傷《いた》むよ」

「だって、なにかしていたいのよ」サマーはいらいらと声をあげた。「暇《ひま》だし、退屈《たいくつ》だし、頭がどうにかなりそう」

「明日の晩《ばん》は休みにしようか」ぼくは提案《ていあん》した。「なにか見逃《みのが》す恐《おそ》れはあるけど――」空飛ぶ敵《てき》に向かって手をひらひらさせる。「それでこいつらもしばらくは消えてくれるかもしれないし、とにかくぼくらにも休みは必要だ。それに退屈《たいくつ》なら――」子どもみたいにはしゃいだ声を出す。「ぼくが話し相手になるよ！」

サマーが抑揚《よくよう》のない低い声で言った。「最高《ブリル》」

次の夜は休みにして、二日後の夜に監視《かんし》を再開《さいかい》した。眠気《ねむけ》がなくなったぼくらは夜間飛行するモンスターを追《お》い払《はら》えて、すっきりした気分だった。とはいえ、退屈《たいくつ》なのは相変わらずで、差し当たってやることがないときのくせで、ぼくは頭の中でとりとめのないことを考え始めた。

「ここの村人たちにどんな歴史があるのか、考えたことがある？」ぼくは問いかけた。

「ないわ。でも、あなたはあるんでしょ」サマーが嫌味《いやみ》っぽく言い返す。

「ちょっと気になってさ」ぼくは続けた。「彼《かれ》らは寺院とか、坑道《こうどう》とか、ああいう大規模《だいきぼ》な建《けん》造物《ぞうぶつ》を作ったのとおんなじ人たちなのかな」

サマーは冷ややかに小さく笑った。「まさか、そんなはずはないでしょ」彼女《かのじょ》は村人たちを指し示した。集まっていた彼《かれ》らは散《ち》り散《ぢ》りになって、寝る場所を探《さが》しに行く。「見てみなさいよ。あの人たちはいまの暮らしに満足しているわ。向上心なんて持ち合わせていないのよ」

「それのなにが悪いんだい？」ぼくは村人たちを弁護《べんご》した。「仕事と散歩《さんぽ》、それに噴水《ふんすい》のまわりに仲間と集まること。その三つのバランスが取れた生活を彼《かれ》らが求めているなら、ぼくらが口出しする必要はないだろ？」

「口出しなんかしてないわよ、ガイ」今度はサマーが自分を弁護《べんご》した。「みんながみんな、わたしみたいにやる気満々でなきゃいけないわけじゃないもの」

「みんなって、〝ニート〟も？」ぼくは茶化した。

「それは話が別」彼女《かのじょ》は首を横に振《ふ》って強調した。「自分で自分の面倒《めんどう》を見ることができる程《てい》度《ど》にしっかり働いているならいいわよ。だけど自分がちっとも働かずにすむよう他人を利用するのは――」腕《うで》で床に線を引くしぐさをする。「単に身勝手よ」

サマーはくるりと窓《まど》に向き直った。「でも、そういうことが言いたいわけじゃないの」村をじっと見据《みす》える。「口出ししているんじゃなくて、観察《かんさつ》しているだけ。そして隣人《りんじん》たちを観察《かんさつ》したところ、わたしたちがここに来て以来、村の人口が増《ふ》えたにもかかわらず、彼《かれ》らは新しいことをなにもしていない。彼《かれ》らはいまより快適《かいてき》な生活を送りたいとは思わないみたいね」

「そうだけど」ぼくは認《みと》めた。「彼《かれ》らの祖先は違《ちが》っていたかもしれない。もといた世界でもそういう例がなかった？　巨大文明を築《きず》きあげ、生み出し、創造《そうぞう》するという精力的《せいりょくてき》な時期を過《す》ごしてしばらくすると、時代に逆行するみたいに、質素で、ストレスが少ない、のんびりした生活をするようになる、みたいな」

「それって、その人たちが選んだことでしょ？」サマーは地平線に目を走らせ、暗い声で言った。「もといた世界では、そういう偉大な都市を築《きず》いた人たちの一部は、その都市を気に入って侵略《しんりゃく》してきた連中に征服《せいふく》されたんじゃなかった？」村を見おろす。

「ここでも同じことが起きたのかもしれない。遠い昔に。この村はだれかに略奪《りゃくだつ》されてこうなったのかも。砂漠《さばく》で見た廃村《はいそん》も」

「だれに？」不安で背筋《せすじ》が寒くなった。

「さあ」サマーは首を横に振《ふ》った。「略奪者《ピリジャー》たちはとっくの昔にどこかへ行ったのかもしれないし、まだわたしたちが……」言葉を切り、ガラスに顔をくっつける。「あそこ！」

ぼくは振《ふ》り返《かえ》って望遠鏡《ぼうえんきょう》を持ちあげた。彼女《かのじょ》がなにを見たのかを尋《たず》ねる必要はなかった。村人のひとり、矢師が家から出て薄暗《うすぐら》い村の中へと歩いていくのが、レンズ越《ご》しに見えた。

「なんで――」

「行くわよ！」サマーはさえぎって部屋の出口へと走った。

階段《かいだん》をおりようとするぼくに向かって、彼女《かのじょ》が叫《さけ》んだ。「時間がないわ！」

そのとおりだ。いまは緊急事態《きんきゅうじたい》なんだ。ぼくらはルーフデッキに上がり、立ち止まることなく飛《と》び込《こ》み板《いた》へ向かった。サマーがジャンプした。ぼくも続く。

落ちる！　ぐんぐん落ちていくぞ！

**ミズノウエニオチナカッタラドウナル!?**　そう思った次の瞬間《しゅんかん》、冷たい川にボチャンと落ちた。

足に触《ふ》れた川底の泥《どろ》を蹴《け》って水面に浮上《ふじょう》する。水《みず》を吐《は》きながらサマーの隣《となり》に顔を出し、乾いた陸地へとふたりして全力で泳いだ。

「矢《フレッチャー》師と石工《メイソン》が同じ家に入っていくのを見たわ」サマーは息を切らして岸をのぼった。「前からある家のひとつよ、ベッドがひとつだけのところ！」

ぼくらの友だちの身に起きたのもそういうことだったのだろうか。あの農民は穴《あな》にさまよい込んだのではなく、ベッドの取り合いに敗《やぶ》れ、ほかの家を見つけようと外へ出たところ、運悪く……。

「ガアアアア！」

村へ駆《か》け込《こ》むと、すでに戦いの真っ最中だった。ゾンビが矢師を追いかけているというのに、ゴーレムたちはスポーンするモンスターを叩《たた》きつぶしていたり、遠すぎてこの騒《さわ》ぎに気づいていなかったりという状態《じょうたい》だ。

「すぐ行くよ、フレッチ！」ぼくはダイヤモンドの剣《けん》を月光にひらめかせた。ゾンビとその餌食《えじき》のあいだに飛《と》び込《こ》み、グルルルとうなる緑色の顔が煙《けむり》と肉だけになるまで斬《き》りつける。

「もう大丈夫《だいじょうぶ》だ！」振《ふ》り返《かえ》ると、矢師は安全なホテルまであと少しのところにいた。でも別のゾンビが角を曲がって近づいている。「そこから逃《に》げろ！」ぼくは大声でわめいて全力疾走《ぜんりょくしっそう》した。とはいえ、サマーがゾンビの胸に放った炎《ほのお》の矢の速さにはかなわなかった。

「さっすが、弓の名手！」ぼくは絶賛《ぜっさん》してから、とどめを刺《さ》しに駆《か》け寄《よ》る。

それがまずかった！　燃《も》えあがるゾンビにパンチされ、ぼくの全身は突如《とつじょ》として炎《ほのお》に包まれた。熱い。痛《いた》い。燃《も》え移《うつ》った炎《ほのお》に視界《しかい》を奪《うば》われながらも、剣《けん》を振《ふ》るうと刃《は》に手ごたえを感じた。

ゾンビは断末魔《だんまつま》の叫《さけ》びをあげ、それと同時にぼくの皮膚《ひふ》も鎮火《ちんか》した。

「飲んで！」気づくとサマーが目の前にいて、ポーションを差し出していた。ごくごくと飲むと、魔法《まほう》の治癒力《ちゆりょく》が体に染《し》み渡《わた》っていく。

「フレッチ！」ぼくは咳《せ》き込《こ》みながら必死に村人を探《さが》した。

「もう大丈夫《だいじょうぶ》」サマーがホテルのドアを開ける。「ここにいるわ」

中へ入ると、矢師はなにごともなかったみたいにベッドですやすや眠《ねむ》っていた。「めでたし、めでたしね」サマーはほっとして言った。「とにかく、これで農民になにが起きたのかだけはわかった」

「うん、でも――」ぼくはほっとするどころじゃなかった。「どうすれば再発《さいはつ》を防《ふせ》げるんだろう？」

「防《ふせ》ぐのは無理よ」サマーは相変わらず平然としている。「村にはゴーレムがいて、たいていは見張《みは》りの仕事をちゃんとやってるじゃない」

「だけど今夜は違《ちが》っただろ」ぼくは言い返した。「だからぼくらはここにいるんじゃないか！」

「でも毎晩《まいばん》ここにいることはできないでしょ」サマーはぼくを諭《さと》そうとした。「それに永遠《えいえん》にここにいるわけでもない」彼女《かのじょ》はこれ以上ないほど冷静で論理的《ろんりてき》だった。

「この世界の警察官《けいさつかん》でもあるまいし、どんな窮地《きゅうち》にも駆《か》けつけて住民を救《すく》い出《だ》すなんてことはできないの」眠《ねむ》っている村人を身振《みぶ》りで示す。「あのね、ガイ、わたしだって彼《かれ》らのことを気にかけてるわ。それは本当。だけどあなたがいつも言ってるように、わたしたちがここにいるのは、学べることをすべて学び、願わくば、もといた世界へ戻《もど》る方法を見つけるためでしょう」両腕《りょううで》を思いきり広げ、大きく肩《かた》をすくめてみせる。「彼《かれ》らの問題に関わり続けることはできないの」

「そうだけど――」心臓《しんぞう》が高鳴って、頭はもやもやした。「ここにいる限《かぎ》りは、ぼくらにも関わりがあることだ！　ぼくらは村人が住む家を建《た》て、人口が増《ふ》えた分の作物を育て、彼《かれ》らに仕事を世話し、彼《かれ》らが腕《うで》を磨《みが》くのを手伝ったじゃないか」サマーの輝《かがや》く弓を示す。「ぼくらだって彼《かれ》らがレベルアップした恩恵《おんけい》にあずかっている。少なくともいまは、ぼくらは村人たちと同様に、この地域社会《ちいきしゃかい》の一員なんだよ。だから協力しなきゃ」

ぼくは剣《けん》をかかげた。「みんなが安全のために貢献《こうけん》するのが共同防衛《きょうどうぼうえい》だ」

# 第13章　重大な選択《せんたく》には重大な結果《けっか》がついてくる

なぜそんな言葉を口にしたのかはよくわからない。わかるのはそれが大切な言葉だということだけだ。もといた世界、たぶんぼくが〝母国〟と呼《よ》んでいたところで、それは人々の暮らしを方向づけるほど重要だったと思う。平和なときにお互《たが》いを助け合うなら、危険《きけん》なときにはお互《たが》いを守り合わなきゃいけない。

「共同防衛《きょうどうぼうえい》だ」ぼくはサマーに対して、自分自身に対しても、その言葉をもう一度言った。

彼女《かのじょ》は反応しなかった。すぐには。村人たちをちらりと見てから深々と息を吸《す》い込《こ》み、そのあとで口を開いた。「そうね、あなたが正しいのかもしれない。ここにいる以上は、みんなの安全を守る義務《ぎむ》がある。問題は――」また言葉を切り、家々が立《た》ち並《なら》ぶ窓《まど》の外へ目をやる。

「どう守るのがいちばんいいかよ。交代でやるとしても、毎晩《まいばん》寝ずの番はできない。わたしたちにできることが、これ以上ないのよ」

「いい考えがあるよ」ぼくはぱっとひらめいたアイデアを鼻高々に披露《ひろう》した。「村人たちが外へ出られないようにするんだ。毎晩彼《まいばんかれ》らがベッドに入ったら、土とか木とか、なんでもいいからドアの前にブロックを置いて、外へ出られないようにしよう」

「あなたって、頭がどうかしてるの？」サマーは信じられないとばかりに尋《たず》ねた。

「へっ？」ぼくも同じくらい信じられないとばかりに返した。「なにか問題でも？」

「問題だらけよ！」サマーは角張《かくば》ったこぶしを上げて、指で数字を示しているかのように続けた（実際《じっさい》は手のひらを開くことさえできないけれど）。「第一に、すべてのドアをふさぐなんて時間がかかりすぎる。第二に、わたしたちがいなくなったら成立しない。そのふたつに目をつぶるとしても――」

「壁《かべ》だ！」ぼくはさえぎった。

「そうだよ、うんうん、それだ！」あとずさりながら、自分の頭のよさに感心する。「砂漠《さばく》にあった廃村《はいそん》でもそうしようかって話したよね！　覚《おぼ》えてる？　余《あま》っている丸石とか、採掘《さいくつ》で出た不要な石で、村をぐるりと囲《かこ》む壁《かべ》を作って、モンスターがスポーンしないよう内側に松明《たいまつ》をともすんだ。この要塞《ようさい》の中なら、村人たちは自給自足《じきゅうじそく》で生活できる」

「自由じゃなくなるわ」

自由。

サマーの言葉を聞いて、ぼくは頭から冷水を浴びせられた気分になった。それはもといた世界で大切だったもうひとつの言葉だ。でも、なぜ大切だったのか思い出そうとする前に、サマーが続けた。「外へ出る自由のない要塞《ようさい》は牢獄《ろうごく》でもある。ほら、村人たちは散歩《さんぽ》が好きでしょ。壁《かべ》で囲《かこ》ったりしたら、その楽しみを取りあげることになるわ。将来《しょうらい》もし彼《かれ》らがさらに変化して、ここを出ていくことを望んだ場合、わたしたちはその機会まで奪《うば》うことになるのよ」

うーん、サマーの言うことはもっともだけれど、ぼくの言っていることだって正しい。だから彼女《かのじょ》に言い負かされてなるものか。

「そうだけど、いや、まあ、自由はさ……」ぼくは口ごもった。「大切だよ。でもほら、安全だって大切だろ。死んじゃったり、ゾンビ化しちゃったりしたら、自由もなくなるんだから」

それから説得力《せっとくりょく》のある主張《しゅちょう》を必死に考える。「必要なのは、えーと、どっちもある程度《ていど》満たす解決策《かいけつさく》を見つけることだ、うん。ある程度《ていど》自由を味わえて、ある程度《ていど》安全を保《たも》てる解決策《かいけつさく》を」

「それには大賛成《だいさんせい》」サマーが折《お》れたので、論破《ろんぱ》できたと喜《よろこ》んだ次の瞬間《しゅんかん》、ぼくは反撃《はんげき》された。

「でも、だれがその解決策《かいけつさく》を決めるの？　あなた？　わたし？」サマーは村人へ目を向けた。

「村人たち？　村人たちの生活、自由、安全についての問題なのに、本人たちは議論《ぎろん》に参加していないじゃない。村人たちに投票権《とうひょうけん》はないの？」

**投票権《とうひょうけん》。**

今度はその言葉を聞いて、ぼくは頭をガツンと殴《なぐ》られた気がした。投票《とうひょう》する権利《けんり》、自分の運命を決める自由は社会の根幹《こんかん》だ。少なくとも、ぼくが住んでいたところではそうだった。サマーの次の言葉からして、彼女《かのじょ》の住んでいたところでもそうだったんだろう。「ねえ、ガイ、あなたがみんなのためを思っているのはわかってる。村人たちが心配だから、彼《かれ》らの力になりたいだけなのよね。でも、あなたがここの王様になることは、たとえ立派《りっぱ》な王様であろうと、間《ま》違《ちが》っているわ」

王様になる？　そんなふうに考えたことはなかった。でも、それが村人を守ることになるなら……。

「なんで王様になっちゃいけないんだい？」ぼくは言い返した。「王様がなにをすべきかわかっていて、それでうまくいくなら、問題はないよね？　村人たちは自分を守ることができないけど、ぼくなら彼《かれ》らを守る方法がわかっている……あのときだってそうだった……ぼくの島での話を覚《おぼ》えてるかな。クリーパーに家を吹《ふ》き飛《と》ばされたあと、動物たちが溶岩《ようがん》へ向かって歩いていってしまって……」

「村人たちは動物じゃないでしょ！」サマーのあまりの剣幕《けんまく》に、ぼくは飛びあがった。「彼《かれ》らは人間よ！　わたしたちとまったく同じではないけど、それでもわたしたちと同じ権利《けんり》を与えられて当然だわ。だから、自分の生き方は自分で決めるべきなのよ、たとえその選択《せんたく》が間違《まちが》っていたとしても」

〝つまり、村人たちの選択《せんたく》が間違《まちが》っているかもしれないと認《みと》めるわけだ〟と、ぼくが平べったい口から鋭《するど》い反論《はんろん》をしようとした瞬間《しゅんかん》、サマーにもう一発パンチを浴びせられた。

「仮にあなたの選択《せんたく》が間違《まちが》っていたらどうなるの？　あなたはここの王様で、すべての力を握《にぎ》っているとする。でも、あなたは完璧《かんぺき》じゃない。完璧《かんぺき》な人間なんてひとりもいないわ。たとえ心から村人たちのためを思って行動したとしても、実は大きな間違《まちが》いを犯している可能性だってある。けれども、ここにはあなたを止めてくれる人も、異議《いぎ》を唱えてくれる人もいない。あなたしか投票権《とうひょうけん》を持っていない場合、その結果《けっか》が間違《まちが》っていたら、村人たちの命を奪《うば》うことにもなりかねない。だからあなたが王様になることは、たとえ立派《りっぱ》な王様だとしても、間違《まちが》っているの」

ぼくの心は揺《ゆ》れ動《うご》いた。記憶《きおく》の扉《とびら》をなんとかこじ開けようとする。「たしか……」もうちょっとで思い出せそうなのに思い出せない。「たしか……ぼくの住んでいたところでは、それが理由で王様と縁《えん》を切ったんだ。王様を追放するかなにかしたんだよ」

サマーもうなずき、自分の記憶《きおく》をたどった。「わたしの住んでいたところには王様がまだいると思うけど、いまはもうなんの権力《けんりょく》も持っていないはずよ。王様の一族はみんな……そうね……遊園地のマスコットみたいなものだわ。派手な衣装《いしょう》を着て、カメラに向かって手を振《ふ》るとか、そんなようなことぐらいしか、いまは許《ゆる》されてないんじゃないかな」

「当然のことだよね」ぼくはため息をついた。「村人たちに投票権《とうひょうけん》を与えるべきだっていうのも、当然だと思う」

ふうっ。複雑《ふくざつ》だな。ぼくらが地域社会《ちいきしゃかい》について学んでいることはすべて複雑《ふくざつ》だ。重大な選択《せんたく》には重大な結果《けっか》がついてくる。

「じゃあ、みんなに投票権《とうひょうけん》があるとして」ぼくはためらいながら話を進めた。「どうやってその権利《けんり》を使うんだい？　村人たちには言葉が通じないし、習得《しゅうとく》させることもできないみたいだ。だったら、投票《とうひょう》してもらうことなんてできないじゃないか」

その疑問《ぎもん》に、なんとサマーは即答した。「身をもって意思表示してもらいましょ」

「えっ？」言葉の意味は理解《りかい》できたけれど、具体的にどういう方法なのかはさっぱりわからなかった。

「簡単《かんたん》よ」サマーが言った。「壁《かべ》を作って……」

「ほら！　やっぱりぼくの言ったとおり――」

「たーだーし」勝《か》ち誇《ほこ》ろうとするぼくをさえぎって、サマーは続けた。「ドアをつけるの。それなら日中はいつでも外へ出られるし、夜はきっちりドアを閉めればいい」

「閉《し》め忘《わす》れたらどうするんだい？　それに、夜までに戻《もど》ってこなかったら？」

「それは村人自身の選択《せんたく》ってこと」

正直、ぼくは完全には納得《なっとく》していなかった。でも、もっといいアイデアを思いつけなかったので、とりあえずはそれでやってみることにした。

というわけで、ぼくらは仕事に取りかかった。けれども計画どおりにはいかなかった。スレート・ハウスへ走って戻《もど》り、素材《そざい》のリストをまとめ始める。

「さすがにこれじゃ足りないな」ぼくは激減《げきげん》した丸石を数えた。「家と作業場を建《た》てるのにたくさん使ったからね。これで村全体を囲《かこ》うのはとても無理だ」

「その必要はないんじゃないかな」サマーは角にある窓《まど》へと歩いていった。「外側にある家をつなげていけばいいのよ」

ぼくは目を細めて村を眺《なが》め、彼女《かのじょ》のアイデアを実行したらどうなるか想像《そうぞう》しようとした。見ばえはあまりよくないうえに、それにしてもブロックがかなり必要にはなるものの、たしかに、外側にある建物《たてもの》を壁《かべ》に組み込めば資源《しげん》を大幅《おおはば》に節約できる。

「やってみよう」ぼくは東の空が明るくなるのを見つめながら言った。

これまでに採掘《さいくつ》したブロックをすべて使えるとしても、簡単《かんたん》な仕事ではなかったけれど、外側の家と家の隙間《すきま》を埋《う》めることで、村全体を囲《かこ》むことはできた。

そうしてできた村の形は、きれいな四角形というわけではなくて、上空から見ればアルファベットの巨大な〝T〟が横に寝ているみたいな形だ。とはいえ、東に位置《いち》する〝T〟の頭の部分からは、北側の壁《かべ》と南側の壁《かべ》（〝T〟の二画目）をそれぞれひと目で見渡《みわた》せた。

　これと同じようなデザインを、もといた世界の船で見たことがある気がする。ほら、大型《おおがた》の船の操舵室《そうだしつ》あるいは船橋《ブリッジ》と呼《よ》ばれる部分は、船全体が見渡《みわた》せるように甲板の端《はし》から突《つ》き出《だ》しているだろう。あれは船にとって意味のあるデザインで、この村にとってもそうだった。

「隠《かく》れて狙撃《そげき》するのにいいわね」サマーはうなずいた。「壁《かべ》をもっと高くすれば、文句なしだわ」

「うーーーん」完成した一ブロックの高さの基盤《きばん》を眺《なが》めて、ぼくは息《いき》を吐《は》いた。「そのことだけど」家と家をつなげたおかげで村全体を囲《かこ》むことはできたけれど、高さはまだ全然足りない。

「採掘作業《さいくつさぎょう》に戻《もど》るしかないみたいだ」防壁《ぼうへき》とも呼《よ》べないしろものをにらみつける。「充分《じゅうぶん》な量の石を採掘《さいくつ》するのに、それほど時間はかからないはずだ」

「それか」サマーは壁《かべ》を乗《の》り越《こ》えて、外側の地面をパンチした。「堀《ほり》を作るのはどう？　とりあえず間に合わせとして。次の機会に、使えそうな石や深層岩《ディープスレート》を採掘《さいくつ》することにしましょ。ひとまず深さ一ブロックの堀《ほり》を作れば、その分壁《かべ》が高くなるし、掘《ほ》った土を壁《かべ》にすれば、さらに高さが増《ま》すわ」

「おあつらえ向きの道具もある！」ぼくはエンチャントされたシャベルをかかげた。

普通なら半日がかりの作業なのに、シャベルのおかげでものの数分で終了《しゅうりょう》した！　しかもぎりぎりセーフだ。最後の土ブロックを壁《かべ》にはめ込んだのと同時に、太陽が地平線に沈《しず》んだ。

「絶妙《ぜつみょう》なタイミングだ」ぼくは言った。夜の闇《やみ》とともにモンスターたちがやってこないうちに、ふたりで協力しながら、ありとあらゆる場所に松明《たいまつ》を設置《せっち》した。家の外壁《がいへき》、村を囲《かこ》む防壁《ぼうへき》、最後には至《いた》るところの暗がりに。

「採掘《さいくつ》に行かないとまずいわね」サマーがこぼした。「石炭はもうほとんど残ってない」

「ぼくもだ」村の端《はし》から返事をする。「でも、ぼくらの努力の成果をごらんよ」

壁《かべ》にぐるりと囲《かこ》まれた、昼間みたいに明るい安全地帯。

これはまだまだ手はじめだ。ぼくは改良点を思《おも》い描《えが》いた。土ブロックは丸石に変えないと。壁《かべ》の上を歩けるようにするのはどうだろう。監視塔《かんしとう》をつけようか？　つけるなら両端《りょうはし》に？　そうすれば周囲《しゅうい》にくまなく目を光らせることが……。

「グルルルル」

ぼくは凍《こお》りつき、剣《けん》を抜《ぬ》き放《はな》った。「サマー？」

「聞こえたわ」サマーが返す。

「壁《かべ》の外からじゃない？」

ドン！

腐《くさ》ったこぶしに後頭部を殴《なぐ》りつけられた。ぼくはびっくりして〝うっ〟と息《いき》を吐《は》いて前につんのめり、あわてて振《ふ》り返《かえ》ると、まだらな緑色の顔が目に入った。

「どこから来たんだよ？」ぼくはきらめく刃《やいば》でゾンビに斬《き》りつけた。「グルウウウ」という返事は〝そんなに知りたいか？〟と言っているみたいに聞こえた。ぼくはモンスターを斬《き》り刻《きざ》み、サマーに声をかけた。「きっとドアのひとつから入ってきたんだ」

「それはありえないわ」彼女《かのじょ》が言い返すと同時に、新たなゾンビのうめき声が闇《やみ》にこだました。

「それしかないよ！」ぼくは言《い》い張《は》った。「たぶん新たな変化があって、ゾンビもネザーのピグリンみたいにドアを開けられるようになったんだ！」

「でも、まだドアを取りつけてないじゃない！」

あっ、そうだった。

またも〝グルルルル！〟という叫《さけ》びに続き、踏《ふ》ん張《ば》るような〝ウンフ！〟という低く短い声が聞こえた。この声なら知っている。最初に聞いたのは、ぼくの島の地下でゾンビが崖《がけ》から飛びおりてきたときだ。

「ガイ！」サマーは新たに現《あらわ》れたゾンビを盾《たて》で押さえつけ、ネザライトの斧《おの》をつかんだところだった。

「そうだったのか！」ぼくは彼女《かのじょ》のもとに駆《か》けつけながら叫《さけ》んだ。「こいつらがどこから入ってきたのかわかったぞ」

「あの声ね」サマーはぼくより先に気づいたらしい。倒《たお》したゾンビは煙《けむり》に変わり、彼女《かのじょ》はその白《しろ》い煙《けむり》の中を進んで壁《かべ》を見あげた。「なにか見落としてたのね。壁際《かべぎわ》の地面が盛りあがってるか、小さな丘《おか》になってるところがあるのよ！　ゾンビたちはそこをのぼって壁《かべ》を越《こ》えてきたんだわ」

「きっとそうだ！」ぼくも同意し、彼女《かのじょ》と一緒《いっしょ》に土で簡単《かんたん》な階段《かいだん》を作った。ふたりとも細い壁《かべ》の上に駆《か》けあがる。

「あなたはそっちから」サマーは壁《かべ》の上を走り出した。「わたしはこっちから行く！」

ぼくは反対方向へと急ぎ、スピードとバランスを、いや、バランスを保《たも》とうとした！　一歩踏《ふ》み外《はず》せばモンスターランドへ真っ逆さまだ。

壁《かべ》に沿《そ》って作ってある堀《ほり》は暗くてよく見えなかった。でもよく考えると、堀《ほり》があるんだから、地面が盛《も》りあがっているところをのぼって壁《かべ》を越《こ》えることはできないはず。だったら、ゾンビたちはどうやって侵入《しんにゅう》してきたんだ？

真っ暗な草原にゾンビの姿《すがた》がいくつか確認《かくにん》できた。ぎらつくクモの目も見える。迷彩色《めいさいしょく》のクリーパーもかすかに存在を感じ取れた。

クリーパーが壁《かべ》に穴《あな》を開けたとか？　いや、それなら爆発音《ばくはつおん》が聞こえたはずだ。そもそも、ぼくらが近くにいないと爆《ばく》発《はつ》しないんじゃないか？　げんに、ぼくが歩いている真下にもクリーパーがいたけれど、やっぱり爆《ばく》発《はつ》する様子はない。

だよね。ぼくは確信《かくしん》してにやりとした。これだけ離れていれば、クリーパーは刺激《しげき》されない。でもそうなると、ゾンビはどうやって……。

スケルトンの矢が肩《かた》に刺《さ》さり、ぼくは壁《かべ》から転げ落ちた。壁《かべ》の内側に落ちたとはいえ、下にはまたもやゾンビがいて、両腕《りょううで》をこっちへ突《つ》き出《だ》している。

「また!?」顔面にパンチを食らい、ぼくは情けない声をあげた。盾《たて》を持ちあげて次の一発を防《ふせ》ぎ、今度はこっちからパンチをお見舞《みま》いしてやる。

ゾンビが煙《けむり》になるのと同時に、サマーが壁《かべ》の上から声を張《は》りあげた。「原因はあれよ！」ぼくが顔を上げると、彼女《かのじょ》が近くの家の屋根を指していた。「あそこがまだ暗いからだわ！」

ぼくらはうっかり見落としていた。屋根の上は暗いままだ！

「すぐに明かりをつけよう！」ぼくは叫《さけ》ぶと同時に、土の階段《かいだん》を急いでもうひとつ作った。それからの作業は簡単《かんたん》でも、安全でもなかった。屋根にのぼれば、弓を持ったスケルトンの標的になったからだ。たいていはひゅんという音で矢が飛んでくるのがわかる。とはいえ少なくとも二度、矢を食らって屋根から落ちた。最後に転落したときのダメージがいちばん大きかった。なにせぼくは二階建《かいだ》てのホテルの上にいたから。

「うっ！」脚《あし》の骨《ほね》が折《お》れるほどの衝撃《しょうげき》に、ぼくはうめいた。「ふたりでやらないと無理だ！」サマーに向かって叫《さけ》んだ。「ひとりが見張《みは》っているあいだに、もうひとりが屋根に松明《たいまつ》を設置《せっち》しよう」

「そんな時間はないわ！」サマーが叫《さけ》び返《かえ》しながら、弓をつかんだ。まだ明かりのついていない石工の家の屋根でゾンビがスポーンしたためだ。彼女《かのじょ》の矢が命中したゾンビが炎《ほのお》に包まれながら落ちてきたところを、ぼくが剣《けん》をひと振《ふ》りしてとどめを刺《さ》した。

ぼくが土の階段《かいだん》をのぼってホテルの屋根に戻《もど》ろうとしたとき、クモの〝シューッ〟という音に注意を引かれた。壁《かべ》をのぼって越《こ》えてくるクモたちの脚《あし》と目が見える！「問題発生！」ぼくはクモの背中《せなか》を斬《き》りつけて叫《さけ》んだ。どうすればいいんだ？　壁《かべ》があっても、クモの侵入《しんにゅう》が防《ふせ》げないとなると……。

「心配無用」サマーがふたたび炎《ほのお》の矢を放ち、クモとの戦いに決着をつけた。「村人を襲《おそ》うのはゾンビだけよ！」

「それ、ほんと？」ぼくはホテルの屋根へと階段《かいだん》を駆《か》けあがった。「なんでわかるの？」

「あなたこそよく見てなかったの？」サマーが言い返す。

見ていなかった気がする。昨日の夜ゾンビが矢師を追いかけ回したときは、矢師を救《すく》うのに必死で、ほかのモンスターたちがみんなぼくらにしか興味がないことになんて気づかなかった。

「それなら心配ないか」ぼくは最後の松明《たいまつ》を設置《せっち》した。

「今後はね」サマーは最後の野良ゾンビを誇《ほこ》らしげに射抜《いぬ》いて言った。

ぼくらは屋根からおりると、夜が明けるまでのあいだ、噴水《ふんすい》のそばでじっとしていた。次の攻撃《こうげき》に備《そな》えていたものの、それ以上襲《おそ》われることはなかった。

「やったわね」太陽がのぼり――それとともに村人たちが起きたところで――サマーは宣言《せんげん》した。「ドアの取りつけはまだだけど」

「それについてずっと考えてたんだ」ぼくは作業台を出した。「村人がドアを閉《し》め忘《わす》れた場合の対策をね」

壁《かべ》に穴《あな》を開けてから、暗いオレンジ色のアカシアの格子戸《こうしど》をはめ込み、それから作業台へ戻《もど》って四角形の薄《うす》い板をクラフトした。「感圧板《かんあつばん》だよ、ほら」ぼくは得意顔《とくいがお》でそれをドアの前に置いた。「きみも山にいたとき、外の冷気が入ってこないようドアに取りつけていただろ」

夜通《よどお》し戦ったあとなので、サマーも口論《こうろん》する気分ではなかったらしい。「やりたいならやれば」とそっけなく言っただけで、歩み去った。ぼくは気にしなかった。成功こそ最大の賛辞だ。そういうわけで、ぼくは彼女《かのじょ》が東と西と南にドアを取りつけていくあとから、役に立つに違《ちが》いない感圧板《かんあつばん》を設置《せっち》していった。

「今夜うまくいくかどうか確《たし》かめるのが待ちきれないな」ぼくは言った。

けれども、サマーはあくびをしながらこう返した。「明日の夜にしましょう。寝不足になると、またバサバサ飛んでくるモンスターに襲《おそ》われるわよ」

「じゃあ、明日の夜に」ぼくらは朝食をとりにスレート・ハウスへ引き返した。

その日は鉱石《こうせき》と、壁《かべ》を補強《ほきょう》するための石を採掘《さいくつ》した。たいした収穫《しゅうかく》はない。鉄と石炭がちょっぴり、銅は採《と》れすぎ、さらに地下深くへ掘《ほ》り進《すす》めると、レッドストーンと待望のラピスラズリが少し出た。

ここまで聞くと、きみはこう考えているかもしれない。〝ほかの道具や武器《ぶき》をエンチャントできる材料を見つけたのに、なんでさっさとそうしないの？〟

ふた晩《ばん》続けて、てんてこ舞《ま》いしていなければ、きみに同意しただろう。でも、いまは脳《のう》みそがキノコシチューみたいにどろどろになっていたから、ふたりとも帰宅するなり、ベッドに倒《たお》れ込《こ》んでグーグー寝てしまった。

翌朝になると頭はすっきりしたけれど、目の前の作業に集中しなければならず、エンチャントどころではなかった。壁《かべ》の土ブロックを、採掘《さいくつ》してきた石と一日がかりで入《い》れ替《か》えた。夜になっても、ぼくの知性が生み出した傑作《けっさく》アイデア、感圧板《かんあつばん》が役に立つことをこの目で確《たし》かめるために起きていた。

だけどそれ以降《いこう》は、とんでもないことの連続だった。

のんびり座ったまま、ぼくの天才的なひらめきを称《たた》える、なんて夜にはならなかったんだ。やることがいくらでもあったから。引き続き壁《かべ》を補強《ほきょう》して（土ブロックを丸石に交換《こうかん》）、さらなる改良を加えた。古い城壁《じょうへき》のてっぺんがファスナーの片側みたいにでこぼこした形になっているのを見たことがない？　ぼくらも同じようにしたんだ。外壁《がいへき》の上に一個ずつあいだを空《あ》けてブロックを置いていった。こうしておけば、スケルトンの矢がまた飛んできても、ブロックの後ろに隠《かく》れることができる。

その作業が九割くらい終わったとき、ドアが開いたあと閉じる音が聞こえた。ぼくは手を止めて顔を上げ、周囲《しゅうい》を見回したけれど、特に変わった様子はないようだった。村人が家からへさまよっているわけでもなく、サマーは遠くの壁《かべ》で忙《いそが》しく働いている。ゴーレムがのっしのっしとパトロールしている以外に、目立った動きはない。ぼくは肩《かた》をすくめて壁《かべ》にでこぼこをつける作業に戻《もど》ると、数秒後にふたたび同じ音が聞こえ、今度はゾンビのうなり声が続いた。

いったい……。なにが起きたのか考える暇《ひま》もなく、うめき声があがり、怒《おこ》ったようなゾンビのうなり声が立て続けに聞こえた。ゾンビがだれかとやり合っているのか？　ゾンビじゃないほうの声はどこから？

　ぼくがくるりと振《ふ》り返《かえ》り、矢をセットずみのクロスボウを取り出したとき、両方の答えが判《はん》明《めい》した。壁《かべ》の北側にあるドアのすぐ横にいた一体のゴーレムが、両手のこぶしを突《つ》き出《だ》したんだ。

　その衝撃《しょうげき》で、ゾンビが真っ赤に点滅《てんめつ》しながら吹《ふ》っ飛《と》ぶ。鋼鉄《こうてつ》のガードマンがもう一発お見舞《みま》いすべくカシャンと前進した瞬間《しゅんかん》、感圧板《かんあつばん》を踏《ふ》んでドアが開いてしまった。そこから、さらなるゾンビがよろよろと壁《かべ》の内側へ入ってくる。「サ……」ぼくが呼《よ》びかけようとしたのと同時に、炎《ほのお》の矢が飛んできた。サマーも一連の出来事を目撃《もくげき》していたんだ。

「見てたわよ」反対側の壁際《かべぎわ》にいた彼女《かのじょ》が叫《さけ》ぶ。「あなたの感圧板《かんあつばん》、巡回中《じゅんかいちゅう》のおまわりさんが踏《ふ》んでも作動しちゃうじゃない！」

　みんなを守るために考えたことなのに、あんまりな言い方じゃないか。ぼくは少しだけむっとしながらも、クロスボウを斧《おの》に持《も》ち替《か》えると、壁《かべ》に向かって走った。「ぼくがなんとかする！　きみはゾンビを頼《たの》むよ！」地面に設置《せっち》された感圧板《かんあつばん》を壊《こわ》そうと斧《おの》を振《ふ》りおろしたら、勢《いきお》い余《あま》ってすぐ横のゴーレムにまで当たってしまった。

「うわっ、ごめん――」謝《あやま》ろうとしたぼくにロボットパンチが飛んできた。

ゴンと殴《なぐ》られ、ぼくの体は宙《ちゅう》を飛んだ！

びゅんと壁《かべ》を越《こ》え、モンスターだらけの闇夜《やみよ》に落下する。ぼくの骨《ほね》がボキッと折《お》れた音《おと》に、モンスターたちが近づいてくる音（グルルル、シュ一ッ、カランコロン）が重なる。

「走って！」サマーが炎《ほのお》の矢を連射《れんしゃ》しながら叫《さけ》んだ。「援護《えんご》は任せて！　スレート・ハウスに避難《ひなん》するのよ！」

ぼくは足を引きずりつつも必死で走り、驚異的《きょういてき》な回復力《かいふくりょく》で追いかけてくるモンスターたちを振《ふ》りきった。前方にクリーパーが一体現《あらわ》れる。そいつにクロスボウの矢を射《う》ち込《こ》み、盾《たて》をかかげたものの、爆発《ばくはつ》の衝撃《しょうげき》で後ろへ飛ばされ、クモにぶつかった。牙を立てられて鎧《よろい》がきしむのを感じながら、クロスボウから剣《けん》に持《も》ち替《か》えて、ひと振《ふ》りする。シュウウッ。そのとき炎《ほのお》の矢がクモを焚《た》き火《び》に変えてくれたので、ぼくはあとずさった。

「走り続けて！」サマーが壁《かべ》の上から叫《さけ》んだ。驚異的《きょういてき》な回復力《かいふくりょく》のおかげで、ぼくは彼女《かのじょ》の言うとおりにすることができた。丘《おか》を駆《か》けあがり、ふと顔を上げると、ゾンビがこっちに手を伸《の》ばしていた。

「走り――」サマーがまた注意しようとする。

「聞こえてるよ！」ぼくは叫《さけ》び返《かえ》してパンチをかわした。建物《たてもの》の明かりだけを見つめ、ホップ、ステップ、ジャンプで丘《おか》のてっぺんへ。あと少しで玄関《げんかん》にたどり着くというとき、クリーパーが角を曲がって現《あらわ》れた。

バックしろ！　クリーパーを引きつけてさがれ！　スレート・ハウスの真横で爆発《ばくはつ》させるわけにはいかない。ぼくは数歩さがってから、島にいたときに習得《しゅうとく》した〝シュー・シュー作戦〟を実行した。クリーパーを攻撃《こうげき》したら後退《こうたい》。すると、シューシューという音とともに爆発《ばくはつ》までのカウントダウンが始まる。音がやんだ瞬間《しゅんかん》にふたたび攻撃《こうげき》、という手順を繰《く》り返《かえ》すと、爆発《ばくはつ》魔《ま》を倒《たお》せるだけじゃなく、火薬がひと山手に入る。つまり、その夜はこんな感じだった――攻《こう》撃《げき》、後退《こうたい》、攻撃《こうげき》、後退《こうたい》、攻撃《こうげき》、火薬ゲット！

爆発性《ばくはつせい》のお宝がぼくのバックパックに飛《と》び込《こ》んできたちょうどそのとき、水エレベーターに乗ったサマーが飛《と》び込《こ》み板《いた》へ上がっていくのが見えた。ぼくは階段《かいだん》を駆《か》けあがり、ルーフデッキの真ん中で彼女《かのじょ》と合流した。

「大丈夫《だいじょうぶ》だった？」サマーが尋《たず》ねる。

「うん」ぼくはそう答えたけれど、体の傷《きず》は癒《い》えても、心の傷《きず》はまだヒリヒリしていた。

「あんなことになるなんて！」うめきながら村を見おろす。「わざとじゃないって伝えようとしたのに、ゴーレムは耳を貸そうともしなかった！　いつだってぼくの言うことを聞こうとしない、この前もそうだった！」しゃべっているうちに頭に血がのぼり、ますますカッカしてきた。「ひどいよ！　おかしいだろ！　もといた世界なら、自分の言い分を聞いてもらえるのに！　裁判所《さいばんしょ》があって、陪審員《ばいしんいん》や弁護士《べんごし》がいて、無実を訴《うった》えることができる！　だけどここじゃ……」

「発言権《はつげんけん》がない」サマーが言葉を結んだ。

「そのとおり！」ぼくは怒《いか》りを爆発《ばくはつ》させた。

「このコンピューターゲームの制作者《せいさくしゃ》たちが、一から十までなんでも決めてしまってる」

「そう！」

「制作者《せいさくしゃ》がよかれと思って決めたことを、ゴーレムは望んでいないかもしれない」

「うん、うん！」

「そのせいで、あなたは傷《きず》ついたのよね」

「うん……あっ」

「ほらね」サマーは村へ目を向けた。「これで村人たちの気持ちがわかったでしょ」

「そうだね」ぼくはおずおずと認《みと》めた。「自由の大切さがわかったよ」

「村を出ていくことも本人の自由」サマーは続けた。「この村の罪《つみ》と罰《ばつ》のルールをあなたは気に入らないかもしれない。わたしだって、ぶらぶら遊んでいるすねかじりのニートにはいらいらする。でも、それはここで暮らす代償《だいしょう》にすぎない。その代償《だいしょう》を受け入れるか、それとも、ここを出ていくか、自分で選ぶことが大事なのよ」

彼女《かのじょ》の言葉はゴーレムのパンチみたいだった。鋼のこぶしで会心の一撃《いちげき》を打《う》ち込《こ》まれたみたいに、真実が心に突《つ》き刺《さ》さった。

「だれもに選択肢《せんたくし》があるべきなの」サマーはため息をついた。「だれもに自由がなきゃ」

ぼくもため息をついた。ようやくわかった気がする。「きみの言うとおりだよ、サマー……だいたいは」

「だいたいは？」

「ぼくらがいまコンピューターゲームの中にいるってところは、信じられない」

「まあ、思《おも》い違《ちが》いをしてもいい自由だってあるしね」

ぼくらはともに笑い、そのまま起きていて太陽がのぼるのを眺《なが》めた。「まだ引っかかってることがあるんだ」朝いちばんのあたたかい日光が村を照《て》らすと、ぼくは切り出した。「どうして鐘《かね》が鳴らなかったんだろう？　あれが警鐘《けいしょう》なら、ゾンビが矢師を追いかけたときに鳴りそうなもんだよね？」

「鳴らす暇《ひま》がなかったのか、前にも話したとおり、わたしたちがまだ経験《けいけん》していない危険《きけん》が迫ったときに鳴ることになっているか」

「経験《けいけん》しないままでいいよ」こんな話題を持ち出さなきゃよかったと、ぼくは後悔《こうかい》した。

「いま心配したってしかたないでしょ」サマーはドアへと向かった。「これから夜まで採掘作《さいくつさ》業《ぎょう》だから、その前に、やり残したことを片づけに行くわよ」

ぼくらは丘《おか》をくだり、村の畑の脇《わき》にある開けた一角へ向かった。そこに土ブロックを置き、小麦の種をひとつかみまいたあと、白い閃緑岩《せんりょくがん》で四角く囲《かこ》む。四隅《よすみ》に松明《たいまつ》を設置《せっち》し、囲《かこ》いの上に〝農民《ファーマー》〟とだけ記した看板《かんばん》を取りつけた（まるで小麦の成長を見守っているみたいだ）。

「立派《りっぱ》なお墓《はか》ってわけじゃないけど」サマーが言った。「ないよりはましよね」

なにごともなかったかのようにいつもどおりの暮らしを送っている村人たちに、ぼくは目をやった。「喪《も》に服《ふく》している人はいないらしい」ちょっとだけ腹立たしかった。「悲しそうにもしてないし、農民がいなくなったのをなんとも思ってないみたいだ。気にしてないのかな」

「態度《たいど》に出さないからって、気にしてないことにはならないわ」サマーが反論《はんろん》する。「文化が違《ちが》えば、悲しみ方も違《ちが》うものでしょ？　相手の意見を尊重《そんちょう》するって、あなたのフレッスンにもあったじゃない」彼女《かのじょ》は両腕《りょううで》を広げてぼくを見つめた。「感情をそのまま表に出すのをよしとする文化もあれば――」視線を落とす。「胸の中にしっかりしまい込むのをよしとする文化もあるの」

それってサマーが暮らしていた国の文化のこと？　それとも彼女《かのじょ》自身の話？　あるいはその両方？

ぼくは小さなお墓を振《ふ》り返《かえ》って頭を下げた。「なにか言葉をかけたほうがいい？」

「黙禱《もくとう》でいいと思うわ」

ぼくはうなずくと、目をつぶって頭の中で語りかけた。

農民さん、ぼくの声が届《とど》いているのかどうかはわからない。この世界では……ほかの世界でも……肉体が消えたあとも魂《たましい》が残っているのかどうか、わからないから。けれども、きみの魂《たましい》がまだこの世界にいるとしたら、これだけは伝えたい。ぼくらを真っ先にこの村へ迎え入れてくれてありがとう。いい隣人《りんじん》、友だち、先生でいてくれてありがとう。いなくなって本当に寂《さび》しいよ。だけど、きみのことは決して忘《わす》れない。

ぼくが目を開けると、すぐそばで生まれたばかりの子どもの村人が見あげていた。「わっ。やあ、ぼうや」びっくりしたな。「いたのに気づかなかったよ」

「お悔《く》やみを言いに来てくれたのかもね」サマーが言った。

「農民さんもきっと喜《よろこ》ぶよ」ぼくは子どもに声をかけた。

小さな顔がお墓のほうを見て、〝ハア〟という声があがった。

「ふさわしい言葉ね」

サマーがうなずいたので、ぼくらは厳粛《げんしゅく》な声で繰《く》り返《かえ》した。

「ハア」

# 第14章　再生可能資源《さいせいかのうしげん》

これで村も安全になり、というか、少なくとも村人から自由を取りあげることなしにできる範囲《はんい》で安全になったので、今度は採掘《さいくつ》に取りかからないと。でも、その前に……。「防具《ぼうぐ》もエンチャントするのはどう？」農民のお葬式をした帰り道に、ぼくは尋《たず》ねた。

「いいわね」サマーは明るい声で言った。「しかも、いまならラピスラズリがあるから実行できる！」

前日の採掘《さいくつ》で、ぼくらはふたり分のヘルメットからブーツまで一式をエンチャントできる数の青い石を入手していた。手はじめにヘルメットからエンチャントしてみると、〝ダメージ軽《けい》減《げん》〟のほかに〝呼吸《こきゅう》〟という謎《なぞ》の選択肢《せんたくし》を与えられ、サマーは前者にした。

「同じにしないほうがいいよね」ぼくは言った。「あらゆる効果《こうか》を使えるようにするために」

ぼくは輝《かがや》く〝呼吸《こきゅう》〟のヘルメットをかぶってみたが、見た目も、感触《かんしょく》も、呼吸《こきゅう》だって、普通のヘルメットとちっとも変わらなかった。「これをかぶってると、ネザーの悪臭《あくしゅう》が気にならなくなるのかな」

次はチェストプレートだ。サマーは効果《こうか》が明白な〝爆発耐性《ばくはつたいせい》〟を選択《せんたく》し、レギンスには〝火炎耐性《かえんたいせい》〟をつけた。わかりやすい効果《こうか》ばかり選ぶんだな。ぼくはそう思ってしまったので、自分のチェストプレートには〝飛《と》び道具耐性《どうぐたいせい》〟を選んだ。けれどもレギンスで〝棘《とげ》の鎧《よろい》〟という選択肢《せんたくし》が表示されたところで、頭の中に疑問《ぎもん》が渦巻《うずま》いた。

「チクチクしてそうだな」レギンスの内側に棘《とげ》がついているところを想像《そうぞう》して、ぼくは顔をしかめた。「ま、でもやってみるか」

見たところ、内側にも外側にも棘《とげ》はないようだ。「どんな効果《こうか》かはそのうちわかるさ」ぼくは納得《なっとく》した。次にふたりともブーツを脱《ぬ》いだ。提示《ていじ》された三つの選択肢《せんたくし》は、どれもハッピーダンスを踊《おど》り出《だ》すほどのものではなかった。〝水中歩行〟は海用だろう。それに〝魂の速度《ソウルスピード》〟はソウルサンドの上を速く歩けるようになるか、単にブーツがすごくかっこよくなるかじゃないかな。いまのところ、どちらも出番はなさそうだから、地味だけれど役には立つ〝耐久力《たいきゅうりょく》〟

にした。

サマーも〝ソウルスピード〟と〝水中歩行〟を提示《ていじ》されたけれど、三番目はなんだかひんやりした感じの〝氷渡り《こおりわた》〟だった。

「火炎耐性《かえんたいせい》とは違《ちが》うんだよね？」ぼくは首をひねった。「同じってことはある？」

「溶岩《ようがん》の上を歩けるんじゃない？」

「自分で試すの？」〝ぼくはいやだからね〟とばかりにこぶしを上げた。

「いますぐじゃなくても」サマーは輝《かがや》くブーツに足を入れた。「試すしかないわ」

「もう一度エンチャントすればいいよ」ぼくは提案《ていあん》した。「薬剤師《やくざいし》をつかまえて、もっとラピスラズリと交換《こうかん》してもらってこよう」

「いいけど――」サマーはためらった。「なんだか青い石のほかにも消耗《しょうもう》した気分。わたしの言ってること、わかる？」

「うん。わかる気がする」あれこれエンチャントしたあとは、ふたりとも少し気が抜《ぬ》けたようになっていた。どう伝えればいいのかはわからない、だってこんな感じになるのは本当に初めてだったから。おなかが減《へ》ったのではない。疲《つか》れたのでもない。強《し》いて言うなら、存在すら意《い》識《しき》していなかった魂《たましい》の一部がすっかり吸《す》い取《と》られてしまったような感じだ。「エンチャントはぼくらからなにかを奪《うば》うのかもしれない。なんていうか、〝活力〟みたいなものをね。それを取《と》り戻《もど》すには、思いっきり冒険《ぼうけん》して成功するのがいいかも」

サマーはうなずいた。「そうと決まったら出発よ！」

ぼくらは食料、矢、クラフト用の木材、ポーションを持ち、エンチャントしたての防具《ぼうぐ》一式を身につけると、丘《おか》をくだって、農民をのみ込んだ穴《あな》へと向かった。

新しく手に入れた華麗《かれい》な魔力《まりょく》も、はじめのうちはどれも必要なさそうだった。農民と遭遇《そうぐう》したトンネルをふたたび進んでも、モンスターの姿《すがた》はなく、物音もしない。でも溶岩《ようがん》の峡谷《きょうこく》へ続く通路にたどり着いたとき、聞《き》き間違《まちが》いようのないカランコロンという音がした。

「後ろだ」振《ふ》り返《かえ》ると、二体のスケルトンが近づいていた。「この前と同じ作戦でいこう」サマーが攻撃《こうげき》できるようぼくは前に出て援護《えんご》に回った。

「右側を空《あ》けて」サマーにうながされ、ぼくは盾《たて》を左側へ動かして炎《ほのお》の矢をよけた。一体目のスケルトンが燃《も》えあがり、二体目が放った矢を盾《たて》で防《ふせ》ぐ。「次は左側よ」彼女《かのじょ》が言い、今度は逆側へ盾《たて》をどかした。

「問題な――」ぼくの言葉は〝ガアア！〟といきなりさえぎられた。

ふたたび峡谷《きょうこく》のほうを振《ふ》り返《かえ》ると、ゾンビがすぐ後ろに迫っている。そいつは腕《うで》を突《つ》き出《だ》してぼくをパンチしたけれど、そのあとダメージを受けたかのようにあとずさった。

「あなたのレギンスよ！」サマーが叫《さけ》んだ。「棘《とげ》の魔法《まほう》の効果《こうか》だわ！」

きっとそうだ。ぼくらにはなにも見えないけれど、ゾンビは透明《とうめい》な魔法《まほう》の針《はり》に刺《さ》されたに違《ちが》いない。「恩《おん》に着るよ、レギンスくん」ゾンビはぼくに剣《けん》でなぎ払《はら》われて、崖《がけ》から下の溶岩《ようがん》へ転がり落ちていった。

「いまも胸が痛《いた》むわ」サマーは下を見た。「あのかわいそうな農民のことを思うと」

「あんな悲劇が二度と起きないよう、ぼくらはできることをしたんだ」崖《がけ》を見おろす。「ここからおりられそうだ」

「あなたはそうして」サマーはぼくから離れて崖《がけ》の奥《おく》へ行った。「わたしはこの氷渡《こおりわた》りのブーツの実地試験をするわ」

「**だめだよ！**」

彼女《かのじょ》は警告《けいこく》を無視《むし》して、ぼくの目の前で崖《がけ》から足を踏《ふ》み出《だ》し、どろどろの溶岩《ようがん》へ落下して炎《ほのお》の下へ姿《すがた》を消した！

「サマー！」ぼくは飛びおりるようにして崖《がけ》をくだった。「サマー！」

どこだ!? どこにも彼女《かのじょ》の姿《すがた》が見えないぞ。

どうしようどうしようどうしよう！

「ここよ！」溶岩《ようがん》から突《つ》き出《だ》したサマーの頭がこっちへ向かってくる。炎《ほのお》に包まれている！

ぼくは溶岩《ようがん》すれすれのところまで駆《か》け寄《よ》って手を差《さ》し伸《の》ばしたけれど、もちろんつかむことはできなかった！ この世界でも彼女《かのじょ》の手をつかめたらいいのに！

「さがって！」サマーは笑いながら平然と岸まで泳いでくる。「わたしはなんともないわ！」

松明《たいまつ》みたいに燃《も》えていたサマーは黒曜石の上にのぼり、バケツの水をかぶって火を消した。

「サ……」ぼくはほっと息《いき》を吐《は》き出《だ》した。この数秒間に味わった恐怖《きょうふ》のせいで、危《あや》うくボディペイントみたいなパンツをはき替《か》える事態《じたい》になるところだった。

「とりあえず、このブーツじゃ溶岩《ようがん》の上を歩けないのはわかったわ」サマーはけろりとしている。「それにレギンスの防御力《ぼうぎょりょく》も思ったほどじゃないわね」

「えっ――？ じゃあ――？ どうやって？」ぼくがしどろもどろに尋《たず》ねると、彼女《かのじょ》は空っぽになった瓶《びん》を見せた。

「耐火《たいか》のポーション」サマーが陽気に言う。「溶岩《ようがん》に沈《しず》んでブーツは役に立たないとわかった瞬間《しゅんかん》に飲んだの。わたしは無鉄砲《むてっぽう》かもしれないけど、バカじゃないのよ」

「サアアァァマァァーー」ぼくはうめいた。まだポーションの効果《こうか》が切れていないなら、溶岩《ようがん》に突《つ》き落《お》としてやろうかとすら思った。もちろんそんなことはしなかったけれど、くううっ、本気でやってやりたかった。「こんなまねは二度としないでくれ！」

彼女《かのじょ》にくるりと背《せ》を向け、ドキドキしている四角い心臓《しんぞう》をなだめるために深々と息を吸《す》い込《こ》む。

「悪かったわ、ガイ」サマーは真剣《しんけん》な声で言った。「まず説明するべきだった」

「いいよ」友だち同士《どうし》は許《ゆる》し合《あ》う。ぼくは自分で作ったルールを思い返した。「でも、耐火《たいか》のポーションはそれが最後の一本だろ。だったら体に火がつく危険《きけん》を取《と》り除《のぞ》いておかなきゃ」ぼくは空になった瓶《びん》に視線をそそいだ。

ぼくの意図を察《さっ》して、サマーは水の入ったバケツを逆さにした。沸騰《ふっとう》していた溶岩《ようがん》が黒曜石に変わり、峡谷《きょうこく》が闇《やみ》に包まれる。

「松明《たいまつ》は節約したほうがいいわね」サマーはひとつ目の暗視《あんし》のポーションを出した。「帰り道の目印にする分だけ置いていきましょ」

堅実《けんじつ》な計画だ。暗視《あんし》のポーションならそれぞれ三本ずつ持ってきているから、そっちを活用するほうが賢《かしこ》い。ぼくも自分の分を一気に飲んでから、前方に目を凝《こ》らした。「峡谷《きょうこく》の先に出口があるよ。見える？」

「ええ、見えるわ」サマーはスタート地点のしるしに松明《たいまつ》を置いた。峡谷《きょうこく》の出口へたどり着くと、そこからはただのトンネルになっていた。〝ただの〟としたのは、しばらく歩いてもなにも見つからなかったからだ。鉱石《こうせき》はなし。モンスターもいない。曲がりくねったただのトンネルに目印の松明《たいまつ》を五、六本置いたところで、ようやく少しは興味を引かれることが起きた。

「におわない？」ぼくは歩く速度をゆるめて尋《たず》ねた。

「なにが？」サマーはぼくの隣《となり》でぴたりと足を止めた。

「わからないけど」ぼくは長々と息を吸《す》い込《こ》んだ。「なんていうか……草っぽい？　木のにおいかな？」

サマーも深呼吸《しんこきゅう》した。「ほんと。なにかの植物かな」目をつぶって両腕《りょううで》を広げる。「それに空気が湿《しめ》ってる」

ぼくもそれを感じていた。あったかくはない——少なくとも溶岩《ようがん》の滝《たき》のそばみたいにむしむしはしていない。室温くらい？　それともトンネル温って言うのかな。

五感を研《と》ぎ澄《す》まして進み続けると、一歩ごとににおいが強くなるのがわかった。「たしかに、これは植物のにおいだ。草と……苔《こけ》かな？　それに花。でも地上の谷に咲いてる花の香りとは違《ちが》う。新しいにおいもするな。なんらかの植物の一種で……」

「フルーティなにおい」サマーが言った。

「それそれ」ぼくがうなずいた瞬間《しゅんかん》、暗視《あんし》のポーションが切れて視界《しかい》が点滅《てんめつ》し始めた。

「待って！」二本目のポーションを飲もうとするぼくを、サマーがこぶしを上げて止めた。「先のほうでトンネルが曲がっているのが見える？　ちょっとだけ明るいでしょ？」

どうだろう。点滅《てんめつ》のせいでまわりがひどく明るく見えるから、なんとも言えない。でも暗視《あんし》の効果《こうか》が切れると、彼女《かのじょ》の言うとおりだとわかった。たしかに前方になんらかの光が見える。

あの光は植物のにおいと関係があるのだろうか。

ぼくらは角を曲がり、そこで急停止《きゅうていし》した。ぼくは〝わっ《ウォウ》〟、サマーは〝えっ《コー》〟と声をあげる。

その先はまた新たな大洞窟《だいどうくつ》になっていたのだが、そこにはこれまで見てきたどんな洞窟《どうくつ》より不思議な景色が広がっていた。

地面は水たまりと草らしきものに交互《こうご》に覆《おお》われ、さながらパッチワーク作品だ。水たまりも、水だけの場所と巨大なスイレンの葉が浮《う》かんでいる場所がある。あたり一面に木が生えているけれど、見たことのない種類ばかりだった。どれも背《せ》が低く、葉っぱだらけで、ピンク色の花が咲いている。

輝《かがや》く黄色い実をたわわにつけた長いツタが天井から垂《た》れていて、それがあたりを照《て》らしていた。「食べられると思う?」サマーはそばのツタへ歩み寄った。

「試食はあとにしようよ。毒があるかもしれない」

「牛乳があるわ」サマーは輝《かがや》く実をもぎ取った。

「効《き》かないかもしれないだろ」ぼくは反対した。「それに効《き》いたとしても、洞窟《どうくつ》グモに噛《か》まれたときのために〝解毒《げどく》ミルク〟は取っておくべきじゃないのかい?」

サマーは輝《かがや》く丸い実を持った手を口からほんのミニブロックのところで止めて思案した。

「あなたの意見が正しいわね」

「ああー」ぼくは目を閉じ、頭の中に流れている音楽に合わせて体を揺《ゆ》らした。「きみがそう認《みと》めるのを聞けただけでも、ここを発見したかいがあったよ」ぱちりと目を開けて、肩《かた》へ飛んできたパンチをさっとかわす。「たとえ食べられなくても、その光る木の実はすごく役に立つかもしれない」

ぼくも実をふたつもぎ取り、トンネルの中へ引き返した。「もうひとつ、ぼくが正しいか実《じっ》験《けん》だ」石がむきだしになっている天井へくっつけると、ふたつの実は消え、半ブロックサイズのツタが垂《た》れさがった。「それじゃあ実験《じっけん》パート2《ツー》」スケルトンの一体が落としていった骨《ほね》を取り出し、骨粉《こっぷん》の山三つ分に変えてから、ツタに振《ふ》りかけた。

「ジャジャーン」ぼくは叫《さけ》んだ。光る木の実が新たにふたつ、ツタに生えたのだ。「自然のままの成長速度や、毎度毎度肥料《ひりょう》が必要なのかどうかはわからないけど、再生可能《さいせいかのう》な光源《こうげん》が手に入ったみたいだ！」

「あなたならこう言うんでしょ」サマーはぼくのアクセントのへたくそなものまねをした。「こいつは勝負の流れを変えるゲームチェンジャーだ」

「ええ、ほんとに」ぼくは彼女《かのじょ》の話し方を完璧《かんぺき》にまねた。「それじゃあ〝引き返して《ポップ・オン・ダウン》〟、ほかになにがあるか見に行こう」

再生可能《さいせいかのう》。その言葉はぼくの頭の隅《すみ》っこに引っかかっていた。この世界で繰《く》り返《かえ》し手に入る資源《しげん》と（たとえば栽培されたニンジン）一度手に入れたらおしまいの資源《しげん》（たとえば採掘《さいくつ》した金）の違《ちが》いについて考えるのは、なにもこれが初めてじゃない。いまのところは差し迫った問題には思えなかったけれど、うん、ここでネタバレ注意、あとで重要な問題になるんだ。でも、とにかくいまはなんとなく考えているだけだった。みんなだって、いつかやらなきゃと思いながら、そのままにしてしまうことがあるよね。

そんなふうにぼんやり物思いにふけっていたとき、ただの灰色《はいいろ》の石だと思って踏《ふ》んだブロックからぐしゃっと水が出た。

粘土《ねんど》だ！　足の下にあるのは数百もの粘土《ねんど》ブロックだった。「石工が大喜《おおよろこ》びするぞ！」ぼくは魔法《まほう》のシャベルを取り出した。

「収納《しゅうのう》スペースを空《あ》けておきましょう」サマーが言った。「ここにはほかになにがあるか、わかるまでは」

暗闇《くらやみ》の中でピチャッという音がしたほうへ、ぼくらはさっと目を向けた。なにかに見つかってしまったらしい。ぼくらはしばらく無言で立ったまま、耳をそばだて、目を凝《こ》らした。光る木の実のまばらな明かりの中で動くものはない。けれども、またピチャッという音がして、ここにいるのはぼくらだけではないのがはっきりした。

いったいなにがいるんだろう。人食いスイレンの葉、毒を噴射《ふんしゃ》する花の低木、体がすべて粘《ねん》土《ど》でできたモンスター。こんなふうに未知のものがごろごろしているバイオームに入り込むのはネザー以来で、あのときはホグリンやピグリンとの初顔合わせが待っていた。ぼくは片手に盾《たて》、反対の手に矢をセットずみのクロスボウを持ち、水たまりに浮《う》かんだスイレンの葉を踏《ふ》みながら、サマーのあとをついていった。

ぼくらは洞窟《どうくつ》をゆっくりと進んだ。前進し、足を止め、耳を澄《す》まし、あたりを見回す。発光するツタのない場所は影になっているから、そこがいちばん神経《しんけい》を使った。「これじゃ、らちが明かない」サマーはバックパックから暗視《あんし》のポーションを取り出した。「とにかくこれを飲んで洞窟《どうくつ》全体をきちんと調べましょう」

ぼくらは二本目のポーションを飲むと、早足で前へ進んだ。「こうして見るとすごい洞窟《どうくつ》だな」ぼくは感嘆《かんたん》した。「危険《きけん》そうなものはなにも見当たらないよ」

「そうね」サマーが同意する。「でもだからって、絶対《ぜったい》にないとは言えない」

またピチャッという音がした。

「らしいね……」ぼくはクロスボウを構《かま》えて、ぐるりと三百六十度見回した。やっぱりなにもない。

サマーが洞窟《どうくつ》のずっと先、暗視《あんし》の能力がなければ見えなかった壁際《かべぎわ》の一点を示した。「なにかいたわ」弓を下げて近づいていき、驚《おどろ》いたことに、バケツを持ちあげた。

ぼくが〝なにをする気だ？〟と尋《たず》ねる前に、彼女《かのじょ》は大きな池の前で立ち止まった。水の中では金色のウーパールーパーが泳いでいる。

「これよ、これがほしかったの！」サマーは大喜《おおよろこ》びだった。「これで二匹になって、繁殖《はんしょく》できる！〝野生の生き物〟の本によると、二匹のウーパールーパーに熱帯魚をあげると……三匹目が生まれるんですって。熱帯魚なら行商人が売ってなかった？」

「売ってたかもしれないけど」餌《えさ》にするためだけに生き物を買うことを想像《そうぞう》して、ぼくは顔を曇《くも》らせた。「ウーパールーパーを増《ふ》やしてどうするんだい？」

「養魚場を増《ふ》やすのよ！」〝そんなこともわからないの？〟とばかりにサマーは言った。「タラがスポーンする川ですべての場所を堰《せ》き止《と》めれば、釣《つ》り人《びと》に売る魚を三倍、四倍、無限《むげん》倍に増《ふ》やせるわ」

ぼくは反対はせずに忠告だけした。「この池には、ほかにもなにかいるかもしれないよ」

「くだらないことをたらたら言わないで」サマーは笑って両生類をバケツにすくった。「危険《きけん》なものなんてなにもいないでしょ」

「まず」ぼくはこぶしを上げた。「くだらないことを〝たらたら〟言ってなんかない。次に、池が危険《きけん》じゃないか、とにかく確認《かくにん》だけでも――」

ドオーン！

真後ろでクリーパーが爆発《ばくはつ》したせいで、ぼくは吹《ふ》き飛《と》ばされたらしく、サマーの頭上を越《こ》えて池の真ん中にドボンと落ちた。ケガを負い、めまいに襲《おそ》われ、寒さと痛《いた》みを感じた。目を開けると、頭上に薄暗《うすぐら》い青い水が見えた。サマーが……水の上を歩いている？　まさか。爆発《ばくはつ》の衝撃《しょうげき》で、幻覚《げんかく》が見えているんだ。そうに違《ちが》いない。

急いで浮上《ふじょう》し、水から顔を出そうとしたら、ゴンと……頭が氷にぶつかった！

池が凍《こお》っている！　どうしてそんなことが？　まわりを探《さぐ》ってみると、洞窟《どうくつ》の壁際《かべぎわ》は氷が張《は》っていないらしい。そこを目指して泳ぐぼくの頭上で、サマーが走ってついてくる。あと数ブロックのところで、壁際《かべぎわ》の水も凍《こお》りついてしまった。

彼女《かのじょ》のブーツのせいだ！　〝氷渡《こおりわた》り〟とはそういう意味か。ブーツを履いていると足もとの水が凍《こお》って水上を歩けるようになるんだ――でも、そのせいでぼくが水から出られない！

閉じ込められている！

〝そこからどいてくれ〟とサマーに伝えようとしたものの、ゴボゴボという音にしかならなかった。今度はツルハシを出して氷を割る。それでも、彼女《かのじょ》がどかない以上、ふたたびカチンと凍《こお》るだけだった！

どこかから脱出《だっしゅつ》できないものかと、ぼくはあちこち探《さが》した。洞窟《どうくつ》の壁《かべ》の下にトンネルが見える。でも完全に水没《すいぼつ》しているし、あの先は行き止まりかもしれない。結局《けっきょく》、上に行くしかないとはいえ、どうすれば水から出られるんだ⁉

凍《こお》っていない脱出口《だっしゅつこう》を求めて泳ぎ回るぼく。ぼくを助けようと水面をどんどん凍《こお》らせてしまうサマー。なんて残酷な追いかけっこだ。わざとじゃないのはわかっている。サマーは必死に腕《うで》を振《ふ》り、なにか叫《さけ》んでいるが、ぼくにはその内容《ないよう》を理解《りかい》できなかった。彼女《かのじょ》が手伝おうとツルハシを出し、地団太を踏《ふ》むのが見えた。自分が事態《じたい》を悪化させているなどと、夢《ゆめ》にも思っていない。

ぼくは心の中で叫《さけ》んだ。どいてくれ！　そこをどいてくれ、でないとぼくは窒息《ちっそく》……。してない？

とうの昔に窒息《ちっそく》しているはずでは？　息ってどれくらい止めていられるものだっけ？　大胆《だいたん》にも泳ぐのをやめてぶくぶくと沈《しず》み、溺《おぼ》れかけた過去《かこ》の体験《たいけん》をすべて思い返してみた。やっぱり、こんなに長く水に沈《しず》んでいたことはない。

勘違《かんちが》いしないでほしいんだけれど、そうは言っても、肺《はい》からはどんどん酸素《さんそ》が失われていたんだ。でも、失われるペースがとてもゆっくりだった。これだけゆっくりだと、冷静になるゆとりさえある！　池の底の泥《どろ》に足が触《ふ》れたところで、ぼくはサマーを見あげ、氷の上からどくよう手を振《ふ》った。彼女《かのじょ》はつかの間ぼくを見つめ、氷越《こおりご》しに大声でなにか問いかけたあと、ようやく状況《じょうきょう》を察《さっ》したらしかった。

よし。まだ窒息《ちっそく》してないぞ。ぼくはもう一度ツルハシを握《にぎ》って考えた。氷を割って脱出《だっしゅつ》するのにいちばんいい場所を辛抱強《しんぼうづよ》くゆっくり探《さが》していると、頭上に張《は》っていた氷が消え始めた。

助かった。水上を目指して一目散《いちもくさん》に泳いでいく。

「いやあ！」ぼくは息を切らしてサマーに告げた。「すごいことがわかったよ」

「わたしったら、なんてまぬけなの」サマーは叫《さけ》んだ。池のほとりで輝《かがや》くブーツを手に持っている。「このろくでもないブーツが原因だったのに、ずっと気づかなかったなんて」

「でもケガの功名《こうみょう》だ！」ぼくは陽気に飛《と》び跳《は》ねた。「おかげで、ずっと水中にもぐっていられるのがわかったんだからね！」ぼくは防具《ぼうぐ》――ブーツ、レギンス、チェストプレート――に次々目をやった。「このどれかに、潜水時間《せんすいじかん》を長くする効果《こうか》がエンチャントされたんだ」

「ヘルメットでしょ」サマーはぼくの頭を指した。「〝呼吸《こきゅう》〟だったじゃない」

「あっ、うん」〝眼鏡《めがね》、眼鏡《めがね》〟と探《さが》していたら鼻先にのっているのに気づいたときの気分はきっとこんなふうだろう。「そうだね」

それから気を取り直して言った。「これは新たな世界の幕開《まくあ》けだよ――水中を探検《たんけん》できるようになったんだ、採掘《さいくつ》だってできる！」後ろにある池を指し示す。「まずは水中にあったトンネルから探検《たんけん》してくるよ」

「いいわね」サマーが同意する。「あなたが半魚人になっているあいだに、わたしは持ち帰れる分だけ粘土《ねんど》を掘《ほ》っておく」

「気をつけるんだよ。自分のことだけじゃなく、この場所のことも守らないと」きょとんとしているサマーに、ぼくは説明した。「ここの生態系《せいたいけい》はすごく独特《どくとく》だろう。その豊かな資源《しげん》をいっぺんに奪《うば》って、環境《かんきょう》を破壊《はかい》するのはよくないと思うんだ」再生可能《さいせいかのう》な資源《しげん》とそうでない資源《しげん》のことが頭をよぎる。自分の意見を必死で伝えようとしていると、島で食べたリンゴがどれほどおいしかったか、どれほど貴重《きちょう》だったかを思い出した。「島で暮らしていたときに、自然の恩恵《おんけい》を求めるなら環境《かんきょう》を守らなきゃいけないことを学んだんだ。それで――」洞窟《どうくつ》の真ん中に線を引くまねをする。「島を半分に分けることにした。半分はぼくが自由に使う分、残りの半分は自然のままにしておく分、ってね」

「賢明《けんめい》な方針ね」サマーは同意した。「でも条件がふたつあるの」こぶしをかかげる。「ひとつはあなたの超高性能なシャベルを使わせてくれること」

「どうぞどうぞ」ぼくはエンチャントされた道具を渡《わた》した。

「それから、できればときどき水から顔を出すこと。あなたが無事だとわかれば、安心できるでしょ」

「うん、そうする」ぼくは池に向き直った。ちょうどそのとき暗視《あんし》のポーションが切れて視界《しかい》が点滅《てんめつ》し始めたので、最後の三本目を飲《の》み干《ほ》した。「暗視《あんし》の効果《こうか》が切れる前に戻《もど》るよ」

水に沈《しず》むと、体に染《し》みついた条件反射《じょうけんはんしゃ》で一瞬《いっしゅん》パニックになりかけた。大丈夫《だいじょうぶ》。ヘルメットがちゃんと効果《こうか》を発揮《はっき》してくれる。自分にそう言い聞かせた。

やがて恐怖《きょうふ》は薄《うす》れ、代わりにおだやかな気分に包まれ、そのあと……いまを生きていることに心からの幸せを感じることをなんて言うんだっけ？　ユートピア？　いや、それだと場所だ。ユーなんとか。多幸感《ユーフォリア》かな。いま感じている気分がそれだった。

だってそうだろ？　水に溺《おぼ》れるという、この世界で最初に味わったいちばんの悪夢《あくむ》が、魔法《まほう》のヘルメットによってきれいに消え去ったんだ。耐火《たいか》のポーションを飲んだ直後に溶岩《ようがん》の海に落ちたときよりもいい気分だ。いまはこの瞬間《しゅんかん》を楽しむ時間があるから。

しかも本当に楽しい！　少しひんやりするのに目をつぶれば、水の中は心地よかった。体にかかるかすかな水圧《すいあつ》は体をくるむ毛布のようだし、宇宙飛行士《うちゅうひこうし》が月面を歩くみたいにふわりふわりと軽やかな足取りなんだ。

そんな歌がなかったっけ？　すごく昔に三人組が作った歌で、月の上を大股《おおまた》で歩きながら、脚《あし》が折《お》れないといいなって願う、みたいな歌詞じゃなかったかな。ぼくの場合は、脚《あし》が折《お》れる心配はなかったけれど、息ができなくなる可能性はあった。

まだまだもぐっていたいと思い、心の中でヘルメットに頼《たの》んだ。がんばってくれ。

本当は一度池から出て、ヘルメットをかぶったときと、かぶらないときで、水中にいられる時間にどれくらい差があるのか、きちんと計るべきだったけれど、そんなもっともな考えが頭に浮《う》かんだのは、ご機嫌《きげん》な足取りで水中トンネルを進み出してからだった。

数秒後にはトンネルが終わり、その先に広がる水中峡谷《すいちゅうきょうこく》で足を止めた。顔を上げて見回すと、向こう側に別のトンネルの入口が見える。空を飛ぶのはこんな気分だろうか。もといた世界へ戻《もど》ったら、スキューバダイビングを始めようかな。そんなことを考えながら、夢心地《ゆめごこち》で反対側の入口へ泳いでいった。

入口にそっと着地し、トンネルの中をはずむように進んでいくと、前方にお目当てのものが見えた。鉄だ！　輝《かがや》く斑点《はんてん》のついたブロックが少なくともひとつはある。ぼくは駆《か》け寄《よ》り、採《さい》掘《くっ》に取りかかった。魔法《まほう》のツルハシの助けがあっても、はじめは心地よかった水圧《すいあつ》のせいで動きがのろくなり、作業が思うように進まない。足もとにあったひとつ目のブロックのあと、その奥《おく》のブロックも掘《ほ》り出《だ》し、さらにその奥《おく》を見るために目の前の石ブロックを壊《こわ》したところで、掘《ほ》った穴《あな》に向かって体が少し吸《す》い寄《よ》せられているのに気がついた。ブロックを掘《ほ》り出《だ》した空間の端《はし》に、薄《うす》い空気《エアポケット》の層があったんだ。

そうだった。この世界の水の流れ方には不可思議《ふかしぎ》な法則《ほうそく》がある。

つまり、無限水源《むげんすいげん》でない場合、水は掘った空間に流れ込んでもブロック全体を満たすことはなく、わずかにエアポケットができるので、そこへ体が吸《す》い寄《よ》せられているんだ。

そのとき肺《はい》から最後の空気がボコボコッと出ていき、いままでのろのろとしか動けなくてもわずらわしいだけだったのが、そのせいで死を覚悟《かくご》しなければならない状況《じょうきょう》に陥《おちい》った。

パシッ！　最初の痛《いた》みに襲《おそ》われた。

溺《おぼ》れる！　まただ！

思わず浮上《ふじょう》しようとし……トンネルのかたい天井に頭をぶつけた！　天井を突《つ》き破《やぶ》るのは無理だし、池まで引き返していたら息がもたない。

パシッ！　またも痛《いた》みが走る。残り数秒しかない！

とりあえず、さっきまで掘《ほ》っていたところをさらに掘《ほ》ってエアポケットを広げよう！　空気がきちんと吸《す》えるようになるまで掘《ほ》るんだ！　もっと速く！　死にたくないなら掘《ほ》れ！

ツルハシを岩に叩《たた》きつけるあいだも、パシッ、パシッと激《はげ》しい痛《いた》みがぼくの体を破壊《はかい》しようとする。

掘《ほ》れ！　掘《ほ》れ！

ブロックがひとつ壊《こわ》れた——まだだめだ！

掘《ほ》れ！

さらに石が壊《こわ》れて空間が広がり、水流がぼくの体を押しあげた。すると、ふたたび呼吸《こきゅう》ができるようになった！　本物の酸素《さんそ》が肺《はい》に入ってきた！

激《はげ》しく咳《せ》き込《こ》みながら叫《さけ》ぶ。「くっそおおーー！」なんて軽率《けいそつ》な失敗《しっぱい》をしているんだ。不注意にもほどがあるぞ！「もぐっていられる時間を気にしなきゃいけなかったんだ！」水《みず》を吐《は》き出《だ》してから、治癒《ちゆ》のポーションを飲《の》み干《ほ》した。「次は時間を計るぞ。一秒一秒数えるんだ！　一瞬《いっしゅん》たりとも気を抜《ぬ》くもんか！　必ず——」

「ゴボボボボ！」

くさいにおいのするびしょ濡《ぬ》れのこぶしがぼくの背中《せなか》に叩《たた》きつけられた。冷たい石に顔面をぶつけて振《ふ》り返《かえ》ると、目の前に溺《ド》れ《ラ》た《ウ》ゾ《ン》ン《ド》ビの水ぶくれした青緑色の顔があった！　そいつはもう一度パンチしてきたけれど、見えない棘《とげ》の痛《いた》みにガアッと声をあげた。

「レギンスくんに助けられたのはこれで二回目だね！　あとは任せろ」ぼくは剣《けん》をつかみ、襲《おそ》いかかってきた死体を斬《き》りつけた。ゾンビは刃《やいば》と押し寄せる水流に挟《はさ》まれ、なんだかかわいそうなぐらいだった。ひゅん、ばしゃっ、グサッ！

ゾンビが煙《けむり》を残して消滅《しょうめつ》したので、ぼくはゲホゲホ咳《せ》き込《こ》んだ。いったいどれぐらいそこにいただろう。水流によって壁《かべ》に押しつけられて身動きできず、深呼吸《しんこきゅう》をして気持ちを落ち着けようとした。

このときのんびりしていないで、猛ダッシュで池まで戻《もど》るべきだったんだ。

どうしてかって？　水中で呼吸《こきゅう》できる時間を計らなかったのをさっき後悔《こうかい》したばかりだっただろう？　暗視《あんし》のポーションにも同じことが言えたんだ。ぼくが池へ引き返そうとしたちょうどそのとき、ポーションの効果《こうか》が切れて、あたりは真《ま》っ暗闇《くらやみ》になってしまった。

# 第15章　旧友《きゅうゆう》が救世主《きゅうせいしゅ》になるとき

「こんなときに!?」

なにも見えない。これじゃ帰り道なんてわかるわけがない。

左へ行けばトンネルを引き返せるとわかってはいても、水中峡谷《すいちゅうきょうこく》の向こう側にあるトンネルの入口を見つけるのは無理に決まっている。へたに動けば闇《やみ》の中でさらに迷《まよ》うし、空気のあるこのエアポケットに戻《もど》れなければ命を落とす。

悪夢《あくむ》のような光景がふと脳裏《のうり》を横切った。ぼくは真っ暗な中で岸壁《がんぺき》に開いたトンネルの入口を見つけようと、何度も何度も手探《てさぐ》りしている。引き返そうとしても、もうあのトンネルは見つからないだろう。そのあいだも魔法《まほう》のヘルメットからは貴重《きちょう》な空気がどんどん失われていく。

「こんなときに？」次は大声で叫《さけ》ぶ。新たなエアポケットを掘《ほ》る時間もないまま、闇《やみ》の中ひとりぼっちで死ぬんだ！

引き返すのはいやだ！　それなら、どこへ行けばいい？

上だ！　ぼくは壁《かべ》に向き直ると、地上へと階段《かいだん》を掘《ほ》り出《だ》した。完璧《かんぺき》な解決策《かいけつさく》じゃないのはわかっているけれど、少なくとも脱出《だっしゅつ》はできるはずだ。地上へ出たら、ぼくらが最初に入ってきた穴《あな》を見つけ、サマーのところまで急いで戻《もど》って、彼女《かのじょ》を心配させてしまったのは池まで引き返せなかったからだと……。

水が出てきた！　頭上から！　上にも地底湖があったんだ！　流れ込んできた水に階段《かいだん》の下へと押《お》し戻《もど》され、新たな水流とトンネルからの水流に体を挟《はさ》まれた。これじゃ動けないし、もう打つ手がない。サマー！　心配した彼女《かのじょ》がぼくを探《さが》しに来るに違《ちが》いない。そんなことになれば、ケガをするかもしれない！　それもこれもぼくのせいだ！　自分自身に頭に来て、だれにも聞こえないのに思いっきり絶叫《ぜっきょう》した。

そのあと息を吸《す》い込《こ》むために静寂《せいじゃく》が流れた一瞬《いっしゅん》、自分以外の声が聞こえた。

〝モー〟

それは現実《げんじつ》の声じゃなく、心の収納用《しゅうのうよう》チェストから聞こえる声だ。そこにしまわれているのは、ぼくが島に流れ着いたときから集めてきた、どんな暗闇《くらやみ》も照《て》らしてくれる教訓だ。いまは旧友《きゅうゆう》であるウシのモーがその教訓を思い出させてくれている。

〝**パニックになると思考は停止《ていし》するのは知ってるよね。この状況《じょうきょう》だって、これまで乗《の》り越《こ》えてきたピンチとおんなじだよ**〟とモーが語りかけてくる。

「そのとおりだ」ぼくは自分自身に言い聞かせた。「ぼくはピンチになると、もうおしまいだってすぐパニックに陥《おちい》る。だけど、まだおしまいじゃない。そうは言っても、ピンチを脱《だっ》するにはどうすればいいんだろう？」

思い出の中のモーが語りかけてきた。〝**まずは落ち着いて。土ブロックはある？**〟

あるさ！　モーがなに*を伝えようとしているのかすぐにわかった。土ブロックのにおいをかいだら落ち着きを取《と》り戻《もど》したことが、これまで何度もあった。ぼくはふたたび、気持ちがほぐれるにおいを二、三回深々と吸《す》い込《こ》んだ。

「次はどうすればいい？」

暗闇《くらやみ》の中、モーの姿《すがた》が目の前に浮《う》かびあがる。〝**六つのPだね**〟

「それだ！」ぼくは島に戻《もど》って頼《たよ》りになる親友と話しているところを想像《そうぞう》し、ほっとため息をついた。「計画《プラン》、ここから脱出《だっしゅつ》する方法を考えなきゃな。準備《プリペア》、それには光が必要だ！　光に満ちた外へ出るために、まずはここを明るくしよう」隣《となり》のブロックを掘《ほ》り、くぼみに松明《たいまつ》を挿《さ》した。揺《ゆ》れる明かりが心を落ち着かせ、閉じ込められている場所を照《て》らし出《だ》した。

「優先順位《プライオリタイズ》、水流にもみくちゃにされてたら、頭も働かない！」上を見あげ、石ブロックふたつで頭上の階段《かいだん》をふさいだ。一方、トンネルの入口はふさがず、代わりに実験《じっけん》をしてみる。横の壁《かべ》を掘《ほ》って空間を作り、そこに作業台を置いて、ドアを三枚クラフトした。トンネルの入口にドアをつけたところで、水を遮断《しゃだん》できないかもしれない。しかもアカシアのドアは大きな隙《すき》間《ま》のある格子戸《こうしど》だ。

だけどドアを入口に取りつけるなり、こっち側の水は引いていった。しかもそれだけじゃなく、ドアを開けても、水は内側へは入ってこなくなった。不思議だよね？　水の壁《かべ》の前に立って戸口をくぐると水の中へ入り、後ろへさがると乾いたトンネルへ戻《もど》れるんだ。まるで見えない力場《フォースフィールド》があるみたいに。

「すごいや《ブリリ》」サマーのアクセントをまねして言ったあと、乾いた安全地帯を広げるのに一分費やした。「さて、お次のPだ。練習《プラクティス》、水の中にも明かりをつけよう」

〝力場《フォースフィールド》〟の境目《さかいめ》に立ち、腕《うで》を思いきり伸《の》ばして、トンネルの床に松明《たいまつ》を設置《せっち》した。ところが、炎《ほのお》は気泡《きほう》を出して揺《ゆ》れたあと闇《やみ》に消えてしまった。

「辛抱《ペイシェンス》」胸に込みあげる不安を抑《おさ》え込《こ》む。「プランAの失敗《しっぱい》は想定内だ」

プランB――同じ場所に輝《かがや》く木の実を置いてみる。木の実が床にくっつかなかったので、天井にくっつけたところ、やはりほんの数秒で消えてしまった。

「不屈の精神《パーシヴィアランス》」ぼくは息《いき》を吐《は》いた。「プランCを考えればいいだけさ」もう一度土のにおいを吸《す》い込《こ》んで気持ちを落ち着かせてから、光源候補《こうげんこうほ》のリストアップに取りかかる。レッドストーンランプなら大丈夫《だいじょうぶ》かもしれないけれど、あいにく材料がない。溶岩《ようがん》もなかったし、そもそも溶岩《ようがん》は水に触《ふ》れると黒曜石に変わるという少しばかり厄介《やっかい》な問題がある。とりあえず火打石と打ち金は試してみる価値《かち》がありそうだ。鉄をかまどで焼《や》いてインゴットに製錬《せいれん》しているあいだに、砂利《じゃり》を掘《ほ》って火打石を見つければいい。けれども、かまどを作って鉄の原石――それに貴《き》重《よう》な石炭――を放《ほう》り込《こ》んだところで、別のアイデアがひらめいた。

ランタンならどうだろう。あの覆《おお》いは防水仕様《ぼうすいしよう》かな？

できあがったインゴットのひとつを作業台にのせ、それを鉄塊《てっかい》に変えて松明《たいまつ》をぐるりと取《と》り囲《かこ》んだ。そしてさっき松明《たいまつ》で試したように、ケースに入った炎《ほのお》を水中トンネルの床に置いてみる。

消えない！　ちゃんと燃《も》えている！

「イイイイヤッホウウウウ！」うれしくて飛びあがり、低い天井に頭をぶつけた。でも、痛《いた》さなんてへっちゃらだ。この瞬間《しゅんかん》の喜《よろこ》びに水を差すことはできない！　**ありがとう、モー。**

残りの鉄の数を確《たし》かめると、帰り道をすべて照《て》らすにはとても足りなかった。「問題ないさ。進みながら後ろのやつを拾っていけばいいんだ。もぐっていられる時間に注意しなきゃいけないことは学んでるし――」バックパックに入っている、残りふたつのドアへ目をやる。「途中で緊急用《きんきゅうよう》のエアポケットだって作れる」

あっという間に戻《もど》れるぞ！　心の中でつぶやいてドアの外へ足を踏《ふ》み出《だ》した。でも、ひとつ目のランタンを回収したところで、右側にあるなにかに目を引かれた。光？　かすかな明かりだ。さっきまではなかったはず。あれば気づいていただろう。どうしていまになって？

水中にいられる時間を気にしながら、緊急避難場所《きんきゅうひなんばしょ》のドア越《ご》しに見える松明《たいまつ》の明かりを見失わないようにして、そろそろと進んでいく。近づくにつれて光はさらに強くなり、新たな峡谷《きょうこく》の入口が現《あらわ》れた。ぼくは顔を上げ、わが目を疑《うたが》ってそこにとどまったあと、ゴボッと大きな泡を吐《は》き出《だ》しながら叫《さけ》んだ。「うわあ！」

それからしばらくして……。

ぼくは池からぶはっと顔を突《つ》き出《だ》し、大声をあげた。「サマー！　サマー、見てほしいものがあるんだ、こっちへ来てくれ！　サマー？」

「いったいどこへ行ってたの!?」掘《ほ》り返《かえ》された地面のそばで疲《つか》れ果《は》てた様子の友だちが言った。「あなたを探《さが》しに行こうとトンネルを掘《ほ》り始《はじ》めたところよ！」

「ごめんごめん、いろいろあったんだ！」悪かったとばかりに、ぼくは両手を上げた。「つい奥《おく》まで行きすぎちゃったら、酸素《さんそ》がなくなって、そのあと……とにかく、きみも見に来てくれ！」

「見るってなにを？」サマーは池のほとりへ駆《か》け寄《よ》ってきた。「人にさんざん肝《きも》を冷やさせるだけの価値《かち》があるものなの？」

〝きみがなにも言わずに溶岩《ようがん》に飛《と》び込《こ》んだときだって、ぼくはさんざん肝《きも》を冷やしたけどね〟

と嫌味《いやみ》っぽく言い返すこともできたけれど、大人らしく過去《かこ》を蒸《む》し返《かえ》すのはやめて前向きな態《たい》度《ど》を取ることにした。「とにかくついてきて」彼女《かのじょ》に向かって水中呼吸用《すいちゅうこきゅうよう》のヘルメットを放り投げる。「絶対《ぜったい》に気に入るから」

「でも——」

「ぼくのことなら大丈夫《だいじょうぶ》」サマーが心配するだろうと思って先手を打つ。「水中に長くいられる方法を見つけたんだ」

サマーが質問《しつもん》したり反論《はんろん》したりしたい気持ちをぐっとこらえて、ぼくのヘルメットをかぶったことは褒《ほ》めてあげてもいいだろう。

ぼくはふたたび水に入ると、ひとつ目の〝光の気泡〟へ向かった。ランタンが足りなくなったあと、こっちのほうがずっと簡単《かんたん》なのを発見したんだ。トンネルの天井に頭を二度もぶつけたことをきっかけに、頭上の岩を掘《ほ》り出《だ》してみようと思いついた。実行してみると、思ったとおり、天井にできた穴《あな》にもエアポケットができた！　つまり、池側の水中峡谷《すいちゅうきょうこく》にある〝光の気泡〟はどれも、天井に開《あ》けた二×二ブロックの穴《あな》に松明《たいまつ》を挿《さ》しただけのものだ。

ぼくは頭上の空間に頭を突《つ》き入《い》れ、バタ足のまま思いっきり息を吸《す》い込《こ》んだ。サマーがちゃんとついてきているか下を見て確《たし》かめようとしたとき、ぼくの隣《となり》に彼女《かのじょ》の頭が突《つ》き出《だ》した。

「いい《ブリル》方法ね」そう言ってサマーがミニブロック分ぼくに近づいた瞬間《しゅんかん》、びっくりした声をあげた。「痛《いた》っ！」

「うわ、ごめん！」ぼくはトゲトゲのレギンスを彼女《かのじょ》から引きはがした。「この棘《とげ》は敵《てき》と味方を区別できないみたいだ」

サマーは気にする素振《そぶ》りも見せずに尋《たず》ねた。「こういうのがあといくつあるの？」

「とにかくついてきて」ぼくは大まじめに言った。「マラソンのはじまりだ」

さらに三箇所の仮設給《かせつきゅう》〝息《そく》〟所《じょ》に頭を突《つ》っ込《こ》んだ末、峡谷《きょうこく》の端《はし》にたどり着いた。ぼくはエアポケットで大きく息を吸《す》ったあと水にもぐり、向こう側に見えるランタンの明かりに意識《いしき》を集中させた。正直なところ、ちょっぴり怖《こわ》かった。水中呼吸用《すいちゅうこきゅうよう》のヘルメットをかぶらないで水にもぐったことはあるけれど、ヘルメットの安心感を一度味わってしまうと、それを知らなかったころとは話が違《ちが》う。

心配ないさ。自分がなにをやるつもりかは理解《りかい》している。ぼくはそう言い聞かせた。

幸い、そのとおりだった。ぼくは反対側までたどり着くと、トンネルの地面にドアを設置《せっち》して作った、もうひとつの〝給息基地《きゅうそくきち》〟へと入った。ここを作るための材料はドア一枚。ほかにはなにもいらない。しかもドアを置いただけで、その横の四角いスペースが空気で満たされたんだ！　ここにはひとりしか入れないので、ぼくは辛抱《しんぼう》強《づよ》く待っているサマーに声をかけた。

「もうすぐだよ」

二番目のランタンの横のドアへと向かい、仮設基地《かせつきち》を通過《つうか》すると、ようやくトンネルの端《はし》、明かりに照《て》らされた最後のドアにたどり着いた。サマーに見あげるよう伝える必要はなかった。ぼくらの頭上になにがあるかは、一目《ひとめ》でわかったんだ。

地上！　水の上には雲ひとつない明るい空が広がり、遠くに四角い太陽がのぼっていた。最初に気づかなかったのはそのせいだった。このトンネルに初めて入ったときは夜だったたんだ。いまは真昼の太陽が手招《てまね》きしていたので、ぼくらはふたつの魚雷《ぎょらい》みたいに地上へ突《つ》き進《すす》んだ。湿《しめ》ったあたたかい大気の中へ出た。四方には背《せ》の高い緑が生《お》い茂《しげ》っている。「新たなジャングルね！」サマーが叫《さけ》んだ。

「新たな、じゃないよ」ぼくは緑の中に見える灰色《はいいろ》を指さした。「見覚《みおぼ》えがない？」それは寺院だった。遠いけれど、はっきりと見える。夜にぼくらが寝床にしようとしてひどい目に遭《あ》ったあの巨木《きょぼく》の姿《すがた》もあった。

「あっちのほうに池もあるはずだ」ぼくは乾いた……ちょっと湿《しめ》っぽいけれど乾いてはいる地面に上がった。「きっと下から流れているこの川が水源《すいげん》なんだ」

「これが村まで流れている川と同じなら」サマーもこっちへ泳いできて陸に上がり、ボートを作り始めた。「暗くなる前には家に戻《もど》れるかもしれない」

「地図を持ってくればよかったよ」ぼくは自分のボートを彼女《かのじょ》の隣《となり》に並《なら》べた。「そうしなきゃっていつも言っているのに」

「覚《おぼ》えておくことがありすぎるのよ」サマーはぼやきながら自分のボートに乗り込んだ。「でも、〝ちょっとした気づかいで結果《けっか》が違《ちが》ってくる〟ってことね」

それからしばらくは黙《だま》ってボートを漕《こ》ぎ、美しい景色をただ眺《なが》めていた。鳥がどんなにかわいい生き物かを忘《わす》れてしまっていた。ときおり姿《すがた》が見えるヤマネコもだ。竹林でパンダが転がったり、遊んだりしているのも見えた。「この南側のルートもいいもんだね」背《せ》の高い木から垂《た》れるツタの下を通《とお》るあいだ、ぼくは言った。「前回は見落としていたものがあるかもしれない」まさに言葉どおりだったとは、このときはまだ知らなかった。

　ジャングルを通《とお》り過《す》ぎ、灼熱《しゃくねつ》の太陽が照《て》りつける砂漠《さばく》に出た。「ここへは二度も来なくてよかったのに」サマーは喉《のど》が一気にからからになったらしく、不機嫌《ふきげん》そうにぼやいた。ボートを止めて空になったポーションの瓶《びん》に水を汲《く》むことにふたりとも賛成《さんせい》した。けれど、瓶《びん》を口に近づけたぼくは、なんだか場違《ばちが》いな色が見えるのに気づいて動きを止めた。空の青と砂漠《さばく》の黄褐《おうかっ》色《しょく》のあいだに、明らかに漆黒《しっこく》の部分がある。

「あれはなんだろう？」ぼくは望遠鏡《ぼうえんきょう》を取り出した。汗に縁《ふち》どられた目をぐっと細めると、遠い砂丘《さきゅう》の上にそびえる建造物《けんぞうぶつ》の屋根らしきものが見えた。「寺院かな？」

　サマーも自分の望遠鏡《ぼうえんきょう》を出した。「これを使っても、遠すぎてよくわからないわ」ぼくらはふたたびボートを漕《こ》ぎ出《だ》したが、ゆっくりと慎重《しんちょう》に進んだ。あの建造物《けんぞうぶつ》がなんであれ、気を引《ひ》き締《し》めて近づかなくてはならない。

　次に川が曲がっているところでボートを止めておくと、焼《や》けつくような砂漠《さばく》をのぼって建造《けんぞう》物《ぶつ》の全体像が見えるところまで近づいた。

　塔《とう》だ。丸石造《まるいしづく》りの土台の上に、黒っぽい木材の柱と梁《はり》、明るい色のシラカバの床だけで壁《かべ》のない狭《せま》い二階部分が見える。三階はそれより広く、床は同じくシラカバで、黒っぽい木材の屋根をのせていた。建物自体《たてものじたい》に不穏《ふおん》なところはないものの、ところどころフェンスに囲《かこ》まれた三階から垂《た》れている旗は別だ。旗には灰色《はいいろ》の顔が大きく描《えが》かれ、その目は怒《いか》りにつりあがっている。

「あんなの見たことがある？」ぼくは尋《たず》ねた。

「一度もないわ」サマーは望遠鏡《ぼうえんきょう》をのぞいたまま答えた。「あそこにいる人たちは友好的には見えない。彼《かれ》らには近づかないほうがいいわ」

土台部分をうろうろしている人影《ひとかげ》が望遠鏡《ぼうえんきょう》越《ご》しに見えた。一見したところ、村人によく似《に》た風貌《ふうぼう》で、黒っぽい服を身につけ、クロスボウを持っている。望遠鏡《ぼうえんきょう》で拡大してみると、肌はウィッチに近い灰色《はいいろ》だった。「ちっとも友好的に見えない」サマーは断言《だんげん》した。

「思《おも》い込《こ》みは禁物《きんもつ》だよ」ぼくは彼《かれ》らの立場に立って考えようとした。「たしかに彼《かれ》らは武器《ぶき》を持ってるけど、ぼくらだって武装《ぶそう》してるじゃないか。肌が灰色《はいいろ》なのも……ほら、肌の色で人を差別するのはいちばんいけないことだろ？」

「そんなことは気にしてないわよ」サマーはぴしゃりと言った。「彼《かれ》らがだれを捕虜《ほりょ》にしているかってことが問題なの」

捕虜《ほりょ》？　ぼくは彼女《かのじょ》が見ている方向へ望遠鏡《ぼうえんきょう》を動かした。はじめは、ふたりの人物が腕《うで》を後ろに回され、柱にくくりつけられているのかと思った。でもよくよく見ると、それはフェンスと干草《ほしくさ》の俵《たわら》でできた体に、くり抜《ぬ》かれたカボチャの頭をのせたカカシだ。

「あれは捕虜《ほりょ》じゃないよ」ぼくは笑った。「あれは、そうだな、弓の的じゃないかな？」

「そっちじゃないわよ」サマーがいらいらした声を出した。「その右側！」

望遠鏡《ぼうえんきょう》を少し横へずらして見えたのは、フェンスで作られたまぎれもない牢屋《ろうや》で、中にはアイアンゴーレムが閉じ込められていた。

「ゴーレムは無理やり閉じ込められてるに違《ちが》いないわ」サマーが言った。「法の番人であるゴーレムを閉じ込めているんだもの、悪人に決まってる」

**思《おも》い込《こ》みは禁物《きんもつ》**。ぼくはそう考えていた。とはいえ、恐《おそ》ろしげな旗、囚《とら》われのゴーレム、とバックパックにどんどんアイテムが溜《た》まっていくみたいに、サマーの意見を裏づけるような証拠《しょうこ》がどんどん積みあがっていく。「〝野蛮人《やばんじん》〟だか〝略奪者《ピリジャー》〟だか、なんて呼《よ》ぶのかはわからないけど、あの人たちが原因で、村人たちはあんな暮らしぶりになったのかな？」

サマーは望遠鏡《ぼうえんきょう》から目を離さずに答えた。「それって、前に話してた文明が衰退《すいたい》する理由のこと？」

「より質素な生活をみずから選んだのかもしれないし」ぼくはあのときの会話を思い返した。「そうではなかったのかもしれない、って話したよね」恐《おそ》ろしげな旗のひとつにレンズの焦点《しょうてん》を合わせる。「ぼくらが初めて村を訪《おとず》れたとき、村人たちにやる気がなかったのは、あそこにいる人たちが原因だったとしたら？　もともとは繁栄《はんえい》していた文明が襲撃《しゅうげき》されて滅《ほろ》ぼされ、生き残ったわずかな人たちが細々と暮らすだけになってしまったとか。ひょっとするとあの村人たちはもともと、砂漠《さばく》で見つけた廃村《はいそん》で暮らしていたのかもしれない。そうだよ――」ぼくははっと気づいてかぶりを振《ふ》った。「あの鐘《かね》は襲撃《しゅうげき》を知らせるためのものかもしれない！　だから村人たちはまだ一度も鳴らしていないし、ぼくが鳴らすとあわてふためいたんだ！」

「その考えが正しいとしたら」サマーは望遠鏡《ぼうえんきょう》を弓に持《も》ち替《か》えた。「村をふたたび襲撃《しゅうげき》させるわけにはいかない。塔《とう》を挟《はさ》み撃《う》ちにしましょう。わたしが炎《ほのお》の矢の連射《れんしゃ》で注意を引きつけるから、あなたは突入《とつにゅう》して――」

「ちょっとちょっと」ぼくはさえぎった。「そこまで！　ピリジャーの襲撃説《しゅうげきせつ》が正しいなんて言ってないよ」

「でも正しかったら?」サマーは武器《ぶき》をかかげていらだたしげにぼくをにらみつけた。「でも間違《まちが》ってたら?」調子に乗ってべらべらしゃべってしまったことを、ふいに後悔《こうかい》する。「正しいとしても、相手が襲《おそ》ってくるかもしれないってだけで、先にこっちから襲《おそ》うわけにはいかないよ」

「ああ、もう、ぐだぐだ言わないで! あなたは負けるのを心配してるだけ。でも、もちろんわたしたちが勝つに決まってる。新しい武器《ぶき》と防具《ぼうぐ》があるし、奇襲《きしゅう》をかけられるんだから」

「問題はそのことじゃない」ぼくは両方のこぶしを突《つ》きあげて力説した。「でも、きみがその話を持ち出したから言わせてもらうけど、ぼくらが勝つ保証《ほしょう》なんてまったくないだろ。いまは村全体のことを考えなきゃいけない。ぼくらが喧嘩《けんか》を吹《ふ》っかけたせいで連中が村まで追いかけてきたら……」

「だけど、いまは壁《かべ》があるわ」サマーは言い返した。

「だけど、それであいつらを食い止められるかどうかわからないだろ!」ぼくも言い返した。「あいつらについてはなにもわからないんだ。ぼくらの軽率《けいそつ》な攻撃《こうげき》に対して、相手がどんな仕返しをしてくるのか、そのせいで村人たちがどんな危険《きけん》にさらされるのか、予想もできない」

「それならなおのこと、いまここで危険《きけん》を排除《はいじょ》すべきでしょ」サマーは言《い》い張《は》った。「なんだったかしら、こういうのを言い表す言葉があったわよね、そう、〝先制攻撃《せんせいこうげき》〟で村人たちを守るのよ」

「つまり、この問題に関しては村人に投票権《とうひょうけん》が与えられないわけだ」

「それは……」サマーはぼくを言い負かす言葉を用意していたに違《ちが》いないが、それ以上発せられることはなかった。そもそも投票権《とうひょうけん》の重要性を説《と》いたのは彼女《かのじょ》のほうだったから。「そうね……あなたが正しい。全員による投票《とうひょう》で認《みと》められるわけじゃないなら、全員が影響《えいきょう》を受ける戦争を始めることは許《ゆる》されない」サマーは弓をおろし、ぼくを見あげた。「だけど、あの連中をどうするの、それにあの〝闇の塔《ダークタワー》〟は？」

「なにもしない」ぼくは彼《かれ》らのほうへこぶしをぶんと振《ふ》った。「放っておこう。このあたりにぼくらのほしいものはないし、村人たちもこんなに遠くまでは来ない。気づかれないうちにここを離れよう」

抜《ぬ》き足《あし》さし足でゆっくり砂丘《さきゅう》をくだり、ボートをつないだところまで戻《もど》った。口論《こうろん》に勝ててよかった。危《あや》うく大惨事《だいさんじ》になるかもしれないところだった。それなのにボートを漕《こ》いで岸を離れるあいだ、ぼくはどうも落ち着かなかった。なにか大事なことを忘《わす》れているような気がする。あの戦士《せんし》たちの姿《すがた》を見たとき、つい最近の出来事を思い出しかけたのに、その記憶《きおく》はふたたび埋《う》もれてしまい、はっきりしないいままだ。景色がふいに砂漠《さばく》からサバンナに変わりさえしなければ、きちんと思い出していたかもしれない。

「もうすぐ村だね」ぼくは冷たい空気の中に息《いき》を吐《は》き出《だ》した。一分後には地平線からせりあがる、長い灰色《はいいろ》の歯みたいな鋸壁《きょへき》が見え、さらに一分後には村に到着《とうちゃく》した。ぐるりとめぐらせた壁《かべ》の南側にあるドアをバンと開けると、村人たちが集まって午後のおしゃべりに花を咲かせているところだった。

「やあ、みんな！」ぼくはうれしくなって手を振《ふ》った。「ぼくらがどこへ行ってたのか、きみたちには当てられっこないだろうな！」

偶然にも、農民のお葬式に来てくれた子どもがそばにいた。いまやすっかり大人になって、麦《むぎ》わら帽《ぼう》をかぶっている。「やあ、農民くん！　新たな農民くん《ファーマー・ジュニア》のほうがいい？　それとも単にジュニアくん？　ぼくらの最新の冒険談《ぼうけんだん》を聞いたら、きみは絶対《ぜったい》に耳を疑《うたが》うよ」真剣《しんけん》な声で続ける。「危険《きけん》なものを目撃《もくげき》したんだ。散歩《さんぽ》のときに砂漠《さばく》へは行かないよう、仲間たちに伝えてほしい。もしダークタワーを目にしても――」

「おしゃべりはいいから」サマーが舌打ちした。「取引を始めましょ」

「ハア」ジュニアの返事は〝もっと話を聞きたいのになあ〟と言っているように、ぼくには聞こえた。

「いやあ、もっとおしゃべりをしたいのはやまやまだけど、取引も大事だからね。ぼくの話はあとでたっぷり聞かせてあげるよ」

サマーはさっさと石工のもとへ行き、粘土《ねんど》をどっさり差し出した。案《あん》の定《じょう》、量が多すぎて取引の途中で閉店となった。「少なくとも、レベルアップはできたね」ぼくは楽観的《らっかんてき》に考えていた。

「売れるものがなかったのは残念ね」サマーが言った。「こっちがほしいものも」次のレベルで可能になった取引は、割れや欠けのない灰色《はいいろ》の石二十個でエメラルド一個か、エメラルド一個で模様《もよう》入りの石レンガ四個だった。

「問題ないさ。残りの粘土《ねんど》は明日またお店が開いたときに売ればいい。いまは、ほかにレベルアップできそうな人を探《さが》そう」

「薬剤師《やくざいし》さん！」サマーは人ごみの中で声をかけた。「売りたいものはない？」紫《むらさき》のローブをまとった村人が進み出ると、サマーはエメラルド四個を、小さいけれどとても貴重《きちょう》なグロウストーン一個と交換《こうかん》した。「これでスレート・ハウスにちゃんとした照明《しょうめい》がつけられるわ」

「それに」薬剤師《やくざいし》から立ちのぼる紫色《むらさきいろ》の渦巻《うずま》きをぼくは示した。「たったいまだれかさんもレベルアップしたみたいだ」

薬剤師《やくざいし》は新たな商才を発揮《はっき》して、ぼくらが見たこともないアイテムを出してきた。緑色をした楕円形っぽい〝ウロコ〟というもの四つでエメラルド一個か、エメラルド五個で〝エンダーパール〟と呼《よ》ばれるものをひとつ買えるようになった。

「それ、前に読んだことがある」この手で頭をぽりぽりかければいいのに。「ぼくの島にあった〝野生の生き物〟の本に載《の》ってた」

「それなら、ここの本にも載《の》ってるかもしれない」サマーはぼくの先に立って図書館へ向かった。

〝野生の生き物〟の本はすぐに何冊《さつ》か見つかり、ぼくが読み始めた本の最初の部分に、ひとつ目の商品について知りたいことはすべて記されていた。

「ウロコは成長期のウミガメが落とし《ドロップ》……」ぼくは音読した。「ここにはカメがいるんだ!? いつからだろう？」

「先を読んで」サマーが急かした。

「うん」ぼくは本に目を戻《もど》した。「収集したウロコでカメの甲羅《こうら》をクラフトすれば〝タートルマスターのポーション〟を醸造《じょうぞう》するのに使うことができ、複数《ふくすう》のウロコを合わせて防具《ぼうぐ》にすることも可能」

「どちらもすごく興味深いけど」サマーは顔をしかめた。「いまのところはなんの役にも立たないわね」

ぼくはため息をついて同意し、それからもともと知りたかったことが書かれた部分を探《さが》してページをめくった。「エンダーマン」ひょろりとした胴体で、紫《むらさき》の目をした生物の挿絵《さしえ》を見つけ、その下の説明文を読む。「エンダーマンはブロックを運ぶ姿《すがた》がしばしば目撃《もくげき》され……うんぬんかんぬん……目を合わせてはいけない……このへんは島で読んだな……これだ！　エンダーマンを倒《たお》すとエンダーパールをドロップする。このエンダーパールは……えっ……」

「なに？」

「えっ……これほんとに……」ぼくはささやいた。

ぼくの島にあった本にも同じことが書かれていたんだろうか？　読み飛ばしたのかな？　そうかも。あのときは、目を合わせるなりエンダーマンが凶暴化《きょうぼうか》した理由のほうに関心があった。それに、うん、ぼくは気が短いせいで、興味のないところは斜《なな》め読《よ》みしがちだ。とはいえ、いま目にしている内容《ないよう》を読み飛ばしていなかったら、ぼくの旅は――島を出発してからの日々さえも！――まるで違《ちが》うものになっていたんだろうか？

「サマー」ぼくの心臓《しんぞう》はものすごくドキドキしていた。「もといた世界へ帰る方法がわかったよ」

# 第16章　あれはやっぱり不吉《ふきつ》な前兆《ぜんちょう》だった

ぼくは本を持ちあげて読んだ。「ブレイズパウダーと組み合わせることで、エンダーパールは要塞《ようさい》への道しるべとなる」思わせぶりに間を置いてから続きを口にする。「この要塞《ようさい》にはポータルがあり、それを起動するとジ・エンドへの扉《とびら》が開かれる」

「へえ」サマーはぽつりと言った。「そうなんだ」

「〝そうなんだ〟ってなんだよ？」ぼくは興奮《こうふん》に任せて熱弁《ねつべん》した。「これが答えなんだよ！　ぼくらがずっと探《さが》してた答えだ！」

「そうね」サマーはあわててうなずいた。「うん、そうかもしれない」心から同意しているというより、無理して前向きな声を出しているみたいだ。

「どうしたんだい？」ぼくには理解《りかい》できなかった。村人と会話しようとするときよりも歯がゆい。「ねえ、いったいどうしたの？」

「なんでもない！」サマーは腹立たしげに言ってから、すぐに声を震《ふる》わせた。「わたしはただ……ただ……」

彼女《かのじょ》の声ににじんでいる感情はなんだろう。不安？

ああー。

あの不安がぶり返したんだろうか？　サマーが砂漠《さばく》でどんどん突《つ》き進《すす》み、立ち止まろうとしなかったのも、もといた世界へ戻《もど》る方法を見つけたくなかったからなのか？　あの出来事はずっと忘《わす》れられず、思い出として心の中に取ってある。旅を続けるかどうかで喧嘩《けんか》をし、友情を終わらせかけたこととか、彼女《かのじょ》が山に別れを告げた瞬間《しゅんかん》と同じように。

「サマー」ぼくはそっと話しかけた。「もといた世界へ戻《もど》るのが怖《こわ》いのはわかるよ。でも……」

「違《ちが》う！」サマーは手を振《ふ》って否定した。「そうじゃないの。もとの暮らしに戻《もど》ることはもう怖《こわ》くない」口をつぐみ、くすんと大きく鼻を鳴らして続ける。「わたしが怖《こわ》いのは、もとの暮らしに戻《もど》ったら……」声がひび割れた。「あなたがいないことよ」

ぼくは言葉を返そうとはしたけれど、どんな言葉だったのかはわからない。でも、その前に彼女《かのじょ》が両腕《りょううで》を上げてぼくを黙《だま》らせた。「あなたが水中トンネルからなかなか戻《もど》ってこなかったとき、わたしはまたひとりきりになった。味わいたくない気持ちを味わっていた。あんな気持ちになるのがいやだったから、初めてあなたを見たとき、わたしは隠《かく》れようとしたの。昔の自分に引《ひ》き戻《もど》されるのがいやだったし、わたしはだれも必要としない人間になっていたから。なのにいまは……」

サマーは先を続けようとしたものの、そうすることができなかった。ぼくも言葉が出てこなかった。

この本の最初のほう、ボートで川をくだっていたときに、具体的にあることが気になっているけれど、それはあとで話すって言ったのを覚《おぼ》えているかい？　さて、いまがそのときだ。話したかったのは、離れ離れになる不安について。ぼくだって考えたし、心の底から不安だった。もといた世界で目覚《めざ》めたら、親友がどこにいるのか、それどころか親友は何者なのかさえ、わからないんじゃないか？　友だちを失ってしまうかもしれない。心が引《ひ》き裂《さ》かれるような思いを味わうかもしれない。

サマーと初めて喧嘩《けんか》をしたあとも、そんな気持ちを味わった。これからはひとりで旅をしなきゃいけないんだと思ったから。心の奥深《おくふか》くに負った傷《きず》はなかなか消えないものなんだ。人生をともに過《す》ごし、一緒《いっしょ》にいるのが当たり前になって、頼《たよ》りにしている相手がいなくなるのは、自分の一部が欠けてしまうのと同じだ。多くの人々が死ぬまでその痛《いた》みを感じなくてすむようにするけれど、彼《かれ》らの気持ちがいまなら理解《りかい》できた。

彼《かれ》らが友だちを作ることも、家族を持つこともせず、意味のあるつながりはいっさい築《きず》こうとしないのは、絆《きずな》を失うのが怖《こわ》いからだ。はじめから持っていなければ、失うこともない。いまのぼくらには絆《きずな》があり、突然《とつぜん》それを失えば溶岩《ようがん》に焼《や》かれるよりも耐《た》えがたい。

「わたしたちは自分の本当の名前も知らない」サマーは泣きそうな声で言った。「自分の見た目も、別々の国だってこと以外は、どこに住んでいるのかも」ひび割れた声が一オクターブ高くなる。「地球の反対側に住んでたらどうするの？」

なんて言えばいい？　きみの言うとおりだね、って？　怖《こわ》いのはぼくも同じだ、って？　いいや。違《ちが》うだろ。サマーはこれまでぼくのためにいつも強くいてくれた。今度はぼくの番だ。

友だちはお互《たが》いに面倒《めんどう》を見合う、だ。

「そのときは」ぼくは四角い肩《かた》を軽い調子ですくめた。「またきみを見つけるさ」

「また、って？」

「だって」ぼくはふんと息《いき》を吐《は》いた。強がって口にした言葉は本物の決意に変わっていた。「出会ったときだってきみを見つけ出しただろ。あのときは、きみを探《さが》していたことさえ知らなかったのに。だったら次は楽勝じゃないか」

サマーは控《ひか》えめに泣き笑いした。「もう、ガイったら」

「元気を出して」ぼくは自分の肩《かた》で彼女《かのじょ》の肩《かた》を押した。「もといた世界へ戻《もど》る準備《じゅんび》を始めよう」

本によると、この新たなプロジェクトには時間と材料がたっぷり必要らしい。エンドポータルの起動にはエンダーアイが十二個なきゃいけないし、そもそもエンダーアイはエンダーパールから（ブレイズパウダーひと山と組み合わせて）一個ずつクラフトしなきゃいけない。やれやれ。

しかも大変なのはまだこれからだ！

ポータルを見つけるには、エンダーアイを宙《ちゅう》に投げるらしい。するとそれが〝方向を示す〟という。でも、目的地までの道を示してくれるわけじゃないから、この過程《かてい》を何度も繰《く》り返《かえ》さなきゃいけない。そのうちエンダーアイが割れてしまうので、いくつか予備《よび》が必要になるんだ。

要するに、充分《じゅうぶん》な数のエンダーパールを買うには、合計で八十個ものエメラルドが必要になるということだ。

「八十個?」ぼくは計算し終えてからうめいた。「それって、車とか家とか……すごく高いものを買ったり、大学に進学したりするために貯金《ちょきん》するようなもんじゃないか」

サマーは鼻から勢《いきお》いよく息《いき》を吐《は》いた。「となると、最も貴重《きちょう》な資源《しげん》の使い道には慎重《しんちょう》にならなきゃね」

彼女《かのじょ》が言っている資源《しげん》とは時間のことだ。ぼくらがその大事な時間を使って最初にやったのは、言ってみれば、石工を粘土《ねんど》の山に生き埋《い》《う》めにすることだった。一度目の採掘《さいくつ》の成果では次のレベルに上がれなかったけれど、〝繁茂《はんも》した洞窟《どうくつ》〟と名づけたあの場所へ二度目の採掘《さいくつ》に出かけた結果《けっか》、状況《じょうきょう》は一変した。川を引き返しはせず(なにもダンジョンタワーを刺激《しげき》することはない)、もともとの陸路を通《とお》ったおかげで、ほかにもお宝を掘《ほ》り出《だ》すチャンスに恵まれた。石炭と鉄が豊富に見つかったんだ。

これは胸《むね》を張《は》って言えるんだけど、地下の沼地では、手前側の粘土《ねんど》だけしか採掘《さいくつ》していない。でも、さらに胸《むね》を張《は》れるのは、採掘《さいくつ》した場所をできるだけもとどおりにして帰ったことだ。穴《あな》はすべて埋《う》め、全部の水たまりに水を補充《ほじゅう》し、充分《じゅうぶん》な量の草やスイレンを植えて、かなり自然な姿《すがた》に見えるようにした。ぼくらにたくさんのものを与えてくれる大地に、せめてものお返しをするのは当然だよね？

採掘《さいくつ》の成果を数日がかりで石工にすべて買い取ってもらった結果《けっか》、次のレベルに上げることができた。「わたしの見たところ、あんまりぱっとしないわね」サマーは新たに買えるようになった閃緑岩《せんりょくがん》と安山岩を平たい鼻であしらった。

「重要なのはそこじゃないさ」ぼくはエメラルド三十六個を持ちあげてみせた。「早くも目標の三分一以上を達成だ！」

「あとちょっと採掘《さいくつ》すれば、すぐに二分の一になるわね」

「う、うん……」ぼくはためらって応じた。「それについてはいろいろ考えてたんだ。こっち側の粘土《ねんど》を採掘《さいくつ》し尽《つ》くしちゃったことがなにより気になってて。だって、ほら、ほかにもぼくらみたいに突然《とつぜん》この世界に流れ着いた人がいるかもしれないわけだろ？　その人たちはいずれぼくらの痕跡《こんせき》をたどってくるんじゃないかな？」

サマーは無言でうなずき、先をうながした。

「ぼくらがこの土地を丸裸《まるはだか》にして、あとから来る人たちになにも残さないのは、よくないと思うんだ。あとから来たのが自分で、ここが根こそぎ採掘《さいくつ》されていたらどんな気がするか、想像《そうぞう》してごらんよ」

サマーはしばらく考《かんが》え込《こ》んでから口を開いた。「解決策《かいけつさく》があるってことでしょ？」

「実は、きみのおかげで解決策《かいけつさく》を思いついたんだ」ぼくは川を示した。「きみの養魚場がヒントをくれたのさ。知ってのとおり、ぼくは生き物を殺《ころ》すのには反対だ。でも、枯渇《こかつ》することのない資源《しげん》から収獲《しゅうかく》するきみの養魚場のシステムはすばらしいと思ってる。この発想をあらゆることに応用すればいいんじゃないかな」

ぼくはバックパックから採掘《さいくつ》したての石炭と鉄を取り出した。「誤解《ごかい》しないでほしいんだけど、採掘《さいくつ》したものはこれからも売っていくよ。だけど今後、採掘《さいくつ》をするのは生きていくためであって、利益《りえき》を得《え》るためじゃない。利益《りえき》は〝再生可能《さいせいかのう》な資源《しげん》〟から得《え》るようにできる。きみの養魚場とか、ぼくらの畑とかからね。それに――」ぼくは腕《うで》で壁《かべ》のほうを示した。気持ちとしては、壁《かべ》の向こうにある平野を。「〝植林場〟を作ることをずっと考えてたんだ。きみは川岸の作業場に、道具にも木材にもなるオークを三本植えているだろう。あれをもっと大きな規模《きぼ》でやるんだ。そうすれば石炭に代わって木材を燃料《ねんりょう》にできるし、棒《ぼう》を矢師《フレッチ》に売ってもっとエメラルドを買うことができる」

サマーは壁《かべ》を見つめて、ぼくの壮大な計画を想像《そうぞう》しているみたいだった。「それだと手っ取り早くも楽でもないけど……あなたが言うように、次に来る旅人たちのためになんにも残しておかないのはよくないわね」

「じゃあ再生可能《さいせいかのう》なやり方で決定だ！　これからは尽《つ》きることのない資源《しげん》を活用しよう」

サマーの言うとおり、ぼくらの新たな経済活動《けいざいかつどう》はなかなかはかどらなかった。養魚場の魚はだいたい一日一回しかスポーンせず、畑の換金作物《かんきんさくもつ》だって成長スピードはたかが知れている。木なんてさらに成長が遅く、ぼくの植えた種類はなおさらだった。

リンゴのなるオークが最適《さいてき》に思えたのはふたつの理由からだ。アカシアと違《ちが》って食べものがなるうえ、幹《みき》がまっすぐ伸《の》びるため、一箇所《いっかしょ》にまとめて植林しやすい。

ぼくはこつこつ取り組んだ。花の谷でオークを一本切《き》り倒《たお》し、手に入った三本の苗木《なえぎ》を植える。四本目の苗木《なえぎ》は伐採《ばっさい》した木の埋《う》め合《あ》わせにすぐにそこに植えておいた。

サマーの養魚場からもらった骨粉《こっぷん》ひと山をひとつ目の苗木《なえぎ》に振《ふ》りかけると、あっという間にぐんぐんと伸《の》び、わんさと実をつけた。「いいぞいいぞ」ぼくは最初の木を切《き》り倒《たお》した。新たな苗木《なえぎ》六本をふたたび植えたあと、手に入ったばかりのリンゴと棒《ぼう》、燃料《ねんりょう》にもなる木材を抱え、これならうまくいくという自信を胸に村へ向かった。

「おーい、矢師《フレッチ》さん」羽根つきの帽子《ぼうし》をかぶって仕事へ向かう村人を呼《よ》び止《と》める。「棒《ぼう》がたくさんあるんだけど、買わない？」三十二本の棒《ぼう》がエメラルド一個になった。

「小さな一歩ね」サマーは釣《つ》り人《びと》から手に入れたばかりの宝石を持ちあげて言った。

「すぐに大きな飛躍《ひやく》になるさ」ぼくは原木を見せた。「鉄の製錬《せいれん》を開始したらね」

サマーの次の言葉を予想するように言われたら、〝さっそく開始よ〟とか〝おしゃべりはいいからさっさとやったら〟とか、そんな感じのことだと思っただろう。まさか彼女《かのじょ》が無言で考《かんが》え込《こ》むなんて、まったく予想外だった。

どうしたのかと尋《たず》ねようとしたとき、サマーの視線が石工にそそがれているのに気がついた。

「ちょっと考えていたの」黒エプロンの隣人《りんじん》を眺《なが》めて言う。「石工がレベルアップして灰色《はいいろ》の石をエメラルドと交換《こうかん》するようになったでしょ」ふたたび間を空《あ》けてから続ける。「それで思いついたんだけど、地下から溶岩《ようがん》を汲《く》んできて」地面を見おろす。「溶岩流《ようがんりゅう》を作ったら」魚のいない川の一角へ目をやる。「再生可能《さいせいかのう》な丸石がいつでも採《と》れるようになって、木を燃料《ねんりょう》にしてかまどでそれを製錬《せいれん》すれば石ができるんじゃない？」

「なるほど！」ぼくは彼女《かのじょ》のアイデアに感心してうなずいた。「希少で高価な道具の代わりに石でできたものを使えば、消費される資源《しげん》は実質的にぼくらの時間だけになる」

「じゃあ取りかかりましょ！」サマーはスレート・ハウスにいちばん近い壁《かべ》のドアへと向かった。

「丸石はきみに任せるよ」ぼくは機織《はたお》り職人《しょくにん》に気づいて言った。「もうひとつ再生可能《さいせいかのう》な資源《しげん》があるのを思い出したんだ」

それは羊毛だった。ぼくらが最初に行った取引のひとつだ。村を発展《はってん》させるのに忙《いそが》しくてすっかり忘《わす》れていた。まだ白と黒の羊毛を必要としていることを機織《はたお》り職人《しょくにん》に確認《かくにん》したあと、ぼくは自分たちの畑へ直行した。実《みの》った小麦を六束《たばしゅうかく》収穫しながら思う。しばらくぶりだな。動物を繁殖《はんしょく》させるのはずいぶん久《ひさ》しぶりだ。少なくとも今回は、食用にするためじゃない。

ヒツジが三匹、草を食んでいる野原へ向かった。白が二匹、黒が一匹だ。

「やあ、みんな」ぼくは呼《よ》びかけた。「ごめんごめん、毛糸玉のことを忘《わす》れちゃってた」白いヒツジ二匹に餌《えさ》をやり、モコモコのかわいい子羊を誕生《たんじょう》させた。次に作業台と、羊毛をしまう収納用《しゅうのうよう》チェストを出す。「取引できる量になるまでしばらくかかるな」ハサミをクラフトしながらぼやいた。白い立方体《キューブ》が四個、黒いのが二個チェストにおさまった。「きみのほうはもっと時間がかかるぞ」いまや丸裸《まるはだか》の黒いヒツジに向かって言う。「きみと白いヒツジの子どもだと、羊毛が灰色《はいいろ》になるだろ。それだと機織《はたお》り職人《しょくにん》さんがほしがらないんだ」

「モー」そばにいた一頭のウシが鳴いた。

「ああ、たしかにね」ぼくは返事をした。「サマーの養魚場でイカを採《と》って、そのスミで羊毛を黒く染《そ》めてもいいけど、イカだってそれほど数はいない。だけど……」

黒いヒツジを見おろし、それからウシへ目をやる。「それでうまくいくと思うかい？」頭の中で計画が具体的になっていく。

「モー」ウシは明らかにこう伝えていた。〝なにか失うものがある？〟

「失うのは時間だけだね」ぼくは畑と植林場を見渡《みわた》した。「いまのぼくにはそれしかないようだ」

サマーをつかまえようとスレート・ハウスへ戻《もど》ると、彼女《かのじょ》はツルハシを手に丘《おか》のふもとを掘《ほ》っていた。「わたしの新しい石切場へようこそ」彼女《かのじょ》が説明する。「うまくいかなければ、穴《あな》を埋《う》めて全部忘《わす》れるだけよ」

「いま、もっと突拍子《とっぴょうし》もないことを考えてるんだ」ぼくは丘《おか》をのぼった。

「聞かせてくれる？」彼女《かのじょ》がぼくの背中《せなか》に呼《よ》びかける。

「うまくいったらね」ぼくは小さく笑い、その一分後には一滴《いってき》のイカスミを持って丘《おか》からおりてきた。サマーの姿《すがた》が新たな石切場の奥《おく》へ消えていてほっとした。考えれば考えるほどばかげた計画に思えてきたから。

　野原を突《つ》っ切《き》りながら考えた。ぼくらは理想主義《りそうしゅぎ》に走りすぎているのかもしれない。あとから来る人たちのためになにか残しておこうなんて理想が高すぎるのだろうか。ほしいものを好きなだけ使い、ここを去ったあとのことは村人たちに任せればいい。この世界が明日どうなるかを心配するのはやめたってかまわないんだ。

　ぼくの決意が揺《ゆ》らぐのが伝わったらしく、一頭のウシが励《はげ》ましの声をかけてきた。「モー！」

「さて、どうなるかな」ため息をつき、半信半疑《はんしんはんぎ》で白い子羊へ歩み寄った。「だめでもともとか」

とんでもない。だめどころか、小さな白雲みたいだった動物は一瞬《いっしゅん》にして火打石みたいな真っ黒に変わったんだ。「やったー」ぼくはウシに向かって叫《さけ》んだ。「問題は前進をうながす」しかも前進は大きな成果をもたらしてくれた！

一週間もせずに、ぼくらの畑で育った小麦とサマーの養魚場で手に入れたイカの染料《せんりょう》を使い、真っ黒なヒツジが新たに六匹増《ふ》えた。

「約束《やくそく》するよ」七日目の朝、ぼくはヒツジたちに言った。「これ以上はきみたちの家族を増《ふ》やさない。きみたちが食事をする草地を満杯《まんぱい》にしたくないんだ。それに——」高く伸《の》びた植林場へ目をやる。「そろそろあっちに取りかからなきゃ」

成長したオークの列へと向かい、原始的だけれど再生可能《さいせいかのう》な石《いし》の斧《おの》をつかむ。サマーがわざわざ石切場を作って資源《しげん》を再生《さいせい》しているんだから、ぼくだって貴重《きちょう》な道具をむやみに使って壊《こわ》すことはできない。時間はちょっとかかるだろう。いまではオークの並木《なみき》はゆうに二十本以上に増《ふ》えているからなおさらだ。

でも、いまでは効率的《こうりつてき》な伐採法《ばっさいほう》を編み出している。二本の木をぐるぐると螺旋階段状《らせんかいだんじょう》に伐採《ばっさい》しながらのぼり、腕《うで》を思いきり伸《の》ばしててっぺんまで切り取ったら、今度は下へおりながら残りを伐採《ばっさい》していくんだ。最後に残ったブロック一個分の切り株ふたつを片づけて終了《しゅうりょう》。およそ一日がかりの作業だし、石《いし》の斧《おの》も木の本数と同じくらい必要になる。

でも、そんなことは気にしない。予備《よび》の道具は持ってきているし、伐採《ばっさい》するあいだ、いろいろ考えごとができる。

上にのぼりながら木を切っているときに思った。すべて順調だ。畑の作物は取引でエメラルドに替《か》えられるだけじゃなく、取引相手のジュニアくんをレベルアップさせるのにも役立っている。この新たな成果を祝い、ジュニアくんから手に入れたクッキーをベルトからひとつ取り出した。「うーん、おいしい」汗を流して働く完璧《かんぺき》な一日にぴったりの完璧《かんぺき》なおやつだ。

伐採《ばっさい》を再開《さいかい》しながら考える。木がこれだけあれば、丸石をかまどで焼《や》いて売ることのできる石に変えられるし、棒《ぼう》の束《たば》を矢師《フレッチ》さんにも売れるぞ。

サマーの〝石畑〟からは商品用の石と新たにふたつ増設《ぞうせつ》した養魚場の建築資材《けんちくしざい》が採《と》れた。

幸い、ダークタワーから充分《じゅうぶん》に離れた安全な場所にサケのスポーン地点をふたつ、サマーは見つけていた。片方には新たに見つけたウーパールーパーを、もう片方にはその子どもを放した結果《けっか》、彼女《かのじょ》も釣《つ》り人《びと》も大忙《おおいそが》しだった。

「もう石を採掘《さいくつ》してる時間なんてないわ」ある夜の夕食時、サマーはぼやいた。「朝起きたら毎日、魚、魚、魚よ」

「もといた世界で仕事の範囲《はんい》を広げるのに苦労していた人たちの気持ちがよくわかるよ」ぼくは掛《か》け持《も》ちで切り回している自分の仕事を思《おも》い浮《う》かべた。「仕事の範囲《はんい》を広げるなら、人を雇《やと》うしかないよ。それか、現状《げんじょう》を維持《いじ》するかだ」

サマーは食べる合間に応じた。「仕事の範囲《はんい》が広がるスピードと、雇《やと》った人に払《はら》うお給料が見合うようにしなきゃいけないから大変だよね」

「仕事って複雑《ふくざつ》なものなのさ。ぼくらの仕事、つまりやるべきことが、もといた世界へ戻《もど》ることとただひとつでよかったよ」

目標まであとほんの少しだった。ぼくは伐採《ばっさい》を続けながらも、いままでやってきたいろいろなことを頭の中で振《ふ》り返《かえ》った。魚、小麦、羊毛、石、棒《ぼう》のそれぞれは、ちょろちょろ流れる細い小川みたいなものだけれど、それらが集まってエメラルドという大河になる。ゆうべエメラルドを数えてみると、全部で六十八個あった——いや、七十二個だ！　昨日の取引で手に入れた分をチェストにしまうのを忘《わす》れていたから、バックパックにあと四個入っている。今日で八十個に到達《とうたつ》するかな？　そうなったら、いつ出発することになるだろう？

リンゴのなるオークの原木がさらにバックパックへ飛《と》び込《こ》んでいくのを眺《なが》めながら、ぼくは思った。なんだか運命を感じるな。島でのはじまりもこうだった。こんなふうに木を切《き》り倒《たお》し、自分がなにをしでかしているのかもわからずに森林を破壊《はかい》した。それがいまはどうだろう。ぼくはたくさん学び、たくさんの経験《けいけん》をした。ぼくの島、サマーの山、そしていまはぼくらの村で。ひょっとすると明日のいまごろは、もといた世界へ戻《もど》るポータルをくぐって――。

「ハアー！」その声は近くから聞こえ、なんだか様子がおかしかった。いつもの村人の気の抜《ぬ》けた声より低い。それに怒《おこ》っている？

「ハアー!!」

ぼくは右へ左へと顔を動かし、重なる葉っぱ越《ご》しにあたりをうかがおうとした。四角い葉っぱの向こう側で動いているものはない。

「ハアー!!!」

だれだかわからない声の主は前か後ろにいるに違《ちが》いない。ぼくは上にのぼっていくのはあきらめ、木の螺旋階段《らせんかいだん》をおりることにした。足を踏《ふ》み出《だ》す前に、ぷんとにおいが鼻を刺激《しげき》した。

ゾンビの腐《くさ》ったにおいじゃない。ひどく長いことお風呂に入っていない人の体臭《たいしゅう》みたいだ。村人も、ぼくも、サマーもそんなにおいはしないから……。

ぼくはなんとか希望を持とうとした。お願いだから、思《おも》い違《ちが》いでありますように。螺旋階段《らせんかいだん》の下で待っているのが、ぼくの想像《そうぞう》しているものじゃありませんように。

ぼくの想像《そうぞう》は外れていなかった。

かたい地面におり立ったぼくは、灰色《はいいろ》の顔をした襲撃者《しゅうげきしゃ》の、緑色のつり目に見つめられていた。実際《じっさい》には五人の襲撃者《しゅうげきしゃ》だ。全員がクロスボウを持ち、五人目はあの怒《おこ》った顔の旗を背負《せお》っている。

その瞬間《しゅんかん》、ぼくは思い出した。この一団なら見たことがある。農民の姿《すがた》が見当たらないのに気づいたあの曇《くも》った朝、霧《きり》のカーテンの境目《さかいめ》に見えたあの人影《ひとかげ》だっ。あれはダークタワーからやってきた一団だったのか。初めてあの塔《とう》を見たときに記憶《きおく》の片隅《かたすみ》に引っかかっていたのはそれだ！　いま彼《かれ》らはふたたびここにいる。それにしても、なんのために？

「えーと、やあ、みなさん」ぼくはとびきりの笑顔で挨拶《あいさつ》し、内心ではびくびくしているのが顔に出ないよう気をつけた。「どうも……はじめまして？」

五人はなんの反応も示さず、ひたすらこっちをにらみつけていた。

「トラブルを起こしたくはない、わかるかい？」ゆっくりと斧《おの》をベルトに滑り込ませる。「ほらね、武器《ぶき》は持ってない。なんの危険《きけん》もないよ」それから両手を上げた。こんなときくらい、こぶしを開いて敵意《てきい》がないことを示せたらいいのに！「ぼくはみなさんの邪魔はしない。ただいつもどおりに生活したいだけ。みなさんもどうぞいつもどおりに生活してください。いいね？」

またもなんの動きもない。「ハアー!!」と喧嘩腰《けんかごし》の声が返ってきた以外に反応はなかった。彼《かれ》らの息は、これだけ離れていても、一度も歯を磨《みが》いたことがないようにくさかった。

「うーん、そうか」ぼくは爆弾《ばくだん》の信管を外すみたいにそろそろとベルトに手をかけた。「言葉が理解《りかい》できないのかな。でも――」なるべくおだやかにふるまおうとしながら、エメラルドを取り出す。「友だちにはなれるよね。じゃなかったら少なくとも、喧嘩《けんか》するのはやめようよ」緑の宝石を持ちあげた。「取引するのはどうかな、ね？　これで機嫌《きげん》を直してよ」ぼくが一歩踏《ふ》み出《だ》したことをきっかけに、避《さ》けたかった事態《じたい》に陥《おちい》った。

防具《ぼうぐ》に覆《おお》われた肩《かた》に矢がドスッと当たり、ぼくは後ろへよろめくと同時に、これまで学んだ中でいちばん痛烈《つうれつ》な教訓を胸に叩《たた》き込《こ》まれた。

〝どんなに平和を求めても、相手が戦う気満々ではどうしようもない〟

「このクソやろう……！」汚い言葉が口から次々に飛び出した。それをここに記さないのは、思い出せないからというのがいちばんの理由だ。剣《けん》と盾《たて》をいつの間に手にしていたのかも思い出せない。とにかく頭に来ていた。〝怒《いか》りで目の前が真っ赤になる〟と言うけれど、ぼくの目の前は灰色《はいいろ》で、いちばん近くの灰色《はいいろ》の顔をダイヤモンドの刃《は》で斬《き》りつけていた。

「ハアー！」さらに何度も剣《けん》を叩《たた》き込《こ》まれて野蛮人《やばんじん》がうめく。

「これがおまえたちの望みか!?」ぼくは叫《さけ》んだ。「このためにわざわざこんな遠くまで来たのか!?」次の一撃《いちげき》で相手はポンと煙《けむり》に変わり、ぼろぼろになったクロスボウがバックパックに飛《と》び込《こ》んだ。

喜《よろこ》んでいる暇《ひま》はない。クロスボウの矢がさらに三本、胸に当たったのだ。「そっちがその気ならかかってこい！」ぼくは声を張《は》りあげ、次のターゲットに向かっていった。

今度はぼくも頭を働かせ、強烈《きょうれつ》な一撃《いちげき》を何度か食らわせたあと、手を止めて相手の攻撃《こうげき》をかわした。クロスボウのことならよく知っているから（射《い》る側《がわ》と射《い》られる側《がわ》、両方の立場を、とつけ加えておこう）矢をセットするのにかかる時間は把握《はあく》している。弦《げん》がギリリと引《ひ》っ張《ぱ》られる音は、矢が飛んでくるぞという警告音《けいこくおん》だ。二本の矢が盾《たて》に当たって跳《は》ね返《かえ》り、三本目はお尻《しり》に刺《さ》さった。

「見てろよ」ぼくはふたり目の襲撃者《しゅうげきしゃ》を煙《けむり》に変えてうなった。「次はそっちの番だぞ」

すばやくあちこちに動き、敵《てき》の一団が密集するように誘導《ゆうどう》する。これなら、うっかり仲間に矢を当ててしまうやつが出てくるかもしれない。

思惑《おもわく》どおり、うまくいった！

目の前の敵《てき》が腰《こし》に仲間の矢を受けて赤く点滅《てんめつ》した。とはいえスケルトンとは違《ちが》い、くるりと後ろを向いて仲間同士で戦い始めることはなかった。「ちぇっ、引っかからなかったか」ぼくは鼻を鳴らした。「でも〝跳《は》ね返《かえ》し〟作戦ならどうだ」

腰《こし》に矢の刺《さ》さった襲撃者《しゅうげきしゃ》にじりじりと近づき、飛んできた矢が跳《は》ね返《かえ》るよう自分の盾《たて》の角度を調整する。「来るぞ来るぞ」ギリリッとクロスボウの弦《げん》が引《ひ》っ張《ぱ》られる音がしたので、ぼくは小さく声をあげた。

ビュン！　バシッ！

ちょっとだけ盾《たて》を下げると、矢が跳《は》ね返《かえ》るのが見えた！

……跳《は》ね返《かえ》った矢は襲撃者《しゅうげきしゃ》の足もとにぽとりと落ちた。

「うまくいかないときもあるさ」そう言ったとき、遠くから〝ハア〟と聞こえたので、ぼくの心臓《しんぞう》は跳《は》ねあがった。

村人たちの声だ！　ここは村に近すぎる！　いまは何時だ？　全員安全な壁《かべ》の内側で仕事をしている時間？　それともまだ朝の散歩《さんぽ》の時間？

襲撃者《しゅうげきしゃ》たちを村から引き離すんだ！　自分を追いかけさせろ！

ぼくは平野へとあとずさった。どうかこの乱暴者《らんぼうもの》たちが遊びで動物を殺《ころ》したりしませんように！

矢を連続で盾《たて》に受けながら、その防具《ぼうぐ》がもう長くはもたないのに気がついた。あちこちに穴《あな》が開いてひびが入り、壊《こわ》れそうになっている。あとどれくらい持ちこたえられるだろう？

落ち着け。集中しろ。せっかくうまくいっているんだから、この戦術を貫《つらぬ》くんだ。

前進して後退《こうたい》、攻撃《こうげき》して防御《ぼうぎょ》。三人目の襲撃者《しゅうげきしゃ》を倒《たお》して、すぐそばの敵《てき》に向き直る。そいつは背中《せなか》に旗を背負《せお》っていた。かなり高い位置にある旗に描《えが》かれた、異常《いじょう》にぎらつく目がぼくを見おろしている。

「ハアー！」旗持ちはにやりと笑いながら、矢を射《う》ってきた。

「きみを恐《おそ》れるとでも？」飛んできた矢を盾《たて》で防《ふせ》ぎつつ、ぼくもにやりと笑い返した。「あまたの敵《てき》と戦ってきたこのぼくが？」防御《ぼうぎょ》して攻撃《こうげき》。「ゾンビ、クモ、クリーパー、スケルトンとやり合ってきたこのぼくが？」攻撃《こうげき》して防御《ぼうぎょ》。「飢《う》え、毒、溶岩《ようがん》にもめげなかったこのぼくが？」次の矢が命中したけれど、気にしてなんかいられない。攻撃《こうげき》、攻撃《こうげき》だ！「雪、砂漠《さばく》、悪夢《あくむ》の詰《つ》め合《あ》わせみたいなネザーを経験《けいけん》したこのぼくが、そんなぺらっぺらのちっちゃな旗一枚に震《ふる》えあがると思うのか!?」

剣《けん》をひと振《ふ》りすると、敵《てき》は消えて、煙《けむり》の舞《ま》う地面に縮《ちぢ》んだ旗がぽとりと落ちた。「どうだ！」ぼくは叫《さけ》んだ。「出直して……」

旗がバックパックに飛《と》び込《こ》んできたとたん、胸がざわざわし始めた。

不吉《ふきつ》な予感がする。強烈《きょうれつ》な不安に襲《おそ》われ、背筋《せすじ》がぞくぞくした。おかしなことを言っているのはわかってる。こういう経験《けいけん》がなければ、なおさらそう感じるだろう。でも、いまの気分は〝呪《のろ》われたように感じる〟としか表現《ひょうげん》しようがない。

「ハアー！」次の矢がむきだしになっていたぼくの右の前腕《ぜんわん》を貫《つらぬ》いた。襲撃者《しゅうげきしゃ》の最後のひとりだ！

この戦いを終わりにすべく、ぼくは盾《たて》をかかげて振《ふ》り返《かえ》った。クロスボウで狙《ねら》われたものの、襲撃者《しゅうげきしゃ》はいきなり炎《ほのお》に包まれた。

「サマー！」野蛮人《やばんじん》がポンと消えたあと、友だちが駆《か》け寄《よ》ってくるのが見えた。

「ガイ！　大丈夫《だいじょうぶ》なの？」矢があちこちに突《つ》き刺《さ》さったぼくは、さぞひどいありさまに見えたんだろう。

「なにが起こったのかわからない」戦いに集中するあまりアドレナリンが出たらしく、体がぶるぶる震《ふる》えている。「木を切ってたら、いつの間にかこいつらがそばに来て、ぼくの話に耳を貸そうともせず、取引をしようともしないで、一方的に……」

「もう終わったわ」サマーはぼくをなだめた。「あなたは連中を撃退《げきたい》したんだから、いまは休んで――」

彼女《かのじょ》の言葉は新たな物音にかき消された。遠くで〝プオップオォォォー〟と角笛が吹《ふ》き鳴《な》らされたのだ。そのすぐあとに別の音が鳴《な》り響《ひび》く。ぼくらがふたりとも知っていて、恐《おそ》れている……鐘《かね》の音だ！

「まだ終わりじゃないようね」サマーは緊張《きんちょう》した表情であたりを見回した。「略奪隊《りゃくだつたい》の仲間がこっちへ向かってるんだわ」

「行こう！」ぼくは息《いき》を吐《は》き出《だ》した。「村へ戻《もど》るんだ！」

ぐるりとめぐらせた壁《かべ》の南側にあるドアから飛《と》び込《こ》むと、村は上を下への大騒《おおさわ》ぎになっていた。村人が全員パニックを起こして走り回り、顔から汗を飛ばして、〝ハア〟とひとりでわめいたり、みんなで騒《さわ》ぎ合《あ》ったりしている。

「落ち着いて！」ぼくは思わず声を張《は》りあげてしまった。「とにかく自分の家に戻《もど》ってドアを閉めて」〝冷静に行動するように〟とかなんとか、役に立たないアドバイスをしなかったのが自分でも驚《おどろ》きだ。なんの助けにもなっていないのはわかっていたけれど、ぼく自身もなんとか落ち着こうとしていたんだ。「ここは安全だよ！」噴水《ふんすい》の上に立って力説した。「なにも問題はないさ」

あわてふためいた〝ハア〟が飛び交う中で、〝ハアー！〟と低く太い声が聞こえた。

「壁《かべ》のすぐ外まで来てるんだわ」サマーが言い終えるなり、ドアの格子《こうし》の隙間《すきま》越しに人影《ひとかげ》が動くのが見えた。

「あれを！」ひとり、またひとりとアカシアの扉《とびら》の向こう側を通《とお》り過《す》ぎる襲撃者《しゅうげきしゃ》を、ぼくは指し示した。ドアに駆《か》け寄《よ》ると、四番目の人影《ひとかげ》がドアの真向かいで立ち止まった。「ドアをふさがないと！」ぼくはベルトから原木を出そうとした。「やつらもホグリンみたいにドアを開けることができたら……」

「それはなさそうよ」サマーは格子《こうし》からのぞいて首を横に振《ふ》った。「できるならとっくにやってるはず」

「ハアー！」襲撃者《しゅうげきしゃ》は腹立たしげに同意して、オレンジ色の細い格子越《こうしご》しににらみつけてきた。

「入ってはこられないかもしれないけど、これじゃぼくらも攻撃《こうげき》できない！」心臓《しんぞう》がどくどくと高鳴り、呼吸《こきゅう》が速くなっているのが自分でもわかった。「どうしよう？　どうしよう!?」

「まずは」サマーは落《お》ち着《つ》き払《はら》って言った。「おやつにしましょう。あなたはなにか食べなきゃ」

そうだ。傷《きず》がズキズキ痛《いた》み、おなかはグーグー鳴っている。

「この第二陣《だいにじん》はどこから現《あらわ》れたんだろう？」ぼくはクッキーをかじりながら尋《たず》ねた。「すでにこっちへ向かっていたとか？　それとも村の反対側にいて、ぼくらが気づいてなかったのか？」

サマーは肩《かた》をすくめた。「応援《おうえん》を呼《よ》ぶなんらかの手段《しゅだん》があるに違《ちが》いないわ。テレパシーとか、ダークタワーにある水晶玉《すいしょうだま》で見えているとか」

「それか」ぼくはため息をついた。食事と驚異的《きょういてき》な治癒力《ちゆりょく》のおかげで目に見える傷《きず》は癒《い》えたけれど、目に見えない傷《きず》がまだ残っている気がした。「ぼくがかけられた呪《のろ》いのせいかもしれない」

困惑《こんわく》して首をかしげるサマーに向かって、ぼくは続けた。「あいつらのリーダーが持っていた旗を……拾ったんだ。きっとあれに仕掛《しか》けがあったんだ、発信機みたいになっているとか」

ドアの向こうからじっとぼくを見据《みす》えている目を振《ふ》り返《かえ》った。「そうだとしたら、旗を捨てこないと。村からなるべく遠いところに」

ぼくは反対側のドアを指さした。「あそこからこっそり抜《ぬ》け出《だ》せば、連中を出《だ》し抜《ぬ》ける。先に川を渡《わた》ってしまえば……」

「自分の身をさらなる危険《きけん》にさらすわけ？」サマーは一蹴《いっしゅう》した。「絶対《ぜったい》にだめ」それから小さく笑う。「その旗とやらのせいで呪《のろ》いをかけられたかもって話を否定するつもりはないわ。だけど旗の始末は連中を撃退《げきたい》してからでもいいでしょ」サマーはそばの階段《かいだん》を身振《みぶ》りで示した。「壁《かべ》の上から矢で連中を片づけるわよ」

「うん」ぼくらは石造《いしづく》りの階段《かいだん》へと走って、壁《かべ》の上に駆《か》けあがった。「ここからじゃ敵《てき》が見えないな」ぼくはすきっ歯みたいに並《なら》んだブロックのあいだから首を伸《の》ばした。

「こっちよ」前にいるサマーが呼《よ》んだ。「またリーダーがいる」この一団にも、さっきのやつらのように旗持ちがひとりいて、旗の先端《せんたん》が長く突《つ》き出《だ》しているから、それでだいたいの位置がつかめた。

でも問題がひとつあった。連中は壁際《かべぎわ》にぴったりくっついているらしく、真上からだと姿《すがた》が見えないんだ。だけど音は聞こえた。真下で足を踏《ふ》み鳴《な》らし、〝ハアー〟と鼻息を荒らげている。

「溶岩《ようがん》さえあればな。あいつらの頭上にかけてやれるのに」

「その必要はないわ」サマーは長く延《の》びる壁《かべ》に目を走らせた。「もっと現実的《げんじつてき》な作戦がある」

「えーっ《シュート》」

「そう、射《シュート》るのよ」サマーは背《せ》を向けると、肩越《かたご》しに「そこにいて」と叫《さけ》び、壁《かべ》の上を走っていった。ぼくは彼女《かのじょ》の意図を察《さっ》して、いびつな形の壁《かべ》に感謝《かんしゃ》した。壁《かべ》は上空から見ると〝T〟の形をしているので、サマーがTの一画目に陣取《じんど》れば、ぼくの真下（Tの二画目の壁沿《かべぞ》い）にいる襲撃者《しゅうげきしゃ》をまっすぐ狙《ねら》うことができる。〝ハウ〟と苦しげな悲鳴があがり、サマーの指示が飛んできた。「クロスボウを構《かま》えて」

なんのためかはすぐにわかった。彼女《かのじょ》の攻撃《こうげき》が襲撃者《しゅうげきしゃ》たちの注意を引いたのだ。いまや三人が体を燃《も》えあがらせ（四人目はもう絶命《ぜつめい》したんだろう）、いっせいに彼女《かのじょ》のほうへ向かっている。幸い、クロスボウは矢をセットずみだ。ぼくは三人が走るスピードを考えて、少し先の位置に慎重《しんちょう》に狙《ねら》いを定めて発射《はっしゃ》した。一発で三人に命中だ。

いいぞ、魔法《まほう》の三連クロスボウだ！

ふたりはその場で片づき、最後のひとりはもう二、三歩前進したところでサマーの矢に射《い》られ、それで、そう、おしまいだった。

「撃退《げきたい》成功だ！」ぼくは叫《さけ》んで階段《かいだん》へ向かった。「これで終わりだ！」

急いでドアから外へ出て、残されたものへ駆《か》け寄《よ》った。ぼろぼろになったクロスボウと一緒《いっしょ》に、エメラルドがひとつ浮《う》かんでいる。「なんだ、あいつらにとっても価値《かち》があるんじゃないか」宝石をすくいあげる。「なのに友好的に取引する代わりに、力ずくで略奪《りゃくだつ》することを選んだんだな」

「わたしもこれを手に入れれば、ふたりとも良心の呵責《かしゃく》なしに眠《ねむ》れるでしょ」サマーはふわふわ漂うふたつ目の旗へ手を伸《の》ばした。

「それには手を出しちゃだめだ」そう言ってから、ぼくは呪《のろ》われているような不吉《ふきつ》な予感が消えていないことに気がついた。サマーに伝えようとしたとき、〝プオップオォォォー〟とふたたび角笛《つのぶえ》が鳴《な》り響《ひび》いた。

# 第17章　勝敗《しょうはい》を握《にぎ》る鍵《かぎ》とは？

「また？」ぼくはショックのあまり呆然として、壁《かべ》の中へ駆《か》け戻《もど》った。「あんなやつらがまだいるの!?」

「これはもう襲撃《しゅうげき》じゃない」サマーは壁《かべ》へと走り、ふんと息《いき》を吐《は》いた。「正真正銘《しょうしんしょうめい》の戦争よ」

戦争。なんていやな言葉だろう。でも望んでいなくても、ぼくらは戦争の真っただ中に放《ほう》り込《こ》まれてしまった。どこまで規模《きぼ》が大きくなるんだ？　いったいいつまで続くのかな？

新たな脅威《きょうい》に立ち向かうため、サマーを追って壁《かべ》へと走りながら、ぼくは思った。終わらせる方法があるはずだ。いとも簡単《かんたん》にいきなり始まったんだから、いとも簡単《かんたん》にいきなり終わらせる方法があってもよさそうだよね？

先にサマーが壁《かべ》の上にたどり着いた。最初は肉眼で、次に望遠鏡《ぼうえんきょう》で砂漠側《さばくがわ》の地平線を見渡《みわた》す。

ね？」

「異常《いじょう》なし！」ぼくものぼっていって隣《となり》へ行くと、彼女《かのじょ》は小声できいてきた。「異常《いじょう》はないわよ

サマーが襲撃者《しゅうげきしゃ》たちを見落とすはずはない。彼女《かのじょ》に限《かぎ》ってそんなことはしない。けれど、ふたりとも角笛が鳴るのをはっきり耳にしたんだ。ぼくは直感的に望遠鏡《ぼうえんきょう》で反対方向を見た。

「花の谷のほうだ！」

今度は五人いる。クロスボウ使いが三人、旗持ちのリーダー、もうひとりはちょっと服装《ふくそう》が違《ちが》う。灰色《はいいろ》っぽいショートコートに、ターコイズ色のズボンだ。壁《かべ》まで近づいてくると、手になにかを持っているのが見えた。あれは斧《おの》？

「連中はこの戦いに適応《てきおう》していってるらしい」ぼくは観察《かんさつ》して言った。「手ごわいだけじゃなく、知恵も働くってことだ」

「身を隠《かく》して！」接近《せっきん》してきた襲撃者《しゅうげきしゃ》のひとりがクロスボウを持ちあげたので、サマーが叫《さけ》んだ。ぼくらは壁《かべ》のすきっ歯部分の裏側へと飛びのき、体を押しつけた。「どうしてやつらは谷のほうからやってきたんだろう？」ぼくはクロスボウで射《う》ち返《かえ》そうと、ブロックのあいだから顔を出しつつ首をひねった。「ダークタワーの方角を警戒《けいかい》していたことに気づかれたのかな」

サマーは一瞬《いっしゅん》沈黙《ちんもく》したあと、口を開いた。「そうかもね。もっとも……」

ドアの開く不吉《ふきつ》な音がしたので、彼女《かのじょ》の言葉は途切《とぎ》れた。きっと村人だ。ぼくは思った……そうであってほしいと願った。村人たちはじっとしていられないんだ！　だが目に映《うつ》ったのは、村人のひとりが家から家へと走っていく姿《すがた》ではなく、近くにいたゴーレムたちがぼくらのいる壁《かべ》の真下にいっせいに集結する光景だった。南側のドアの前だ！

「侵入《しんにゅう》されたわ！」サマーは下におりていき、南側のドアから入ってきたクロスボウ使いのひとりに向かって弓を構《かま》えた。

ぼくが反射的《はんしゃてき》に壁《かべ》から飛びおりた瞬間《しゅんかん》、視界《しかい》に飛《と》び込《こ》んできたのは、斧《おの》を持った襲撃者《しゅうげきしゃ》が走っていくところで、そいつに追いかけられているのは……。

「ジュニアくん！　危《あぶ》ない！」ぼくのクロスボウは使えない。一度に三本も矢を発射《はっしゃ》したら村人に当たるかもしれないからだ。野蛮人《やばんじん》はジュニアに迫り、その頭をめがけて斧《おの》を振《ふ》りかぶった。やめろ！　最初の農民の姿《すがた》が頭をよぎった。また村人を失ってたまるもんか！　あんな思いは二度とごめんだ！　全力疾走《ぜんりょくしっそう》しながらクロスボウを剣《けん》に持《も》ち替《か》え、飛《と》び跳《は》ねるように最後の数ブロックを越《こ》えると、殺人未遂犯《さつじんみすいはん》の背中《せなか》をダイヤモンドの刃《は》で斬《き》りつけた。

斧使《おのつか》いは全身を真っ赤に点滅《てんめつ》させ、逆上して〝フーフン！〟とうめくと、ジュニアからぼくに向き直った。強烈《きょうれつ》な斧《おの》の一撃《いちげき》を食らい、激痛《げきつう》が走る。こんな攻撃《こうげき》を浴びるのはネザーで凶暴《きょうぼう》なピグリンとやり合って以来だ。ぼくはうっと声をあげて後ろによろめいたものの、渾身《こんしん》の力を振《ふ》り絞《しぼ》って反撃《はんげき》した。打撃《だげき》には打撃《だげき》。剣《けん》対斧《おの》の戦いだ。

「なんでこんなことをするんだ!?」ぼくは必死に剣《けん》を振《ふ》るいながら問いかけた。「どうして攻《こう》撃《げき》を続けるんだ？」

返ってきたのは吐《は》き気《け》をもよおす息と、「ハーハッ！」というひと言だった。

「ドアを封鎖《ふうさ》するわよ！」サマーが叫《さけ》んだとき、ぼくは続く剣《けん》のひと振《ふ》りで斧使《おのつか》いを片づけたところだった。

「これ以上侵入《しんにゅう》させるな！」ぼくは伐採《ばっさい》した木の幹《みき》の半分を彼女《かのじょ》に放り、ふた手に分かれて入口の封鎖《ふうさ》にかかった。すばやく八回ポンと音がして原木が積まれ、長い長いため息がふたつこぼれた。

「それじゃあ」サマーは階段《かいだん》へと引き返した。「さっきの位置に戻《もど》りましょう。あなたが引きつけて、わたしが……」

「ちょっと待った」ぼくは息《いき》を吐《は》き出《だ》した。「ずっと考えてたんだけど」

「またそれ？」サマーがじれったそうに皮肉を言う。

まずは話を聞いてくれとばかりに、ぼくはこぶしを上げて説明した。「略奪隊《りゃくだったい》を片づけるたび、連中はさらに強くなって戻《もど》ってくる」

「だから？」サマーは〝さっさと結論《けつろん》をお願い〟と言うように腕《うで》を回した。

「だから、残ってるやつらを片づけるのはいったんやめにしよう」ぼくは彼女《かのじょ》のあとから壁《かべ》の上の細い通路に上がった。「なにが起きてるのか、どうして略奪隊《りゃくだったい》が何度もやってくるのか、どうすればその連鎖《れんさ》を断《た》ち切《き》れるのかがわかるまでは！」

サマーは立ち止まって思案したあとで認《みと》めた。「いい考えね。それがすべてわかれば戦争に勝てるけど、どこへ行けばそんな情報《じょうほう》を得《え》られるの？」

「あそこしかないだろう」ぼくは図書館を示した。「ぼくらが見落としたものがあるかもしれない。なかったとしても、ぼくらがひと休みしているあいだに、連中も包囲《ほうい》しているのに飽きて帰るかもしれない」

そんなことはなかった。襲撃者《しゅうげきしゃ》たちは飽きて帰ったりはしなかった。壁《かべ》のそばから動かないだけでなく、ぼくらが図書館で調べものをしているあいだに夜《よ》が更《ふ》けると、連中のいらいらした〝ハアー！〟に、スポーンしたモンスターたちの〝グルルル〟や〝シュー〟や〝カランコロン〟が重なった。なお悪いのはどうやらモンスターたちは略奪隊《りゃくだつたい》と顔なじみらしく、みんなで挨拶《あいさつ》しているかのようだ。〝よお、久《ひさ》しぶり、そろそろ来るかなと思ってたぜ。どうだよ、この村を地図から消し去ってやろうや〟

そんな騒音《そうおん》も、敵《てき》に関する新情報《しんじょうほう》が見つかればまだ我慢《がまん》しがいがあっただろう。ところがなにも見つからず、それは断《だん》じてぼくらの努力不足のせいじゃなかった！　どこの学校の先生でも――いや、どこの大学教授だって！――穴《あな》が開くほど本を読み込み、隅《すみ》から隅《すみ》まで入念に目を通《とお》すぼくらの姿《すがた》に感動したことだろう。参考になる情報《じょうほう》がほんのわずかでもあれば、納得《なっとく》したはずだ。襲撃者《しゅうげきしゃ》たちがどこから来るのか、なぜ襲撃《しゅうげき》するのか、なぜ襲撃《しゅうげき》し続けるのか、最終的にどうすればこの侵略戦争《しんりゃくせんそう》に終止符《しゅうしふ》を打てるのかについて。

唯一《ゆいいつ》、役に立ちそうな豆知識《まめちしき》はゾンビ化した村人の治療法《ちりょうほう》だった。「〝スプラッシュポーションを投げつける」ぼくは声に出して読んだ。「つまり瓶《びん》をぶつけるってことかな。そのあと金のリンゴを食べさせるんだって」

「もっと早くにわかっていればよかったのに」サマーは悲しげに言った。「あの気の毒な農民が亡くなる前に」

「それでも、ぼくらにできることはなかったよ」彼女《かのじょ》の良心のうずきが伝わってきたので、ぼくはなぐさめようとした。「農民を助けられるチャンスはなかった」

「そうかもね」まだ後悔《こうかい》が消えないらしく、サマーはため息をついた。

「過去《かこ》のことは考えないようにしよう」ぼくは次の本を開いた。「目の前に問題が山積みなんだから」

〝前進あるのみ〟がモットーのサマーを見習って、ぼくも前向きになろうとした。でも長くは続かなかった。すべての本に目を通《とお》したあと、もう一度読み直していく。どこかに情報《じょうほう》が埋《う》もれているはずなんだ。うっかり見落としてしまったなにかが。

「ここにあるわけなかったんだ！」最後の本を閉じたところで夜が明け、ぼくは怒《いか》りをぶちまけた。「ぼくらが必要としている本が図書館にあるわけはなかったんだ。だって図書館にお金をかける人なんていやしないじゃないか！　どうしてそうなんだ？　なぜみんな図書館を大事にしないんだ？　しゃれた車とか服とかテレビ番組とか、人生にまつわる悩《なや》みから目をそらしてくれるものは大事にするくせに。とにかく、図書館に充分《じゅうぶん》なお金をかけて資料が充実《じゅうじつ》していれば、そこで人生の悩《なや》みに対する答えを見つけられるかもしれないのに！」

「言いたいことをすべて吐《は》き出《だ》したんなら、落ち着いてちょうだい」サマーは一冊《さつ》の本を見せた。「ひと晩《ばん》かけて調べたのは、まったくの無駄骨《むだぼね》ではなかったみたいよ」

彼女《かのじょ》はゴーレムについて書かれたページを開いて持ちあげた。

「最初にこの本をあなたに見せたときは、ゴーレムの作り方が書いてあるところを完全に読み飛ばしていたわ！」サマーが開いているページには、頑丈《がんじょう》な鉄ブロック四個をT字形《じがた》に置き、くり抜《ぬ》かれたカボチャをその上にのせるだけで、ずんずん歩く粉砕屋《クラッシャー》が作れると説明されている。

「あいにく、鉄の在庫が足りないよ」ぼくはうめいた。

「新兵を作るのにはね」サマーは言い返した。「でも古参兵を修復《しゅうふく》するつもりなら、充分《じゅうぶん》すぎるほどある」たしかにそうだ。襲撃者《しゅうげきしゃ》たちと争う前から、アイアンゴーレムたちの多くは普段《ふだん》のパトロールによって体がすり減《へ》り、いつ壊《こわ》れてもおかしくない状態《じょうたい》に見えた。緊急事態《きんきゅうじたい》でなければ、そのまま放っておいて消滅《しょうめつ》させ、村人たちの祈《いの》りで再出現《リスポーン》させていただろう。でもいまは、全員が完璧《かんぺき》な状態《じょうたい》で戦いに臨《のぞ》む必要がある。

ぼくは交易所《こうえきじょ》へ行ってインゴットをいくつか回収したあと、警察隊《けいさつたい》の中でいちばん傷《いた》んでいるゴーレムに近づいた。「軍隊《ぐんたい》の治療《ちりょう》に当たるわけだから、ぼくは軍医ってことだよ」鉄の棒《ぼう》をたった一本差し出しただけで、ゴーレムは壊《こわ》れかけのロボットから新品同然に変身した。

「さあ、これできみもふたたび敵《てき》を叩《たた》きつぶせる」ぼくは誇《ほこ》らしい気持ちで宣言《せんげん》した。壁《かべ》の外から〝ハアー〟の大合唱が聞こえてきたので、さらにつけ加える。「あれが最後の略奪隊《りゃくだったい》でなかったら、もっともっと叩《たた》きつぶしてもらうことになる」

「それについて考えがあるわ」サマーが大股《おおまた》でぼくの横に来た。「あれで最後の略奪隊《りゃくだったい》かどうかについてじゃなくて、新たな戦い方について」

サマーはぼくを交易所《こうえきじょ》に置かれた作業台の前へ連れていった。ぼくがあげた原木をいくつか台にのせる。「ゆうべ本に目を通《とお》しながらずっと考えていたの――戦争っていうものについて、わたしが暮らしていた国がどんなふうに戦争をしていたかについて」原木が板材に変わる。

「地底湖にいたとき、わたしの先祖は海戦が得意《とくい》だったと話したでしょ？　まあ、詳しく思い出したわけじゃないんだけど、大きな帆船に乗って戦ったりもしていたんじゃないかな」板材を三つ、二列に配置する。「睡眠不足《すいみんぶそく》で頭がぼんやりしてるのでなければ、大型帆船にはこれがつきものだったはず！」

サマーは二枚のトラップドアを得意《とくい》げに持ちあげた。

「さっぱりわからないな」ぼくは言った。帆船にトラップドア？

「しっかりしてよ、ガイ」サマーは笑いながら先に立って外へ出た。

なにもない壁《かべ》まで近づき、トラップドアをツルハシに持《も》ち替《か》える。「さがって」サマーは用心して言った。「流れ矢に当たりたくないでしょ」ぼくは彼女《かのじょ》の計画をちっとも理解《りかい》できなかったものの、指示どおり安全な場所まで離れた。サマーは丸石のブロックをツルハシで壊《こわ》したあと、トラップドアを窓代《まどが》わりにそこへはめ込んだ。「サマー参上！」雄たけびをあげながら平たい四角の木枠《きわく》をバタンと開く。「倒《たお》せるものなら倒《たお》してみなさい！」

サマーが弓を持ちあげたところでぼくも理解《りかい》した。「砲門《ほうもん》か！」それなら見たことがある。映画《えいが》だったか、遊園地の乗り物だったか。船の側面が開いて大砲《たいほう》が発射《はっしゃ》されたあと、砲門《ほうもん》を閉じて弾《たま》を再《さい》セットするんだ！

「敵《てき》が状況《じょうきょう》に適応《てきおう》して強くなっているなら、こっちだってそうしない手はないでしょ？」サマーは言って弓の弦《つる》を引《ひ》き絞《しぼ》った。さっそく、つりあがった目が開口部に影を落とす。その瞬間《しゅんかん》、サマーは矢を発射《はっしゃ》してトラップドアをバタンと閉めた。「火が消えるまで放っておく。これを繰《く》り返《かえ》すの」

「すごいや《ブリル》」ぼくは砲門《ほうもん》を増《ふ》やす作業に取りかかった。一度に複数《ふくすう》の矢を発射《はっしゃ》し、火を放つわけでもないぼくのクロスボウにとって、砲門《ほうもん》はそれほど有効《ゆうこう》じゃない。とはいえ、この砲門《ほうもん》のアイデアこそが、ぼくに有効《ゆうこう》なヴェッスンを授《さず》けてくれた。

〝適応《てきおう》は戦争の勝敗《しょうはい》を握《にぎ》る鍵《かぎ》〟

新たな武器《ぶき》と、それを使う新たな戦法が勝敗《しょうはい》を左右する。もといた世界でもそれは真実だと思うけれど、なんだか悲しいことだ。人を助けるためじゃなく、傷《きず》つけることにお金と頭脳《ずのう》を注ぎ込むなんて。でも、そうしなければどうなる？　適応《てきおう》しなければ、全滅《ぜんめつ》の危険《きけん》にさらされるだけでは？　この村が略奪者《ピリジャー》たちによって全滅《ぜんめつ》しかけているように。

もっと納得《なっとく》できる答えがあればいいのに。いつの日かそれを学べるといいな。とはいえ、その日に学んだのは、戦いとはどちらが早く状況《じょうきょう》に適応《てきおう》できるかの競争だということだ。

この事実を痛感《つうかん》したのは、その日、最後に残った襲撃者《しゅうげきしゃ》を片づけようとしていたときのことだ。この〝しぶといやつ〟（サマーの言葉だ）はリーダーで、旗を背負《せお》って壁《かべ》の外をずっと回っていた。

「そっちへ向かってる」ぼくは壁《かべ》の上に陣取《じんど》って報告《ほうこく》した。

「了解《りょうかい》」サマーがぼくから九十度の角度のところにある砲門《ほうもん》を開けた。〝しぶといやつ〟がぼくらのあいだの位置に来たとき、ふたり同時に矢を放った。そいつは燃《も》えあがりながら振《ふ》り返《かえ》り、次の矢を浴びて煙《けむり》と化した。旗が宙《ちゅう》に浮《う》かぶ。

ぼくはなんでもいいから願いを聞《き》き届《とど》けてくれそうな大いなる力に向かって祈《いの》った。お願いです。どうか、これで最後にしてください。

必死の祈《いの》りもむなしく、戦争は終わらなかった。

「プオップオォォォーーー！」ふたたび角笛が鳴《な》り響《ひび》いて、次の襲撃《ウェーブ》開始を告げた！

ぼくらは声を合わせてののしり、望遠鏡《ぼうえんきょう》を三百六十度めぐらせた。

今度は平野の向こうからやってくる。幸い、連中は動物たちには目もくれなかった。「また斧使《おのつか》いがいる」ぼくは言った。「一緒《いっしょ》にいるのは……ウィッチ？」

「見間違《みまちが》えようがないわね」サマーが断言《だんげん》する。「でも、あっちはいったいなんなの？」

ぼくは望遠鏡《ぼうえんきょう》に当てた目をぐっと細め、新たな怪物《かいぶつ》の姿《すがた》に歯を食いしばった。体のつくりはウシと同じだけれど、本物のウシの横をドスドスと通過《つうか》していくその体はゆうに倍の大きさがある。皮はまだらな茶色、まっすぐな角はぼくの腕《うで》くらい、鉄の装甲《そうこう》つきの脚《あし》はぼくの背丈《せたけ》ほど、背中《せなか》には鞍《くら》が鎖《くさり》で縛《しば》りつけられ、ダークグリーンの瞳《ひとみ》は野蛮人《やばんじん》たちと同じく怒《いか》りに満ちていた。

「雄牛《おうし》のばけものだ」胃が縮《ちぢ》みあがり、ぼくはごくりとつばをのんだ。

サマーが弓を引く。「ステーキが何枚とれるかな！」狙《ねら》いは完璧《かんぺき》だった。突進《とっしん》してくる雄牛《おうし》が炎《ほのお》に包まれる。「もう一発」次の矢を放つ。「これでも倒《たお》れないの？」

ばけものはさらに四発の矢（彼女《かのじょ》から三発、ぼくから一発）を食らったのに、倒《たお》れることなく壁《かべ》にたどり着いた！「巨大戦車にテニスボールをぶつけてるようなものじゃない！」サマーは腹立たしげに声をあげた。

「ここから攻撃《こうげき》を続けるのは危険《きけん》だ！」クロスボウの矢が顔をかすめて飛んでいったので、ぼくは注意した。

「砲門《ほうもん》へ！」サマーにうながされ、ふたりとも壁《かべ》の上から地上へ飛びおりた。軽やかに着地したぼくは、すぐそばのオークのトラップドアのほうを見た。黒い塊《かたまり》が接近《せっきん》してきて、小さなのぞき穴《あな》が暗くなる。

「ここだ！」ぼくはトラップドアを開けてクロスボウをかかげた。「食らえ！」迫ってくるばけものの目に向かって矢を放つ。

トラップドアに近づきすぎていたせいだろうか、壁《かべ》を挟《はさ》んでいるのに、どういうわけか悪魔のバッファローの体当たりを食らった。骨《ほね》が粉々《こなごな》になりそうな破壊力《はかいりょく》はネザーのホグリンも顔負けだ。

「うっ！」ぼくははじき飛ばされて、一瞬《いっしゅん》息ができなくなった。「壁《かべ》に近づいちゃだめだ」荒い息をしながら叫《さけ》んだあと、新たな問題の可能性に気がついた。ばけものの体当たりは強烈《きょうれつ》で、かたい物体越《ご》しでさえダメージを受ける！　となると、壁《かべ》に体当たりされた場合は？　それが家の壁《かべ》で、そばにだれかいるかもしれないとしたら！

いま負った傷《きず》がまだうずいていたが、ぼくは家から家へと走った。「壁《かべ》の近くにいちゃだめだ！」雨のように降《ふ》りそそぐ村人たちの汗に打たれながら叫《さけ》ぶ。「外にいる新たな敵《てき》の攻撃力《こうげききりょく》は、壁《かべ》なんかものともしない……」

「フッフッフッフ！」外からウィッチの笑い声が聞こえたあと、サマーの汚いののしり言葉が続いた。

「どうした？」ぼくは走っていって彼女《かのじょ》と合流した。「なにがあった？」

「あのむかつくウィッチ、せっかくダメージを負《お》わせた雄牛《おうし》のばけものに、治癒《ちゆ》のポーションを投げつけて回復《かいふく》させたのよ」あまりに汚いから彼女《かのじょ》の言葉はここには書かないけれど、ぼくも気持ちは同じだった。敵《てき》に与えたダメージも、ぼくらの努力もなかったことにされてしまった。「敵《てき》も軍医を連れてきたってことか」ぼくはクロスボウに矢をセットした。「いちばん最初に片づける相手が決まったな」

サマーはうなずき、ボディペイントのような自分のベルトを見おろした。「もう矢がないわ！」

「ほら」ぼくは自分のベルトに手をやった。「ぼくのをあげる」

放った矢の束《たば》がサマーのバックパックに飛《と》び込《こ》む。彼女《かのじょ》は砲門《ほうもん》から数歩さがった。「すぐにウィッチに食らわせてやる！」腕《うで》を思いきり伸《の》ばして、離れたところからトラップドアを開け、厄介者《やっかいもの》のウィッチを探《さが》す。同じようにしようと、ぼくもトラップドアを開けた瞬間《しゅんかん》、そこにいたクロスボウ使いと目が合った。

「ハア!」うなり声とともに発射《はっしゃ》された一発目の矢を、ぼくは盾《たて》で防《ふせ》いだ。

「そこをどいてくれない? よく訓練《くんれん》されたプロの兵士《へいし》なんてお呼《よ》びじゃないんだ!」

どういうわけか(?)、略奪隊《りゃくだつたい》はちっとも言うことを聞いてくれない。互角《ごかく》の戦いで、ぼくは決着をつけることができずにいた。サマーのほうも同様だ。「いまいましい雄牛《おうし》が邪魔《じゃま》し続けるのよ!」彼女《かのじょ》は歯を食いしばってうなった。

「別の場所から攻撃《こうげき》しよう」ぼくは提案《ていあん》した。「壁《かべ》の上から!」

サマーは階段《かいだん》を駆《か》けあがり、生きたブルドーザーを上から狙《ねら》える位置についた。矢を数発放ったあとガラスの割れる音がしたので、動きを止める。「また治癒《ちゆ》のポーションを使われたわ」

彼女《かのじょ》が叫《さけ》ぶ。「しかもウィッチが投げる瓶《びん》が届《とど》く範囲《はんい》にいる全員が回復《かいふく》してる!」

「ちょっと待ってて!」ぼくは砲門《ほうもん》を閉じた。「ぼくがもっといい位置につけば、ふたり同時に攻撃《こうげき》できる!」

そのとき、ふたたびガラスの割れる音がした。今度は壁《かべ》の高いところ——サマーがさっきまでいた場所からだ。ポーションが飛んでくるのを察知《さっち》して、彼女《かのじょ》は逃《に》げていた。「砲門《ほうもん》を開けるときは注意して！」走りながら叫《さけ》ぶ。「ウィッチのやつ、今度はこっちに投げつけてきたわ！」

「治癒《ちゆ》のポーションだったりしない？」ぼくは軽口を叩《たた》いて砲門《ほうもん》へ戻《もど》った。穴《あな》からのぞくと、クロスボウ使い、リーダー、暴《あば》れウシの姿《すがた》が確認《かくにん》できる。

「急いで！」サマーは壁《かべ》に沿《そ》って走りながら叫《さけ》び、矢を放ち続ける。「また矢が底を突《つ》きかけてるのよ！」

「ぼくだってがんばってるさ」むっとして言い返したとき、紫色《むらさきいろ》のものが視界《しかい》に入った。「見つけた！」ぼくは声を張《は》りあげた。「攻撃《こうげき》を続けて！　注意を引きつけるんだ！」

クロスボウに最後の矢をセットし、砲門《ほうもん》を開いて狙《ねら》いを定めていたら――ポーションが飛んできた！　ぼくはよけようとした。よけられたんだ、瓶《びん》そのものは。でもそれは、本物の手榴弾《しゅりゅうだん》みたいに広範囲《こうはんい》に影響《えいきょう》を与えるポーションだった。

「くううらっっちゃっったあああ」舌がまともに動かなくてじれったい。とはいえ、鈍化《どんか》のポーションを浴びただけですんでよかった。脚《あし》は鉛《なまり》、腕《うで》はコンクリートみたいになっていた。トラップドアを閉めようとしたら、矢がおなかに命中した。

「退却《たいきゃく》よ！」サマーはぼくの隣《となり》へ飛びおり、トラップドアをバタンと閉めた。「どっちみち矢を補充《ほじゅう》しなきゃ」

「ふぅうれっちぃ！」ぼくはのろのろと言い、シロップの中を歩くかのように彼女《かのじょ》を追った。矢師《フレッチ》の姿《すがた》をホテルで見かけた気がしたので、ぼくは一直線に――カタツムリ並《な》みのスピードで――そこへ向かった。一方、サマーはウサギみたいに交易所《こうえきじょ》へ駆《か》けていく。

やっぱりホテルにいた。矢師は汗だくになりながら一階を右往左往していた。

「おおおおおい」歯医者で舌に麻酔《ますい》を打たれた感覚《かんかく》で口を開いた。「やあああがあああほおしいいんだあああ」ぼくが取引のために腕《うで》を思いきり伸《の》ばす前に、矢師はあわててホテルの二階へ上がってしまった。

ぼくの遅回しの悪態《あくたい》はおかしく聞こえたかもしれないけれど、そのときは笑うどころじゃなかった。少なくとも、頭は高速回転していたので、階段《かいだん》のいちばん下にいるよう体に指示を出した。そのうちおりてくるはずの矢師の行く手をふさげば、取引に応じないわけにはいかないだろう。

予想どおり〝ハア、ハア、ハア〟と大あわてで階段《かいだん》をおりてきた矢師に、ぼくはバックパックから出したエメラルドを差し出した。すると村人はぴたりと止まって冷静になり、移動式のお店を開けてくれた。

宝石三個で四十八本の矢が手に入った。すぐにサマーもやってきて、本格的な再武装《さいぶそう》が始まる。「まだお店を閉めないでよ！」サマーが叫《さけ》び、矢師とのあいだでエメラルドと矢が飛び交った。でも長くは取引できなかった。途中で動きを止めた矢師の体からピンクの渦巻《うずま》きが立ちのぼる。そのつもりはなかったのに、ぼくらは矢師をレベルアップさせていた。その結果《けっか》、耐《たい》久力《きゅうりょく》をエンチャントしたクロスボウを買えるようになり……矢を五本エンチャントしてもらえるようにもなった！

ただし、どんな魔法《まほう》かは不明だ。矢師は教えてくれなかった――目顔で問いかけても〝ハア！〟と答えるばかりだ。とはいえ、購入後《こうにゅうご》にそれぞれの矢についている小さな小さなラベルを見てみると……。

ああー、いまの状況《じょうきょう》にぴったりの言葉があったはずなのに思い出せない。因果応報《いんがおうほう》？　ジーい、い、い、ナントカ・フロイト？　わからない。とにかく、偶然にも新たな矢にエンチャントされたのは、はい、ここでドラムロール。「鈍化《どんか》よ！」

「いいいいやっほおおおぉ！」ぼくはのろのろと叫《さけ》び、ハッピーダンスのスローバージョンを試みた。うれしかったのは魔法《まほう》の矢をはじめとする武器《ぶき》が充分《じゅうぶん》に補充《ほじゅう》できたからだけじゃなく、同時に新たなヴェッスンを得《え》られたからでもある。

〝地域社会《ちいきしゃかい》の危機《きき》を救《すく》うために、ひとりひとりができることがある〟

ぼくやサマーやゴーレムみたいな戦士《せんし》だけじゃなく、矢師や司書みたいな一般の村人だって自分の役目を果たしてぼくらを支《ささ》えてくれているんだ。もといた世界でもきっとこうだったはず――少なくともこうあるべきだと思う。社会全体が攻撃《こうげき》されたときは、社会全体で対応し、自分にできる役目を果たして奉仕《ほうし》するんだ。

昔の戦争のポスターがぼんやりと思《おも》い浮《う》かんだ。頭にスカーフを巻いた女性が力こぶを作っている絵が描《えが》かれているものだ。

上に書かれたスローガンまで思い出せる。〝わたしたちならできる《ウィー・キャン・ドゥ・イット》！〟

わたしたちなら。

みんなで一丸となった誇《ほこ》らしさに、ぼくの足取りはのろのろからすたすたにスピードアップした、と言いたいところだが、実際《じっさい》には鈍化《どんか》のポーションの効果《こうか》が切れたんだろう。

「いいタイミングで切れたわね」ぼくの足が速くなったのに気づいてサマーが言った。「新たな武器《ぶき》の最も有効《ゆうこう》な活用法をちょうど考えついたの」

〝どうするんだい？〟と尋《たず》ねようとしたぼくに、サマーは階段《かいだん》へ向かいながら言った。「説明してる時間はないわ。とにかく壁《かべ》の近くにいて。あの生物戦車に激突《げきとつ》されるほど近づいちゃだめ。でも敵《てき》を全員引きつけるぐらいは近づいて」彼女《かのじょ》は階段《かいだん》の上に駆《か》けあがったが、襲撃者《しゅうげきしゃ》たちからは離れていた。「砲門《ほうもん》を開けたら、普通の矢を一本放って敵《てき》の注意を引いてちょうだい。鈍化《どんか》の矢はわたしが指示するまで使わないで」彼女《かのじょ》は弓を引いた。「それに、わたしが声をかけたら逃《に》げられるようにしておくこと」

敵《てき》が手榴弾《しゅりゅうだん》みたいなポーションを持っていることをサマーは忘《わす》れちゃったのか？　そんなに壁《かべ》の近くにいたら、またポーションを投げつけられてしまうのに。

そのことを指摘《してき》しようとするぼくを、彼女《かのじょ》はさえぎった。「わたしを信頼《しんらい》して」

そうだね。

友だちはお互《たが》いを信頼《しんらい》する。

ぼくはゆっくりとぎりぎりまで壁《かべ》に近づいた。防具《ぼうぐ》の下に汗をびっしょりかきながら、クロスボウを持ちあげて砲門《ほうもん》を開ける。クロスボウ使いのひとりに普通の矢が命中すると、全員がいっせいにこっちへやってきた。

「盾《たて》をかかげて」サマーが命じる。「わたしが声をかけるまで逃《に》げないで」

彼女《かのじょ》は自分がなにをやっているのか、ちゃんとわかっている。ぼくは自分に言い聞かせた。

火打石で作られた矢じりが、壊《こわ》れる寸前の盾《たて》に次々に当たって跳《は》ね返《かえ》る。

「ねえ」上からサマーが話しかけてきた。「ウィッチはたいてい鈍化《どんか》のポーションのあとには

毒を投げてくる。そうじゃない？」

「ええと、そうだったかもしれない」盾《たて》で防《ふせ》げなかった矢が足に当たり、ぼくは〝痛《いた》っ〟と叫《さけ》んだ。

「我慢《がまん》、我慢《がまん》」サマーは軽くあしらった。

頼《たの》むから、自分がなにをやってるのかわかっていてくれよ。

「もっと近づいてちょうだい」サマーがつぶやくのが聞こえた。「もっと……」

そのあとぼくに向かって叫《さけ》ぶ。「逃《に》げて！」

ぼくが後ろへ飛びのいて脇《わき》へずれたのと同時に、ガラスの割《わ》れる音が響《ひび》いた。

「成功よ！」サマーが声をあげる。「ここから見てみて！」ぼくが壁《かべ》の上にのぼって外側をのぞくと、緑の渦巻《うずま》きが――毒の渦巻《うずま》きだ――敵《てき》の一団全員から立ちのぼっているのが見えた。

これがサマーの作戦か！　ぼくをおとりにして毒のポーションを投げさせ、その瓶《びん》を矢で破壊《はかい》して、略奪隊《りゃくだつたい》に浴びせさせたんだ。

「ありゃりゃ！」ぼくはウィッチを見おろしてからかった。「味方を撃沈《げきちん》させちゃったな！」

「ハーア！」ウィッチは笑いながら、またもやピンク色の瓶《びん》をかかげた。

「治癒《ちゆ》のポーションだわ！」サマーは叫《さけ》んで弓をかかげた。炎《ほのお》の矢はウィッチの顔面に当たり、ポーションを消滅《しょうめつ》させて、次の瓶《びん》を取り出すタイミングが遅れた。「矢を射《う》ち込《こ》んで！」サマーが命じる。「全員に！」

ぼくは三連の鈍化《どんか》の矢で応じ、クロスボウ使いふたりとリーダーに命中させた。「矢を放ち続けて！」サマーは叫《さけ》びながら矢で攻撃《こうげき》し、ついにウィッチは煙《けむり》になって消えた。ぼくは飛んでくる矢を避《さ》けて後退《こうたい》し、矢をセットし直してからふたたび一団に三発お見舞《みま》いした。

なんだか連中が気の毒に思えてきた。毒によって体力を失ったうえ、矢が刺《さ》さり、今度はサマーにひとりずつ狙《ねら》い撃《う》ちされて炎《ほのお》に包まれているんだから。ポン、ポン、ポン。最初にクロスポウ使い、次にリーダー、ついに巨大モンスターまでもが、ぼくらの一斉射撃《いっせいしゃげき》の前に散《ち》った。

「残るはひとりだけよ」サマーが大声で告げた。「斧使《おのつか》いの老兵が壁《かべ》にべったり張《は》りついてる」

壁《かべ》の上から飛びおり、すべての砲門《ほうもん》を開けていく。「出てきなさい、どこにいるのか知らないけど出てきなさい」

「攻撃《こうげき》ストップ！」ぼくは言った。「とりあえず、いまのところは」

サマーはぼくを見あげ、困惑《こんわく》のあまり甲高《かんだか》い声を出した。「また休憩《きゅうけい》を兼《か》ねて調査と作戦会議の時間にしようなんて言わないでしょうね？」

ぼくは首を横に振《ふ》った。「そんな必要はない。この戦争を終わらせる方法がわかったと思うんだ」

# 第18章　天才司令官サマー



「旗が」ぼくは最初に拾った旗を持ちあげた。「発信機の役割をして略奪隊《りゃくだつたい》の仲間を呼《よ》んでいるのなら、これを遠くへやってしまえばいい。そうだよね？」壁《かべ》の外の一点を示す。「ぼくが旗を南の平野の向こうへ持っていく。充分《じゅうぶん》に離れた場所なら、うまくいけば、略奪隊《りゃくだつたい》は村を脅《おびや》かすことなく旗のまわりをうろうろするだけだろう。それに」ぼくは肩《かた》をすくめた。「連中を壁《かべ》で囲《かこ》って永遠《えいえん》に閉じ込めることだってできるかもしれない」

「やってみる価値《かち》はありそうだけど」サマーが思案しながら言う。「それにはタイミングを合わせなきゃね」北側の壁《かべ》につけた砲門《ほうもん》のひとつへちらりと目をやると、オーク材ののぞき窓越《まどご》しに斧使《おのつか》いがうろついているのがかすかに見えた。「望遠鏡《ぼうえんきょう》で見えないところまでは行かないでちょうだい。あなたが旗を地面に刺《さ》したら、わたしが斧使《おのつか》いを片づける」

「わかった」ぼくはうなずいた。「連中が来る前に退散《たいさん》するよ」

「ええ」サマーは原木でふさいである東側のドアの前に待機した。

「よし」ぼくも南側で位置についた。

「来たわ」サマーは原木を壊《こわ》してドアを開けると、足を半歩踏《ふ》み出《だ》して叫《さけ》んだ。「こっちよ、この悪臭野郎《あくしゅうやろう》！」

「フンッ！」斧使《おのつか》いがうなった。砲門越《ほうもんご》しに見える動きからすると、サマーのほうへ向かっているようだ。

ぼくは南側のドアの前に置かれた原木を壊《こわ》し、フルスピードで飛び出した。

「その調子よ」サマーの声に続いて、矢がヒュンとうなりをあげる。「こいつはあなたに追いつけない」振《ふ》り返《かえ》ると、斧使《おのつか》いはぼくを追いかけようとしたものの、ぐんぐん引き離されていた。ぼくのほうが先に走り始めたし、敵《てき》は最後の鈍化《どんか》の矢を射《う》ち込《こ》まれている。これなら難《なん》なく逃《に》げきれるぞ。〝悪臭野郎《あくしゅうやろう》〟もそれを察《さっ》したらしく、すぐに村へと引き返した。ぼくは起伏《きふく》のあるくすんだ緑の地面を走り続けた。

「みんな向こうへ行ってくれ」ウシとヒツジに向かって声を張《は》りあげる。「このあたりは危険《きけん》になるんだ」動物も木もない丘《おか》がすぐ前方に見えた。丘《おか》のてっぺんまでのぼってサマーに手を振《ふ》ってから、旗を地面に突《つ》き刺《さ》した。

ほんとにこれでいいのか？　ぼくはぞっとした。呪《のろ》われているような不吉《ふきつ》な予感が消えない。「サマー、ストップ！」腕《うで》を振《ふ》って駆《か》け戻《もど》った。「そいつを射《う》つな！」間に合わなかった。サマーは旗が立つのを確認《かくにん》したら、望遠鏡《ぼうえんきょう》をおろしてしまったらしい。矢がキラッと光ったあと、的が燃《も》えあがるのが見えた。ぼくが村まで四分の一だけ引き返したところで、斧使《おのつか》いは煙《けむり》になった。

「プオップオオオオォォォォー！」

また角笛が鳴り、襲撃《ウェーブ》が再開《さいかい》された。

ぼくはまぬけみたいに立ち止まって、不吉《ふきつ》な旗を振《ふ》り返《かえ》った。自分の考えが当たっていることを期待せずにはいられない。新たな襲撃者《しゅうげきしゃ》たちが電球に群がる虫みたいに、旗のまわりに集まってきてほしい。

予想を裏切って、連中は南側には現《あらわ》れなかった。

「なんで……」ぼくは声に出して自問した。「それじゃ、いったいどこに……」

「逃《に》げて！」遠くでサマーの叫《さけ》び声《ごえ》がした。「にぃいいげぇえてぇぇ！」

ぼくが振《ふ》り向《む》いた瞬間《しゅんかん》、北側の花の谷が視界《しかい》に入った。とんでもない数がいる！　大勢《おおぜい》のクロスボウ使いの中に斧使《おのつか》いが数人、ウィッチも三人はいる。襲撃者《しゅうげきしゃ》たちは丘《おか》に刺《さ》した旗には目もくれず、村へ向かっている——ぼくのほうにも！

ぼくは走った。太ももはつりそうで、肺《はい》は熱くなり、たったいま厳《きび》しいヴェッスンを得《え》たせいで頭がガンガンする。

〝戦争を終わらせるのは、始めるよりずっと難《むずか》しい〟

「あとちょっとよ！」サマーが矢の雨を降《ふ》らせながら叫《さけ》んだ。「ドアへ向かって！」南側のドアは目の前だ。彼女《かのじょ》が原木をどけてくれたのが格子《こうし》越《ご》しに見える。あと二十歩。十歩。

ドン！

闘牛《とうぎゅう》に思いっきり体当たりされ、ぼくは衝突実験《しょうとつじっけん》のダミー人形の気持ちを味わった。横に吹っ飛ばされ、また村から離れてしまった。傷《いた》めた足で着地して南側のドアへ向き直ると、いまやそこには略奪隊《りゃくだつたい》が丸ごと立ちはだかっていた。「横へ回るのよ！」サマーが叫《さけ》ぶ。「東側のドアへ！」

ぼくが息を切らし、顔をしかめているあいだにも、驚異的《きょういてき》な治癒力《ちゆりょく》で傷《きず》は治《なお》っていった。そのとき、背中《せなか》に矢が刺《さ》さる。二本目はふくらはぎに命中した。敵《てき》の狙《ねら》いをそらすために右へ走ったり、ジャンプしたりしていると、背後《はいご》でガラスの割れる音がした。手榴弾《しゅりゅうだん》ポーションだ！　ウィッチがフッフッフと笑い、そいつの相棒《あいぼう》がもうひと瓶《びん》投げつけてくる。

ぼくはまたジャンプして今度は左へ走り、次のポーションをかわした。ウィッチの数が多すぎる。ひとりが立ち止まってポーションを投げるあいだに、残りのやつらに距離《きょり》を詰《つ》められる。次に毒をぶつけられたら、たとえまた鈍化《どんか》のポーションでも、ぼくはもうおしまいだろう！

次の矢が今度はうなじに刺《さ》さった。

ダメージが大きすぎる！

壁《かべ》の角を曲がると、開いたドアが見え……その向こう側に……また襲撃者《しゅうげきしゃ》たちがいる！　一団から分かれた数人が、サマーがぼくのために開けてくれたドアへ向かっていた！

挟《はさ》まれた、万事休すだ！

「川よ！」壁《かべ》の上からサマーが叫《さけ》ぶ。「ヘルメットがあるでしょ！」

水中呼吸《すいちゅうこきゅう》！　希望の光が見えた！　ぼくはくるりと向きを変え、よろめきながらも大急ぎで青い川へ向かった。高くなった川岸からボチャンと飛《と》び込《こ》む。冷たい。でも、これくらいなんでもない。矢が次々と水面に射《う》ち込《こ》まれ、泡《あわ》の軌跡《きせき》を描《えが》くあいだも、ぼくは川底へともぐっていった！

はるか頭上でドボンと音がした。見あげると、黒々とした大きな塊《かたまり》が浮《う》かんでいる。悪魔のバッファローだ。こっちへ泳いでこようとしている。けれども、もぐるのは無理だった！　敵《てき》はだれひとりもぐれない！　頭上で全員がやみくもに手足をばちゃばちゃ動かしている様子は、潜水艦《せんすいかん》が深くもぐって逃《に》げていくのに、水上にいる何艘《なんそう》もの船が攻撃《こうげき》することもできず、立《た》ち往生《おうじょう》しているみたいだ！

とはいえ、ぼくは逃《に》げきれるのか？　川下も川上も養魚場のダムで堰《せ》き止《と》められている！　またもや、進むことも戻《もど》ることもできない。しかも今度はぐずぐずしていたら溺《おぼ》れてしまう！　ゴボゴボとののしりの言葉を吐《は》いてしまってから、息の無駄《むだ》づかいをすぐに後悔《こうかい》した。そのときウーパールーパーの金色《ゴールディー》ちゃんが現《あらわ》れた！　この両生類はいちばん近くにいるクロスボウ使いのもとへ泳いでいって……嚙《か》みついた！

「ありがとう」ぼくはゴボゴボとお礼を言い、感謝《かんしゃ》の涙が川の淡水《たんすい》に混ざった。でも感謝《かんしゃ》するだけじゃだめだ。味方になってくれた両生類を助けなきゃ。ダムがあるなら、ツルハシを使えばいい！　頭が冴《さ》え始《はじ》めたぼくは魔法《まほう》の削岩《さくがん》マシンを手に取ると、壁《かべ》のひとつをゆっくり、根気よく壊《こわ》しにかかった。石を四つ壊《こわ》したところで、もう一匹のウーパールーパーが友だちを助けにそこから泳いで入ってきた。

「気をつけて」浮《う》かんでいる雄牛《おうし》が近づいてきたので、ぼくはゴボゴボと警告《けいこく》した。クロスボウを使うためにバタ足で浮上《ふじょう》したら、顔面に矢を二本食らってしまった。川岸にいるクロスボウ使いたちが、ぼくを追いかけて水に入ろうとしている。

「そこからどいて！」サマーがいまも壁《かべ》の上で矢を放ちながら叫《さけ》んだ。「そこにいると全員があなたを追って川に入るでしょ！」たしかにそうだった。ぼくがいつまでもここにいたら、襲《しゅう》撃者《げきしゃ》たちはみんなこっちへ来てしまう。ウーパールーパーたちは果敢《かかん》にも全力で加勢《かせい》してくれているが、戦いが長引いたらきっと助からない。

ぼくはふたたびもぐった。さっき開けた穴《あな》から養魚場へ移動する。その瞬間《しゅんかん》、あるものが目に入った！　川底にぽっかり開いた黒い穴《あな》。水中洞窟《すいちゅうどうくつ》だ！　村のほうへ続いているのかもしれない。どこかへつながるトンネルになっているかもしれない！　ぼくは期待に胸をふくらませた。ウーパーがいつの間にか養魚場から脱走《だっそう》して村の池で泳いでいたことがあったけれど、ここを通《とお》って村の池まで移動したんじゃないか……？　それなら、ぼくもここから村にたどり着ける可能性がある！

真っ暗な水中にもぐって進むと、遠くにかすかな光が見えた。あれが池かな？　可能な限《かぎ》りスピードを上げる。息があとどれくらい続くかも、岩の天井に何度頭をぶつけたかも気にしなかった。前へ、前へ。そのあとは光の差す頭上へだ。水しぶきをあげて顔を出したら、明るくあたたかい空気を感じた。村だ、村の中に戻《もど》れた！

「ハアッ！」目の前にいた野蛮人《やばんじん》が、ぼくの頭に斧《おの》を叩《たた》きつけてきた。別働隊《べつどうたい》だ！　中まで入ってきたんだ！　次の攻撃《こうげき》をかわしたとき、ほかの襲撃者《しゅうげきしゃ》ふたりがゴーレム二体に強打されるのが見えた。サマーはどこだ？　まだ壁《かべ》の上でぼくを探《さが》しているのか？　「ハハー！」目の前の敵《てき》がうなり声をあげ、ぼくをぶった斬《ぎ》ろうと斧《おの》を持ちあげた。

「ちょっと――いてっ……待ったなしか！」水から出ようとしたところで斧《おの》を叩《たた》きつけられ、ぼくはうめいた。いまは戦っている場合じゃない。ドアを封鎖《ふうさ》しないと。

〝フーフン〟とわめく斧使《おのつか》いに追われながら、ぼくはドアへと急いだ。痛《いた》みを無視《むし》し、目にも止まらぬ速さで腕《うで》を思いきり伸《の》ばしてオークの原木を突《つ》き出《だ》す。あとひと息でドアを閉めて封《ふう》鎖《さ》できる。

またもや〝ハアッ！〟と声が響《ひび》いた。しかも今度は前方からだ！　アカシアの格子戸《こうしど》を閉じようとしたとき、そこからクロスボウ使いが現《あらわ》れた。「引っ込んでろ！」ぼくは怒鳴《どな》って襲撃《しゅうげき》者《しゃ》を原木で突《つ》き飛《と》ばした。敵《てき》がクロスボウを持ちあげて矢を発射《はっしゃ》しようとした瞬間《しゅんかん》に、ドアをバタンと閉めて原木を積みあげる。最後のブロックを置くなり、追いかけてきた斧使《おのつか》いがまたも攻撃《こうげき》してきた。ぼくは腰《こし》を斬《き》りつけられた痛《いた》みに顔をしかめつつも、さっと振《ふ》り返《かえ》って盾《たて》をかかげると、斧使《おのつか》いを細かく斬《き》り刻《きざ》んで別の次元へ送ってやった。

「そこにいたのね！」サマーが壁《かべ》の上から飛びおり、こっちへ駆《か》けてきた。「でも、どうやって――」

「池だよ」ぼくは息を切らした。「川からトンネルでつながっていたんだ」

ぼくを追ってきた襲撃者《しゅうげきしゃ》たちが池から現《あらわ》れるかもしれないとばかりに、サマーは一瞬《いっしゅん》、弓を構《かま》えようとした。「少なくとも、連中は水中にはもぐれないようね」

「そのとおり！」ほっとしたのもつかの間、不安が押し寄せてきた。「ウーパールーパーたちは？」

「無事よ」サマーはおだやかにうなずき、なだめるように四角い手を上げた。「あなたが姿《すがた》を消したあとすぐ、二匹とも養魚場に逃《に》げたみたい」壁《かべ》のほうへさっと目を向ける。「幸い、悪党どももウーパーたちのことは追いかけなかったわ」

「とりあえずはよかった」ぼくは深々とため息をついた。

「とりあえずはね」サマーは少しがっかりしたように繰《く》り返《かえ》した。「あなたの作戦がうまくいかなかったのが悔《くや》しいわ」ぼくらの失敗《しっぱい》を嘲笑《あざわら》うかのように、壁《かべ》の向こうでいっせいに〝ハアッ〟という声があがった。「なにか別の作戦を考えなきゃ」

「そうだね」ぼくは壁《かべ》に、いや、壁《かべ》の向こうにいる略奪隊《りゃくだつたい》に目を向けた。「実は、作戦ならもうあるんだ」胸が重苦しい。最悪の呪《のろ》いをかけられたかのようで、不吉《ふきつ》な予感が居座《いすわ》っている。ネザーでぼくらの友情が終わりになりかけたときの胃の痛《いた》みに似《に》ている。揺《ゆ》るぎない事実を受け入れることは、とてつもなく怖《こわ》いものだ。

「きみの言ったことが正しかったんだ」精《せい》いっぱいおだやかな声を保《たも》つ。「初めてあいつらの姿《すがた》を見た日にきみが言ったことが。こっちから打って出るまであいつらは襲撃《しゅうげき》をやめないだろう」サマーと向き合ったぼくの声は、あまりに深刻《しんこく》な提案《ていあん》をしなければならないせいで低くなっていた。「あいつらの本拠地《ほんきょち》を制圧《せいあつ》しよう。ぼくがダークタワーを破壊《はかい》する」

「わたしたちが、よ」サマーが訂正《ていせい》する。「わたしたちで破壊《はかい》するんでしょ」

「いいや」首を横に振《ふ》ると、緊張《きんちょう》のあまり胃酸《いさん》が込《こ》みあげてげっぷが出た。「ぼくひとりで行く」

「ばかばかしい」相棒《あいぼう》は、おいてけぼりなんて許《ゆる》さないとばかりに笑った。「一緒《いっしょ》にやるほうがはるかに効率的《こうりつてき》じゃない」

「でも、それだと村を守る人がいなくなる」ぼくはきっぱりと言った。「それに、もしぼくの考えが間違《まちが》いで、タワーがなくなっても戦争が終わらなかった場合のため、次の襲撃《ウェーブ》をしりぞけられる人がここに残っていなきゃ」

「そうだけど、でも……でも……」サマーは言いよどみ、必死になって反論《はんろん》の言葉を見つけようとした。「村に残るほうには壁《かべ》もあるし、ゴーレムがついているけど、どっちであれタワーへ行くほうはひとりきりよ」彼女《かのじょ》はつかの間ためらった。次に言うことがぼくの気持ちを傷《きず》つけるかもしれないと心配しているに違《ちが》いない。「行くならわたしでなきゃ……だって……その……わたしのほうが優秀《ゆうしゅう》な戦士《せんし》だから」

「そうだね」ぼくが認《みと》めたので、サマーは驚《おどろ》いた。「だからこそきみがここに残らないといけないんだ。向こうでどうにもならなくなったら、ぼくはいつでも村へ逃《に》げ帰《かえ》れる。だけどぼくがここに残って、次の襲撃《ウェーブ》に太刀打《たちう》ちできなかったときは——」腕《うで》を振《ふ》って家並《いえな》みを示す。

「ぼくらが守ろうとしてきたものはすべて失われるんだ」

「そんなことない、そんなことないわ」サマーは激《はげ》しく首を横に振《ふ》った。「そんなことあるわけがない」

「サマー」ぼくはそっと声をかけた。

「あなたは自分がなにをしようとしてるのかまるでわかって——」

「サマー」大きな力強い声になる。「ぼくの言ってることが正しいのはわかってるよね」

沈黙《ちんもく》が落ちたせいで、サマーが大きくはなをすする音が響《ひび》いた。

「だったらいいわよ、ヒーローにでもなってきなさいよ！　だけど作戦も準備《じゅんび》もちゃんとした道具もなしにいますぐ飛び出すのは許《ゆる》さないから。わかった？」

「わかった」

「それに」サマーはこぶしを振《ふ》りながら、さらにまくし立てた。「これからあれを全部やるわよ、なんて言うんだった？　六つのＢ！」

正しくは六つのＰだけれど、ぼくは訂正《ていせい》はしないで、彼女《かのじょ》がものすごく緻密《ちみつ》な、天才的作戦を早口でしゃべるのに耳を傾けた。その内容《ないよう》はここでは繰《く》り返《かえ》さない。あとのお楽しみだからね。どうやらサマーは初めてダークタワーを目にしたときからずっとこの作戦を練っていたらしいってことだけは言っておく。彼女《かのじょ》はもといた世界で兵士《へいし》とか司令官とか、そういう軍隊《ぐんたい》関係者だったのかもしれない。「なにか質問《しつもん》は？」彼女《かのじょ》がそう締《し》めくくったとき、その作戦につけ足すところはなにひとつなかったくらいだ。「大変結構《けっこう》」サマーは堅苦《かたくる》しくうなずいた。「じゃあ、ヘルメットを貸してちょうだい」

サマーがそれを使って走っていき、というか泳いでいき、みずからタワーを攻撃《こうげき》する気かと、ぼくは一瞬《いっしゅん》思った。けれど相棒《あいぼう》を信頼《しんらい》して水中呼吸機《すいちゅうこきゅうき》を渡《わた》すと、彼女《かのじょ》はこうつけ足した。「物《ぶっ》資《し》の補給《ほきゅう》のためにスレート・ハウスへ戻《もど》るのに使うだけよ」

「ありがとう」ぼくは壁《かべ》へと走った。「援護《えんご》するよ」

援護《えんご》の必要はなかった。サマーは池を通《とお》って川に出ると、安全な水中にもぐったまま水エレベーターに到達《とうたつ》した。そのときも、包囲《ほうい》している敵《てき》は彼女《かのじょ》に気づかなかった。サマーが家の屋上まで上昇《じょうしょう》するのを見届《みとど》けてから、ぼくも自分に託《たく》された〝装備《そうび》〟を整えるべく村を見回した。最初に向かったのは交易所《こうえきじょ》で、予備《よび》の木材と鉄を使って盾《たて》を修理《しゅうり》した。

ぼくの防具用《ぼうぐよう》にサマーが追加のダイヤモンドを忘《わす》れずに持ってきてくれるといいな。そう考えながら、金床に自分のクロスボウと野蛮人《やばんじん》がドロップしたクロスボウを置いた。ふたつが合体して新品の武器《ぶき》に生まれ変わる。「これもひとつの戦利品だ」とつぶやいてから、さらなる準備《じゅんび》に取りかかった。

次に矢師から、普通の矢とエンチャントされた矢をどっさりもらった。そのあとジュニアくんから食べものを補給《ほきゅう》する。ぼくはかなりダメージを負っていたから、食べものは切実に必要だった。パンとニンジンを買ってむしゃむしゃ平らげ、驚異的《きょういてき》な治癒力《ちゆりょく》のおかげで全快《ぜんかい》したところで、追加で食べものを手に入れようとした。「ねえねえ、新商品はなんだい？」

この農民ジュニアはさっきの取引でレベルアップしたらしく、怪《あや》しげな新商品をふたつ販売《はんばい》するようになっていた。〝怪《あや》しげ〟とは言葉どおりの意味で、湯気の立つふたつのボウルはサマー特製《とくせい》のウサギシチューとはだいぶ違《ちが》って見えた。

「やっぱりいまはやめておこうかな」そう言ってから、なんでも試してみなきゃわからない、とすぐに考え直した。「好奇心《こうきしん》を持つのは悪いことじゃない」まだ島にいたころに学んだことを復唱《ふくしょう》する。「用心を怠《おこた》らなければ」

つまり、念のため牛乳を用意しておく必要がある。ぼくは交易所《こうえきじょ》まで走って戻《もど》り、牛乳のバケツをふたつ持ってきたあと、ドキドキしながら取引を再開《さいかい》した。「そういえば」ジュニアくんに宝石を渡《わた》しながら言う。「ダークタワーにも牛乳を持っていくべきだよね。ウィッチに毒を投げられた場合に備《そな》えて」

「ハア」農民ジュニアの不安そうな返事は、たぶんこういう意味だろう。〝ねえ、いまは戦争の真っ最中なんだから、よけいなおしゃべりはやめないか？〟

「そうだね」ぼくはうなずいてから、ひとつ目のとろりとしたあたたかいシチューをすすった。キノコとニンジン、それにちょっとだけ炭酸《たんさん》の味がする。ちょうどそのとき日が沈《しず》まなかったら、危《あや》うくシチューの効果《こうか》に気づかないところだった。「ええっ！」暗くなった部屋がいきなり明るくなり、うれしい驚《おどろ》きに思わず叫《さけ》び声《ごえ》をあげた。「暗視《あんし》のシチューだ！」効果《こうか》は短く、二、三秒だけだ。「まあ、なにもないよりはましだよね。ポーションのほうは在庫が切れかけているから」

ぼくはもうひとつのボウルにも口をつけた。うえっ、ひどい味。それに、全身の力が抜《ぬ》けてボウルを落としそうになった。弱化のシチューか。「オエッ。先に忠告してくれよ」手に取った牛乳のバケツがタンクローリー並《な》みの重さに感じる。幸い、効果《こうか》はすぐに切れ、ウシからの恵みを口に運ぶまでもなかった。「気を悪くしないでほしいんだけど」ぼくはジュニアくんに言った。「もっと別の商品を売ったほうがいいと思うよ」

農民の「ハア」という返事は、〝まったく役に立たないというわけじゃないよね？〟という意味だろう。

「たしかに」ぼくは応じると、暗視《あんし》のシチューをもう一杯《いっぱい》買った。すると、またうれしい驚《おどろ》きがあった。ピンクの渦巻《うずま》きが飛び交ったので、ジュニアくんがふたたびレベルアップしたということだ。

「えええっ！」金のニンジンときらめくスイカの薄切《うすぎ》りの絵が表示された瞬間《しゅんかん》、ぼくは大声をあげた。「ずっとほしかったものがここにあるなんて！」残りのエメラルドを惜しみなくすべて渡《わた》し、輝《かがや》く商品をつかむと、交易所《こうえきじょ》へ走った。スレート・ハウスへ戻《もど》すのが面倒《めんどう》で置きっぱなしにしていたポーションの空《あ》き瓶《びん》数本を手に取る。

「薬剤師《やくざいし》さん！」醸造小屋《じょうぞうごや》へ全力疾走《ぜんりょくしっそう》して呼《よ》びかけた。「家にいる？」留守だったので――恐怖《きょうふ》に震《ふる》えるほかの村人たちと一緒《いっしょ》にどこかで縮《ちぢ》みあがっているんだろう――ぼくは失礼して中に入らせてもらい、さっそく醸造《じょうぞう》に取りかかった。

まずはスイカで治癒《ちゆ》のポーション、次にニンジンで暗視《あんし》のポーションを醸造《じょうぞう》した。暗視《あんし》できる時間を長くしたいものの、レッドストーンは使いたくない。これはネタバレではないけれど、今回のミッションで深紅の粉が大量に必要になる可能性もあるからね。

難《むずか》しい選択《せんたく》とはいえ、まあ三分間、暗闇《くらやみ》を少し明るくできるほうが、暗視《あんし》のシチューで三秒だけはっきり見えるよりもありがたい。自分の役目を果たしてくれたジュニアくんには、感謝《かんしゃ》しているけどね。

サマーに話すのが待ちきれずに外へ飛び出すと、ちょうど彼女《かのじょ》が輝《かがや》く瓶《びん》を手にして池から上がってきたところだった。「醸造《じょうぞう》で忙《いそが》しかったの」そう言って、キラキラ光る贈りものを見せる。

「ぼくもだよ！」大喜《おおよろこ》びで言ってから、はっとして尋《たず》ねた。「まさか治癒《ちゆ》と暗視《あんし》じゃないよね？」

「俊敏《しゅんびん》を二本よ」サマーは二本のポーションを渡《わた》してくれた。「タワーへの往復《おうふく》に」

「ありがとう」ぼくは鈍化《どんか》の矢を彼女《かのじょ》にあげた。「それでもぼくが追いつかれそうになった場合に使ってくれ」

「名案ね」装備《そうび》の交換《こうかん》を続けていると、サマーが新たな瓶《びん》をくれた。「これは透明化《とうめいか》。行商人がこれで姿《すがた》を消すのを見たでしょ」次に彼女《かのじょ》が出した夜明け色のポーション二本は、ひと目で効果《こうか》がわかった。「耐火《たいか》はこれで最後よ。マグマクリームはもうないわ」

「一本はきみが持ってて。ぼくのミッションは両方使うほど長くはかからないはずだ」

サマーはうなずいてから、綿あめ色の液体をぼくに放り投げた。「ジャングルでやっつけたコウモリみたいな生き物を覚《おぼ》えてる？」彼女《かのじょ》が問いかける。「この前の夜、戦争を終わらせるヒントを得《え》るために図書館で本を読みあさっていたとき、〝野生の生き物〟の本に、あれはファントムという名前で、あなたが拾った皮膜《ひまく》は低速落下のポーションの醸造《じょうぞう》に使用できることが載《の》っていたの」

「へえ！　低速落下ってことは、高いところからジャンプしてもぐちゃぐちゃにならないってことかな」

「だからこそ本当に必要なときしか使わないでよ」サマーが警告《けいこく》する。

「うーん、ぼくの作ったポーションはきみのみたいにかっこよくはないんだけど」醸造《じょうぞう》したばかりのポーション三本を彼女《かのじょ》に渡《わた》した。「でも、ジュニアくんがレベルアップして金のニンジンときらめくスイカが手に入るようになったのはラッキーだったよね？」

「すごいじゃない」サマーは三本の瓶《びん》を受け取り、自分は〝詰《つ》め合《あ》わせ〟をぼくに渡《わた》した。それは彼女《かのじょ》流の控《ひか》えめな表現《ひょうげん》で、そこにはダークタワーの破壊《はかい》に必要なものがすべて詰《つ》め込《こ》まれていた。ネタバレになるからやめておくけれど、彼女《かのじょ》の考案した仕《し》掛《か》けはすごく複雑《ふくざつ》で、設置《せっち》法《ほう》を説明してもらうのにだいぶ時間がかかり、出発の準備《じゅんび》がすべて整ったときには午後も半分過《す》ぎていた。

「俊敏《しゅんびん》のポーションが二本あってよかったわね」サマーはぼくを安心させるように言った。

「夜に帰ってこなきゃいけなくなっても、モンスターたちを全部かわせるわ」

「うん」ぼくはうなずいたものの、ふくれあがる不安が声に少しだけ表れてしまった。「ぼくも同じことを考えてたところだ」このミッションは昼間ですら危険《きけん》だ。夜になったとしたら、湧《わ》き出《で》てくるモンスターたちの相手をしながら、野蛮人《やばんじん》たちに奇襲《きしゅう》をかけなければならない。それを考えると、胃袋はひっくり返り、顎《あご》はこわばり、顔の皮膚《ひふ》は感覚《かんかく》がすっかり麻痺《まひ》して、お面をつけているみたいになった。

「それじゃあ」サマーは自分の斧《おの》をぼくに手渡《てわた》した。「これを忘《わす》れないで。普通の斧《おの》よりブロックを壊《こわ》すスピードが上がるから時間を節約できる」

それから、バックパックに入っている別のなにかに手を伸《の》ばす。「時間と言えば」出てきたのはふたり分の時計だ。「タイミングを合わせる必要があるでしょ」それは兵士《へいし》たちが（命を落とす可能性もあるくらい）過酷《かこく》なミッションに出発する映画《えいが》のワンシーンみたいだった。

「あなたがタワーにたどり着いて、仕掛《しか》けをすべて設置《せっち》し終えるころには真夜中になっているはずだわ」サマーはゆっくりと回転する時計盤《とけいばん》にちらりと目をやった。「時計の青い部分がなくなって黒一色になったら、つまり、真夜中を示したら、わたしはこっちにいる襲撃者《しゅうげきしゃ》たちの最後のひとりを煙《けむり》にする。あなたのほうは……その……もう手順を繰《く》り返《かえ》す必要はないわね」

「ああ」ぼくは左手に時計を持った。するとあのいやな感じが戻《もど》ってきて、今度は喉《のど》までかゆくなり、胃も痛《いた》くなった。「もう行ったほうがいいよね」

サマーがうなずき、こほんと小さく咳払《せきばら》いをした。「ええ。幸運を祈《いの》ってる」彼女《かのじょ》も感情を押《お》し殺《ころ》そうとしているのだろう。壁《かべ》へと向き直るサマーを見つめ、ぼくは握手《あくしゅ》のできないこの世界をまたしても呪《のろ》った。

胸がどくんどくんと高鳴り、口の中は砂漠《さばく》みたいに干《ひ》あがった。

**よし、やるぞ。**ぼくは池へとゆっくり進んだ。

「ガイ」サマーに呼《よ》ばれたので、ぼくは足を止めて顔を上げた。てっきり〝どんなにあなたに励《はげ》まされてきたか、それだけは伝えさせて。あなたなら勝てるとわかってる。あなた以上に体も心も強くて勇気のある人はこの世界にはいない。ほかのどんな世界にもね〟なんて、胸がぎゅっと締《し》めつけられるような言葉が続くと思っていた。

でもサマーはそんなことは言わなかった。

「これを渡《わた》すのを忘《わす》れるところだったわ」棘《とげ》のついたレギンスをぼくのほうへ放る。「勝手にあなたの部屋に入ったのを気にしないでくれるといいけど」

「気にしないよ」ぼくはエンチャントされた防具《ぼうぐ》に足を通《とお》した。「ありがとう」

「いってらっしゃい」

ぼくは水中へもぐった。

体が震《ふる》えるのは水が冷たいからで、怖《こわ》いからじゃない。少なくとも、自分にはそう言い聞かせて、暗い水中トンネルの底のほうをずんずん進んだ。川に出て水面を見あげると、襲撃者《しゅうげきしゃ》の姿《すがた》はなかった。全員壁《かべ》のまわりに戻《もど》ったんだな。そのとき、ウーパールーパーたちが挨拶《あいさつ》をしに泳いできた。とりあえず水辺の友だちを危険《きけん》から遠ざけることはできた。ぼくの顔のそばを泳いでいたゴールディーのやわらかくぬるっとした皮膚《ひふ》が頬をかすめた。「いまのはさよならのキスかな」川岸に向かいながらゴボゴボと言った。「ありがとう」

川から顔を出すなり、遠くで〝ハアー！〟と声があがった。

近すぎたんだ。連中に見つかってしまった。略奪隊《りゃくだつたい》の少なくとも半数が向こう岸からこっちへ向かってくる。

「急いで！」サマーが声を張《は》りあげ、ぼくを追ってくる連中に鈍化《どんか》の効果《こうか》がエンチャントされた矢をお見舞《みま》いした。

川岸に上がったぼくは、ベルトにしまった俊敏《しゅんびん》のポーションを探《さが》すのにもたもたした。あった、あった。つかんで口へと運び……あれっ？　待てよ。これは治癒《ちゆ》のポーションだ！

クロスボウの矢がぼくの顔をかすめた。襲撃者《しゅうげきしゃ》たちは川を渡《わた》ろうと、もう水の中まで入ってきている。動きが鈍いのは水とサマーの矢のおかげだ。

もう一度バックパックの中を探《さが》そう……これは透明化《とうめいか》だろ……これは低速落下だろ……なんでこんなに何本もあるかな……これだ！　ブルーの瓶《びん》を持ちあげ、砂糖《さとう》の味がする醸造液《じょうぞうえき》をぐびりと飲《の》み干《ほ》す。スピードアップ！　超俊足《ちょうしゅんそく》だ！　ぼくは猛スピードで砂漠《さばく》を突《つ》っ切《き》り、もといた世界ではおなじみの、超高速で走る鳥みたいな声をあげた。

「ミッ！　ミッ！」

# 第19章　ファースト・ハウス作戦

ぼくは東を目指して突っ走《つぱし》り、ときどき右側に川が見えるのを確認《かくにん》した。川沿《かわぞ》いをそのままたどるのはやめておいた。湾曲する流れどおりに走っていたら時間がかかる。もっとも、川から離れすぎたせいで砂漠《さばく》で迷子《まいご》になる危険《きけん》も冒《おか》したくなかった。ダークタワーまであとどれくらいだろう？　俊敏《しゅんびん》のポーションはあとどれくらいもつかな？　注意しなきゃいけないことがたくさんあるけれど、〝ちょっとした気づかいで結果《けっか》が違《ちが》ってくる〟ものだ。敵《てき》は警戒《けいかい》しているだろうか？　見張《みは》りがいるかな？　村のように警鐘《けいしょう》があって、いつでも鳴らせるようにしてあるとか？

前方に、黒っぽい半円の大きな影がある。ドーム型《がた》の屋根が遠くの砂丘《さきゅう》の上から顔を出していた。ぼくは急停止《きゅうていし》すると、盛りあがっている場所はないかときょろきょろし、近くの砂丘《さきゅう》のてっぺんまでなるべくこっそり這いあがった。望遠鏡《ぼうえんきょう》で確認《かくにん》した限《かぎ》り、警戒《けいかい》はされていないようだ。番兵は増《ふ》えていないし、新たに壁《かべ》なども作られていない。敵《てき》は自分たちの勝利を過信し、本拠地《ほんきょち》を襲撃《しゅうげき》される心配なんて四角い頭をよぎったこともないのだろう。

ずさんな警備《けいび》にほっとしかけたのもつかの間、敵《てき》の人数が前とまったく変わらないように見えることに愕然とした。次から次に略奪隊《りゃくだつたい》を送り込んできたのに、どうしてまだこんなにいるんだ？　タワー内のどこかに発生器《スポナー》でもあるのか？　ここからは見えないなにかが？　もうしばらく観察《かんさつ》を続けたかったけれど、左手の時計と沈《しず》む太陽を見て、そんな余裕《よゆう》はないことを思い出した。

「まずは、まわりが見えるようにして」ぼくは暗視《あんし》のポーションを飲んだ。「自分は見られないようにする」透明化《とうめいか》のポーションをごくりと飲み干《ほ》し、ニンジンと発酵《はっこう》したクモの目のオエッとなる味に顔をしかめた。変化はなにも感じないし、見おろしても、見た目もなにも変わっていない。

「あっ、そうか。防具《ぼうぐ》を着てるからか」防具《ぼうぐ》のブーツを脱《ぬ》ぐと、足があるべきところになんにも見えないので、最初はすごくおかしな気分だった。急いでいなかったら、もうしばらく眺《なが》めていただろう。でも、ぼくの好奇心《こうきしん》なんておかまいなく、時計はカチカチ進んでいく。だからぐずぐずせずに残りの防具《ぼうぐ》と盾《たて》もしまうと、ボディペイントされた服以外はなにも身につけていないのを手早く確認《かくにん》した。完了《クリア》。文字どおり透明《クリア》になった。

サマーのまねをして「突撃《タリホー》」と叫《さけ》び、ダークタワーへ向かった。けれど野蛮人《やばんじん》たちにも見えないのかどうか試していなかったことに気づいて、威勢《いせい》のよさは一瞬《いっしゅん》にして消えた！　ポーションがモンスターにしか効果《こうか》がなかったら……。

これだから六つのＰに練習《プラクティス》は必要なんだ！

鼻息に気づかれないよう息を止め、体臭《たいしゅう》で気づかれても困るから、略奪者《ピリジャー》たちから距離《きょり》を取った。

逆に連中の体臭《たいしゅう》はぷんぷんにおってくる。染《し》みついた汗が砂漠《さばく》の暑《あつ》さに蒸《む》され、ものすごいにおいだ。前方に四人いて、不規則《ふきそく》なパターンで見まわりをしている。ぼくは昔むかしのアクションゲームのキャラクター、道路を渡《わた》ろうとしているカエルにでもなった気がした。車に轢《ひ》かれたら、はい、おしまい。ぼくもそれと同じだ。

「ハアー！」野蛮人《やばんじん》がこっちへ来る。このまま直進してきたら正面衝突《しょうめんしょうとつ》するぞ。

ぼくはゆっくり、慎重《しんちょう》に、横へずれた。相手に勘《かん》づかれた場合はどうする？　戦う？　逃《に》げる？　こぶしはベルトの武器《ぶき》に触《ふ》れ、目は逃《に》げ道《みち》を探《さが》してきょろきょろした。

「ハアー！」野蛮人《やばんじん》は近づいてきてクロスボウを持ちあげたが、そのままぼくの横を通《とお》り過《す》ぎた。

ポーションが効《き》いているんだ！　ぼくの姿《すがた》はちゃんと見えていないぞ！　ここでいつものように〝イヤッホー〟とか〝こうでなくっちゃ！〟とか叫《さけ》びたいところだったけれど、そんなことはできなかった。

サマーはおもしろがるだろうな。ぼくは静かに笑った。だって、ようやくぼくを黙《だま》らせる方法が見つかったんだから。

足音を忍ばせ、ひとつ目の目的地へそっと近づいた。アイアンゴーレムが閉じ込められている、木のフェンス製《せい》の牢屋《ろうや》だ。さっきすれ違《ちが》った野蛮人《やばんじん》のほうを見ると、そのまま遠ざかっていく。

ぼくはまわりにも目を走らせて、近くに敵《てき》がいないのを確認《かくにん》した。これ以上ない絶好《ぜっこう》のタイミングだ。やるならいましかない。

そのとき頭の中で声がした。待て！　こんなことをする必要はないだろ。いまならまだ引き返せる。敵《てき》はおまえがここにいることを知らない。おまえがこっそり逃《に》げるところだって連中には見えやしない。村まで走って戻《もど》れ。あの安全な高い壁《かべ》の中へ入るんだ。もっといい作戦を考えつくまで、もう一度守りに回ろう。もっと安全な作戦を考えるんだ。

一瞬《いっしゅん》、ぼくはすべての動きを止めた。でも、そのときに別の声が聞こえたんだ。

**モー。**

「きみの言うとおりだ」ぼくは声に出して言い、サマーの高性能な斧《おの》をかかげた。

「**勇気の炎《ほのお》を消すな！**」

ネザライトを木に叩《たた》きつけ、ゴーレムを閉じ込めているフェンスを粉々《こなごな》にする。「もう心配ないよ、相棒《あいぼう》」牢屋《ろうや》を壊《こわ》しながら話しかけた。「すぐに出してあげるから――」

ドスッ！

矢がぼくの背中《せなか》に当たった。それを放ったやつは、おばけみたいに宙《ちゅう》に浮いている斧《おの》に気づいて、ぼくの体の位置を予測したんだろう。

「ナイスショット」かすれ声でつぶやき、最後のフェンスを片づけた。

「ハアー、ハアー、ハアー！」金属音《きんぞくおん》を立ててのっしのっしと歩く戦士《せんし》が自由になり、驚《おどろ》きの声がいっせいにあがった。

「やつらを倒《たお》してくれ！」ぼくは斧《おの》をまたベルトの中へ隠《かく》した。ダークタワーを振《ふ》り返《かえ》ったとき目の前にいたのは、だらりと長い灰色《はいいろ》の大きな鼻をしたクロスボウ使いで、矢をセット中だった。近すぎて透明化《とうめいか》のポーションが効果《こうか》を発揮《はっき》しなかったんだろうか。においか、物音か、はたまた単なる勘《かん》か、なにを頼《たよ》りにかわからないものの、敵《てき》は横へ飛びのくぼくを追って動いた。でも矢が発射《はっしゃ》される前に、鋼鉄《こうてつ》のこぶしが飛んできた。

「ハアウ！」傷《きず》を負った番兵のうなりが、痛《いた》みを訴《うった》えているのか、応援《おうえん》を呼《よ》んでいるのかはわからなかった。

さらに矢が飛んできたけれど、的はぼくじゃなかった。クロム色の巨人《きょじん》が赤く点滅《てんめつ》する様子は〝さっさと行け！〟とぼくを急かす信号機のようだ。

そうでなくとも時間に追われているぼくは、ゴーレムに加勢《かせい》する余裕《よゆう》はなかった。ダークタワーへと向かったそのとき、俊敏《しゅんびん》のポーションの効力《こうりょく》が切れた。もうひとつのポーションの効《こう》果《か》がなくなるまであとどれくらいあるだろう？　クロム色の相棒《あいぼう》が力尽《ちからつ》きてしまうまであとどれくらいだ？

とうとうダークタワーの入口に着いた！　目の前にある！　壁《かべ》にぼくの身長ほどの穴《あな》が開いている以外なんのしるしもなく、危《あや》うく見落とすところだった。あとほんの数歩でたどり着く。

「ハア！」新たな野蛮人《やばんじん》が入口に立ちふさがってクロスボウを持ちあげた！

足を止めるどころか、よける暇《ひま》さえない。ぼくはベルトから剣《けん》を取り出した。ダイヤモンドがきらめくと同時に、クロスボウ使いがあとずさる。ぼくは料理人みたいな手さばきで入口の番人をスライスし、ポンと消してやった。

振《ふ》り向《む》いてそいつの仲間にも斬《き》りつけると、ダークタワーの中へ入って剣《けん》を原木に持《も》ち替《か》えた。手間取りすぎてしまい、外から飛んできた矢が鼻に刺《さ》さる！　でも手を休めることはできない。これからここに籠城《ろうじょう》するんだ。

最初は入口、次に窓《まど》を原木でふさいで、さすがにひと息つこうとしたけれど、時計を見るとのんびりしている暇《ひま》はなかった。

ここからは、サマーが〈ファースト・ハウス作戦〉と命名した計画のため、〝詰《つ》め合《あ》わせ〟を設置《せっち》する時間だ。ぼくらがなにをするつもりか、まだ見当がつかない人でも、〝詰《つ》め合《あ》わせ〟

の核《かく》となるものがなにか聞けばぴんと来るんじゃないかな。

ＴＮＴ爆弾《ばくだん》。しかも山ほどのだ！

砂漠《さばく》の寺院で見つけた爆弾《ばくだん》に加えて、サマーが自分の山で溜《た》め込《こ》んでいた火薬と、行商人から買った火薬をありったけ使った。なぜミッションの開始が遅くなったのか疑問《ぎもん》に思っていた人もいるだろう。理由は準備《じゅんび》に時間がかかったからなんだ。

サマーはＴＮＴ爆弾《ばくだん》の材料のひとつ、砂《すな》を川底からシャベルでかき出していた。それを火薬とともにクラフトした分まで合わせると、ダークタワーの天井まで積みあげるのに充分《じゅうぶん》な数の爆弾《ばくだん》ができあがった。

ぼくは念のためにふたたび防具《ぼうぐ》を身につけてから、爆弾《ばくだん》を積み重ね、中心に置いた爆弾《ばくだん》を包み込むようにして木製《もくせい》の螺旋階段《らせんかいだん》をめぐらせていった。一段《だん》ごとに足を止め、レッドストーンダストをひと山振《ふ》りかけて、すべての爆弾《ばくだん》が同時に爆発《ばくはつ》するようにする。回路《かいろ》を最上階までつなげるのに足りるといいんだけれど。

ぼくは手早く慎重《しんちょう》に階段《かいだん》をのぼりながら爆弾《ばくだん》を積みあげ、天井に到達《とうたつ》したところで、サマーの斧《おの》を使って天井を壊《こわ》し、二階に上がった。

壁《かべ》のない二階からは、地上で繰り広げられている戦闘《せんとう》を見おろすことができた。ゴーレムがたった一体で、すべての敵《てき》を相手取っている。

あの機械人形に感情があるのかどうかわからないから、勇敢《ゆうかん》とは言えないかもしれない。とはいえゴーレムが負っているダメージ——ひび割れて穴《あな》が開き、いまにも壊《こわ》れそうな装甲《そうこう》の体を目にすると、思わず胸が詰《つ》まった。

「ありがとう」ささやいたぼくを、偶然《ぐうぜん》ゴーレムが見あげてきた。

〝礼を言いたいなら、せっかくこうして稼《かせ》いでやってる貴重《きちょう》な時間を無駄《むだ》にするな〟

いいや、ゴーレムはそんなことは言わなかった。でも、ぼくの耳にはそう聞こえたも同然だったから、すぐさま爆弾《ばくだん》の設置《せっち》に戻《もど》った。

鳴《な》り響《ひび》く戦いの金属音《きんぞくおん》を聞きながら、同志のゴーレムと同じように機械的に作業をこなした。TNT爆弾《ばくだん》、板材、レッドストーン。ゆっくりと着実に、もっと安全そうな三階へと上がる。もっと安全そうな、と言ったのは、ここは完全な密室だからだ。外にいる襲撃者《しゅうげきしゃ》からクロスボウで狙《ねら》われることはない。

襲撃者《しゅうげきしゃ》が中にいたら話は別だけれど。

タン！　クロスボウの矢が脚《あし》に当たって、ぼくは倒《たお》された。振《ふ》り返《かえ》ると、つりあがった細い目がこっちをにらんでいる！

野蛮人《やばんじん》がここにもいる！　どうやって入ってきたんだ？　どこから？　ダークタワーの外でも中でも自然発生《スポーン》するのか！　しかも運悪く、ちょうどそのとき暗視《あんし》のポーションが切れてしまった！　「ちょっ、嘘《うそ》だろ――」

矢が肩《かた》に刺《さ》さったので、ぼくはサマーの斧《おの》をつかんでやみくもに振《ふ》った。部屋はほぼ真っ暗で、下からの小さな四角い光の上を横切ってくれない限《かぎ》り、敵《てき》がどこにいるかもわからない。ここには窓《まど》がひとつもないんだ！

「どこだ？」やけくそになって叫《さけ》んでも、また脚《あし》に矢が当たるばかりだった。もう一度剣《けん》を出して振《ふ》ったけれど、それも空振《からぶ》りに終わり、クロスボウに矢をセットする音が聞こえたので、ぼくは飛びのいた。なんでこんなときにポーションが切れるんだよ!?　どうやって敵《てき》の位置《いち》を見極《みきわ》めればいい？

この世界では音が聞こえても、どこから聞こえてきているのか、推《お》し量《はか》ることができない。ぼくにできるのは動き続けることだけ！　でも、いつまでもそうしているわけにいかない。チクタクと時計がぼくを急かす。どんどん時間が過《す》ぎていく！

飛んできた矢をもう一度よけ、ふたたび剣《けん》を空振《からぶ》りした。

ああ、せめてもう二、三分、ほんの二、三秒でもいいから暗視《あんし》できれば……できるじゃないか！

シチューがある！

次の矢がおなかに当たったのも気にせず、怪《あや》しげだけれど暗視《あんし》の効果《こうか》があるシチューを飲《の》み込《こ》んだ。

一秒……。

いた！　左側だ！

二秒……。

ネザライトの斧《おの》でそいつを後ろへ突《つ》き飛《と》ばす。

三秒……。

ぼくは錯乱《さくらん》したみたいに斧《おの》を振《ふ》るって、クロスボウ使いを壁際《かべぎわ》に追いつめた。

効果時間終了《こうかじかんしゅうりょう》。

また真っ暗になったけれど、煙《けむり》のにおいで敵《てき》を倒《たお》したことがわかった。

チクタク！

ぼくは闇《やみ》の中を手探《てさぐ》りして作業に戻《もど》った。頭の中にある手順と運だけを頼《たよ》りに、爆弾《ばくだん》を積みあげて天井を壊《こわ》し、薄暗《うすぐら》い新鮮《しんせん》な外気の中へ出る。そこは柱の上に設置《せっち》された松明《たいまつ》に照《て》らされたオープンデッキだった。

柱のひとつの前にチェストが置かれていたけれど、目を向けないよう自分に命じた。いまは宝探《たからさが》しの時間じゃない。

チクタク！

一心不乱にすばやく作業した。とはいえ、この階は高さがほかの階の二倍もあるんだ！　半分まで爆弾《ばくだん》を積みあげたところで不吉《ふきつ》な音がした。金属《きんぞく》がこすれる音、ギギーッと甲高《かんだか》い音。

そのあとで静寂《せいじゃく》が訪《おとず》れる。

ゴーレムがやられたんだ。圧倒的《あっとうてき》な数の敵《てき》についに屈《くっ》してしまったんだろう。きみの死を無《む》駄《だ》にはしない！　ぼくはそう誓《ちか》うと、天井を目指して大急ぎで作業した。しかし鉄の守護神《しゅごしん》が倒《たお》されたいま、〝ハア！〟と嘲笑《あざわら》う襲撃者《しゅうげきしゃ》たちのつり目は、いっせいにぼくの姿《すがた》を探《さが》している。

矢をひゅんひゅんひゅんと射《う》ってくる音、それにスポーンしたスケルトンの到着《とうちゃく》を告げる〝カランコロン〟という音で、あたりが騒然《そうぜん》とした。

ぼくはたちまちヤマアラシのような姿《すがた》になっていた。針毛を逆立てたみたいに、防具《ぼうぐ》をつけた体のあちこちに矢が刺《さ》さっている。ポーションを飲んだり、矢をよけたりする暇《ひま》はない。痛《いた》みなんて気にするんじゃない！　とにかく攻撃《こうげき》し続けろ！

さらに矢が当たった。ダイヤモンド製《せい》の防具《ぼうぐ》に穴《あな》が開いて体に突《つ》き刺《さ》さる。

ブロックをあとひとつ！

最後の天井を壊《こわ》すと、星空のもとに出た。月はもう中天に差しかかっている！　時計もその事実を裏づけ、青い部分がほとんどなくなり、黒一色になろうとしていた！　ぼくは斧《おの》をしまい、残りの爆弾《ばくだん》を取り出そうとした。

「ハア！」また襲撃者《しゅうげきしゃ》？　屋根の上にスポーンしたのか！

そのとき矢が命中し、ぼくは屋根の端《はし》でバランスを崩《くず》した。ここで落下したら……。

気持ちを落ち着かせて、なんとか踏《ふ》みとどまった。

クロスボウに矢をセットする音が響《ひび》く。

「こんなことをしてる時間はないいんだよ！」わめきながら、武器も持たずに敵《てき》に突進《とっしん》する。かまうものか。

「ハア！」クロスボウ使いは全身を真っ赤にして痛《いた》がっている。これぞ棘《とげ》の鎧《よろい》の攻撃《こうげき》だ！

「食らえ、トゲトゲのレギンス攻撃《こうげき》だ！」ぼくは体当たりすると同時に、パンチも食らわせた。

敵《てき》は最後に〝ハア〟と声をあげ、屋根の端《はし》から転げ落ちた。

作業再開《さいかい》だ！　最後のＴＮＴブロックを置いたあと、サマーが〝保険《ほけん》〟と呼《よ》んだものをその上にのせる。

ガラスブロック四個を並《なら》べたまわりをガラスで囲《かこ》い、お風呂を沸《わ》かすのに使っていた溶岩《ようがん》をバケツ四杯分《よんはいぶん》、中へそそいだ。これが〈最初の家作戦《ファースト・ハウス》〉と呼《よ》ぶことにした理由だ。島に住んでいたときにぼくが初めて作った家は、クリーパーの爆発《ばくはつ》で溶岩《ようがん》が流れ出したことによって全《ぜん》焼《しょう》してしまった。同じように爆発《ばくはつ》と炎《ほのお》で、ここにいる文明の破壊者《はかいしゃ》たちを全滅《ぜんめつ》させるという作戦だ。

仕掛《しか》けの最後の仕上げに、シンプルな木製《もくせい》のボタンを設置《せっち》した。最後に時計を確認《かくにん》する。青い部分がほとんどなくなり、黒一色になろうとしている！　ぼくは微炭酸《びたんさん》のとろりとした低速落下のポーションを飲《の》み干《ほ》すと、ボタンを押し、叫《さけ》びながら助走をつけて屋根の端《はし》からジャンプした。「いっけええー！」

爆風《ばくふう》が――無数の爆風《ばくふう》が――ぼくを人間大砲《にんげんたいほう》みたいに吹《ふ》き飛《と》ばす。

ドカン！　ドカン！　ドカン！

無数の爆発《ばくはつ》。無数の衝撃波《しょうげきは》。けれど低速落下のおかげで、ぼくは危険地帯《きけんちたい》から遠く離れたところへ無事に着地した。「イイイイヤッホウウゥゥ！」

やったぞ！　ダークタワーの破壊《はかい》に成功した！　この世界でカメラをクラフトできたらよかったのに。そう願うくらい壮観《そうかん》な眺《なが》めだった！　あの恐《おそ》ろしげな巨大建造物《きょだいけんぞうぶつ》はいまや全壊《ぜんかい》した廃墟《はいきょ》でしかなく、ゆっくり流れ落ちる溶岩《ようがん》が木材部分を燃《も》やし、石造《いしづく》りの部分は覆《おお》い尽《つ》くして、夜を赤々と照《て》らしていた。

なのに略奪者《ピリジャー》たちはただ突《つ》っ立《た》っていた。あわてもせず、自分たちの完敗《かんぱい》をまるで理解《りかい》していない様子だ。ひとりなんて、爆発《ばくはつ》でできた穴《あな》の底に立ち、溶岩《ようがん》がゆっくり流れ込んでくるのをおとなしく待っている。

ぼくは目を疑《うたが》った。あいつらはおつむが空っぽなのか？　それとも頭のネジが外れていて、敵《てき》の姿《すがた》以外は認識《にんしき》できないとか？　いいや。もといた世界の表現《ひょうげん》を思い出す。〝衝撃《しょうげき》と畏怖《いふ》〟。連中はあまりのショックに呆然として、動くことができないんだ！

ただし例外がひとりいた。そいつは炎《ほのお》の地獄《じごく》からは遠く、ぼくの着地点からは近いところにいて、復讐《ふくしゅう》に燃《も》えて襲《おそ》ってきた。

「そうはいくか！」ぼくはクロスボウの矢をお見舞《みま》いしてやった。「さっさと降伏《こうふく》したらどうだ」時計を確認《かくにん》する。「だって、いまごろは相棒《あいぼう》が略奪隊《りゃくだつたい》の最後のひとりを片づけているところだからな！」

次の矢をセットしながら豪語《ごうご》した。「ぼくがもといた世界で、いまの状況《じょうきょう》をなんて呼《よ》ぶかわかるか？」

矢を放ち、ポンと煙《けむり》になった敵《てき》に向かって叫《さけ》ぶ。「ミッション完了《コンプリート》！」

残りの野蛮人《やばんじん》たちも一掃《いっそう》したかったけれど、夜になってわらわら出てきたモンスターが近づいていた。「せいぜい片づけをがんばるんだね」ぼくはからかったあと、俊敏《しゅんびん》のポーションを喉《のど》へ流《なが》し込《こ》んだ。

勝利パレードでもするような気分で、村へ飛んで帰った。戦争は終結！　村は救《すく》われた！

しかも、こんなにかっこいい終わり方があるかい？　勇気を試される危険《きけん》なミッション、映画《えいが》みたいな大爆発《だいばくはつ》つきのクライマックス。

モンスターたちがぼくの行く手でふらふらさまよったり、スポーンしたりするあいだをすり抜《ぬ》け、ご機嫌《きげん》な気分で挨拶《あいさつ》をしてやった。「悪いね、ダンスのお相手は無理だよ。きみらを片づける時間がなくて残念だけど、名誉勲章《めいよくんしょう》をもらいに行かなきゃいけなくてね！」

歓迎《かんげい》してくれているような村の明かりが見えてくると、こう思った。サマーに報告《ほうこく》するのが待ちきれない。きっと彼女《かのじょ》はぼくの活躍《かつやく》をうらやましがるぞ……。

そのとき足を止めた。村のシルエットにじっと目を凝《こ》らす。なにか変だぞ、なにかが違《ちが》う。壁《かべ》だ！　正面に見える壁《かべ》に巨大な穴《あな》が開いている。その奥《おく》でなにかが動いていないか？　いくつもの人影《ひとかげ》だ。大半は小さな人影《ひとかげ》で、大きいやつがひとつ。バタバタ走り回っている。

うわっ、大変だ！

ぼくはふたたび駆《か》け出《だ》した。汗が噴《ふ》き出《だ》し、吐《は》き気《け》がする。

なにが起きたんだ？　サマーがタイミングを間違《まちが》えたのか？　最後の襲撃者《しゅうげきしゃ》を早まって片づけてしまったとか？　ぼくがダークタワーを破壊《はかい》する前に、次の襲撃《ウェーブ》が始まったのか？　そうだ、そうに違《ちが》いない。別の可能性については考えたくない。それなのに、考えずにはいられない。

村を襲《おそ》い続けている略奪者《ピリジャー》たちが、ダークタワーにいたやつらとはまったくの無関係だったら？　それなら略奪隊《りゃくだつたい》が一度たりとも砂漠《さばく》から現《あらわ》れなかった説明がつく。それにあの感覚《かんかく》……呪《のろ》いをかけられたみたいな。勝利に酔《よ》っていままで気づかなかったけれど、あの不吉《ふきつ》な予感はまだ消えていない。胸の中でぼくの最悪の間違《まちが》いを嘲笑《あざわら》っている！

最初に考えたことが正解《せいかい》だったんだ。タワーには手を出さないでいようとサマーを説得《せっとく》したのは間違《まちが》いじゃなかった。なにもしてこない相手には、こっちからも手を出すべきじゃない！　なのに別の野蛮人《やばんじん》から襲撃《しゅうげき》されたせいで、そんな当たり前のことも頭から吹《ふ》き飛《と》んでしまった。こっちの配慮などおかまいなしに襲《おそ》ってきたことに対する怒《いか》りと、村を守りたい一心から、見た目が似《に》ているという理由だけでふたつのグループをひとくくりにしたあげく、すべての状《じょう》況《きょう》を悪化させてしまった！

もといた世界でも似《に》たようなことをした人たちがいなかっただろうか？　同じような間違《まちが》いを犯した人たちがいたよね？　世界を導《みちび》くはずのリーダーたち、つまり人々の生死まで左右する権力《けんりょく》を持っている大人たちの中に、人違《ひとちが》いから無関係な人たちを攻撃《こうげき》した意固地《いこじ》な愚《おろ》か者《もの》がいただろう？　うん、たしかにいたはずだ。そうでなければ、もといた世界で耳にした言葉が、新たなヴェッスンとして胸に刻《きざ》まれることはなかっただろう。

〝間違《まちが》った場所で、間違《まちが》ったときに、間違《まちが》って起きた戦争はみんなを傷《きず》つける〟

川へと走るぼくの頭の中を、そんな考えがめぐった。いまとなっては、水中トンネルを使う意味はもうない。「サマー！」バシャバシャと川を渡《わた》って岸によじのぼると、壁《かべ》に開けられた六×六ブロック分の穴《あな》から村へ入った。

中は大騒《おおさわ》ぎだった。どこもかしこも襲撃者《しゅうげきしゃ》だらけで、夜になって出現《スポーン》したモンスターたちもまざっている。

「ガアアウ！」ゾンビがうなって行く手をはばみ、ぼくの目にパンチしてきた。痛《いた》みすら感じないまま、ぼくは走《はし》り抜《ぬ》けた。「サマー、どこだ？」前方で、一体のスケルトンが弓を持ちあげた。盾《たて》を取り出す時間がない！　ぎりぎりで矢をかわし、手近な板材を左手でつかんで盾《たて》代わりにする！　そのあとゴーレムの鉄拳《てっけん》がスケルトンを骨粉《こっぷん》に変えてくれた。

ぼくは無我夢中《むがむちゅう》で見回し、ダイヤモンドの防具《ぼうぐ》が放つきらめきを探《さが》した。

「イヤーハハハ！」

えっ、なんだろう……。

見あげると、半透明《はんとうめい》の薄《うす》い翼《つばさ》のついた灰色《はいいろ》の生き物がこちらへ飛んでくる。天使と言いたいところだが、天使なら善良《ぜんりょう》なはずだよね？　そいつは違《ちが》っていた。ぼくに向かって剣《けん》を振《ふ》りあげているんだから、絶対《ぜったい》に違《ちが》う。青白い体に赤い血管が浮《う》きあがっているその生き物に向かって、ぼくも剣《けん》を振《ふ》るった。すると刃《は》が当たったらしく、そいつは甲高《かんだか》い悲鳴をあげ、後方へ飛んでいった。

「おまえはなんなんだ!?」またも襲《おそ》いかかってこようとする敵《てき》に、ぼくは怒鳴《どな》った。もう一度剣《けん》を振《ふ》ったら、脇腹《わきばら》に痛《いた》みが走った。この邪悪《じゃあく》な妖精《ようせい》はほかにもいて、そっちに斬《き》りつけられたんだ。ぼくはくるりと振《ふ》り返《かえ》り、剣《けん》をクロスボウに持《も》ち替《か》えた。

一発三矢で両方を仕留《しと》めてやろうとあとずさる。そいつらはひゅんと上昇《じょうしょう》したあとこっちに向き直り、怒《おこ》ったハチみたいに突《つ》っ込《こ》んできた。

ぼくは引き金を引いた。三発の矢が発射《はっしゃ》される。一発当たった！　矢は一本しか命中しなかったけれど、両方の敵《てき》が消滅《しょうめつ》した。近づいてきたゴーレムがパンチを繰《く》り出《だ》してくれたんだ。

「ありがとう、おまわりさん!」ぼくはゴーレムの横を走《はし》り抜《ぬ》けてサマーを探《さが》しに行った。

いた、村の向こう側だ。彼女《かのじょ》の相手は一見、斧使《おのつか》いに見えた。でも服が違《ちが》う。長い黒衣《こくい》で袖《そで》口《ぐち》が金色、前身ごろの中心にも太い金色のラインが縦《たて》に入っている。そいつは武器《ぶき》も持たずに、万歳《ばんざい》のポーズを取っていた。

「サマー!」ぼくの目の前で、この襲撃者《しゅうげきしゃ》の足もとの地面から、金属製《きんぞくせい》の牙みたいなものが一列になって突《つ》き出《だ》し、親友へと襲《おそ》いかかっていく。

ぼくはぎょっとしながらも、足を止めずに駆《か》けていった。サマーが矢を射《い》るが、金属《きんぞく》の歯に両脚《りょうあし》を嚙《か》まれて矢は大きくそれた。「彼女《かのじょ》になにをするんだ!」ぼくは敵《てき》の顔にクロスボウを叩《たた》きつけた。

黒衣《こくい》の襲撃者《しゅうげきしゃ》はいまいましそうに〝ハア!〟と言い、万歳《ばんざい》したままぼくに向き直った。新たな呪文《じゅもん》を唱《とな》えようとしていたけれど、ぼくからの三発の矢と、サマーからの炎《ほのお》の矢に阻止《そし》された。

「ガイ!」彼女《かのじょ》の声はかすれて震《ふる》えていた。「ちゃんと……」

「やったよ！」ぼくは息を切らして言い返した。「ちゃんとダークタワーを破壊《はかい》したのに……」

「わかってる」サマーは首を横に振《ふ》り、〝ああもう《バガー》〟といつものののしり言葉を繰《く》り返《かえ》した。

「それでもだめだったってことよ！」

「壁《かべ》はどうしたんだ!?」ぼくは壁《かべ》に開いた穴《あな》を示して尋《たず》ねた。「なにが起こった？」

# 第20章　サマーになにが起こったか

はい、ここからはサマーよ。また戻《もど》ってくるって言ったでしょ。今回は、ガイが勇敢《ゆうかん》な英雄《えいゆう》を気取って村を留守にしていたあいだに起きたことを書くわね。

わたしのほうの話は、ガイが池に入ったところから始まるの。わたしは川が見えるよう東側の壁《かべ》の上に陣取《じんど》った。永遠《えいえん》とも思えるくらい長い時間じっと待ったあと、彼《かれ》の頭が水から突《つ》き出《で》たのが見えたけれど、それはわたしの眼下《がんか》にいた連中にも見えていた。川岸へと向かう敵《てき》に、鈍化《どんか》の矢をお見舞《みま》いしたわ。反対岸にぼーっと突《つ》っ立《た》っているガイに、なにか励《はげ》ましの言葉を叫《さけ》んであげたんじゃなかったかな。ガイは俊敏《しゅんびん》のポーションを探《さが》していたんでしょ。まったく、すぐ飲めるよう手に持っていればよかったのに。ほんと、ガイったら！

ガイがようやく俊敏《しゅんびん》のポーションを見つけたときになにを叫《さけ》んだかは、聞き取れなかった。

そのあとは昔のアニメに出てくるあの大きな鳥みたいに、ぴゅんと走って消えたわ。わたしは〝走り続けて〟とかなんとか言って、略奪隊《りゃくだつたい》の狙撃《そげき》を続けた。注意するのは、全滅《ぜんめつ》させてはいけないってこと。それだと次の襲撃《ウェーブ》がまた始まるだけだもの。ガイがダークタワーを破壊《はかい》し終えるはずの時間が来るまで、戦いを引《ひ》き延《の》ばさなくちゃいけない。タイミングを合わせて初めて、この作戦は成功するの。

だからって、あらかじめ厄介《やっかい》な敵《てき》を排除《はいじょ》しておいちゃいけないってことにはならないし、ウィッチは〝悪い子リスト〟のトップだった。見ると、東側の壁《かべ》の外にいるクロスボウ使いと旗持ちの集団の中にウィッチがひとりいる。そこなら、わたしの作戦で敵《てき》を一網打尽《いちもうだじん》にできる格好の位置だった。フッフッフッフと笑うウィッチに鈍化《どんか》の効果《こうか》つき炎《ほのお》の矢をお見舞《みま》いしたあと、〝サプライズプレゼント〟を取り出した。

ガイと出会う前、まだ醸造《じょうぞう》を始めたばかりのころに、偶然一度だけ毒のポーションができたことがあったの。忘《わす》れないでよね、やり方を教えてくれるガイドブックなんてなかったんだから。すべては試行錯誤《しこうさくご》。それがなにかも知らずにポーションを飲んで危《あや》うく死にかけたあと、こんなもの二度と作らないと誓《ちか》った。ところが今回の戦いでは、ウィッチが毒の手榴弾《しゅりゅうだん》を使ってきた。ウィッチの投げた毒をあいつの仲間が浴びた光景を見て、わたしは化学兵器の価値《かち》に目覚《めざ》めた。というわけで、ガイの遠征《えんせい》に持たせるポーションを醸造《じょうぞう》したあと、昔のレシピを見つけ出して、こっちも毒爆弾《どくばくだん》を作ったというわけ。

いまその毒爆弾《どくばくだん》はわたしの手の中にあり、毒々しげにぶくぶくと泡を立て、村の戦いの歴史に投げ込まれようとしていた。「味見してみる?」と挑発《ちょうはつ》しながら、壁《かべ》の向こうへ瓶《びん》を放り投げた。

ところが瓶《びん》は割れなかったのよ! わたしをあざけるかのように、ウィッチの足もとにただ浮《う》かんでいただけ! いまになってみれば、わたしが望んだ毒爆弾《どくばくだん》を作るには追加の工程《こうてい》が必要だったってことを、わたしも理解《りかい》している。しょっちゅう投げつけられる手榴弾《しゅりゅうだん》を思い出してみると、瓶《びん》の形が少しだけ違《ちが》った気がする。とはいえ、わたしをなじりたいなら、どうぞ。わたしならそうする。実際《じっさい》にそうしたわ。

ガイがここには絶対《ぜったい》に書かせてくれない言葉を叫《さけ》んだあと(きれいな言葉しか書くなって、彼《かれ》からうるさく注意されているの)、交易所《こうえきじょ》へ駆《か》け戻《もど》ったわ。なにが足りないのかはすでに見当がついていた。〝手榴弾《しゅりゅうだん》〟というたとえがヒントになったの。足りない材料はきっと火薬よ。

今度こそ、わたしの考えは見事に当たっていた。

「二度目の正直ね」数分後、わたしは声をあげた。ガイに持たせるTNT爆弾《ばくだん》を作ったときに半端《はんぱ》に余《あま》った灰色《はいいろ》の小山に感謝《かんしゃ》。放り投げた瓶《びん》は密集していた略奪隊《りゃくだつたい》のど真ん中で割れ、緑の渦巻《うずま》きが飛び交うところに、炎《ほのお》の矢を降《ふ》りそそがせて追い討ちをかけた。襲撃者《しゅうげきしゃ》たちは炎《ほのお》に包まれながらも、少しだけ矢で反撃《はんげき》してきた。矢の攻撃《こうげき》と盾《たて》による防御《ぼうぎょ》を交互《こうご》に行う楽な戦法を取りたいのはやまやまだったけれど、ウィッチが回復《かいふく》しないよう矢を放ち続ける必要があった。大変だったし、こっちも傷《きず》を負《お》ったものの、ついにはとんがり帽子《ぼうし》のポーションを使いを煙《けむり》にしてやった。

けれども、この時点でわたしもかなりのダメージを受けていたから、壁《かべ》の下までしりぞいて、大急ぎでウサギシチューを補給《ほきゅう》しなきゃならなかった（これを食べないなんて、ガイは人生を損《そん》してる）。体が回復《かいふく》したあとは、交易所《こうえきじょ》に寄って防具《ぼうぐ》を修理《しゅうり》したわ。戦いの合間のちょうどいい小休止だと言いたいところだけれど、生きるか死ぬかの任務から解放《かいほう》されると、ガイのことを心配する余裕《よゆう》ができてしまった。

ええ、もちろん、彼《かれ》を信じていたわよ！　そうでなきゃ行かせるもんですか。でも、友だちがひとりきりで敵《てき》の本拠地《ほんきょち》にいる姿《すがた》を想像《そうぞう》すると、緊張《きんちょう》して後頭部がズキズキし、目まで痛《いた》くなってきた。まばたきしてもおさまらない痛《いた》みをいつもみたいに無視《むし》して、略奪隊《りゃくだつたい》との戦いを再開《さいかい》する。ウィッチをもうひとりと、クロスボウ使いを数人、煙《けむり》にしたあとは、いよいよ闘牛《とうぎゅう》の片づけよ。

ガイの助けがない分、ひと筋縄ではいかないうえに、クロスボウ使いと（いまや夜になって）新たにスポーンしたスケルトンからの攻撃《こうげき》を受けている。盾《たて》を使いたくても、不可能《ふかのう》だった。左手には時計を持っていなきゃいけないから。矢があちこちに刺《さ》さって、わたしの頭は裁《さい》縫師《ほうし》の針山《ピンクッション》みたいに見えたでしょうね。〝矢が一本刺《さ》さったぐらいなによ〟って、三度か四度は自分に言い聞かせたはず。

退却《たいきゃく》するか態勢《たいせい》を立て直すかという必要に迫られたとき、ふたりの村人から思いがけず救援《きゅうえん》の手が差《さ》し伸《の》べられたの。村人たちは意図してやったわけじゃないでしょうけれど。たぶんたまたま位置がよかっただけ。というのも、ホテルの屋根の上からわたしが矢を放っていると、建物《たてもの》の中にいた村人ふたりが謎《なぞ》の力でゴーレムを召喚《しょうかん》することにしたみたいで、しかもそれが出現《しゅつげん》したのが壁《かべ》の外側だったの！

〝いいわよ！〟とか、声援を送ったのを覚《おぼ》えている。だけど、ゴーレムが火のついたバッファローを倒《たお》したのに続いて、ほかの襲撃者《しゅうげきしゃ》たちを片づけ始めると、これじゃ作戦がうまくいかなくなると急に不安に駆《か》られた。言ったって無駄《むだ》なのに、思わず叫《さけ》んでいたわ。「ちょっと待って！　全滅《ぜんめつ》させないで。それじゃまた次の襲撃《ウェーブ》が始まってしまう！」

打つ手なしだったわ。アイアンゴーレムにはわたしの言っていることは伝わらないから。ゴーレムは自分の役目を果たしているだけだもの。止めるにはゴーレムを矢で射《い》るしかないけれど、そんなことをしたら自動的にこっちが敵《てき》だとゴーレム全員から認識《にんしき》されてしまう。やむをえずそうしかけた瞬間《しゅんかん》、ゴーレムもわたしも時計に救《すく》われたの。弓を持ちあげたとき、回転している円盤《えんばん》の青い部分がちょうどなくなったのが目に入った。つまり時刻《じこく》は深夜、ガイの手でいままさにダークタワーが木っ端《こっぱ》みじんに吹《ふ》き飛《と》ばされたはず。

わたしはくすりと笑って矢を飛ばした。「覚悟《かくご》しなさい」的はゴーレムじゃなく、ゴーレムにパンチされている斧使《おのつか》いのほう。ゴーレムと一緒《いっしょ》にさらにふたりのクロスボウ使いを片づけたあとは、いよいよ最後に残った旗持ちのリーダーの番。そいつも消したところで、下へ向かって声をかけたわ。「ありがとう、ゴーレム」そしてわたしはのんびりと東側の壁《かべ》へ歩いていった。こう考えたのを覚《おぼ》えているわ。じきにガイも帰ってくる。きっと得意《とくい》げに砂漠《さばく》から戻《もど》ってくるなり、タワーを破壊《はかい》した英雄談《えいゆうだん》をまくし立てるんだわ。

ここで待っていようと足を止めたとき、この世界でなによりぞっとする音が聞こえてきた。

「プオップオオオオオオォォォ！」

あのいまわしい角笛の音！　次の襲撃《ウェーブ》が始まってしまった！　わたしは南側の壁《かべ》へと駆《か》け戻《もど》った。頭痛《ずつう》がぶり返し、うなじをガンガン叩《たた》きつけられているみたいだった。

新たな略奪隊《りゃくだつたい》はもはや人数を数えられないくらい大規模《だいきぼ》だった。それでもウィッチのとんがり帽子《ぼうし》がいくつか、それにリーダーの旗が複数《ふくすう》、悪魔の雄牛《おうし》が何頭もいるのはわかった。

加えて新顔もいたわ。さっきガイから聞いたでしょ。袖口《そでぐち》が金色の黒衣《こくい》。そいつがふたりいたの。

腹が立つやら悔《くや》しいやらよ！　計画は失敗《しっぱい》。あんなに入念に準備《じゅんび》して、ガイが命がけでやり遂《と》げてくれたのに！　それがすべて無駄《むだ》だったなんて！　しかも、村に残されたわたしは過去《かこ》最大の軍勢《ぐんぜい》をたったひとりで相手にしなきゃいけない！　言っておくけれど、怖《こわ》くなんてなかったわよ！　そう、わたしは怖気《おじけ》づいたりはしなかった。

「突撃《タリホー》！」と叫《さけ》んで弓を思いきり上へ向け、矢を力の限《かぎ》り高く、遠くまで飛ばした。これだけ大勢《おおぜい》いればだれかには当たるはずとばかりに、迫撃砲《はくげきほう》のように次々と矢を放った。ひとり、ふたりと燃《も》えあがったところで弓を下げ、距離《きょり》も縮《ちぢ》まったから、今度は正確《せいかく》な狙《ねら》い撃《う》ちに切《き》り替《か》える。さらにふたりにバースデーケーキのろうそくみたいに火をつけてやった。そのころには相手も反撃《はんげき》できる距離《きょり》に入っていたわ。

わたしは同じ場所からは攻撃《こうげき》せず、移動し続けた。この作戦は敵《てき》の矢をかわすのには有効《ゆうこう》でも、敵《てき》の数を減《へ》らすのには向いていない。問題は、例のごとく、敵《てき》が引き連れている軍医。クロスボウ使いに火をつけても、こっちが身をかがめて次の攻撃《こうげき》位置まで走って顔を上げたときには、いまいましいことに、そいつのまわりでウィッチのピンクの渦巻《うずま》きが立ちのぼっている。ウィッチを攻撃《こうげき》しようにも、壁際《かべぎわ》にいるせいで狙《ねら》えない。

新たに召喚《しょうかん》されたおまわりさんも、あいにく長くはもたなかった。敵《てき》の数が多すぎるのに対し、わたしはたいして手伝えなかったから。ヴィクトリア十字章がどういう勲章《くんしょう》だったのか正確《せいかく》には思い出せないけれど、あの金属製《きんぞくせい》のおまわりさんはそれを授《さず》けられるだけの働きをしたのはたしかね。

いよいよ形勢《けいせい》は不利になっていた。敵《てき》の狙《ねら》いはわたしひとりになったうえに、あの翼《つばさ》の生えたやつまで三体も召喚《しょうかん》されたんだもの！　すぐさま一体に矢を命中させ、次のやつへ弓を転じたら、思いっきり体当たりされて、わたしは壁《かべ》の上から村側へ転がり落ちてしまった。

全身を激《はげ》しく打って切《き》り傷《きず》と打撲傷《だぼくしょう》を負《お》っただけじゃなく、どういうわけか体が燃《も》えていたの！　治癒《ちゆ》のポーションを飲んでいる余裕《よゆう》はなかった。羽虫たちの攻撃《こうげき》はまだ続いていたのよ！　炎《ほのお》（と痛《いた》み！）に負けないよう目を凝《こ》らし、こっちからもお返しをしようとした。ところがこのぶんぶん飛び回る（汚い言葉なので削除《さくじょ》）に狙《ねら》いを定めるのは至難《しなん》の業《わざ》。たちの悪い蚊《か》みたいにでたらめに飛び回るんだもの。

連中が剣《けん》で斬《き》りつけてくるのをかわしながら、炎《ほのお》の矢をあたり一面に飛ばしているうちに、なんとか一本、妖精《ようせい》二号に命中した。それじゃあと、妖精《ようせい》三号のほうを見ると、わたしたちの作った壁《かべ》をすり抜《ぬ》けてこっちへ向かってくるじゃない！　まさしく本物の幽霊《ゆうれい》よ。赤い血管《けっかん》を浮《う》かびあがらせ、ぞっとする叫《さけ》び声《ごえ》をあげる幽霊《ゆうれい》。あの小生意気なクソッ……その、言わなくてもわかるわね。わたしは足を踏《ふ》ん張《ば》り、二本の炎《ほのお》の矢でそいつを消し去ってから、治癒《ちゆ》のポーションと、ガイに持っているよう言われた耐火《たいか》のポーションを飲んだ。

ともかく最優先《さいゆうせん》で、あの新たな魔術師《エヴォーカー》を片づけなければいけないことに気がついた。でないと、あいつらが召喚《しょうかん》する邪悪《じゃあく》な妖精《ようせい》はわたしたちの壁《かべ》を容易《ようい》にすり抜《ぬ》けてしまうから。

壁《かべ》の上に駆《か》け戻《もど》って、ブロックとブロックのあいだからこっそり頭を突《つ》き出《だ》した。袖口《そでぐち》が金色の黒衣《こくい》がちらりと見えたので、衝動的《しょうどうてき》に矢を発射《はっしゃ》する。命中はしたけれど、妖精《ようせい》の召喚《しょうかん》を阻《そ》止《し》するほどはダメージを与えられなかった。でも今度はこっちだって準備《じゅんび》ができていたわ。一体目は飛びかかってくる途中で消してやった。わたしを斬《き》りつけてきたその仲間にはこう言ったの。「毎回うまくいくわけじゃないのよ、ティンカーベルちゃん」

矢を速射《そくしゃ》してそいつを後退《こうたい》させて、すぐさま二本目を放って煙《けむり》にしたわ。ほくそ笑んで、「目には目を剣《けん》には矢を」と途中まで言いかけたところで、いきなり背中《せなか》になにかが当たったの。

細く甲高《かんだか》い、あの金切り声を忘《わす》れるものですか。ファントム。あいつらが戻《もど》ってきた！　三夜寝ていないせいで、敵《てき》に新たな援軍《えんぐん》を与えてしまった。ファントムを狙《ねら》う暇《ひま》はおろか、見あげる暇《ひま》さえなかった。わたしは壁《かべ》から転落した！　夜になって現《あらわ》れたモンスターたちが勢《せい》ぞろいしている真っただ中にね！　しかも厄介《やっかい》な敵《てき》が新旧《しんきゅう》顔をそろえる中で、顔を上げたわたしの目に最初に映《うつ》ったのはなんだと思う？

白く点滅《てんめつ》する緑色の体。シュシュシュという音。盾《たて》を持ちあげる暇《ひま》もなく、わたしはあわてて飛びのいた。

命拾いしたのは、多少なりとも距離《きょり》が離れていたおかげでしょうね――それに、この高性能のチェストプレートのおかげ。覚《おぼ》えているかな、前に爆発耐性《ばくはつたいせい》をエンチャントしたでしょ。宙《ちゅう》へ吹き飛《ふと》ばされたわたしは、かろうじて無事だった。地面に激《はげ》しく叩《たた》きつけられて、ほとんど見えない目を開けると、ケガなんかどうでもよくなるくらい深刻《しんこく》な光景が視界《しかい》に飛《と》び込《こ》んできた。

クリーパーの爆発《ばくはつ》で壁《かべ》に穴《あな》が開いている！

野蛮人《やばんじん》たちはそこからぞろぞろと村へ入っていたわ。近くにいる夜のモンスターたちまで！

わたしは愚痴《ぐち》をこぼすような人間じゃないことは、あなたも知ってるでしょ。だけど、全身に負ったやけどや傷《きず》がまだ治《なお》っていない状態《じょうたい》で、折《お》れた脚《あし》を引きずりながら村まで走って戻《もど》るのは……そうね……あなたがあんなひどい思いを味わうことは決してないよう願うばかりよ。

わたしはケツ（これは使っても大丈夫《だいじょうぶ》？　ケツはオーケー？　確認《かくにん》をお願いね、ガイ）に矢を受け、走って、というより、よろけながら村まで急いでいるあいだ、壁《かべ》に開いた穴《あな》ばかり見ていたせいで、その下の地面がえぐれているのを完全に見落としてしまい、そこへ落ちちゃったの。浮遊《ふゆう》していた土と丸石のブロックがポン、ポンとバックパックに飛《と》び込《こ》む音が聞こえたわ。穴《あな》から這いあがると、そこは戦いの真った只中だった。

全力を尽《つ》くしてくれたゴーレムには深く感謝《かんしゃ》している。彼《かれ》らは侵入者《しんにゅうしゃ》を食い止めてくれただけでなく、わたしが村人たちの家を戸締《とじ》まりする時間を稼《かせ》いでくれた。皮肉なことに、ガイからそれぞれの家のドアを封鎖《ふうさ》しようと提案《ていあん》されたときは反対したのに、いまはそうするしかないなんて！　わたしは壁《かべ》の爆破跡《ばくはあと》で拾ったブロックを抱え、ひとつ目の家によろよろと近づいた。「壁《かべ》からは離れていて！」中で縮《ちぢ》こまっている製図家《せいずか》に大声で指示してから、丸石ブロックふたつを入口に積んだ。一軒終了《けんしゅうりょう》。あと何軒《なんけん》あるの？

次の家へ行くと、中は空っぽだった。痛《いた》む脚《あし》を引きずりながら三番目の家にたどり着くなり、機織《はたお》り職人《しょくにん》とニートが飛び出してきた。「中へ戻《もど》るのよ、おバカさんたち！」そう怒鳴《どな》ったところで、村人たちは聞く耳を持たない。

「ハア、ハア、ハア！」ふたりは首なしのニワトリみたいに右往左往《うおうさおう》するばかり！　わたしはふたりに駆《か》け寄《よ》り、図書館の方向へ押したり、突《つ》いたりしたわ。すると幸い、ふたりもわかってくれたみたいで、バタバタと中へ入っていった。

土ブロックふたつで戸口をふさいだ瞬間《しゅんかん》、背中《せなか》を斧《おの》で殴《なぐ》られた。わたしは振《ふ》り返《かえ》ると、「悪いけど、あっちへ行って」をもっと乱暴《らんぼう》な言葉づかいで言い、灰色《はいいろ》の顔にこぶしをお見舞《みま》いしてやった。斧使《おのつか》いは後ろへよろめき、もう一度斧《おの》を振《ふ》りかぶったけれど、わたしが放った二本の炎《ほのお》の矢がこの争いを終わらせたわ。

斧使《おのつか》いが消えたあとの煙越《けむりご》しに、エヴォーカーのひとりが近づいてくるのが見えた。わたしが弓を構《かま》えるよりも一瞬《いっしゅん》早く、そいつは両腕《りょううで》を上げて魔法《まほう》を使った。すると、あのサメの歯みたいなやつが地面から次々に突《つ》き出《だ》してきて、まだ半分も回復《かいふく》していないわたしの両足をガチンと挟《はさ》み込んだ。そのせいで矢を命中させられなかったので、またもここには書けない言葉を吐《は》き出《だ》し、もう一度弓に矢をつがえようとしたとき、声が聞こえたの……。

「彼女《かのじょ》になにをするんだ！」

ガイ！

彼《かれ》はエヴォーカーに飛びかかると、クロスボウを叩《たた》きつけた。灰色《はいいろ》の頭がくるりと向きを変え、なにかを召喚《しょうかん》しようと両腕《りょううで》を上げる。けれど、わたしたちがふたりでそれを食い止めたわ。駆《か》け寄《よ》るわたしに、ガイはダークタワーは破壊《はかい》したとかなんとか早口でしゃべった。わたしは首を横に振《ふ》って、それでもだめなのよと早口で返した。

すると彼《かれ》はうつむき、両腕《りょううで》を差し出してこう言ったわ。「きみが正しかったよ、サマー。きみはすべてにおいていつだって正しい」

オーケー、ここからはまたガイに戻《もど》るよ。さっそくだけれど、ぼくはそんなことは言ってない！　そもそも言うわけないよね!?　ダークタワーの破壊《はかい》はもともと彼女《かのじょ》のアイデアだったのに！

まあ、それは置いておこう。ぼくが戻《もど》ってきたのはこの章を書き終えるためだから。それじゃあ、「なにが起こった？」と尋《たず》ねるところから始めるよ。

「説明してる時間はないの！」サマーは丸石をいくつか放ってよこした。「壁《かべ》の穴《あな》を埋《う》めて！」

自分はふたたび近くの家へと走っていく。彼女《かのじょ》の行動を疑問《ぎもん》に思って、なにをしているのかと尋《たず》ねたりはせず、ぼくはガゼルみたいに壁《かべ》の穴《あな》へ直行した。

渡《わた》された丸石だけでは、地面の高さに沿《そ》って一列並《れつなら》べることしかできなかった。これじゃ上も下もがら空《あ》きだ！　壁《かべ》の下にも大きな穴《あな》が開いているから、敵《てき》は余裕《よゆう》で下をくぐれる。

原木がバックパックにまだ少しだけ残っていたから、地面の穴《あな》に並《なら》べ、丸石のところまでぴったりふさいだ。ちょうど足りた！　でも、穴《あな》をふさぐ素材《そざい》はそれで品切れだった！　壁《かべ》の穴《あな》の一部はまだそのままだけれど、向こう側も地面が深くえぐれているから、のぼってくることはできないだろう。その判断《はんだん》が間違《まちが》っていないよう願った。

「とりあえずはこれでよし、と」ぼくは息《いき》を吐《は》き出《だ》し、剣《けん》をつかんで、サマーを探《さが》そうと振《ふ》り返《かえ》った。

すると腐《くさ》ったこぶしに顎《あご》を殴《なぐ》られ、ぼくはよろめきつつも、剣《けん》をかかげた。「おまえは――」

〝もうおしまいだ〟とか〝ここまでだぞ〟とか、そんなことを言いかけたけれど、実際《じっさい》に出てきた言葉は、そうじゃなかった。

「鍛冶屋《かじや》さんじゃないか！」

皮膚《ひふ》は緑色に、寄り目は赤くなっている。

「ああ、そんな」ぼくは嘆《なげ》きながら次のパンチをかわしてあとずさった。「きみまでこんなことになるなんて」

「グゥウ」ゾンビ化した村人は、しわがれた声を出して腐《くさ》った両手を突《つ》き出《だ》した。ぼくはすばやく頭をのけぞらせ、ゆっくり後退《こうたい》した。「心配しないでいいからね！」パンチをぎりぎりかわせる距離《きょり》を保《たも》って伝える。

「きみをもとに戻《もど》せるんだ。治療法《ちりょうほう》を見つけてある。でも……」弱化のポーションも金のリンゴも手もとにはなかった。いまはどっちもクラフトしている暇《ひま》はない。かといって、鍛冶屋《かじや》をここに放っておくこともできなかった。ゾンビ化すれば敵《てき》からは守られるけれど、ゴーレムから攻撃《こうげき》されてしまう。

しかもそのゴーレムが一体こっちへ近づいていた！　あらかじめ設定されたプログラムに従い、両腕《りょううで》を上げている。

「ぼくについてきて！」いちかばちかの作戦が頭の中で具体的になってきたので、ぼくは鍛冶《かじ》屋《や》に言った。ここからいちばん近いのは機織《はたお》り職人《しょくにん》の工房《こうぼう》だ。中は空っぽでドアはふさがれていなかった。ぼくは走り出しそうになるのをぐっとこらえ、ゆっくりと工房《こうぼう》へ向かった。

「こっちだよ！」ふたりとも無事にたどり着けますようにと心の中で祈《いの》る。鍛冶屋《かじや》はいまにもゴーレムに追いつかれそうで、ぼくは鍛冶屋《かじや》に追いつかれないぎりぎりの距離《きょり》を保《たも》っていた。もう遠くはない。あと数歩だ。

頭上から甲高《かんだか》い音が響《ひび》いた。

なんでこんなときに！

爆撃機《ばくげきき》のように急降下《きゅうこうか》してきたファントムが脇腹《わきばら》に激突《げきとつ》したせいで、ぼくは鍛冶屋《かじや》の斜《なな》め横へと突《つ》き飛《と》ばされた。「ハアゥウウウウウ」村人ゾンビはぼくの顔に張《は》り手《て》を食らわせた。

思わず殴《なぐ》り返《かえ》しそうになるのをこらえて、うなるように言った。「とにかく、ぼくと一緒《いっしょ》に来るんだ！」機織《はたお》り職人《しょくにん》の工房《こうぼう》を目指して走り出し、どうにかこうにか中へ飛《と》び込《こ》むと、奥《おく》の壁際《かべぎわ》までさがって鍛冶屋《かじや》が入ってくるのを待った。

そこからは恐怖《きょうふ》の数秒間だ。狭苦《せまくる》しい部屋にうなり声をあげて入ってきた死体が歯を立てようとしてくるのを避《さ》けて、場所を入《い》れ替《か》わらなきゃいけないんだ。

パンチ。嚙《か》みつき。ぼくはぽかすか殴《なぐ》られながらも心の中で語りかけた。本当のきみがそこにいるのはわかっているよ。死体化した体の奥深《おくふか》くに、魂《たましい》が囚《とら》われてるんだろう。必ずきみを解放《かいほう》するって約束《やくそく》するよ！

パンチを目に食らいながらも、ぼくは戸口にたどり着いた。外へ出てドアを叩《たた》き閉《し》め、ドアをふさぐために土ブロックを掘《ほ》り返《かえ》そうと考える。

すると緑色の目がふたたび急降下《きゅうこうか》してきた！

クロスボウで狙《ねら》いをつけている暇《ひま》はない。剣《けん》だ！　剣《けん》をつかみながら、鍛冶屋《かじや》から受けたダメージのせいで、次に体当たりされたら力尽《ちからつ》きる、なんてことになりませんようにと祈《いの》った。

「ファアアアア！」

顔を上げると、緑の目がどんどん大きくなっていく。

こぶしが飛んできた！　ゴーレムの巨大な金属《きんぞく》のこぶしがコウモリのおばけを払《はら》いのけてくれた。

「〝市民を守って奉仕《ほうし》する！〟の言葉に偽《いつわ》りなしだね」たしかそれが警察官《けいさつかん》のモットーだったはずだ。いまだとばかりに、ぼくは鍛冶屋《かじや》の閉じ込め作戦の仕上げにかかった。まずはドア、次に、太陽の光に焼《や》かれるといけないので窓《まど》も密閉する。

「じっと待ってるんだよ」くぐもったうめきをもらす鍛冶屋《かじや》に向かって声をかけてから、ぼくは大騒動《おおそうどう》の中へふたたび飛《と》び込《こ》んだ。サマーがいた。一軒《けん》の家の前で土ブロックを持っている。

でも、その後ろで……。

黒い巨大な塊《かたまり》が角を下げて突進《とっしん》してくる。

「バッファローだ！」ぼくは叫《さけ》び、最後の数ブロックをジャンプした。振《ふ》りおろした剣《けん》に斬《き》られ、分厚い皮膚《ひふ》が真っ赤に明滅《めいめつ》する。

生物戦車は〝ウォオオオア！〟と鼻を鳴らして横によろめき、向きを変えるや破城槌《はじょうづち》みたいな頭をこっちへ向けてきた。

ひいいっ！

ぼくは背中《せなか》を向けると、このモンスターをサマーから引き離すために走り出した。

「〝走れ、ウサギ！〟作戦よ」サマーが声を張《は》りあげ、ヒュンと矢が外れる音がした。「もう一度そいつをわたしのほうへ引き寄せてちょうだい！」

ぼくは最善《さいぜん》を尽《つ》くした。でも、危険《きけん》は背後《はいご》にあるだけじゃないんだ。クモをかわし、ファントムをよけ、襲撃者《しゅうげきしゃ》の矢をかいくぐる。機織《はたお》り職人《しょくにん》の工房《こうぼう》をぐるりと回り、鍛冶屋《かじや》のうめき声を聞いてほっとしてから、ようやくぼくを待つ相棒《あいぼう》の近くへ戻《もど》ってこられた。サマーは準備万端《じゅんびばんたん》で弓をかかげ、バッファローに命中させようと弦《つる》を引《ひ》き絞《しぼ》っている。ぼくのうなじにはむっとする息がかかり、耳には激高《げっこう》した鼻息が聞こえている。一瞬《いっしゅん》、ちらりと振《ふ》り返《かえ》り、ふたたび向き直ると、目の前にクリーパーがいた。ちょうどサマーとぼくのあいだだ！

「そこをどいて！」サマーが叫《さけ》んだ。「邪魔《じゃま》よ！」

前にも後ろにも行けない！　お手上げだ。

横へ走れば、クリーパーとバッファローに両側から挟《はさ》み込《こ》まれる。でも、まっすぐ走り続けても……。

ここまで無謀でばかげた行動はこれまで取ったことがないと思う。もしかしてクリーパーとやり合ってきた無数の経験《けいけん》がものを言ったのかもしれない。最近新たな変化が加わって爆発《ばくはつ》までの時間が短縮《たんしゅく》されたのでないなら……。

「ガイ！　やめて！」

ぼくは生ける地雷《じらい》めがけて走り、爆発《ばくはつ》のカウントダウンが始まる圏内《けんない》に突入《とつにゅう》した。ぴたりと止まって明滅《めいめつ》するクリーパーの横を走《はし》り抜《ぬ》け、サマーに向かって叫《さけ》ぶ。「さがって！」

ドカン！

振《ふ》り返《かえ》ると、雄牛《おうし》は真っ赤に明滅《めいめつ》して一ブロックは宙《ちゅう》に浮《う》き、新たにできた地面の穴《あな》にドシンと落ちた。そのあと、穴《あな》をのぼってふたたび突進《とっしん》してくる！

十五ブロック分の間隔《かんかく》。ぼくらの命はそれっぽっちの距離《きょり》にかかっていた。彼女《かのじょ》は弓で、ぼくはクロスボウで、フルスピードで矢を放った。ズシンズシンと向かってくる雄牛《おうし》の体はいまや燃《も》えあがり、まるで生ける溶岩《ようがん》だ。残り十ブロック。五ブロック！　炎《ほのお》の熱さが伝わってくる。においもした。肉の焼《や》けるにおいだ！　最後の一ブロック！

「グゥオアアア！」

ポン。

煙《けむり》になったモンスターを前に、一瞬《いっしゅん》ぼくはその場に立《た》ち尽《つ》くした。一歩間違《まちが》えばどうなっていただろうと考え、体が震《ふる》えて過呼吸《かこきゅう》になりそうだった。

「村人たちは無事よ」サマーがぼくのほうへ近づいてきた。「すべての家を封鎖《ふうさ》したから――」

ガチャン。

ガラスの割れる音がしたあと、ぼくは焼《や》けつく痛《いた》みに襲《おそ》われた。立ちのぼる緑の渦巻《うずま》きは、おぞましい毒のポーションを浴びたことを意味している。

「フッフッフッフ！」

まだウィッチが残っていた！　そばの建物《たてもの》の裏からこっちへ来る。

「交易所《こうえきじょ》へ！」口の中に広がる味のせいで、ぼくは吐《は》き気《け》をもよおした。「中へ入るんだ！」近くにあった交易所《こうえきじょ》にサマーを押し込み、自分も入ってドアを閉め、念のために土ブロックを積みあげた。

「牛乳だよ！」ぼくはげっぷをしながら叫《さけ》び、バケツを彼女《かのじょ》のほうへ放った。自分もバケツを持ちあげてがぶ飲みし、そのあとすぐに、無効化《むこうか》されたのは毒だけではないことに気がついた。

「呪《のろ》いが、不吉《ふきつ》な予感が」ぼくは叫《さけ》んだ。「消えた！」二、三度深呼吸《しんこきゅう》をして部屋の中を歩き回る。「解決法《かいけつほう》はこれだったんだ！　はじめからずっと自分のバックパックに入ってたもの！」積みあげた土ブロックをどかしていく。「襲撃者《しゅうげきしゃ》の旗でも、ダークタワーでもない。この戦争を終わらせるのに必要なのは、おなじみの新鮮《しんせん》な牛乳を飲むこと、それだけだったんだ！」

村の広場から敵《てき》の姿《すがた》が消えているのを期待してドアを開けた。

「ハアー！」

真ん前に斧使《おのつか》いがいた。ぼくにはそいつの一撃《いちげき》より、失望感のほうがこたえた。

「あなたの考えが当たっていて――」サマーはぼくを押しやり、土ブロックでふたたびドアをふさいだ。「もう少し前に事態《じたい》を収束《しゅうそく》できていればよかったとは思うけど」重々しい、あきらめのため息をつく。「こうなってからじゃ、どうにもならないようね。この戦争を終わらせるには勝利するしかない」

「でも、どうすれば……」ぼくは涙をこらえてごくりとつばをのみ込んだ。「どうすれば勝てるんだい？」ふいに絶望的《ぜつぼうてき》な敗北感《はいぼくかん》に襲《おそ》われた。「撃退《げきたい》しても撃退《げきたい》しても連中はやってくるじゃないか……」

「だったら戦い続けるまでよ」サマーの声は低く落ち着いている。向き合って顔をぐいと近づけ、ぼくの目をのぞき込んで宣言《せんげん》する。「われわれは村を守る、どんな犠牲を払《はら》おうとも。われわれは野で、通《とお》りで、丘《おか》で戦う。力尽《ちからつ》きることも、失敗《しっぱい》も許《ゆる》されない。とことん戦う。われわれは決して降伏《こうふく》しない！」

「サマー」いきなり胸に希望が込みあげた。「そのスピーチ、即興《そっきょう》で考えたの？」

「え……ええ」自分で自分の言葉に驚《おどろ》いている様子だ。「そうみたい」

「すごいな、がぜん勇気が湧《わ》いてきたよ」戦いへの決意も新たに、刃《は》の欠けた剣《けん》をかかげた。外をのぞくと、ぼくらを襲《おそ》ったウィッチをゴーレムが叩《たた》きのめしたところだった。

「それじゃあ、準備《じゅんび》はいい？」サマーが尋《たず》ねる。

ぼくはうなずいてから言《い》い添《そ》えた。「いまさらだけど、きみに伝えておくよ。なにがあっても、きみと分かち合ったこの短い時間こそ、ぼくの島での安全な一生よりもはるかに価値《かち》があったと思ってる」

「わたしもよ、ガイ」サマーは自分のこぶしをぼくのこぶしにぶつけた。「どこかの賢《かしこ》い人が言ってたわね、成長は居心地《いごこち》のよい場所にあるのではなく、そこから抜《ぬ》け出《だ》すときにもたらされる、って」

「それ、イーモップって人じゃなかったかな？」ふたりともがようやく笑い声をあげたあと、ぼくは尋《たず》ねた。「安全なこの場所から出ていく準備《じゅんび》はできた？」

サマーが弓を持ちあげる。「ともに前へ進みましょう」

土ブロックをどけてドアを開け、斧使《おのつか》いが振《ふ》り回《まわ》す刃《やいば》をめがけて走り出る……相手はふたりだ。弓やクロスボウを使うには近すぎたので、真っ向からの戦いが始まった。剣《けん》の攻撃《こうげき》と盾《たて》の防御《ぼうぎょ》が繰《く》り返《かえ》される。ところが、二度目の打撃《だげき》でぼくの盾《たて》が壊《こわ》れてしまった。修理《しゅうり》するのを忘《わす》れていたんだ！　これで防具《ぼうぐ》は身につけているものだけになったぞ！　それでもひるまず攻撃《こうげき》を続けると、エンチャントされた防具《ぼうぐ》の棘《とげ》に刺《さ》されて、凶暴《きょうぼう》な木こりはポンと消えた。

「イヤーッフハハハッ！」

新たな死の天使が襲《おそ》ってきた！　その後ろでは、新たなエヴォーカーが万歳《ばんざい》のポーズを取っている。

「上空はわたしが引き受ける！」サマーは剣《けん》を弓に持《も》ち替《か》えた。「地上は任せたわよ！」

視線を下げると、ぼくもクロスボウに持《も》ち替《か》えた。三本の矢が発射《はっしゃ》され、中央の矢がエヴォーカーに命中する。すばやくセットした矢をふたたび放ったとき、ふたつ目の甲高《かんだか》い声が空から近づいてきた。矢が三本あれば妖精《ようせい》とエヴォーカーの両方に当てられるかもしれないと思い、狙《ねら》いを上に向ける。ところが両方とも外れて、妖精《ようせい》には逃《に》げられてしまった。きっとサマーのほうへ飛んでいったんだ。そいつを召喚《しょうかん》したエヴォーカーがまたもや両腕《りょううで》を上げる。「そうはさせるか！」もう一度矢を放つと、生ける魔法《まほう》の空母《くうぼ》もついに煙《けむり》になった。エヴォーカーが消えたとき、地面になにか妙なものが落ちたのに気がついた。

「きみはなんだい？」ぼくは浮遊《ふゆう》する戦利品に駆《か》け寄《よ》って拾いあげた。小さな黄金の偶像《トーテム》だ。ジャングルの寺院で、こういうものがありそうだとサマーに話していたようなものだった。

「ふうん」小さな像を手にして思案した。「なんだか興味深いな――」

「イヤーフッフッフッ！」

頭に剣《けん》を食らった。痛《いた》みの妖精《ようせい》が引き返してきたのか！　ぼくは前によろけながらも、反撃《はんげき》しようと体をひねった。ぶんと腕《うで》を振《ふ》るが空振《からぶ》りで、卑劣《ひれつ》なひと刺《さ》しをまたも食らってしまった。なんて痛《いた》みだ。切《き》り傷《きず》ができている。驚異的《きょういてき》な治癒力《ちゆりょく》で回復《かいふく》している暇《ひま》もない！

「イヤーッハハハ！」妖精《ようせい》はまたも急降下《きゅうこうか》し、赤い血管がぐんぐん接近《せっきん》してくる。

かわいそうに、ぼくの体は打ちのめされてばらばらになる寸前だ。斧使《おのつか》いとの戦いに続いて、この空襲《くうしゅう》。次に攻撃《こうげき》をまともに食らったら、一巻《いっかん》の終わりかもしれない！

盾《たて》を上げて攻撃《こうげき》を防《ふせ》ごうとして、盾《たて》はもうないのを思い出した……でも左手には金色のトーテムが握《にぎ》られている。あっ、そうだよ！

こういうトーテムには神秘的な力が備《そな》わっているものだよね？

「見よ！」輝《かがや》くトーテムを突《つ》き出《だ》して声を張《は》りあげた。「われ、なんじを滅《ほろ》ぼさん！」

ぼくはなにを期待していたのかな？　天からの落雷《らくらい》？　妖精《ようせい》の体がひとりでに燃《も》えあがること？　頭を叩《たた》かれてバカになっていたのかもしれないし、藁《わら》をもつかむ気持ちで奇跡《きせき》を求めていたのかもしれないけれど、あのタイミングでこんな宝物を発見する幸運に恵《めぐ》まれたんだから……。

ほらほら、この世界の神さまが助けてくれたっていいだろ！

「イヤーフハハハッ！」

**頼《たの》むよ！**

雷《かみなり》は落ちなかった。妖精《ようせい》が燃《も》え出《だ》しもしない。ぼくの顔面に剣《けん》が振《ふ》りおろされただけ！

鋭《するど》い痛《いた》みにぐらつき、目の前が暗くなった。寒い。意識《いしき》が遠のいていく。

**これが死ぬってことなのか？**

だけど、ぼくは死ななかった！

死んでいたはずなのに、死んでいない！

「いったいなんで……？」言いかけたとき、またも急所に剣《けん》が刺《さ》さった。

なにも起きない……いや、まったくなにもってわけじゃないか。心臓《しんぞう》を剣《けん》に貫《つらぬ》かれる衝撃《しょうげき》は感じた。それなのに、どうしてまだ心臓《しんぞう》が動いてるんだ？

トーテムか！　これはやっぱり魔法《まほう》のトーテムで、ぼくの想像《そうぞう》していたものとは効果《こうか》が違《ちが》っていただけだ！

**思《おも》い込《こ》みは禁物《きんもつ》。**

「それじゃあ」ぼくはこっちへ降下《こうか》してくる甲高《かんだか》い声の妖精《ようせい》に向かってうなった。「決着をつけようか」

ぼくがクロスボウから音を立てて矢を放つと、翼《つばさ》を持つ脅威《きょうい》は〝ギャーハハウゥ〟と断末魔《だんまつま》の叫《さけ》びをあげた。

同時に、相棒《あいぼう》も声を張《は》りあげた。「やったわ！」彼女《かのじょ》の矢がもう一体の妖精《ようせい》を消し去ったのだ。

「サ、サマー」しゃがれ声で呼《よ》びかけ、トーテムを手に足を引きずりながら彼女《かのじょ》のほうへ歩いていった。「エヴォーカーがこのトーテムをドロップしてさ……これを手に持っていると死なないみたいなんだ！」

「まさにわたしたちに必要なものね」サマーは冷静に言うと、頼《たよ》りになる背中《せなか》をこっちに向け、ふたりで背中《せなか》合わせになった。「だって次になにが現《あらわ》れるかわからないんだもの！」

「まったくだね」ぼくは最後の治癒《ちゆ》のポーションを飲んだ。「でも……敵《てき》はどこだろう？」

ふたり合わせて三百六十度の視界《しかい》には、襲撃者《しゅうげきしゃ》の姿《すがた》はひとつもない。

「おーい、出ておいで！」ぼくはがらんとした大地に向かって呼《よ》びかけた。「恥《は》ずかしがらないでさ！」

返ってきたのは沈黙《ちんもく》だけで、そのあとおかしな音がした。

ヒューッ、パンパン。

「あれはいったいなに？」サマーがぼくの隣《となり》に来て空を指し示《しめ》した。

ロケットが飛んでいた。

小ぶりな赤と白のミサイルが空へ打ちあげられ、小さな煙《けむり》をポンポンと出している。

「花火かな？」そう尋《たず》ねたのに、サマーはすでにそばにいなかった。壁《かべ》の穴《あな》へと走っていって、まだ開いている箇所を土ブロックで埋《う》めている。

「次の襲撃《ウェーブ》よ！」彼女《かのじょ》がこっちへ向かって叫《さけ》ぶ。「絶対《ぜったい》にそうだわ！　たとえるなら雄牛《おうし》は戦車、妖精《ようせい》は飛行機でしょ、だから次はアップグレードして、大砲《たいほう》とか機関銃《きかんじゅう》とかの重火器で攻めてくるわよ！」

「でも」ぼくは空で弧《こ》を描《えが》く花火を目でたどった。「ぼくらの家から打ちあげられてるけど？」

ぼくの言うとおりなのをサマーも目で確認《かくにん》し、それから尋《たず》ねた。「そういえば、あのしつこい角笛も鳴らないわね？」

なにかおかしい……それとも……これでいいのかな？

そうだと期待するのは怖《こわ》かった。とはいえ襲撃者《しゅうげきしゃ》の姿《すがた》はもうひとつもなく、夜に出てくるモンスターたちはどれも焼《や》き尽《つ》くされていた。

サマーは壁《かべ》の上に駆《か》けあがり、望遠鏡《ぼうえんきょう》で平野に目を走らせた。「異常《いじょう》なし」ぐるりと一周見回して報告《ほうこく》する。「全方向異常《ぜんほうこういじょう》なしよ」

たぶん、こんなことをするべきじゃなかったんだと思う。賢明《けんめい》な行動じゃない。だけど、ぼくは好奇心《こうきしん》に駆《か》られて、ホテルの入口をふさいでいる土ブロックをパンチした。するとすぐさま矢師と石工が出てきてぼくを歓迎《かんげい》した。だれも汗をまき散《ち》らしていないし、パニックであわてふためいてもいない。ふたりはただぼくを見ておだやかに〝ハア〟と言った。

その次に起きたことをぼくは永遠《えいえん》に忘《わす》れないだろう。ふたりはぼくに向かって商品（新品のクロスボウと色つきの粘土《ねんど》）を投げ始めたんだ。ぼくは驚《おどろ》きとショックに襲《おそ》われた。

「えっ、ちょっと」両手を上げてあとずさる。「なにをしてるんだい？」

「ほかの村人たちも見てみましょう！」サマーはすでに別の家へと走ってドアを開けていた。中から出てきたのはジュニアくんと司書で、ふたりもすぐさまクッキーと白紙の本を彼女《かのじょ》に向かって放った。

「どういうことよ？」

「お祝《いわ》いしてくれてるんだ」ぼくは心が舞《ま》いあがるのを感じた。「ぼくらは勝ったんだよ」

# エピローグ

それが二カ月前で、その後たくさんのことがあった。あんなに刺激《しげき》や危険《きけん》に満ちたことはひとつとしてなかったけれど。うーん、ひとつはあったか。いいよ、頭がどうかしてると言いたいなら、どうぞ言ってくれ。サマーにははっきりそう言われた。でも、ぼくはダークタワーを壊《こわ》してしまったことがどうしても後ろめたかった――だから、前に進むために腹をくくって、タワーの再建《さいけん》に挑戦《ちょうせん》することにしたんだ。

きみの読《よ》み間違《まちが》いじゃない。「壊《こわ》した人がその責任《せきにん》を取る」と、もといた世界で戦争が起きたときに言った人がいなかったかな？

ぼくよりはるかに賢《かしこ》い人が、〝他国に攻め入ってその国の体制《たいせい》を破壊《はかい》したら、再建《さいけん》に全力を尽《つ》くす義務《ぎむ》が生じますよ〟って、自分のボスに忠告《ちゅうこく》してたよね？　再建《さいけん》には時間がかかるものだし、ぼくの場合はサマーの助けを借りても、なかなか終わらなかった。

毎日、ぼくらはポーションと建築資材《けんちくしざい》で武装《ぶそう》して出発した。サマーが新たな襲撃者《しゅうげきしゃ》たちを引きつける（彼《かれ》らは溶岩《ようがん》まみれの廃墟《はいきょ》からなおもスポーンしていた）。襲撃者《しゅうげきしゃ》たちが充分《じゅうぶん》に遠くまで離れたところで、ぼくが廃墟《はいきょ》へ走っていき、自分が壊《こわ》したものをちょっとずつ修復《しゅうふく》する。決して簡単《かんたん》なことじゃない。高いところにある溶岩《ようがん》ブロックの上までジャンプで砂《すな》ブロックを積みあげ、仮設の柱を作るのがどんなに大変だったかを思えばなおさらだ。考えるだけで、いまだに体がぶるりと震《ふる》える。

修復《しゅうふく》作業の真っ最中に野蛮人《やばんじん》がスポーンしてきたのを思い出すと、震《ふる》えが激《はげ》しくなるばかりだ。それが毎日起きたんだ。〝ハア！〟と聞こえたら、透明化《とうめいか》のポーションをぐびり。だからぼくは作業中も防具《ぼうぐ》を身につけず、それゆえなおさら危険《きけん》と隣《とな》り合《あ》わせだった。

やがて帰る時間になるとサマーに声をかけ、一緒《いっしょ》に村へ戻《もど》る。それを来る日も来る日も繰《く》り返《かえ》した。しかも安くはないんだ――蓄《たくわ》えておいたエメラルドはジュニアくんからきらめくスイカを買うのに使い果たしてしまい、エメラルドを集めるのにさらに一カ月かかった。

でも後悔《こうかい》はしていない。ダークタワーがもとの姿《すがた》を取《と》り戻《もど》すなり、ぼくらは野蛮人《やばんじん》たちに追《お》い払《はら》われてしまったけれど、それでも後悔《こうかい》はしなかった。ぼくは感謝《かんしゃ》を求めていたんじゃない。正しいことをやりたかったんだ。

戦後処理《せんごしょり》と言ったら、なにをさておいても鍛冶屋《かじや》を助けなきゃいけなかった！　持っていた最後の金でリンゴにメッキをほどこし、最後の火薬で弱化の手榴弾《しゅりゅうだん》をクラフトした（レシピを見つけてくれたサマーに感謝《かんしゃ》）。

サマーと仮設《かせつ》の牢屋《ろうや》へ向かい、土ブロックをどかして、ドアを開けた。生ける屍《しかばね》と化した鍛冶屋《かじや》は両腕《りょううで》を突《つ》き出《だ》し、飢《う》えに喉《のど》をグルルと鳴らして、反射的《はんしゃてき》にぼくらに襲《おそ》いかかろうとする。「さがって」サマーはぼくに警告《けいこく》したあと、ボールみたいにポーションを戸口へ投《な》げ込《こ》んだ。

ガラスが割れ、灰色《はいいろ》の渦巻《うずま》きが立ちのぼった。

さて、ここからが極めて難《むずか》しいところだ。ぼくはリンゴを手に、鍛冶屋《かじや》にできる限《かぎ》り近づいた。

噛《か》みついてくるかな？　そもそもうまくいくのか？　〝リンゴはこの世界でぼくの命をつないでくれた最初の食べものだった。それがいまきみにふたたび命をもたらそうとしているんだ

〝とかなんとか、詩的で深遠なことでも言えばよかったのに、ぼくの口から出てきたのはへたくそな冗談《じょうだん》だった。「これでだめなら病院へ行こうか」

鍛冶屋《かじや》は輝《かがや》くくだものをひったくり、ボリボリかじった。灰色《はいいろ》の渦巻《うずま》きにまじってピンクの渦巻《うずま》きが飛び、体が震《ふる》え出《だ》す。

「効《き》いてるんだよね」ぼくは期待を込《こ》めて言った。「ピンクの渦巻《うずま》きは治癒《ちゆ》の意味だよね？」

そう、治癒《ちゆ》の意味だった。鍛冶屋《かじや》は長いこと小刻《こきざ》みに震《ふる》えていたが、やがてぼくらが見守る前で、〝ハア〟と言いながらもとの姿《すがた》へ戻《もど》った。ぼくらはそのまま、鍛冶屋《かじや》を村人たちのもとへ行かせた。

「やれやれ、運がよかったわね」サマーは息《いき》を吐《つ》いた。「もとの世界だったらこうはいかないもの」

戦争で失われるものに思いを馳《は》せながら、ぼくはうなずいた。もといた世界では、建物《たてもの》であれば、ダークタワーのようにもとに戻《もど》すことはできるけれど、失ってしまった人たちは二度と戻《もど》ってこない。

運がよかったというサマーの言葉は正しい。ぼくらは村人をひとりとして失わなかった。とはいえ、これがもといた世界ならそうはいかないだろう。

だからこそいっそう、戦争は最後の手段《しゅだん》であり、問題解決《もんだいかいけつ》のための最初の選択肢《せんたくし》ではないことを肝《きも》に銘《めい》じておかなくてはいけない。

幸運を噛《か》みしめたひとときと、義務感《ぎむかん》から怖《こわ》い思《おも》いをしつつダークタワーの再建《さいけん》に費《つい》やした一カ月のあとは、エンダーパールを買うために毎日せっせとエメラルドを蓄《たくわ》える日々に逆戻《ぎゃくもど》りした。その一カ月のあいだに、これから出発する旅の準備《じゅんび》を整えた。装備《そうび》とか、必要なものの準備《じゅんび》だけじゃない。お別れの準備《じゅんび》もだ。

石工、ジュニアくん、司書、ほかのさまざまな職人《しょくにん》たち。ぼくはひとりひとりのために時間を作り、自分にとって村人のみんながどんなに大切だったかを伝えた。村人たちの朝の散歩《さんぽ》についていったり、仕事をしているときに語りかけたりした。

ともに乗《の》り越《こ》えてきたあれやこれやを振《ふ》り返《かえ》り、暗くなってから壁《かべ》の外へふらふら出るのは危険《きけん》だからと注意してあげた。

みんなは礼儀《れいぎ》正しく、〝ハア〟と返すばかりだった。感情表現《かんじょうひょうげん》が豊かな文化ではないんだ。

まあ、しかたない、それがあの人たちのスタイルだ。

お別れと言えば、ウーパールーパーたちにさよならをするサマーの姿《すがた》は意外だった。ある朝、彼女《かのじょ》は養魚場のために作った川辺のダムを壊《こわ》していた。「あのもうあなたたちは自由よ」流れる川へと泳いでいく両生類のファミリーに手を振《ふ》る。「あの“繁茂《はんも》した洞窟《どうくつ》”に戻《もど》りたいときは、川をくだってすぐのところだから」何度もはなをすすりあげているのは、必死に涙をこらえているせいだろう。

「みんな、元気でね。それからありがとう——」でも、ぼくが近づいてくるのに気づくと、震《ふる》えていた声が厳《きび》しくなった。「ありがとう、ビジネスで儲《もう》けさせてくれて」

ぼくはからかわなかった。戦士《せんし》の魂《たましい》を持つ相棒《あいぼう》の心やさしい一面をからかってもつまらない。ぼくはそしらぬ顔でただ問いかけた。「出発の準備《じゅんび》はできた?」

それが昨日のことだ。今日、ぼくらはエンダーパールを作業台にのせた。

花の谷の真ん中に立ち、風が流れていく西を向いた。クラフトしたてのエンダーアイを手にしてかかげる役目はサマーが務《つと》めた。「とびっきりの幸運を」そうささやき、宙《ちゅう》に放り投げる。するとどうだろう、ネコの目みたいな玉はキラキラ光るピンク色の軌跡《きせき》を描《えが》いて、ぼくらのあいだを飛んでいったんだ。

「やれやれ、ぼくらが来た道を戻《もど》るのか!?」目玉が地面にぽとりと落ちると、ぼくは小さく笑った。

「ポータルまでどれくらい遠いのかはわからないわね」サマーは目玉を拾いあげた。「運がよければ、わたしの山の下にあった、なんてこともあるかも」

「それかぼくの島とかね」ぼくはかぶりを振《ふ》った。「それはそれでいいな。動物の旧友《きゅうゆう》たちをきみに紹介《しょうかい》できる」

「よだれが出ちゃう」

「サマー！」

「冗談《じょうだん》よ」

ふたりで笑い合い、それからスレート・ハウスへ引き返した。数分もあれば荷物をまとめ、この本の最後の数行を書きあげられる。

ぼくが羽根ペンを取ろうとしたとき、サマーが問いかけた。

「ジ・エンドってほんとに終《エン》わり《ド》なのかな？」目の前に延《の》びる道を示す。「目指す方角はほんとにこっちで正しいの？」

ぼくはうなずいた。「きみは山を出発したときも、そっくり同じことをぼくにきいたよ」

「そうだった？」記憶《きおく》にないらしく、サマーは目をしばたたいた。「あなたはなんて返事をしたの？」

「〝わからない〟って言った。でも、いまはわかってる」

「つまり？」

ぼくがサマーに言った言葉をこれからきみに伝えよう。それは別の本からの引用だ。わかってるよ、ぼくときたら、すぐに本とか映画《えいが》とかほかの人の物語とかを引き合いに出すんだ。でもね、物語からは学ぶことが本当にたくさんある。ぼくらの物語からも学べることがあったならいいんだけれど。

それはさておき、昔読んだことのあるその本は（それか、だれかが読み聞かせてくれたのかもしれない）生まれてきた子どもがなぜか齧歯類《げっしるい》だった家族のお話だ。リスとか、モルモットだったかな？　まあ、いいや。

ここで重要なのはその齧歯類《げっしるい》に小鳥の友だちができたのに、その友だちが飛び去ってしまい、齧歯類《げっしるい》は友だちを探《さが》しに行ったってことなんだ。見つけられたかどうかは覚《おぼ》えてないな。

でも、その本の最後の一行は忘《わす》れられない。エンダーアイが宙《ちゅう》に投げられた瞬間《しゅんかん》、ふいにその一行が脳裏《のうり》によみがえった。それは言ってみれば、ぼくらが旅で得《え》たすべての教訓のまとめで、目的地にたどり着くことより、旅そのもののほうが大切なことだってある、と示している。その本の最後にはこう書かれていた。

〝正しい方角へ進んでいるのは勘《かん》でわかるさ〟

〈おわり〉

## わたしたちがマインクラフトの世界で学んだこと（サマー著）

1 初めて会う人に対しては常《つね》に友好的に。ただし油断《ゆだん》は禁物《きんもつ》。

2 職業《しょくぎょう》の専門化《せんもんか》はみんなを進歩させる。

3 取引は世界の共通語（お金が極めて優秀《ゆうしゅう》な通訳者《つうやくしゃ》になるときもある）。

4 お金は諸悪《しょあく》の根源《こんげん》ではない。悪いのは、お金のためならなんでもしようとすること。

5 ビジネス成功の鍵《かぎ》は需要《じゅよう》と供給《きょうきゅう》。

6 警察《けいさつ》は、犯罪者《はんざいしゃ》っぽく見えるという理由だけで人を罰《ばっ》しては絶対《ぜったい》にいけない。

7 買いものをするときは必ず予算を決める。

8 罪《つみ》の重さに見合う罰《ばつ》を。

9 だれにでも平等にチャンスを与《あた》えれば、働きたくない人と働けない人の区別がつく。

10　投資《とうし》をするときは、見えない代価《だいか》を必ず計算に入れる。

11　人に頼《たよ》ってもかまわないが、常《つね》に自分でできるようにしておく。

12　時間と手間はかかっても、責任《せきにん》ある買いものをする方法が必ずある。

13　移民《いみん》は村をパワーアップする。

14　ひとりひとりが安全のために貢献《こうけん》するのが共同防衛《きょうどうぼうえい》。

15　たとえ立派《りっぱ》にやれるとしても、自分から王様になってはいけない。

16　どんなに平和を求めても、相手が戦う気満々ではどうしようもない。

17　戦争を終わらせるのは、始めるよりずっと難《むずか》しい。

18　適応《てきおう》は戦争の勝敗《しょうはい》を握《にぎ》る鍵《かぎ》。

19　地域社会《ちいきしゃかい》の危機《きき》を救《すく》うために、ひとりひとりができることがある。

20　間違《まちが》った場所で、間違《まちが》ったときに、間違《まちが》って起きた戦争はみんなを傷《きず》つける。

21　戦争は最後の手段《しゅだん》。

22　そして最後は……ガイによる一冊目《さつめ》の本へ敬意《けいい》を表して。成長は居心地《いごこち》のよい場所にあるのではなく、そこから抜《ぬ》け出《だ》すときにもたらされる。

## 謝辞

サマーとガイの冒険《ぼうけん》の続きを読みたいとぼくにメッセージを送ってくれた子どもたちみんなにありがとう。そしてこの冒険《ぼうけん》を可能にしてくれた全員にも感謝《かんしゃ》します。Ｍｏｊａｎｇ《モヤン》とデル・レイ社のチーム、妻のミシェル（いつもながらね！）、それにその児童書『スチュアートの大ぼうけん』の最後の一行が本書のラストも飾《かざ》っている故《こ》Ｅ・Ｂホワイト。スチュアート、サマー、そしてガイのように、わたしたち全員が正しい方角へ進んでいることを願ってやみません。

# 訳者あとがき

　ある日突然《とつぜん》マインクラフトの世界で目を覚《めさ》まし、右も左もわからないまま島でサバイバル生活を送っていたガイは、もといた世界へ戻《もど》る方法を探《さが》すために旅立ち、たどり着いた山でまったく同じ境遇《きょうぐう》にあったサマーと出会い、冒険《ぼうけん》を通《とお》して友情をはぐくみます。そしてふたりで旅立つことに決め……と、ここまでが前二作『はじまりの島』、『つながりの山』のお話です。ちょっと抜《ぬ》けたところもあるガイと、現実的《げんじつてき》でシビアなサマーはぶつかることも多々あり、喧嘩《けんか》別れする寸前までいってしまいました。だけどいまではお互《たが》いになくてはならない存在です。

　サマーの山を出発したふたりは、砂漠《さばく》やサバンナと、新たな生物群系《バイオーム》を旅して、それまで見たことのなかったオウムやパンダに喜《よろこ》ぶ一方、新たなモンスターたちとも戦うことに。砂漠《さばく》の村など、昔は人が住んでいたらしい場所を見つけ、ついには自分たち以外の（それにウィッチ以外の）人間とも出会います。ふたりは村人たちと交流し、アイテムの〝取引〟によってアップグレードして、どんどん村を発展《はってん》させていきます。ところが角笛の響《ひび》きとともに村が大変な危機《きき》に見舞《みま》われ……。

この本でのガイとサマーの冒険《ぼうけん》はゲーム版マインクラフトでプレイヤーが体験《たいけん》できることをかなり忠実に再現《さいげん》しています。ですから読んでいると、「あー、そうそう」と思わずうなずく場面も多いのですが、ゲームのほうはアップデートで頻繁《ひんぱん》に内容《ないよう》が変わるため、本書とはすでに違《ちが》ってしまっている点もあります。

まず、ガイは「餌《えさ》をあげればヤマネコがなつく」と言っていますが、現在《げんざい》ではなつかないそうです。水中の空気についても、ドアでエアポケットを作れていたこともあったようですが、いまは違《ちが》います。

あと、サマーが作る「水リフト」こと水エレベーター、いわゆる水流エレベーターですが、これは実際《じっさい》にはそれなりに複雑《ふくざつ》な作りで、残念ながらバケツの水をあけるだけではできません。ゲームではソウルサンドを使ったエレベーターがいちばんポピュラーなようですね。

村人たちと出会ったガイとサマーは、〝農民〟や〝釣り人《つりびと》〟と、彼《かれ》らに職業《しょくぎょう》があるのを知って驚《おどろ》きます。〝薬剤師《やくざいし》〟や〝機織り職人《はたおりしょくにん》〟まで出てきて……と聞くと、ゲーム版をやっている読者なら「あれ？」と思いますよね。そう、ふたりが薬剤師《やくざいし》と思ったのは実は聖職者、機織り《はたお》職人《しょくにん》は羊飼い《ひつじか》です。それぞれ紐《ひも》づけられている職業《しょくぎょう》ブロックが醸造台《じょうぞうだい》と機織り機《はたおき》なのですから、むしろふたりのほうが正しい気もしますが……。

さて、一、二作目でも映画《えいが》や歌からの引用がいくつかありましたが、本作ではほかにも現実《げんじつ》のエピソードなどがいくつも出てくるので、ここに簡単《かんたん》にまとめます。

第1章　〝小さい人たちが大冒険《だいぼうけん》に出かけるすごいファンタジー映画《えいが》〟は『ロード・オブ・

ザ・リング』、ガイが覚《おぼ》えているのは主人公の親友サムの旅立ちのシーンです。

ガイが口にする「まあ、いいよ、いいさ」は映画《えいが》『メル・ブルックス／珍説世界史PARTI』のネロ皇帝のセリフ。

第2章〝ソフト帽《ぼう》をかぶって鞭《むち》を手にしているアクションヒーロー〟はインディ・ジョーンズですね。たしかにジャングルの寺院の場面は『レイダース／失われた聖櫃《アーク》』を思い出させます。

巨大なエメラルドをめぐる冒険映画《ぼうけんえいが》は『ロマンシング・ストーン　秘宝の谷』。

第3章〝清潔《せいけつ》だから〟砂漠《さばく》に惹《ひ》きつけられると答えたのは映画《えいが》『アラビアのロレンス』の主人公で英国将校《しょうこう》のロレンスです。

第4章　クマの家に不法侵入《ふほうしんにゅう》する女の子のお話は『ゴルディロックスと3匹のくま』ですね。

第5章　ヴィレッジ・ピープルは日本でも西城秀樹さんが「ヤングマン！」と熱唱したのでおなじみの『Y・M・C・A』を歌っていたグループです。

サマーが使う〝すてきな四人組《ファブ・フォー》〟という呼《よ》び方《かた》は、もともとはイギリスのロックバンド、ビートルズのメンバー四人を指します。

イーモップは説明の必要もないでしょうけど、イソップのことですね。

第6章　〝戦闘用《せんとうよう》の強化服《パワードスーツ》を着た兵士《へいし》が巨大昆虫と戦う小説〟はR・Aハインラインの『宇宙《うちゅう》の戦士《せんし》』で、ガンダムのモビルスーツのヒントになったと言われています。

〝いくら稼《かせ》いだか、それが人生の得点《とくてん》だ〟と言ったのは、アメリカの投機家ネルソン・バンカー・ハント。世界中の銀をほぼ買い占めますが、銀の価格が暴落《ぼうらく》して破産《はさん》。けれど石油資産《しさん》を売ってまた億万長者《おくまんちょうじゃ》に戻《もど》ったそうです。

〝だれもが平和に暮らすところを想像《イマジン》して〟と歌ったのは元ビートルズのジョン・レノン。一九八〇年に凶弾《きょうだん》に倒《たお》れました。

第10章　〝刃《やいば》は再装填《さいそうてん》の必要がない〟と言っていたのは、作者のマックス・ブルックス自身で、『ゾンビサバイバルガイド』に出てくる言葉です。

〝スーパーヒーローが出てくるシリーズで、男が水晶《すいしょう》を海に投げ込む場面〟があるのは『スーパーマン　リターンズ』。

第11章　ミスター・スレートは実写映画化《えいがか》もされているアニメ『原始家族フリントストーン』に出てくる採石会社《さいせきがいしゃ》の厳《きび》しい社長さんです。

第14章　月の上を歩く歌は、三人組のバンド、ポリスの『ウォーキング・オン・ザ・ムーン』。
第17章　頭にスカーフを巻いた女性が力こぶを作っているポスターは、第二次世界大戦中にアメリカで労働者の意欲を高めるために作られたものでした。
第18章「ミッ！　ミッ！」と声をあげて猛スピードで走るのは、アニメ『ルーニー・テューンズ』に出てくるロード・ランナーという鳥ですね。第20章にも、〝昔のアニメに出てくるあの大きな鳥みたいに、ぴゅんと走って……〟という表現《ひょうげん》が出てきます。
第19章　カエルに道路を渡《わた》らせるゲームはコナミから一九八一年に発売された『フロッガー』だそうです。
第20章　ヴィクトリア十字章は、勇敢《ゆうかん》な行為に対して与えられる、イギリスでは最高の戦功章。「われわれは村を守る……」は第二次世界大戦中の英国首相チャーチルの有名な演説をちょっと変えたもの。サマーは自分の言葉だと思ったみたいですけど、きっと記憶《きおく》の中にあったのでしょうね。
エピローグ「壊《こわ》した人がその責任《せきにん》を取る」これはもともと、〝お店の商品を壊《こわ》したら買い取ってもらいます〟というインテリアショップの方針を、二〇〇三年のイラク戦争時にアメリカで国務長官だったコリン・パウエルが当時の大統領ブッシュに戦争を開始することの責任《せきにん》を説くために引き合いに出したことで有名になりました。
いなくなった小鳥の友だちを探《さが》して旅へ出る齧歯類《げっしるい》の話は、謝辞《しゃじ》にも紹介《しょうかい》されていますが、E・B・ホワイトの『スチュアートの大ぼうけん』です。齧歯類《げっしるい》のスチュアートはネズミで、映画《えいが》『スチュアート・リトル』ではリトル家に養子としてやってきますが、原作ではリトル夫人の実の子。どこから見てもネズミに見える不思議な男の子なのでした。

解説《かいせつ》がすっかり長くなってしまいました。前作のあとがきでサマーはイギリス人かオーストラリア人と書きましたが、〝先祖は海戦が得意《とくい》だった〟、〝控《ひか》えめな表現《ひょうげん》〟をすることなどから、本書ではイギリス人ということがはっきりします。ガイとは違《ちが》い、サマーがあまり気持ちを表に出さないのも国民的な傾向なのかもしれません。

ふたりの冒険《ぼうけん》が本当にこれで終わるのか……それもちょっと気になるところです。献辞《けんじ》を見ると前作ではコロナ禍《か》が、本作ではウクライナ戦争が、作品に大きな影を落としています。もしまた続編が書かれることがあれば、そのときは平和な世界になっているといいですね。作者のマックス・ブルックスもそう願うからこそ、たくさんのメッセージをこの物語に込《こ》めたのだと思います。それが少しでも読者のみなさんに伝わるよう心から期待しています。

二〇二四年十月　北川由子

マインクラフト　さいはての村

2024年12月20日　初版第一刷発行

著
マックス・ブルックス
訳
北川由子

デザイン
5gas Design Studio

発行所
株式会社 竹書房
〒102-0075
東京都千代田区三番町8-1 三番町東急ビル6F
e-mail: info@takeshobo.co.jp
https://www.takeshobo.co.jp

印刷所
中央精版印刷株式会社

◆定価はカバーに表示してあります。
◆乱丁・落丁があった場合はfuryo@takeshobo.co.jpまでメールにてお問い合わせ下さい。

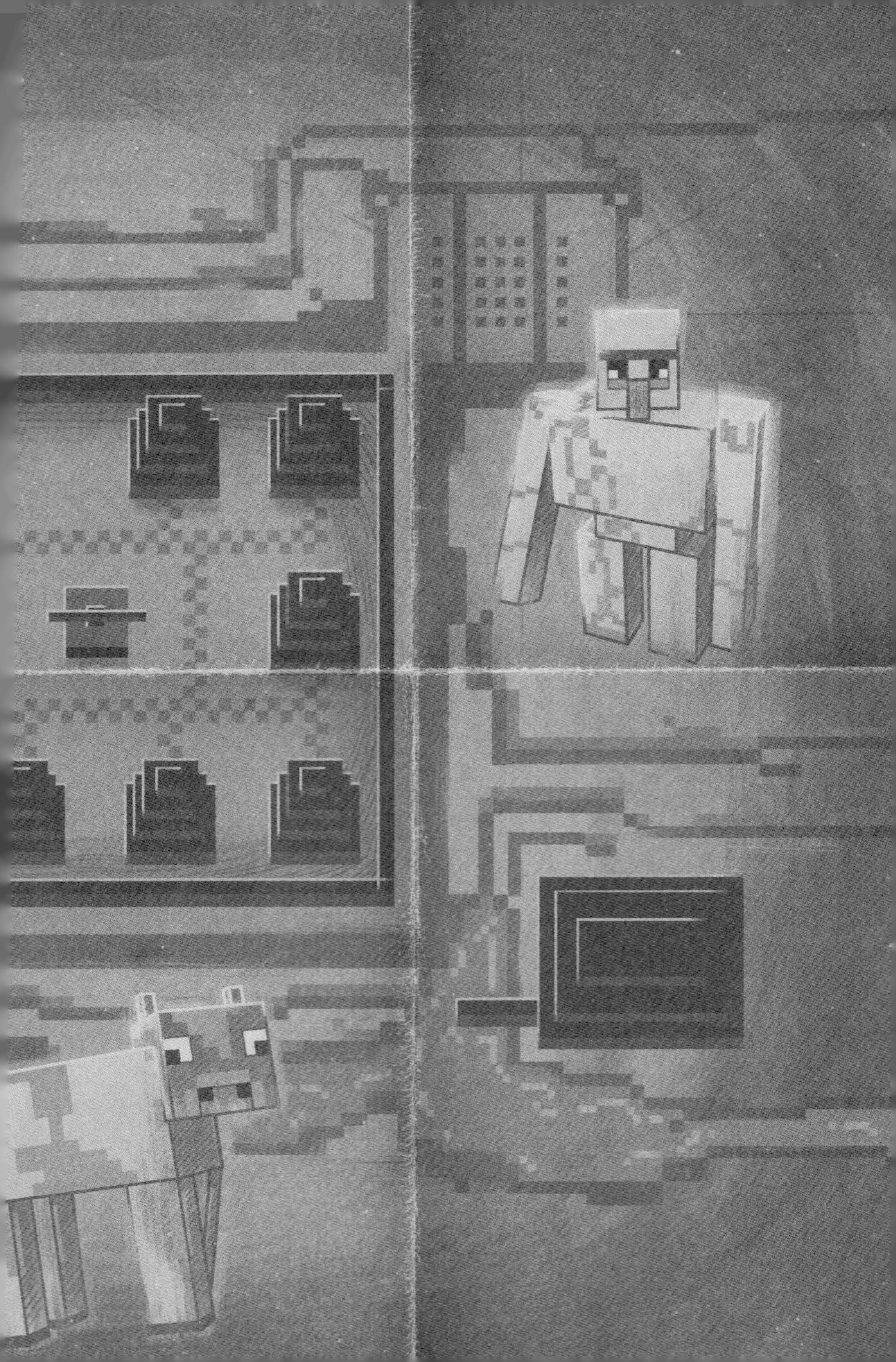